玻璃塔殺人事件

硝子の塔の殺人

The Glass Tower Murder

Mikito Chinen

知念實希人

邱香凝 譯

U0028255

玻璃塔　立體圖

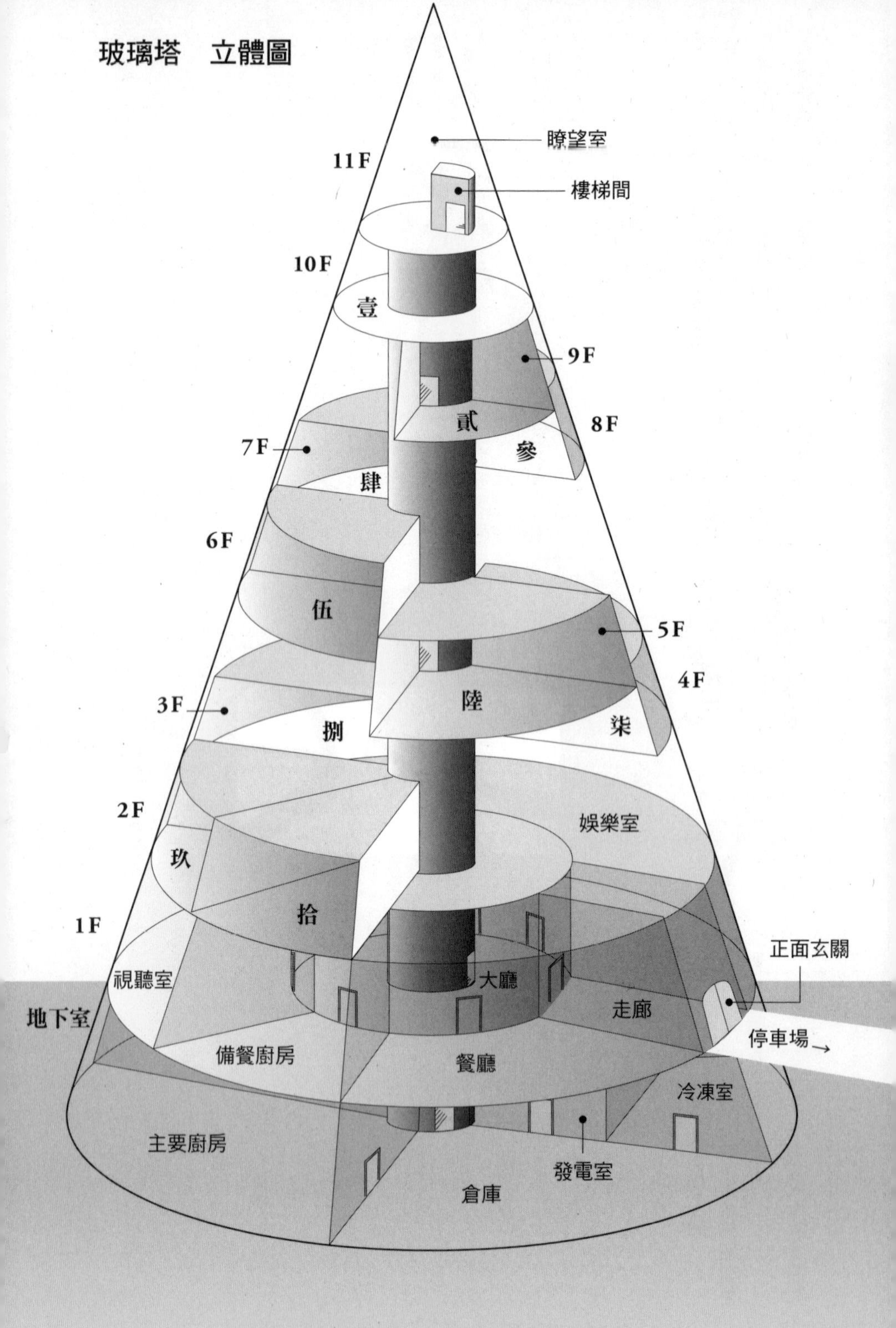
瞭望室
11F
樓梯間
10F
壹
9F
貳
8F
7F
參
肆
6F
伍
5F
4F
陸
3F
捌
柒
2F
娛樂室
玖
拾
1F
正面玄關
視聽室
大廳
走廊
地下室
停車場
備餐廚房
餐廳
冷凍室
主要廚房
發電室
倉庫

玻璃塔　剖面圖

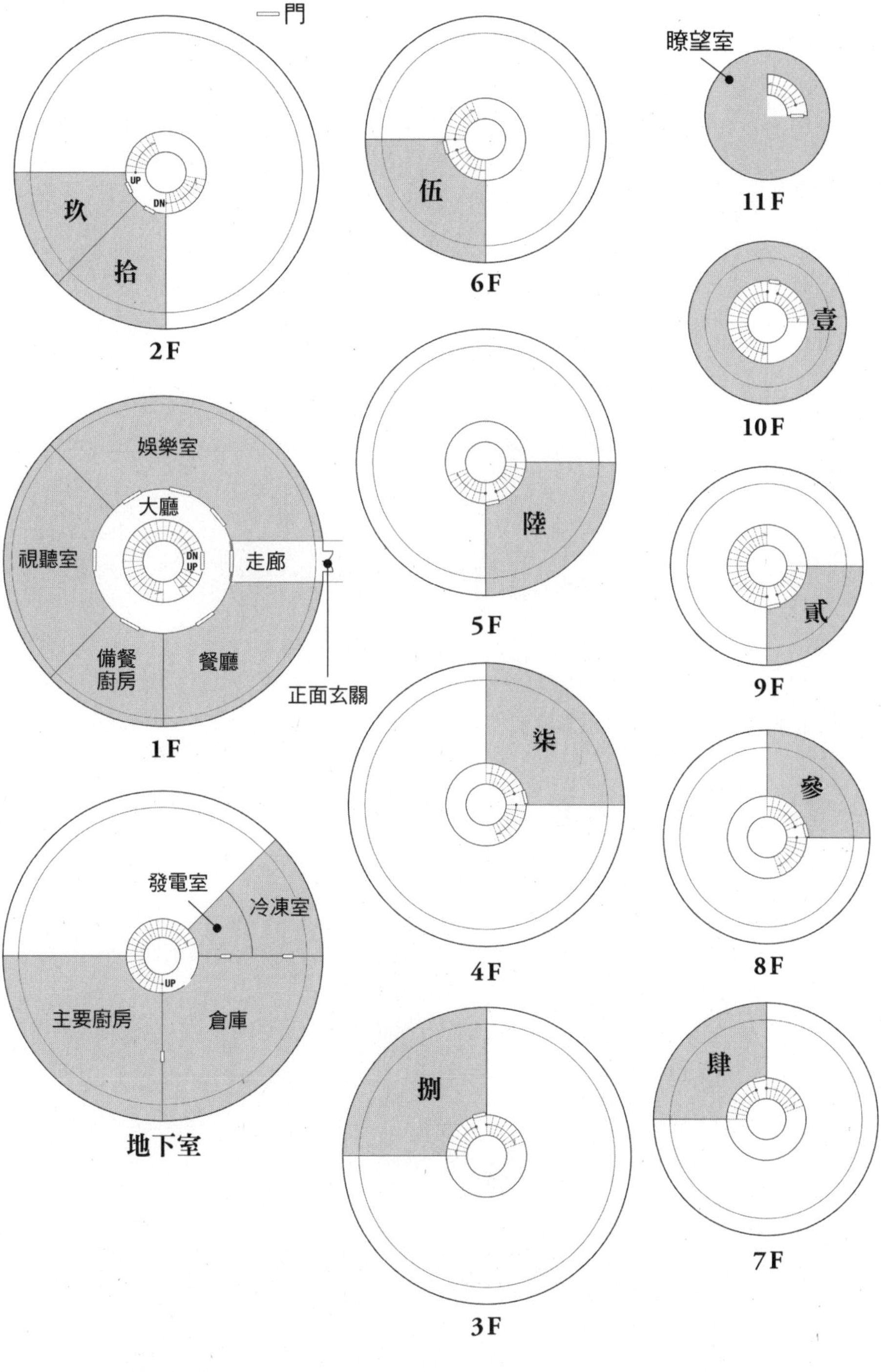

門
瞭望室
11F
玖
拾
UP
DN
2F
伍
6F
壹
10F
娛樂室
大廳
視聽室
DN
UP
走廊
備餐
廚房
餐廳
正面玄關
1F
陸
5F
貳
9F
柒
4F
參
8F
發電室
冷凍室
UP
主要廚房
倉庫
地下室
捌
3F
肆
7F

神津島太郎　玻璃塔邸主人……壹之室
加加見剛　刑警……貳之室
酒泉大樹　廚師……參之室
一條遊馬　醫師……肆之室
碧月夜　名偵探……伍之室
巴圓香　女僕……陸之室
夢讀水晶　通靈人士……柒之室
九流間行進　小說家……捌之室
左京公介　編輯……玖之室
老田真三　管家……拾之室

序章

事情為什麼會變成這樣呢？

背靠著樓梯間的牆，坐在長毛地毯上，一條遊馬仰天長嘆。

晴朗的天空不知何時覆上厚厚的一層雲，紛紛飄落的細雪一觸碰到建構出這個空間的透明玻璃，便隨即滑落。

玻璃圓錐下，直徑十公尺左右的瞭望室，現在儼然一座牢獄。

已經被關在這裡好幾小時了。地毯的冰冷透過褲子傳向臀部，滲入骨子裡。遊馬披在身上禦寒的是影集《神探可倫坡》裡彼得·福克穿的那件皺皺的風衣。他將衣襟拉緊，身體蜷縮。

「我到底是從哪裡開始搞錯的……」

下意識脫口而出了這樣的喃喃自語。

是暗藏殺意接近神津島太郎那時嗎？還是決定把握絕佳良機來參加這座玻璃塔中舉行的可疑宴會時？或者……

「是遇到那個名偵探的時候吧。」

伴隨這句低喃，口中吐出的白色氣息消融於冷徹骨的空氣中。

想再多也沒用，遊馬把頭埋進膝蓋之間。因為，一切已經結束了。

這個故事，這個名為《殺人玻璃塔》的故事已經落幕。

以名偵探揭露真相，身為兇手的自己遭拘禁的形式落幕。

發生在這座玻璃尖塔裡的悽慘連續密室殺人事件已經解決，唯一能做的，只有等待兇手靜靜從舞台消失。

遊馬慢慢閉上眼睛。

腦海浮現的，是名偵探五官端正的臉上露出嘲諷笑容的模樣。

第一天

1

「您是碧小姐吧？沒記錯的話，是一位偵探？」

走向那個一手端著威士忌酒杯，站在暖爐旁的女性，一條遊馬這麼說。

「不、不是偵探，是名偵探。我叫碧月夜，請多指教，一條遊馬先生。」

握住對方伸出的手，遊馬暗地觀察她。年紀約莫二十五歲上下，應該比自己小個幾歲。身材高挑，即使站在身高一七五的自己身旁也不顯遜色。身上穿著一套淺咖啡色條紋圖案的英式三件套西裝。

繫上與西裝圖案搭配的領帶，胸前口袋裡插著手帕，腳踩一雙平底皮鞋，這身男裝打扮莫名適合她。稍微挑染過的超短髮用髮蠟抓出蓬鬆的髮量。細緻高挺的鼻梁、形狀漂亮的薄唇，沒化妝的臉五官端正。不過，或許因為有著雙眼皮的眼角略略下垂的緣故，並不給人冷淡的印象。

「名偵探……」

口中喃喃複誦這個詞彙，遊馬這才發現，為何初見月夜時有種輕微的既視感。因為，她的打扮簡直就和過去電視上出現過的夏洛克．福爾摩斯一模一樣。這麼說來，剛抵達這座館邸時，她身上確實也披著大衣，頭上還戴了獵鹿帽。

「請問……偵探和名偵探有什麼不一樣？」

疑惑提問，月夜一臉自豪、抬頭挺胸地說：

「普通的偵探，只會按照客戶的委託進行地毯式調查。例如搜尋失蹤者、調查結婚對象的身家背景，或是蒐集外遇證據等等。」

「名偵探不一樣嗎？」

「對啊，不一樣。」月夜說這話的語氣像在唱歌。「名偵探只處理既複雜又不可思議的事，像是那些連警方都解決不了的神秘棘手事件。」

「喔，是這樣啊。」

儘管對她偏離世間常識的發言感到震撼，遊馬仍不置可否地點頭，暗自拿捏起離開的時機。反正已經達到目的了，繼續跟這奇怪的人講下去也沒意義。

正當遊馬想說「那就這樣」時，背後傳來「哎呀，這不是名偵探嗎？」的聲音。回過頭的遊馬睜大雙眼，看著站在眼前身穿和服的矮小老人。

「九流間老師！」

見遊馬挺直背脊，這位本格推理界的重鎮大師「九流間行進」立刻露出好好先生的苦笑，搔搔童山濯濯的腦袋。

「別叫我老師啦，尤其被你這個醫生這麼叫，還真是不好意思。」

「不、怎麼這麼說呢……九流間老師就是九流間老師啊。」遊馬這麼說，聲音微微顫抖。

遊馬從小就愛看推理小說，尤其是被稱為「本格推理」的作品中，偵探用邏輯推理解開那些神秘到不切實際地步的棘手謎團。

雖然六年前成為醫師後就因為工作忙碌，沒有太多時間閱讀，學生時代的他總是隨身攜帶文庫本，一有空就把書打開來看。

國中時，迷上經典中的經典——阿嘉莎·克莉絲蒂的推理小說。讀著《一個都不留》、《東方快車謀殺案》、《羅傑·艾克洛命案》等作品，結局出人意表的真相帶來強烈衝擊，彷彿被人兜頭打了一棒。此後，更讀遍了愛倫·坡、亞瑟·柯南·道爾、艾勒里·昆恩、狄克森·卡爾、范·達因、福里曼·威利斯·克勞夫茲等推理名家的傑作。大致看完這些外國推理小說後，仍不愁沒有作品好讀。因為日本也有許多毫不遜色的本格推理小說。

從一九八〇年代後期到一九九〇年代前期，以島田莊司《占星術殺人事件》為始，到綾辻行人《殺人十角館》大放異彩的新本格運動中，誕生了法月綸太郎、有栖川有栖、歌野晶午、我孫子武人、折原一及北村薰等才華出眾的亮眼作家，出自他們筆下的眾多充滿獨創性的作品陸續問世。

九流間行進正是在這波新本格運動初期嶄露頭角的作家之一，尤其擅長以密室為主題的作品，寫出不少名著。這天晚餐時分，當此次遊馬的雇主，也是這間館邸主人的神津島太郎介紹這位老者就是九流間時，遊馬驚訝得簡直不敢相信自己的耳朵。

「話說回來，沒想到你竟然認識我，這還真令人開心哪。畢竟最近的年輕人都不太看小說了……那麼，你該不會也讀過幾本我寫的書吧？」

遊馬猶豫著該如何回答。事實上，九流間的作品早已全都讀過，要是狀況允許，也很想這麼如實告知，好慢慢與自己崇拜的作家暢談一番。可是，現在沒有多餘時間做這件事了。

因為遊馬必須和在場所有人都交談過，盡可能讓所有人留下對自己的印象才行。

「以前看過幾本……」

正想繼續說「大概有點印象」時，忽然從背後被人推了一把。

「當然全部都讀過！」

把遊馬往前推是月夜。只見她發出激動高亢的聲音，用力握住九流間的雙手。

「我太喜歡九流間老師的作品了，尤其是您的出道作《密室遊戲》。那部作品真的太棒了。由物理詭計和心理詭計組合而成的密室，正可說是一件藝術品。再來，您的第二部作品《打破緊閉之門的手》中，密室詭計出色自然不在話下，更吸引人的是這部作品中初次登場的名偵探戶塚開。您將這個平時沉靜低調，遇到事件時卻難掩胸中熱情的角色描寫得魅力十足。說到戶塚系列的最高傑作，那又莫過於《透明的鑰匙》。讀完這本書的時候，我震驚到動彈不得，這部作品完全是密室推理的最高峰。」

月夜幾乎是一口氣說完這串話。剛才還給人「男裝美女」印象的她，現在睜大了閃閃發亮的眼睛，臉頰染上一抹紅暈的模樣，看上去只能說是面對心儀偶像的少女。

「謝、謝謝妳啊。對我的作品知道得這麼詳盡。」九流間似乎也有點嚇到了。

「不只作品，關於老師的事，我也知道很多。九流間行進，七十三歲，原為一級建築師，四十二歲那年獲得東京推理文學新人獎並出版了《密室遊戲》。這部作品大為暢銷，使您一躍成為本格推理界的寵兒。尊敬的作家是狄克森．卡爾，最喜歡的作品是主角馬奇大佐大顯身手的《怪奇案件受理處》。九流間行進這個筆名，就是從『卡爾（Carr）』和『馬奇（Match）』來的。您的作品風格也和卡爾一樣，經常牽涉密室詭計，尤其……」❶

「等等、妳冷靜一點。我們已經明白妳的推理知識有多豐富了。」

九流間出言安撫，月夜卻像還說不夠似的，露出不滿的神情，鼓著腮幫嘛嘴。

搞什麼，結果只是個推理阿宅啊。站在距離兩人一步之遙的位置聽他們對話，遊馬內心如此嘟噥。簡單來說，就是個重度推理阿宅把自己打扮成夏洛克．福爾摩斯，還自稱「名偵探」罷了。

正當遊馬一邊嘀咕，一邊想悄悄離開時，九流間輕咳了幾聲。

「老實說，我也聽過妳的傳聞喔。傳聞都說妳活脫脫是推理小說裡走出來的『名偵探』。」

遊馬眨著雙眼，原本略顯前傾的月夜再次挺直身體。臉上無邪的笑容逐漸變化為成人客套的微笑。

「能獲得九流間老師賞識，我深感光榮。」

月夜把手放在胸口，如演員在舞台上謝幕那般優雅行禮。

「今年初停泊東京灣的豪華遊輪上，發生了一起科技企業社長遭殺害分屍的事件。我聽說解決了這起案件的人就是妳，真的嗎？」

遊馬情不自禁發出「欸？」的聲音。這起事件他也有所耳聞。豪華遊輪上的總統套房裡，身為當代風雲人物的科技企業社長，以遺體遭人分屍的狀態被發現。沒記錯的話，案發現場的房間不只上了鎖，屋內也沒有其他人。有段時間媒體報導得沸沸湯湯，都說那是一起不可能發生的犯罪。結果，事發大約一個月後，警方逮捕了兇手，是公司的共同經營者。

月夜充滿自信地說「是真的啊」。聽到她的回答，遊馬更是瞪大眼睛。

「可是，那不是警方搜查後鎖定了兇手……」

「調查被害人身邊相關人事，找出死者與共同經營者之間糾紛，最終將其逮捕的確實是警方沒錯。不過，認識的刑警來找我幫忙，想解開兇手為何、以及如何製造了密室的謎團，並釐清兇手為何非將死者分屍不可的理由。我提供協助的，只是這方面的事。」

「怎麼可能，警方不可能求助於偵探吧。」

「是啊，普通偵探的話，那確實不可能。不過……」

月夜止住話頭，一臉得意地揚起下巴。

「如果是『名偵探』就有可能了。」

這個自稱名偵探的女人是認真的嗎，或者只是在開玩笑？遊馬感到困惑，九流間卻一臉興奮，臉頰甚至泛著潮紅。

「讀到案件細節時，我感到很驚訝，沒想到現實中真的發生了這麼悽慘又令人百思不解的殺

❶日語「九流間」發音與「汽車（Car）」相同，Match則有「行進」的意思。

人事件。而妳竟然解開了這個謎團。」

「不、其實這起事件也沒有那麼複雜。」

月夜的語氣不是謙遜，反而透露著一絲失望。

「乍看之下案情的確驚悚，手法也貌似複雜。然而，其中根本沒用上什麼了不起的詭計。之所以將遺體分屍，是為了使用部分屍塊來完成從外部上鎖的物理性詭計。至於將房間佈置成密室的目的，說來也很單純，只是兇手為了拖延時間，好讓屍體在自己下船後才被人發現而已。就算沒有我出馬，警方多花點時間也能自己察覺真相。原本還期待會是更棘手的謎團呢……」

「不不不，已經很厲害了。除此之外，妳還解決了其他不少事件不是嗎？像是六本木大廈頂樓發現墜落屍體的事件，殺人犯從足立警署莫名失蹤的事件，還有……」

聽著九流間一一細數的內容，遊馬聽得難以置信。那每一樁都是上過新聞的神秘事件，居然都靠這個自稱名偵探的女人才得以解決嗎……然而，月夜自身的表情卻顯得很不開心。

「那些事件也都一樣。光聽概要，好像每樁都有著充滿魅力的謎團，一旦動手去解決，卻發現不過是二流罪犯的無聊犯行。看來，想遇到能讓我充分發揮名偵探實力的，既殘忍又美麗的犯罪藝術，似乎不是一件易事。」

美麗的犯罪藝術……聽她這麼說，倒像希望發生慘案似的，遊馬不禁一陣愕然。這時，耳邊傳來某人強忍的笑聲。坐在數公尺外沙發上的中年男人揚起有一對厚唇的嘴角。男人下巴冒出鬍碴，包裹健壯魁梧身軀的西裝滿是皺褶。

「什麼名偵探，什麼充分發揮實力，明明就對案件挑三揀四的。」

像是不滿男人的態度，九流間皺起眉頭。

「這話是什麼意思？呃——沒記錯的話，您是刑警吧？」

「是啊，沒錯，敝人是長野縣警搜查一課的加加見剛，請多指教。」

這麼說完，加加見舉起手中的杯子說「這個、再給我一杯」。於是，這座館邸的女僕巴圓香立刻上前，一邊說「好的，馬上來」，一邊收下杯子。

「一條醫生的杯子也空了呢，要不要再來一杯？」

身穿古典女僕裝，搖曳著裙襬走來的圓香，圓潤臉龐上露出賣弄風情的笑容。她年紀應該已超過二十五歲，只是天生一張娃娃臉，讓她看上去甚至像是未成年。

「不、沒關係。謝謝妳，巴小姐。」

遊馬將雞尾酒杯交給她，圓香輕輕鞠躬，說著「那不打擾您了」，便又走了開去。

「好吧，讓我來回答剛才的問題。」加加見從鼻孔裡哼了一聲。「那邊那位自稱『名偵探』的小姐，在我們警方內部確實挺有名，畢竟號稱能解決各種棘手事件嘛。不過呢，一旦遇到真正難解的案件，或是判斷自己無法解決的事件，她就把委託通通推掉了。」

加加見屈指數了起來。

「巨無霸客機乘客消失事件、游泳選手泳池內燒死事件、博物館恐龍化石襲擊事件……」

這些全都是新聞大幅報導，且至今尚未解決的事件。正當遊馬回想這些事件的內容概要時，加加見指著月夜說：

「現在我舉出的事件，警方都曾委託妳提供協助，妳卻一口回絕了。換句話說，只要看到自己無力解決的事件，妳就夾著尾巴逃跑。我有說錯嗎？『名偵探』小姐。」

加加見這番話說得挑釁，月夜的表情卻是不為所動。

「要是有兩個身體，我也很想協助解決所有事件啊。但是，再怎麼說是個名偵探，我也無法一人分飾兩角，即使不情願，也只能回絕了。」

「因為太忙才回絕啊？聽起來真像藉口。沒差啦，我是不懂什麼名偵探不名偵探的，總之妳只有這點能耐就是。」

說著，加加見起身從圓香手中攫走杯子，當場離去。

「這男人真失禮，碧小姐，請妳別介意。」

九流間這麼說。月夜輕輕聳肩，微笑回答：

「沒事，名偵探本來就不容易被人理解，尤其是警方的人。」

「妳不介意就好。對了，一條醫生。」

話頭突然帶到自己身上，遊馬嚇了一跳，連回應「什、什麼事」的聲音都嘶啞了幾分。

「你是神津島的專屬醫生嘛，這麼說來，你也長期住在這棟玻璃塔中嗎？」

「不、我半年前才剛成為專屬醫生。因為要照顧家人的關係，無法在醫院上整天班。平常我住在山腳下的鎮上，一星期來這裡診療兩三次。平日住在這裡工作的，只有女僕巴小姐和管家老田先生而已。」

「喔喔，是這樣啊。對了，那你有聽說今晚神津島計畫做什麼嗎？好像說是有件大事要宣布？」

「沒有，我完全沒聽說。」

反正不是什麼了不起的事。遊馬內心如此暗忖，腦中回憶起上個月的對話。

「我打算舉辦一場集會。」

躺在床上的神津島忽然對正在幫他量血壓的遊馬這麼說。

「集會？」

一邊在電子病歷上輸入血壓數值，遊馬一邊反問。站在床邊的管家老田真三用客氣的語氣，代替神津島回答「是的」。老田身穿漿得筆挺的襯衫，打上蝴蝶領結，搭配黑色西裝褲，花白的頭髮用髮膠牢牢固定，一身標準「管家」打扮。

「老爺將在下個月第四週的週末，邀請眾多賓客前來玻璃塔，向大家宣布一件大事。到時，希望一條醫生也能在場。集會晚上開始舉行，預計請賓客留宿一夜，一條醫生也請務必住下來。」

「究竟是要宣布什麼事呢？」

「現在還不能說啊，醫生。請期待當天的到來吧。」

神津島從床上坐起上半身，撫摸下巴雪白的鬍子，粗獷臉上露出天真無邪的笑容。

他口中要「宣布的大事」，該不會是與生命科學相關的重要發現吧？遊馬如此暗自期待。神津島原本是帝都大學生命工程科的教授，幾年前才剛退休。他在生命工程領域留下傲人的功績，甚至有望獲得諾貝爾獎。

可是，事情似乎不如遊馬所期待。剛才聚集餐桌吃晚餐時，神津島介紹了同桌的幾個賓客。名偵探、推理作家、刑警、通靈人士、推理雜誌編輯……這陣仗怎麼看都不像是宣布生命科學領域重大發現的對象。這麼說來，今天神津島要宣布的大事，應該和他除了學者之外的另外一個身分有關了。

神津島太郎是個重度的推理狂，也是一位推理收藏家。他毫不吝惜地揮霍豐厚的財產，四處收購國內外推理小說、推理電影等寶貴文史資料，收藏在這座玻璃塔的瞭望室。人稱其為「神津島收藏」，在推理迷之間頗負盛名。這次，一定又是不知道在哪挖出了什麼寶，想召集眾人來炫耀一番吧。

「宣布的內容當然也令人期待，不過，光是能來這座有名的玻璃塔，我就已經很感動了。」

聽見月夜激動的聲音，遊馬回過神來。

「能親眼目睹『神津島收藏』，真教人深感榮幸。收到請帖時，我高興得忍不住歡呼呢。」

月夜彷彿祈禱般雙手交握，眼神閃閃發光，抬頭仰望垂掛華麗吊燈的天花板。

這人果然只是自稱名偵探，其實不過是個裝扮成福爾摩斯的推理阿宅罷了。遊馬正感到失望，九流間又開了口。

「碧小姐和神津島原先就認識嗎？」

「是的。他說想聽聽我解決的事件，所以我們在東京見過幾面。我在不違反名偵探保密義務的範圍內，跟他分享了一些事件的內容。對了，這麼說來，九流間老師和神津島先生又是什麼交情呢？」

「幾年前，他參加了我擔任講師的小說講座課。重度推理迷想自己創作也是常見的事。」

「神津島先生寫的小說？」月夜拔高了聲音。「世界數一數二的推理收藏家會寫出什麼樣的小說呢？真想一睹為快！」

「不、遺憾的是，無論多麼熱愛推理，也不代表寫得出好作品。他寫的小說……該怎麼說才好呢，缺乏原創性。總是寫出感覺像在哪裡看過的內容。」

九流間露出苦笑。

「他自己大概也察覺到這點，後來就放棄創作，也不再參加講座課了。只是，多虧那層緣分，今晚我才有幸承蒙招待。我自己對聲名遠播的『神津島收藏』以及這座玻璃塔都很感興趣，自然欣然赴宴。」

「這座玻璃塔是完全比照神津島先生發明的『三叉戟』形狀建成的吧。剛才在餐桌上聽到這件事，我還是初次耳聞。」

月夜略顯興奮地嚷嚷，視線朝放在暖爐旁的東西望去。那是一個模型。遊馬等人現在所在的這座玻璃塔，位於長野縣北阿爾卑斯南部的蝶岳山腹。精緻的模型正是仿照這座建築打造，表面覆蓋一層鮮豔酒紅色裝飾玻璃，高約一公尺左右的圓錐上，分佈著螺旋狀的玻璃窗戶。看上去簡直就像一條透明的蛇，盤旋在這座尖塔上。圓錐最上層，有個以透明玻璃包圍的空間。那裡，就是放置「神津島收藏」的瞭望室。

「建在深山裡的圓錐狀玻璃尖塔，感覺就像本格推理小說裡會出現的建築場景，似乎隨時都可能發生殺人事件。」

遊馬心臟劇烈跳動。喉嚨深處發出類似打嗝的輕微聲響。

「你怎麼了，一條先生？」

在月夜注視下，遊馬產生一股要被那泛褐色的大眼珠吸入的錯覺，勉強擠出沙啞的聲音：

「沒……沒什麼事，只是有點打嗝。」

「只要喝點糖水，就能止住打嗝了喔。」

「這樣啊，那我來試試看，失禮了。」

遊馬轉身離開，快步往前走。

沒什麼好緊張的。那個自稱名偵探的女人只是在耍嘴皮子。一邊這麼說服自己，視線朝右邊大片的落地玻璃窗望去。這裡過去不愧曾是座滑雪度假村，窗外一片皚皚白雪，數十公尺外隱約可見黑暗中浮現的森林輪廓。

反覆深呼吸，橫過娛樂室。這個寬度超過十公尺，長度三十多公尺，以緩和曲線拉出的空間裡，除了暖爐和好幾套沙發外，還放了撞球桌、撲克牌桌和點唱機，連吧檯都有。空間裡豎立著好幾根粗大的大理石柱，柱子表面鑲上半透明焦糖色玻璃裝飾。因為柱子多，死角也不少。除了屋主神津島外，所有人都在這間娛樂室裡自己找樂子打發時間。得跟所有人都搭過話才行。首先……遊馬走向吧檯。這時，和跟圓香一起為賓客送酒的管家老田擦身而過。遊馬對老田說「辛苦了」。

「您也辛苦了，一條醫生。有盡情享受嗎？」

老田單手端著放了雞尾酒的托盤，優雅地點頭致意。

「有的，不過還是盡量少喝點酒好了，畢竟我是神津島先生的專屬醫生。」

「別這麼說，請好好放鬆享受。不是以醫生的身分，而是以賓客的身分。老爺也有交代，要我們一定得好好款待您。」

「這樣啊。那就恭敬不如從命，再喝個一兩杯好了。」

老田微笑道「請一定要這麼做」，便走了開去。

「酒泉老弟，可以幫我調杯雞尾酒嗎？」

遊馬對吧檯裡，在T恤上披一件夾克，正在搖著調酒杯的褐髮青年這麼說。

「喔，一條醫生您來啦。要喝點什麼？」

廚師酒泉大樹爽朗地說。

「那就給我一杯琴蕾吧。話說回來，沒想到酒泉老弟連調酒都會啊。」

「您說的這是什麼話啊，醫生。我姓酒泉耶，酒水之泉，雞尾酒這點小意思，當然做得出來啊。應該說，我做菜的時候都在想著菜餚要怎麼跟酒搭配喔。今天的香煎合鴨，您不覺得跟葡萄酒搭配得天衣無縫嗎？很美味吧？那葡萄酒超貴的喔。拜此之賜，我也才能跟來這裡待命呀。」

酒泉拿起放在吧檯上的杯子，喝一口血紅的葡萄酒。

「是啊，很美味。一如往常，你的料理無話可說。」

遊馬的回答，令酒泉得意洋洋：「是吧？是吧？」

事實上是因為太過緊張，今晚遊馬根本吃不出菜餚的滋味。不過，能讓神津島頻繁從山腳下召來做菜的酒泉，烹飪功夫肯定是超一流無誤。過去也曾吃過好幾次他做的菜，每次都美味得舌頭像要融化。

這天傍晚，搭自己的車來到這座玻璃塔的賓客抵達後，先被帶往今晚各自過夜的房間。接著，從六點半開始在一樓餐廳吃酒泉做的法式全席料理。

那時，神津島先將所有參加此次集會的賓客介紹過一輪，之後就滔滔不絕地談論起自己的種種收藏，直到甜點上桌為止。也因為這樣，遊馬幾乎沒能和其他賓客說上話。

晚間八點，晚餐結束後，「十點開始宣布大事，在那之前，各位就在娛樂室輕鬆一下吧」，留下這句話，神津島離開了餐廳。

「話說回來，神津島先生到底要宣布什麼啊？」

快速搖動手中的調酒杯，酒泉喃喃嘟噥。

「酒泉老弟，你也有興趣？」

「不，我還好。我只要能做出美味料理就心滿意足了。所以，每次神津島先生請我來下廚，我都很高興。因為神津島先生總說，我想花多少預算採購食材都行。」

「不過，你來這裡的目的，可不只是為了做菜吧？」

遊馬揚起嘴角，拇指朝裙襬飛揚，正在勤奮工作的圓香指去。酒泉對圓香有好感，這是看一眼就知道的事。過去遊馬曾目睹好幾次酒泉追求圓香的場面，而圓香看來似乎也很享受被追求。

「嗯，當然有部分是為了那個原因啦。」酒泉抓抓頭。「要是沒有這種程度的樂趣，花再多錢請我，我也不想定期來這種深山裡啊。再說，在這裡做菜其實有點恐怖耶。畢竟這棟建築，對建築基準法和火災防治條例等法規完全視若無睹。」

「那方面的法規我不是很清楚，但應該就像你說的。只是，神津島先生是地方上的納稅大戶，政府也很難干涉他吧。話說回來，你跟巴小姐進展得如何啦？」

「感覺還不錯喔。我們已經約好了，下次她放假要去鎮上約會。」

酒泉身手俐落地搖晃調酒杯，將其中透明的液體注入威士忌酒杯。

「久等了，您的琴蕾。」

接過酒杯，遊馬一口喝乾。這款以琴酒為基底，酒精濃度高的雞尾酒，帶著灼燒般的刺激滑落食道。

「欸、這樣喝沒問題嗎？這酒挺烈的，您還用這種方式喝，很容易醉喔。」

「我酒量好，沒關係。謝謝你，這很好喝。祝你和巴小姐發展順利。」

不用點酒精稀釋緊張的話，感覺自己會先發瘋。

酒泉手持紅酒杯，輕輕揮了揮手，以爽朗的語氣回應「謝啦」。遊馬離開吧檯，心想，還剩誰沒說到話……？

視線朝十幾公尺後方，撲克牌桌旁的兩人望去。一個是戴眼鏡的中年清瘦男，一個是身穿粉紅色晚禮服，連頭髮都染成亮粉紅色，身材高大的中年女性。

遊馬走向兩人，出聲問「兩位在打撲克牌嗎？」清瘦男人轉過頭來。

「喔喔，你是神津島先生的專屬醫生……」

「在下一條遊馬。」

男人站起來說「久仰久仰，這是我的名片」，從懷中掏出名片遞上。遊馬接過名片，上面印著「月刊超推理總編　左京公介」的字樣。這本雜誌遊馬也知道，內容從本格推理小說的介紹，到真實性可疑的超常靈異現象都有，是一本以內容龐雜出名的月刊雜誌。

「我們不是在打撲克牌喔。」

坐回椅子上的左京，朝坐在發牌位置的女人轉身。

「要是跟這位女士打撲克牌，手上有什麼牌都逃不過她的法眼。」

「這位是夢讀女士吧？」

塗著大紅唇膏的嘴唇微微一笑，女人——夢讀水晶視線望向遊馬。

「哎呀，您認識我嗎？」

夢讀那張抹了白色粉底的臉綻放笑容。

夢讀水晶自稱「通靈人士」，定期出現在電視節目上，運用通靈能力解決種種事件。遊馬也曾看過那節目幾次，只是製作得實在太煽情，情節也很可疑，每次都途中就轉台了。

「當然啊，我每週都會固定收看《靈能偵探事件檔案》喔。」

「哎呀，那可真是多謝你。」

在那襲無處不綴著蕾絲花邊的粉紅晚禮服下，夢讀洋洋得意地挺起胸脯。

「既然有幸見到夢讀老師，我就請她幫我占卜了，機會難得嘛。」

左京語帶興奮。仔細一看，才發現撲克牌桌上放的不是撲克牌，而是塔羅牌。

「要是平常找我占卜，可是得提早幾個月才預約得到喔。話雖如此，看在神津島先生從以前就一直慷慨支持的份上，我今天才專程撥冗來參加這場集會。你是一條醫生吧？我來幫你占卜一下運勢如何？」

夢讀以靈活的手法洗牌。

「請容我推辭。要是占卜出的結果不好，我會一整天都忐忑不安，難以保持冷靜。」

其實遊馬對占卜一點興趣也沒有，也完全不相信什麼通靈人士。既然已達成交談的目的，跟這個人多說也無益。轉身就要離開時，耳邊傳來尖銳的嚇阻聲：「給我等一下！」只見夢讀收緊下巴，抬眼望向遊馬。

「你最好小心一點，因為你已經面露凶相。」

「凶相……」遊馬撫摸自己的臉頰。

「沒錯。不久之後，你將被捲入一場大災難。尤其是在這棟館邸內時，一定要充分保持警戒。這塊土地上累積的強大負面情感，都濃縮在一起了。」

夢讀皺起眉頭，以誇大的語氣這麼說。遊馬只回了「我會小心」，快步從撲克牌桌邊離開。什麼凶相啊。反正只是用些模稜兩可的說詞糊弄人而已吧，這是詐欺師常見的手法。遊馬一邊小心窺視周遭的狀況，一邊緩慢移動。賓客們各自找樂子打發時間，傭人們則為了招待賓客穿梭忙碌。眾人來到娛樂室自由行動後，已經過了三十分鐘左右，起初的尷尬漸漸消散，氣氛也愈來愈熱烈。

趁現在行動，絕對沒問題。遊馬躲在柱子陰影下移動，沒有人注意到這邊。按捺激昂的心情，裝作非常自然的樣子，朝娛樂室三個出口的其中一個接近。接著，小心翼翼不發出聲音地拉開門，身體快速滑出門縫。

總算勉強在不被任何人察覺的狀況下離開了娛樂室。吐出沉積肺部深處的空氣，遊馬揚起視線。這裡是圓形的一樓大廳，目測高達五公尺的天花板上，吊著幾盞金碧輝煌的吊燈，牆上則並列幾扇門。門後分別是通往視聽室、備餐廚房、餐廳和正面玄關的走廊。大廳中心聳立著直徑數公尺的巨大柱子。柱子表面包覆了一層色彩繽紛的裝飾玻璃，穿過位於柱子側面的出入口，眼前出現的，是一道縱貫上下的螺旋階梯。

用舌頭舔了舔乾涸的口腔，遊馬開始爬上階梯。

說是螺旋階梯，由於柱子並未做成中空，爬梯時看不到上方和下方。寬約兩公尺，以整面黑色玻璃裝飾的階梯，在嵌入牆內的LED淡淡燈光照射下浮現腳下。

沿著陡急的螺旋階梯往上爬了一又四分之一圈後，來到有兩扇門並列的樓梯間。看上去相當堅固的金屬門上，分別刻著「拾」與「玖」的文字。無視這兩扇門，遊馬繼續邁步往上。每向上爬四分之一圈，就設置著一處樓梯間。

「捌」、「柒」、「陸」、「伍」……依序通過刻著漢數字的門前，遊馬在自己留宿的「肆之室」前停下腳步。離目的地的「壹之室」只差一點了。

真的要動手嗎？我辦得到嗎？

爬樓梯爬得上氣不接下氣，現在更是氣喘吁吁。感覺得出身體發燙，冰涼的冷汗從汗腺源源不絕湧出。全身止不住顫抖。

這種狀態不可能順利動手，回房間冷靜一下吧。遊馬從牛仔褲口袋掏出刻有「肆」字樣的鑰匙，將門鎖打開。肆之鑰。

下一瞬間，腦中閃過笑得天真無邪的少女身影。肆之鑰從手中滑落，在玻璃階梯上彈跳。顫抖消失，原本發燙如水煮過的腦袋急速冷卻。

不是辦得到辦不到的問題，是非做不可。只有這條路可走了。

彎腰撿起鑰匙，遊馬快步踏上階梯。先是「參」，然後是「貳」，通過這兩扇門後，再往上爬半圈階梯，刻著「壹」的門就在眼前了。

站在樓梯間，吐出細長的一口氣，遊馬伸手敲門。鈍重的聲音在玻璃牆間反射迴盪。門內立刻傳出沙啞的聲音問：「是誰？」

「是我，一條，方便進去一下嗎？」

十幾秒後，取代回應傳入鼓膜的，是打開門鎖的喀嚓聲。

握住門把旋轉，拉開門後，散發光輝的美麗滿月映入遊馬眼簾。只有間接照明的房間內部昏暗，面朝戶外的部分是整面的落地玻璃窗，滿天閃爍的星光一覽無遺。

五年前心肌梗塞發作，心臟留下後遺症後，神津島就不太離開這間房間了。平常都住在這裡，由老田和圓香照料他的生活起居。只是，後遺症其實相當輕微，只要他願意，上上下下螺旋階梯也不是什麼問題。實際上，今晚他還不是自己在一樓和「壹之室」之間來回走動。

一如往常，這房間怎麼看都奇怪。反手鎖上門，遊馬內心嘀咕。每次來這間「壹之室」為神津島診療，都會有種腳踩在半空中的突兀感。

整個空間就像一個套在貫穿建築中央大柱上的甜甜圈，房內沒有隔間，書桌、會客用的沙發茶几組、餐桌和床星羅散佈其中。一旁牆上差不多與人臉齊高的位置，掛著一個橢圓形的鏡子，底下擺了一個小書櫃。

和書桌旁塞滿生命科學專業書籍的書櫃不同，這個小書櫃裡裝的都是小說。大部分是有「新本格運動」之稱的一九八〇年代後半到一九九〇年代前半，國內年輕推理作家陸續出道、推出許多傑作的時代裡發行的本格推理小說。

「打擾了，神津島先生。」

遊馬對著這座玻璃塔的主人神津島太郎背影寒暄。神津島背對門口，坐在放置於屋內正面的書桌後方一張皮革製的椅子上。書桌旁擺設著比娛樂室裡那個大兩倍的玻璃塔模型。

「有什麼事嗎？一條醫生。現在還不到晚上九點，我應該說過，集會晚上十點才會正式開始。」

「沒有啦，我是想關心一下您的身體狀況。」為了不讓聲音顫抖，遊馬使勁繃緊了喉頭。

「身體狀況？非常好。一想到馬上就能宣布那件事，只能說熱血沸騰，精力十足。」

神津島旋轉椅子，面向遊馬。微弱光線下，他的雙眼斑斕發光，嘴角上揚到幾乎露出犬齒。這副模樣，簡直就像一隻齜牙咧嘴的猛獸。那頭豐厚的白髮幾乎呈現銀白，加上一把長及胸口的落腮鬍，使人聯想到獅子的鬃毛。

「請不要太激動，萬一血壓上升，會對心臟造成太大的負擔。」

一方面受到神津島那完全不像七旬老人該有的活力震撼，遊馬故作輕鬆地這麼說。五年前，神津島心肌梗塞發作，接受了冠狀動脈繞道手術。之後，定期來為神經島診療，調整降血壓藥和抗凝血劑的劑量以防止心肌梗塞復發，這就是遊馬身為專屬醫生的工作。

「恕難從命，我等待今晚這件大事等很久了。」

神津島伸手去拿放在書桌上的巧克力盒，捻起一顆松露巧克力放入口中。一旁的玻璃菸灰缸裡，還看得到幾根菸屁股。

「我不是提醒過您很多次嗎？甜食和太油的東西都要盡量少吃。還有，您居然連菸都抽了？」

「別這麼死板，今天可是特別的日子啊。」

說著，神津島舔舐沾在手指上的巧克力。遊馬不動聲色，只轉動眼珠暗自觀察書桌上的情況。雖有優雅圖案的玻璃小盒中，放著一把刻上「壹」字的鑰匙。只要人在房內，鑰匙就會放入這個小盒裡，這是神津島的習慣。

一切都在料想之中。確認已跨越計畫的第一關卡後，遊馬開口說：

「話說回來，今天的賓客都各有特色呢。刑警、推理作家、通靈人士，最後再加上個名偵探。」

「其實我本來還想找一個醫生來的。」

「醫生？除了我之外嗎？」

「聽說東京有個接連解決了不少神秘事件的女醫。沒記錯的話，應該是天醫會綜合醫院的醫生。只是，對方好像忙於其他事件，拒絕了我的邀約。真是太可惜了。」

神津島搖搖頭，一副打從心底感到遺憾的模樣。

「沒關係啦，已經有一個名偵探參加，這樣就可以了吧。只是，如果那位女醫真的受邀前來的話，今晚的集會就不需要我出席了呢。」

「說的這是什麼話呢，一條醫生。你的角色也很重要啊。」

「這倒是，我可不打算把管理您健康狀態的任務交給其他醫生。」

「我很感謝你，願意定期到這種深山裡來看診的醫生可不好找。」

「我才應該感謝您。即使每週只來診療兩三次，依然付給我充分的酬勞。否則，現在的我無法全職工作，肯定早已為錢發愁了。」

「照顧家人這麼辛苦啊。」

「……是啊，沒錯。」

腦中閃過坐在輪椅上的少女，遊馬勉強扯動臉部肌肉，擠出笑容。

「對了，神津島先生。今晚要宣布的大事，是什麼樣的內容呢？」

「怎能現在就在這裡告訴你，為了宣布這件大事，我都已經做那麼多準備了。」

遊馬搔搔頭說「也對」。原本就不認為神津島會透露什麼，只是為了放鬆他的戒心，需要持續說點什麼才行而已。這樣，才能不落痕跡地把「那個」交給神津島。

「只不過呢……」

神津島潤潤嘴唇，模樣彷彿一條吐著舌信的蛇。

「看在一條醫生平日照顧我的份上，只跟你說個大概也無妨啦。」

「只說個大概……？」

遊馬這麼反問，神津島往前探身，壓低聲音說：

「我拿到了未發表過的長篇原稿。」

「這意思是，您發現某位知名作家的遺作嗎？」

遊馬提高了音量。作家死後，某種機緣巧合下找到生前未發表的原稿，這並不是什麼罕見的事。如果是知名作家，那作品的價值更是難以估計。

「神津島先生拿到的，想必是推理小說吧？是誰的作品呢？國內的作家嗎？還是外國作家？」

遊馬本身也是推理迷，這下好奇心全被點燃，一迭連聲追問。

「這個嘛，到時候你就知道了。總之我只能說，是非常有名，創造過家喻戶曉作品的人。」

既然未發表的作品落入他人手中，可見作者已經過世了。這樣的話，究竟會是誰呢？江戶川亂步、橫溝正史、鮎川哲也、松本清張、狄克森．卡爾、艾勒里．昆恩……腦中閃過許多知名推理作家的名字。

「只要向世人宣布了那個，推理小說的歷史將被連根顛覆，肯定會成為轟動世界的頭條新聞。」

連根顛覆推理小說的歷史？他發現的，該不會是柯南．道爾、阿嘉莎．克莉絲蒂或愛倫．坡等傳奇等級推理作家的遺作吧？

「費了一番工夫……真的是費了我好一番工夫啊……」神津島視線朝天花板的方向游移。

「等到今晚對世人盛大宣布這部作品的存在後，就要將它正式出版，所以才請來身為推理雜誌編輯的左京先生嗎？」

「是啊，沒錯。作品就是要讓愈多人讀到才愈有價值。只是，在那之前，我安排了個餘興節目。」

神津島露出少年般天真無邪的笑容。

「那部作品是本格推理喔。所有能揭開真相的線索都在作品裡，只要按照邏輯閱讀，就能找出真兇。」

「聽起來，是『給讀者的挑戰信』類型呢。」

「沒錯。所以，今晚的集會上，我只會公布『問題篇』，讓賓客們來解謎。」

「原來如此。推理小說作家、刑警、通靈人士以及名偵探。確實是最適合解謎的成員了。那麼，提出正確解答的人將得到什麼獎賞嗎？」

「正確解答？」神津島忍不住笑出來。「不會有人解得開的啊。不管讀幾次，那部作品裡的詭計都是真正的藝術。不可能有任何人說中真相。」

「既然是無人能解開的厲害推理詭計，為何又要讓賓客挑戰解謎呢？」

「為了宣傳啊。即使找來各路人馬，依然無人能解開的絕妙推理謎題。這種事一旦上了新聞，肯定獲得全日本……不、是全世界的矚目，也將一舉打響身為作品發表人的我的名聲。」

「就算不做這種事，神津島先生您早已聞名世界了吧？畢竟您可是『三叉戟』的開發者。」

遊馬這麼一說，笑容就如退潮般從身津島臉上散去。

「三叉戟啊……」

神津島喃喃低語，伸手撫摸書桌上的擺飾。高二十公分左右的玻璃圓錐，內部注滿了油，內藏於尖端的燈泡淡淡照亮漂浮其中的DNA模型。

由神津島開發，徹底改變基因療法的劃時代製品——三叉戟。

過去，神津島與藥廠合作，在大學裡研究能將藥劑以適當分量送到適當位置，並在適當時機發揮作用的「藥物傳遞系統」技術。而在差不多十年前，他發明了使用奈米科技的嶄新藥物傳遞系統，命名為「三叉戟」。

像更換槍頭的刀刃般，將圓錐形奈米藥劑尖端部分的分子結構做出細微的變化，這麼一來，「三叉戟」便得以和各種細胞受體結合，甚至可將DNA傳遞到細胞核內。以結果來說，三叉戟為基因療法帶來飛躍式的進化，從根本上改變了癌症等許多重症的治療方法。

神津島一舉成名，除了獲頒諾貝爾獎的呼聲變高外，每年還能拿到數十億的高額專利金。建設這座玻璃塔與蒐集來自世界各地寶貴推理文史資料的財富，都來自這個「三叉戟」。

「沒錯，我確實因為三叉戟而獲得財富與名聲。可是，那樣仍無法滿足我的心。為了追求更高的聲譽，我拚命持續研究，眼前卻出現了一堵厚厚的牆，阻礙了我的去路。」

「牆？」

「倫理道德啊。現代的倫理道德觀，成了阻礙進步的高牆。一條醫生，你認為這世界上令醫學進步最多的是誰？」

「令醫學進步？……發現抗生素的弗萊明嗎？」

「不，是納粹。」

遊馬表情為之僵硬。

「別擺出那個臉嘛。身為醫師的你，一定明白納粹對醫學發展的貢獻。他們不受倫理道德束縛，只要認為必須做的事，無論多不人道的研究也毫不猶豫進行。在最短期間內促成醫學最大進步的推手，正是這樣的納粹。」

大大嘆口氣，神津島撫摸桌上的擺飾。

「我感到失望。對受倫理道德束縛，劃地自限的科學感到失望。說不定我從一開始就對科學不抱持夢想。你認為我為何要蓋這座玻璃塔？」

神津島站起來，走向放在書桌旁的玻璃塔模型。

位於建築物最上方的圓錐狀玻璃拱頂空間，是兼作神津島收藏展示室的瞭望室。正下方就是現在遊馬和神津島所在之處，有著全面玻璃窗的「壹之室」。從這裡繼續往下，從「貳之室」到「拾之室」的房間窗戶呈螺旋狀設置。

除了窗戶部分，建築外牆皆以平滑的酒紅色裝飾玻璃覆蓋，只有一樓餐廳和娛樂室的外牆是透明的落地玻璃窗。模型連建築基礎部位，白雪覆蓋的地面和四周遼闊的森林都如實重現。

「這模型做得很棒吧。是工匠沿著型紙抹平玻璃做出來的。」

神津島拿起書桌上的三叉戟擺飾，放在玻璃塔模型的雪地上。玻璃塔的模型和三叉戟的模型，兩者形狀幾乎相同，色調也一樣，並排在一起就像一對親子。

「您不是為了將三叉戟的功績流傳後世，才蓋了這座按照三叉戟外型打造的房子嗎？」

在扭曲的虛榮心驅使下，蓋了這棟品味低劣的館邸。應該每個人都是這麼認為的吧。

「這樣說也是沒錯啦，我確實要求蓋這座玻璃塔的人完美重現三叉戟的細節。對了，你知道我父親的職業吧？」

「我記得應該是玻璃工匠？」遊馬想起以前診療時的談話。

「對，玻璃工匠。只是手藝不怎麼樣，所以我家一直很窮。這樣的父親嚴厲要求我讀書，他認為自己貧窮的原因是沒有學問，所以總是對我說，你要不惜一切努力讀書，然後賺大錢。只要看見我偷懶不用功，他就會把我揍到認不出是誰。」

神津島發出乾硬的笑聲，遊馬不知如何回應，只能模稜兩可地點頭。

「我按照父親指示投身學術領域，賺到用也用不完的大筆財富。為了證明即使是沒有學問的玻璃工匠，他的兒子也能獲得這番成就，我花費大筆金錢蓋了這棟玻璃塔。直到最近，連我自己都還這麼認為，不過……其實不是這樣的。」

「那麼應該是怎樣呢？」

「我從以前就喜歡推理小說，尤其偏愛江戶川亂步的作品。可是，在我小時候，亂步的小說被視為低俗作品，讀他的書經常受人鄙視。」

「這我也聽說過。」

「不用說，父親也不許我讀亂步。一旦發現我在看，他就會把我綁在樹幹上一整晚。即使如此，我還是繼續看。看明智小五郎、夏洛克．福爾摩斯、赫丘勒．白羅在書中大顯身手。只有推理小說的世界能讓我逃離現實，其中，人稱『本格推理』的高等智力賽局更是特別吸引我。」

神津島的聲音漸漸夾雜了熱情。

「成為學者之後也一樣，感到痛苦時我就去讀小說。然而，當時是松本清張帶來的社會派推理小說全盛期，日本的本格推理陷入疲軟無力狀態。不過，八〇年代後半，靠橫溝正史、高木彬光和鮎川哲也勉強維繫的本格推理火苗，先由島田莊司添加了柴薪，再加入名為《殺人十角館》的汽油，新本格運動就這樣綻放了壯闊絢爛的煙火。每個月都有推理傑作發行，令我興奮不已。我將這份喜悅化為投入研究的動力，在科學家這條路上取得成就。正因如此，才會蓋了這座玻璃塔，開始住進這裡。」

「正因如此？」

「最初看到這棟異樣的建築時，你有什麼想法？」

神津島指著玻璃塔的模型問。

「該怎麼說好呢，簡直就像推理小說的舞台……」

遊馬小心翼翼回答，神津島露出得意的表情點頭。

「沒錯，正如你所說。這棟房子豈不就是暴風雪山莊模式的本格推理舞台嗎？我住在這裡，感覺就像自己活在虛構的情節中。住在這詭異的館邸，身邊環繞著各式各樣推理收藏，這就是我理想中的生活。」

神津島將手中的三叉戟擺飾隨意往桌上一放。

「從生命科學領域贏得的名聲，對我而言毫無意義。我對諾貝爾獎也沒興趣。比起詹姆斯・

杜威・華生或弗朗西斯・克里克[2]，我更想成為綾辻行人。」

比起做出DNA雙螺旋結構這堪稱二十世紀生物學上最大發現的兩位生物學家，神津島更想成為一九八七年出版《殺人十角館》，掀起新本格運動熱潮的推理小說界大師。光從這句話，就能看出他內心充滿對推理小說的愛。

遊馬朝牆邊的小書櫃投以一瞥。最上層排放著從《殺人十角館》到《殺人奇面館》等十一本《殺人〇〇館》系列小說。

這麼說來，遊馬才想起自己住的「肆之室」裡的書櫃，也放了一樣的書。這時，神津島張大雙手。

「今晚，我的夢想即將實現。發表那部作品後，我的名字也將雋刻在推理小說史上了。」

發現超知名作家未曾發表的遺作，並向全世界公開。這確實是足以名留後世的功績。

「好期待知道是誰寫下的何種作品。」

「是啊，你就好好期待吧。我也打算請你參加推理競賽。」

「我等不及了。」

這句話並非違心之論。沒錯，要是可以的話，遊馬也希望能夠參加這場精采的活動，挑戰那部珍貴作品裡的詭計。然而，如果想實現這個願望，就得先說服神津島「那件事」才行。

「對了……判決快出來了吧？」

為了不讓對方察覺自己的意圖，遊馬刻意用若無其事的語氣問。神津島低聲回應「判決？」

笑容從他臉上消失。

「要求潮田製藥中止新藥上市的官司啊。沒記錯的話，結果應該會在下個月出來吧？」

「喔，好像是。」

一副不感興趣的樣子嘀咕著，神津島抓了抓鼻頭。

「這場官司，您真的要打到底嗎？」

「當然啊，那些傢伙侵害了我的專利權耶。」

神津島不悅地啐了一聲。看到這樣的他，遊馬往前探身。

「可是，有很多病患都在等待這個新藥上市啊……ALS的病患。」

ALS，肌萎縮性脊髓側索硬化症。全身肌肉逐漸萎縮的重症，至今沒有根治的方法。隨著症狀的惡化，病患肌力不斷流失，最後導致無法行走，連保持一定姿勢都很困難，只能躺在床上。漸漸地，連呼吸所需的肌肉也衰退無力。到了這個地步，為了維持病患的生命，唯一的方法就是切開氣管，插入連接人工呼吸器的管子。

然而，一旦開始使用人工呼吸器，就再也沒有人能停止這麼做了。若是停止使用人工呼吸器，病患將失去生命。這在日本的法律上等同於殺人罪。

病患在只有眼珠能轉動的狀態下，靠著機器繼續活上幾年，甚至幾十年。正因如此，ALS病

---

❷ 兩者皆是曾獲諾貝爾獎的生物學家。

況惡化的患者和家屬才會那麼痛苦，被迫做出萬不得已的選擇。不是讓患者在無法自主呼吸時迎向生命終點，就是和機器綁在一起，以動彈不得的狀態延續生命。

可是，大約兩年前，一絲希望之光照亮了這樣的困境。國內最大規模藥廠潮田製藥，開發了新的ALS基因療法藥物。在臨床實驗階段，這種藥物已展現驚人成效，將DNA送入脊髓側索的神經細胞內，令造成病症的基因重返正常。可說近乎完美地成功遏制了ALS症狀惡化。

秉持實驗結果，潮田製藥著手向厚生勞動省提出藥證申請。然而，新藥上市的進行，卻因神津島的介入而喊停。

神津島主張潮田製藥所開發的將DNA送入細胞內的技術，侵害了他的三叉戟專利，對潮田製藥提出中止核發藥證的官司。法院審議的結果，認定新藥採用的藥物傳遞系統確實有部分與三叉戟專利互相牴觸。面對這個結果，潮田製藥表示願意提出高額的和解金，換取神津島撤銷對藥證的中止申請。不料，神津島拒絕了和解，官司延宕至今。

「那是劃時代的新藥，要是取得藥證順利上市，將能拯救全日本……不、是全世界數十萬名ALS患者。」

雙手撐在書桌上，遊馬激動訴說，神津島卻不以為意地揮揮手。

「那種事，跟我一點關係也沒有。」

「一點關係……也沒有……」

「沒錯。不管死掉多少不認識的人，我都不痛不癢。可是那種藥盜用了我拚死拚活發明的技術，就該從這世界上消失。」

「潮田製藥沒有盜用，只是碰巧採用了類似的途徑，將DNA送入細胞——」

「喂，夠了！」神津島不耐煩地甩頭。「同樣的話我已經聽太多次，聽到耳朵都長繭了。那種事跟我無關，我就是看那間製藥公司不順眼。」

「可是，潮田製藥不是願意提出高額和解金嗎？」

「和解金？」神津島瞪了遊馬一眼。「難道你以為我想要的是錢？我都已經有這麼多財產了。那些傢伙以為只要把鈔票甩在別人臉上，每個人都會對他們言聽計從啊？」

「不是這樣的……潮田製藥只是想展現誠意而已。如此一來，眾多為ALS所苦的病患就能得救……」

「囉唆！」

神津島大聲叱喝，嚇得遊馬縮了縮身體。

「那些世俗的想法我一點也不在乎。剛才也說過，我已經決定要活在這座館邸裡，活在推理小說的世界中了。」

「非常抱歉。」

遊馬收回前傾的身體，內心深處有什麼正在急速冷卻。

是啊，神津島就是這種人。滿腦子只考慮自己的利益，對他人毫無同理心。這不是一開始就知道的事嗎？我到底還期待他做什麼？想著想著，嘴裡忍不住發出低沉的乾笑。

聽了他小時候的事就心生同情了嗎？還是對同為推理小說愛好家的他有所共鳴？簡直太愚蠢。我不是打從一開始就下定決心才來接近這男人的嗎？

為了將神津島太郎從這世上抹消。

「難得的好心情都被你破壞了，快點給我滾出房間。」

神津島用力嘖了一聲，伸手指向門口。

「好的，我明白了。只是，在那之前還有一件事得做。」

用沒有抑揚頓挫的語氣這麼說著，遊馬從外套口袋取出咖啡色的藥瓶。

打開瓶蓋，從中拈出一顆小小的膠囊，遞給神津島。

「保險起見，請您服下這顆藥。」

「這什麼東西？」神津島盯著捏在指尖的膠囊打量。

「短時間見效的降血壓藥，用來預防神津島先生因為今晚的活動情緒太激動，血壓升得太高。」

遊馬窺視神津島的眼睛。如果他拒絕服藥，就算來硬的也要讓他吞下去。

在這之前，每次來為神津島看診時，管家老田總會隨侍一旁，彷彿在監視遊馬。只有老田忙於招待賓客的今晚，是遊馬唯一能與神津島獨處的機會。

「有必要特地服用這種東西嗎？」

「有的。假使您不希望心臟病發作，就請您服下去。」

遊馬以排除一切情感的聲音做出指示，神津島雖然略現不滿神情，仍老實將膠囊放入口中，配著酒杯裡的干邑白蘭地吞下去。

「這樣就行了吧？」

「是的，這樣就行了。沒錯，這樣就行了……」

遊馬緊繃的臉部肌肉鬆弛，繼續說「對了」。

「神津島先生，你還記得上個月讓我看了最新收藏品的事嗎？用河豚肝臟磨成的粉末。」

「喔，當然記得啊。那又怎麼了嗎？」

「那是九流間老師代表作《無限密室》裡出現過的毒藥吧？不過，再怎麼說是名著裡的兇器，要拿到貨真價實的劇毒可不是一件容易的事。您真不愧是世界數一數二的收藏家，我打從內心佩服。」

「你想說什麼？」

皺著眉頭，神津島忽然發出「唔唔」的呻吟，用手按壓喉嚨。

「看來已經發揮效果了呢。原本以為會多花點時間，我還特地下了充足的分量。」

「……發揮效果？……你在說什麼？」神津島勉強擠出痛苦的聲音。

「這還用說嗎？當然是河豚肝啊。剛才服下的膠囊裡，裝的正是你收藏的劇毒。擅自拿來使用真是非常抱歉，能以這種方式還給你真是太好了。」

神津島瞪大眼睛，朝遊馬伸出顫抖的手：「給我解藥……」

「可惜，河豚毒是無藥可解的喔。」

遊馬冷冷回答，神津島撐不住身體，倒在書桌上。

「為什麼……要做這種事……？」

「我說過要照顧生病的家人吧？你該不會以為我照顧的是父母或祖父母？不是的。我的雙親和祖父母都已過世，唯一剩下的親人，只有小很多歲的妹妹……罹患ALS的妹妹。」

神津島用力倒抽了一口氣。

「前年發病，去年初已經無法自己走路。病況惡化得很快，要是繼續那樣下去，去年可能早就得裝人工呼吸器了。就在那時，我們找到潮田製藥正在做的藥物臨床實驗。」

遊馬彎下腰，湊向神津島的臉。

「潮田製藥的新藥效果非常好。開始臨床實驗不久，妹妹的症狀就停止惡化，至今過了一年，肌力依然維持得不錯，沒有衰退。不只如此，經過長期復健，現在她就快要恢復到可以靠自己行走了。可是，一旦新藥無法取得藥證，今後她將不能繼續接受治療，呼吸肌也會在一年內麻痺。這樣，你能理解我為什麼要這麼做了嗎？」

半年前，聽聞神津島正在招募專屬醫生時，遊馬就下定了決心。為了妹妹，弄髒自己的雙手也在所不惜。

「做出……這種事……你會……被逮捕的……」

大概是舌頭開始麻痺了吧，神津島連一句話也說得斷斷續續。

「不、我才不會被逮捕。真要說的話，整件事根本不會成為案件。因為你將以在密室裡自然死亡的形式喪命。」

遊馬拿起放在玻璃盒中的「壹之鑰」。

「等等確定你死亡後，我就會離開這間房間，用這把鑰匙鎖上門，回到娛樂室。十點過後，看到你遲遲沒有下來，喊你也沒有反應，眾人一定會陷入騷動，拿萬用鑰匙來開門進屋。趁眾人發現你的遺體慌張失措時，我再把鑰匙放在地上，佈置出你難受掙扎時打翻盒子，鑰匙掉到地上的假象。」

遊馬把鑰匙放進襯衫口袋，隨手朝盒子一揮，玻璃製的盒子就掉在鋪了毛毯的地板上。

「之後，由我檢查你的遺體，做出死因為心肌梗塞的判斷。既然身為醫師的我宣布死因為病死，你的死亡就不會成為案件，只是單純的自然死。這麼一來，警察不會來，屍體也不會送司法解剖，等到遺體火化之後，犯罪證據就永遠消失了。」

遊馬如此說明的當下，神津島坐在椅子上的身體不斷傾斜。

「已經連坐在椅子上都沒辦法了嗎？河豚毒素是強烈的神經毒素，會使你全身肌肉麻痺，最後連呼吸肌都動不了，因此窒息身亡。這和ALS的症狀很像呢。你現在正用超高速度體驗ALS患者的痛苦，總該有點能理解ALS患者和家屬為何那麼想要潮田製藥的新藥了吧？」

神津島瞪視遊馬，發出「你……竟敢……」的聲音。

「你該慶幸啊，神津島先生。這可是密室殺人喔，你現在身處的，正是推理小說的世界。正如你所希望，成為小說中的角色了。只可惜，是站在被害人的立場。」

似乎連聲音都發不出來，神津島只能鐵青著臉喘氣。看到他這副模樣，遊馬激昂的情緒逐漸冷卻。

神津島一死，和藥廠打的官司隨之結束，新藥就能順利取得藥證了。如此一來，許多的ALS患者就能得救。然而，即使如此，也不等於自己做的是正當行為。

為了守護妹妹的性命，犯下殺人的禁忌。這本來是該受到懲罰的事。可是……

「可是，我絕對不能被警方逮捕……」

遊馬握緊拳頭。要是被捕，等於害妹妹揹上「殺人兇手的家人」的十字架。

「真的很抱歉，神津島先生。」

心知肚明這只不過是自私的自我滿足，對神津島說出謝罪話語的瞬間，眼看就要從椅子上跌下的神津島，忽然用雙手抓住書桌上的電話筒。

遊馬睜大雙眼。那是直通管家老田行動電話的內線電話。

急忙撲向書桌，試圖搶走電話筒。不料，神津島就像死命保護孩子的母親，以瀕死之人不該有的力氣緊抓住電話筒，怎麼也不放手。

『老爺，有什麼事嗎？』

電話筒那端傳來老田的聲音。

神津島擠出斷斷續續的「救……救我……」

『老爺？老爺！您沒事吧！』

老田焦急的聲音響起時，遊馬從神津島手中奪走電話筒。

『我馬上過去！請您稍等一下！』

老田喊出這句話後，隨即掛上電話。話筒從遊馬手中滑落。

老田就要來了。不、聽見神津島求助的聲音，娛樂室裡的賓客們或許也會全體趕來。得快逃離這裡才行。現在馬上就得離開這間房間。一個跺腳，遊馬朝門口飛奔，打開房門走出房間。正想衝下階梯時，身體一陣顫抖。

神津島還沒死透。要是老田在這狀態下趕來，或許會從神津島口中聽到事情的經過。必須再拖延一點時間，確定神津島真正斷氣。

遊馬從襯衫口袋取出壹之鑰，插進鎖孔。然而，手抖得太厲害，無法順利插入。花了好幾秒的時間，好不容易才把鑰匙插入鎖孔。轉動手腕鎖上門，開始往下衝。

絆了幾次腳，跌跌撞撞下到「伍之室」門旁的樓梯間時，聽見樓下傳來腳步聲，遊馬全身為之僵硬。而且，那還不是一兩個人的腳步聲，整個娛樂室裡的人恐怕都上樓來了。

該回頭嗎？經過「壹之室」，繼續往上爬到底，就是放有神津島收藏的瞭望室。「壹」到「拾」每間房間的鑰匙，應該都能用來打開瞭望室的門。不如躲進瞭望室……

不行。遊馬猛力甩頭。老田和賓客們等一下就會站在「壹之室」前的樓梯間，試圖打開房門。就算現在一片混亂中誰都沒發現，只要繼續站在樓梯間等待開門，一定會有人察覺遊馬不在眾人之中。畢竟賓客裡可是有一個刑警和一個名偵探啊。

怎麼辦？怎麼做才好？這時，幾乎因慌亂而當機的頭腦，忽然跳出了一個主意。宛如受到電擊，遊馬顫抖著身體轉身沿著階梯往上爬。一邊聽著背後追趕般的腳步聲，終於來到自己住的「肆之室」門前，取出「肆之鑰」開門。

鑽進屋內的遊馬，氣喘吁吁靠在關起的門上。老田等人的腳步聲也在這時透過背後的金屬門傳入耳中。遊馬依然背靠著門，身體往下滑，頹坐在地上。

總算甩掉了他們。這下，完全犯罪就此成立。

不、還沒有。抱著膝蓋無力垂頭的遊馬赫然抬起頭。還沒結束。得在不被察覺的狀況下加入試圖打開壹之室房門的人群中才行。

耳朵抵上冰冷的門扉。已經沒聽見腳步聲了。

站起來，小心翼翼開門，從門縫裡窺探樓梯上的狀況。看得見的範圍內沒有人影，所有人都已上去了吧。

快速走出房間，遊馬小跑步上樓。上方傳來老田喊叫「老爺！老爺！」的聲音。經過「參之室」，還差一點就到時，看見身穿女僕裝的圓香嬌小的背影。再往前是一臉凝重望向階梯頂端的九流間。狹窄的階梯上站著好幾個人，像是在排隊一樣。

「巴小姐，情況如何？」

走向站在「貳之室」外樓梯間的圓香，遊馬用避免令人起疑的若無其事語氣詢問。

「啊、一條醫生。門好像打不開。」

鈍重的敲門聲和老田悲痛呼喊「老爺！」的聲音，在玻璃牆面間迴盪。

「老田先生，你沒有這扇門的鑰匙嗎？」

一個男人這麼問。應該是編輯左京吧。

「鑰匙在老爺自己手上。不過，娛樂室暖爐旁的鑰匙櫃裡有萬用鑰匙。」

「我去拿！」

這次是酒泉的聲音。一邊說著「不好意思、不好意思」一邊下樓的酒泉，從遊馬身邊經過。目送他的身影拐過死角，直到看不見後，遊馬才將視線轉回前方。瞬間，全身竄過一股緊張感。

站在九流間前面的碧月夜身體依然朝前，只轉過頭來凝視遊馬。

「碧小姐，怎麼了嗎？」

遊馬以嘶啞的聲音這麼問，名偵探瞇起眼睛說「不、沒什麼」，再度轉向前方。

她發現了什麼嗎？自己犯下什麼失誤了嗎？遊馬把手放在胸口，掌心感受著快速脈動的心跳。

幾分鐘後，「找到了！」上氣不接下氣的酒泉帶著鑰匙回來，再次從遊馬等人身邊經過。很快地，聽見「喀嚓」的開鎖聲，接著是推開門的聲音。列隊的人龍開始移動。

給我去死。拜託，快給我去死。

一邊上樓，內心一邊拚命祈求神津島已死亡。踏入壹之室，看見眼前的光景時，遊馬連話都說不出來。

書桌旁的玻璃塔模型橫倒在地，原本裝飾於外牆的玻璃碎裂，散落一地。此外，不知為何，模型像被勉強拗轉過似的，墊在底座的紙張破了，從中間部分呈現歪斜扭曲的形狀。

「老爺！您沒事吧！老爺！」

悲痛的叫聲在室內迴響。老田拚命搖晃倒在書桌前的神津島。

如果神津島還保留一口氣，一切就完蛋了。他將指出兇手是誰，而自己就會被逮捕。緊張之中，遊馬與其他賓客一起進入房間，圍站在神津島四周。

「巴，快叫救護車！」老田抬起頭大喊。

圓香急忙朝桌上的電話伸手。然而，一聲低沉的「住手！」響徹四周。圓香身體猛力一顫，手肘順勢不小心撞上玻璃菸灰缸。菸灰四散，從桌上掉落地面的菸灰缸在地毯上摔碎。看到這個，加加見嘖了一聲，老田則質問他：

「加加見先生，您為什麼要阻止？這樣下去老爺他……」

「救護車從鎮上到這裡得花上幾十分鐘吧？」

加加見低頭俯視地上無力癱軟的神津島。老田只說了「這……」便為之語塞。

「太遲了，他已完全是個死人。看過幾百具遺體的我說了準沒錯。」

見眾人視線皆集中在嚴肅皺眉的加加見臉上，遊馬悄悄把手伸入口袋，用掌心包住壹之鑰。握住鑰匙的拳頭從口袋裡拿出來，垂下手臂，再輕輕張開手指。鑰匙幾乎無聲地落在地毯上。

「怎麼會這樣……為什麼……」

老田攀在神津島身上，肩膀不住顫抖。遊馬舔舐乾燥的口腔，小心翼翼開口。

「我猜，應該是心肌梗塞再度發作了。神津島先生以前曾心臟病發，做過冠狀動脈的繞道手術。」

「可是，為什麼偏偏在今天這個日子呢？老爺一直滿心期盼今晚的集會。」

「就因為是今天這個日子才發作的吧？想到盼望多時的活動即將舉行，心情太過激動，血壓瞬間攀升，對血管造成了負擔。」

一邊說明，遊馬一邊往前踏出一步。

「不介意的話，請讓我來做死亡鑑定吧。」

只要由自己這個醫生宣判死因為心肌梗塞，神津島的死就會被視為自然死亡，完全犯罪就此成立。

遊馬跪在神津島身旁，正要開始確認，眼前卻橫過一隻手臂。

「你怎麼能斷定是心肌梗塞？」

橫過手臂的加加見惡狠狠瞪視遊馬，遊馬心臟不由得猛烈跳動。

「不……因為神津島先生心臟本來就不好……」

「就算這樣，沒經過解剖，也不能斷定死因就是心肌梗塞吧。」

在加加見散發殺氣的視線壓力下，遊馬只能囁嚅說道「這……」

「神津島氏說過，今晚要宣布一件大事。在那之前忽然病死，未免太巧合了。該不會他要宣布的，是某人不希望被別人知道的情報？比方說……神津島氏可能想揭發誰的犯罪行為？」

加加見低聲繼續。

「這麼一來，那個人或許就會為了封口而殺害神津島氏了。」

「你的意思是，神津島先生是被殺死的嗎？那麼，找我來是為了將揭發的犯罪行為刊登在雜誌上嗎？」

似乎聞到頭條新聞的味道，左京拉大了嗓門。

「別激動，又還不確定真是這樣。只能說，既然無法否定這個可能，就必須進行通報。」

「通報……警察嗎……？」遊馬氣若游絲地問。

「當然。畢竟這可能是殺人事件啊！首先，請鑑識科徹底調查整個房間，再由驗屍官就屍體狀況判斷是否有殺人可能，如果有的話，遺體就得送司法解剖。」

一旦經過司法解剖，神津島遭殺害的事就瞞不住了。唯有這點非避免不可。

「若解剖確定有外傷，這起案件就將朝殺人事件的方向進行搜查，由轄區警署成立搜查總部……」

聽著加加見的話，遊馬斜眼朝掉在地上的壹之鑰望去。加加見懷疑神津島有遭人暴力殺害的可能。這樣的話，只要讓他發現死亡當下這間房間呈現密室狀態，或許就會放棄殺人事件的可能性。

快發現啊。快來個人發現地上的鑰匙啊。當遊馬內心不斷祈禱時，九流間低聲嘟噥：

「可是，這間房間上了鎖吧。如果神津島是被人殺死的，不就表示兇手還在屋內？」

眾人一陣緊張，酒泉更是環顧四周大喊「兇手？」

「這間館邸內，除了現在這裡的各位之外，應該沒有其他人才對。」老田一臉困惑地說。

「那可未必。說不定有人趁大家不注意時偷跑進來。你們等著。」

說完，加加見一邊戒備周遭，一邊搜索起房間。花了幾十秒時間，將甜甜圈狀的房間搜了一圈後，失望地搔著頭回來。

「盥洗台和床底下都看了，沒找到躲藏的人。換句話說，兇手在殺害神津島氏後，就出了這間房間，並將門鎖上。」

「請等一下，還不能肯定神津島先生是被殺死的吧。」

遊馬提出抗議，加加見皺著眉頭說「我只是以假設發生了兇殺事件為前提」。這時，圓香發出驚呼。

「鑰匙！這間房間的鑰匙在那。」

圓香看見剛才遊馬丟在地上的鑰匙，並打算撿起來。

「別碰！」

加加見一聲怒斥，把圓香嚇得縮起身子。

「我不是說了嗎！這裡可能是案發現場，什麼都不許碰！」

「非、非常抱歉。」

圓香鐵青著臉道歉，加加見大步走向她，蹲下來凝視地上的鑰匙。

「上面刻著『壹』字，應該是這間房間的鑰匙吧。」

「那是壹之鑰，老爺總是把它放在那邊那個小玻璃盒裡。」

老田指向掉在地毯上的玻璃盒。

「原來如此，痛苦掙扎時，不小心把盒子揮到地上，鑰匙掉到這裡來了是嗎？」

撫摸下巴上的鬍碴，加加見轉頭看老田。

「這間房間有幾把鑰匙？」

「只有一把。這座館邸每個房間的門都只打了一把鑰匙。這把壹之鑰，老爺總是隨身攜帶。老爺個性比較神經質，不管自己在不在這間壹之室裡，都會把門鎖上。」

「會不會有人偷偷打了備鑰？」

「不，那是不可能的事。這座館邸的鑰匙經過特別打造，裡面都置入了特殊晶片，除非委託製造公司，否則絕對打不出備鑰。老爺和製造鑰匙的公司訂有契約，只要一有人提出打備鑰的申請，製造公司就會先通知老爺。因此，能打開這扇門的，只有掉在那裡的那把鑰匙和萬用鑰匙。如果您不相信，可以去問製造公司。」

「好啊，我會這麼做的。」

加加見沒好氣地回應，九流間走向他說：

「鑰匙在房間裡，萬用鑰又放在娛樂室的鑰匙櫃內保管。這麼看來，神津島死亡時，這間房間就是密室了呢。」

「什麼密室啊。」加加見轉頭瞪著九流間。「現實中有人死了，這可和你寫的那種無聊推理小說不一樣。閃一邊去！」

「推理小說才不是無聊的東西！」

房中響起正氣十足的反駁聲。剛才一直沒有開口的月夜，以犀利視線盯住加加見。

「推理小說是作者與讀者用盡全力較勁智慧的高等智力賽局。說它是從愛倫．坡出版《莫爾格街兇殺案》至今擁有一百數十年歷史的傳統技藝也不為過。縝密交織的伏筆，美麗動人的謎題，這樣的作品只能說是藝術品。」

看到月夜熱烈發表對推理小說的看法，加加見先是愕然無語，又重振威風地站起來說「總而言之」。

「既然還不清楚發生了什麼事，當然必須好好調查。」

看來，報警是無法避免的事了。遊馬陷入絕望。這時，站在一旁的夢讀水晶抖著晚禮服上的花邊往前走，朝神津島臉部上方伸出手。

「妳在做什麼？」

「我在讀取神津島先生的殘留意念。我從神津島先生遺體上感受到強烈的憤怒，恐怕是枉死導致的怒氣。你說得沒錯，神津島先生被人殺害的可能性很高。」

「我對超自然現象沒有興趣。聽好了，鑑識人員來之前，誰都不准碰這屋內的任何東西。」

加加見推了推夢讀的肩膀，那張化著大濃妝的臉露出不悅的神情。這時，屋內發出電子儀器的喀嚓聲。仔細一看，月夜手持智慧型手機，拍照的鏡頭不知何時對著傾倒的玻璃塔模型。

「喂，不是叫你們不准碰嗎！」

「所以我沒碰啊，只是在拍照。」

月夜說得不當一回事，加加見走向她。

「妳這個外行人拍了照片又能怎樣！」

「不是外行人，我是名偵探。再說，你看……」月夜指著倒下的模型。「這裡寫著很有趣的東西喔。」

「有趣的東西？」

加加見皺眉靠近，視線往下看。遊馬和其他人也走到模型旁。

被扭斷的玻璃塔底部，覆蓋皚皚白雪的地面上，以咖啡色的粗線寫著一個英文字母。

「……Y？」

酒泉低聲唸出來。沒錯，雖然字跡歪七扭八，那看上去確實是個大寫的「Y」。

「這什麼意思啊？」

加加見這麼嘀咕，月夜喜孜孜地回答：

「一定是死前留言。」

「死前……？什麼東西？」

「你不知道什麼是死前留言？」

月夜發出驚訝的聲音，像外國電影裡的演員那樣誇張聳肩搖頭。

「刑警先生，我奉勸你最好多少讀一點推理小說。所謂死前留言，指的是兇殺案中的被害人於喪命前留下的訊息，多數時候是兇手的名字，或有助釐清真相的重要資訊。」

「兇手的名字？意思是兇手名字裡有『Y』嗎？這裡面的話……」

加加見依序打量在場所有人，最後指向夢讀。

「就是妳了，妳的姓氏縮寫就是『Y』。」❸

察覺自己的名字縮寫也有「Y」，遊馬全身僵硬，心想，難道那英文字母的意思，是想指出我是兇手❹？

「等等，開什麼玩笑！我才沒有殺人！」

「那妳說說看，這裡寫的『Y』是什麼意思啊。」

月夜安撫怒吼的夢讀和加加見：「請不要這麼衝動。」

「說到底，我們連這個字是否真的表示『Y』也不確定。一般來說，死前留言多以暗號的方式出現。」

❸「夢讀」的日文發音為 Yumeyomi。
❹遊馬的日文發音為 Yuma。

「暗號？有什麼必要這麼做？直接寫出兇手名字不就好了嗎？」

「那樣的話，豈不是很容易被兇手擦掉嗎？死者盡可能將死前留言寫成複雜的暗號，為的是不讓兇手看出來。這是推理小說的基本。」

「夠了吧！」加加見粗魯地揮手。「我說過，這不是推理小說，是現實中發生的案件。人都快死了，哪有多餘心力留下暗號？」

「是啊，普通人或許是辦不到。」

說到這裡，月夜頓了一頓，在自己面前豎起食指。

「可是，神津島先生不是『普通人』。他可是日本數一數二的推理迷。」

加加見發出如鯁在喉的聲音。

「神津島先生對推理的情感，甚至可說到了偏執的地步。這樣的人在臨死之際，會想到留下死前留言並迅速付諸行動，應該不是什麼難以理解的事。」

「……胡說八道。現實裡不會發生這種事。」

加加見撂下狠話，但語氣已經沒有剛才的氣勢了。

「或許是胡說八道，但是，只要無法斷言不是，就有討論的必要不是嗎？排除一切不可能之後，無論最後留下的結果多麼奇妙，那肯定就是真相。這是夏洛克．福爾摩斯的名言。」

月夜豎起的食指左右搖擺，加加見瞪著她，心不甘情不願地保持沉默。

「所以，請讓我繼續拍照吧。」

重新轉向玻璃塔模型，月夜的手機再次發出喀嚓喀嚓的快門聲。加加見朝那裹在西裝裡的纖瘦背影喊「喂」。

「就算妳說的有道理，清查案件現場仍是鑑識人員的工作。不能讓外行人破壞現場狀況，妳給我安分點，在這裡等警察來。」

「我明白，什麼都沒碰啊。只是拍照而已。」

月夜只轉過頭來，撩起礙事的頭髮。

「剛才你不是說了嗎？不知道救護車要多久才能抵達這種深山裡。警察也一樣啊。即使報了警，等警官從山下的鎮上來到這裡，至少也得花上一小時。鑑識人員趕來，著手展開清查，又是更久以後的事了。我有說錯嗎？」

「……沒錯啦。」

「犯罪現場就像生魚片。」

月夜仰望天花板，忽然這麼天外飛來一筆。

「要是一端上桌馬上吃掉，生魚片就是融化於舌尖的美味。可是，隨著時間經過，魚料會乾燥，喪失鮮甜滋味，最後甚至腐壞。同樣的，留在犯罪現場的線索也會隨著時間的經過而劣化。」

看著興致勃勃說這些話的月夜，遊馬背後竄過一絲寒意，身體不由得打顫。居然把犯罪現場比喻成生鮮食品，這個名偵探果然不是正常人。

「所以，就算不能碰，不能動手調查，至少得拍下照片，之後回頭才有東西可以看。您意下如何？」

月夜微微歪頭，中年刑警用力嘖了一聲，丟下一句「隨妳高興」。

「那就隨我高興嘍。」

「不過，遺體必須由我來拍照。妳只能拍其他地方。」

加加見這麼補充。「欸——」月夜像孩子般發出不滿的抗議聲。

「這是當然的吧，要是遺體的照片被隨意放上網路，事情就嚴重了。」

「我不會做那種事，所以……」

「少囉唆，別說那麼多廢話，要是繼續抱怨，就全部由我來拍。」

月夜鼓著腮幫，一臉不悅地重新拍起照來。加加見也從西裝內袋拿出手機，開始對著倒在地上的神津島及周圍拍照。屋內只有快門聲，遊馬忐忑不安地佇立原地。

幾分鐘後，加加見對月夜說「拍夠了吧」。

「再一下，再一下就好。」

屈膝跪地，月夜彎著身體從各種角度拍攝玻璃塔的模型。

「妳給我差不多一點，已經拍得夠多了，快收手吧。」

月夜噘著嘴說「知道了」，把手機收進口袋。

「那麼，大家離開這間房間。」

在加加見的催促下，屋內眾人踩著沉重腳步朝門口走去。

糟透了……回到階梯上，遊馬咬緊牙根。神津島之死本該以病死處理，卻在不知不覺中被當作殺人事件。一旦遺體送去解剖，一定會驗出體內的河豚毒素。那麼一來，警方將正式展開搜查，自己犯下的罪行就會曝光了。

怎麼辦？怎麼辦才好……？

「管家先生啊，能不能關掉這房間的暖氣？為了盡可能防止遺體受損，最好先降低屋內的溫度。」

老田沉著臉低聲回答「明白了」，按下嵌在牆上的按鈕，關上包在天花板內的空調。

「喂，那邊那個廚子，萬用鑰匙給我。」

所有人走出壹之室，關上門後，加加見對酒泉這麼說。酒泉急忙應著「啊、好的」，一邊遞出刻有「零」字的萬用鑰匙。加加見接過鑰匙，插入門上的鎖孔。

「基於保存現場的觀點，在警方到達之前，這間房間將全面封鎖。沒人有意見吧？」

見眾人都不回話，加加見滿足地揚起嘴角，轉動鑰匙將門鎖上。喀嚓聲震動鼓膜，遊馬彷彿聽見自己雙手上銬的聲音。

2

『……如上所述，關於神津島先生委託打造的鑰匙，至今從來沒有打過任何一把備鑰。只有為每個房間分別打一把鑰匙，再加上一把萬用鑰匙而已。』

透過話筒擴音功能播放出的聲音，撼動了沉重的空氣。離開壹之室約莫二十分鐘後，眾人現在聚集在餐廳中。

包括遊馬在內的六名賓客，掛著凝重的表情坐在罩了純白桌巾的長條餐桌旁。酒泉和圓香有些慌亂地在眾人杯子裡倒咖啡。

或許為了營造用餐氣氛，餐廳裡除了包在天花板裡的空調外，還放置了幾台石油暖爐，散發柔和的溫度。窗邊排列了幾個盆栽，裡面種的是楊樹，樹枝上有著層層棉絮。之前神津島曾說過，帶有棉絮的楊樹看起來就像樹上積雪，是他很中意的室內擺設。

「明白了，謝謝協助。」

伸手按掉手機的通話鍵，加加見環顧餐廳裡的每個人。

「正如你們剛才聽到的，管家說得沒錯，能給壹之室的門上鎖的，只有掉在房間裡的那把壹之鑰，和現在我保管的這把萬用鑰匙。」

來到餐廳後，加加見立刻聯絡了製造鑰匙的公司，詢問是否曾經打過備鑰。

「這麼說來，那果然是密室……」

左京這句話還沒說完，加加見就惡狠狠地瞪了他一眼，把他瞪得閉上嘴巴。

「要我說幾次才明白，這裡不是你們最愛的推理小說世界，現實中不可能發生什麼密室殺人事件！」

以為月夜又要提出反駁，遊馬朝坐在隔壁的她瞥了一眼。然而，她只是凝視著手機螢幕，似乎沒把加加見說的話聽進耳裡。

眾人陷入沉默，誰也不開口了。稍早吃晚餐時，餐廳裡氣氛還是那麼的和樂融融，如今已變得像鉛塊一般沉重。

「那、那個……各位，還要不要再來一杯咖啡呢？」

似乎難耐沉默，圓香出聲詢問。九流間舉手說「那就給我一杯吧」。

「話說回來，打上美麗燈光的雪景還真是優美。」

像是試圖趕跑沉重的氣氛，九流間刻意用開朗的語氣對正在倒咖啡的圓香說。

「是啊，春天來臨前，這一帶都會被雪覆蓋，得以欣賞到這樣的景色。只是，必須定期使用鏟雪車鏟雪，不然通往鎮上的山路會被雪掩沒，無法通行。」

聽了圓香的說明，遊馬抬頭望向落地玻璃窗。燈光溢出屋外，在純白的地上形成不規則的反射，將整片雪地照得閃閃發光。這幅光景的確很美。

左京也跟著附和「真的很美」。

「怎麼覺得從這間房間看出去，外面的景色特別美啊？」

「這是因為窗戶的關係。」

倒完咖啡的圓香回答。左京歪著頭問：「窗戶？」

「是的，為了在用餐之際更能享受屋外美景，這間房間的窗玻璃多做了一點加工。」

「是喔，這麼講究啊。不愧是神津島先生毫不妥協蓋出的館邸。」

「不過，還是有一點問題。」

左京反問：「問題？」圓香聳了聳單薄的肩膀。

「這間房間的方位朝東，早晨陽光全面照射進來會很危險。所以，吃早餐時得拉上遮光窗簾才行。算是設計上的失誤。」

「啊、這麼說來，就無法一邊欣賞朝陽下的銀白世界一邊吃早餐嘍？真可惜。對了，以前在這裡過夜時，確實每次都在自己房間吃早餐。」

為了盡可能保持輕鬆氣氛，左京連珠砲似的說著。

沒錯，遊馬也在這棟館邸住過幾次，印象中即使下來餐廳吃早餐，窗簾也始終緊閉。

「話說回來，住在這個遠離塵囂的屋子裡，神津島都在做些什麼呢？明明已經是那麼有名的學者了，隱居在此什麼都不做的話，未免太可惜。」

像是不想讓沉默再次降臨，九流間也緊跟著發言。

「以前老爺會在這裡做實驗，不過差不多一年前就停止了。原本我還得幫忙他進行各種實驗呢。」

「喔，幫忙做實驗嗎？妳也不是那方面的專家，一定很不容易吧？」

「很不容易呀。最辛苦的是照顧那些實驗動物。有的會大聲嚎叫，有的餵食起來很麻煩，做實驗的當下還會發狂掙扎。」

就在幾個人聊著這些事時，一直盯著手機螢幕看的月夜忽然站起來，三步併作兩步走到窗邊。

「喔！碧小姐也想觀摩一下雪景嗎？不錯喔。」

見月夜走向高達五公尺，勾勒出微微弧線的玻璃窗旁，左京這麼問。

「不、我是過來看腳印的。」

「腳印？」

「對，沒錯。從我們傍晚抵達這裡到現在，一直沒有再下雪。換句話說，要是有人在殺害神津島先生後逃離這座館邸，雪地上一定會殘留腳印。可是，至少從這邊看出去的範圍內，完全沒發現腳印。雖然還得從娛樂室那邊望出去，才能確認館邸周遭所有的雪地，要是確認過後完全沒有，就表示神津島先生死後，沒有任何人離開過這座館邸。」

「……難道，兇手殺害神津島先生後，還留在這座館邸中……？」

九流間這麼說，月夜重重點頭道「是的」。眾人一陣低聲騷動，面面相覷。好不容易輕鬆起來的氣氛，一口氣又變得沉重。為了抑制顫抖的雙腿，遊馬死命抓住膝蓋，指甲都陷入肉裡了。

像是被慢慢包圍，即將走投無路的感覺，令遊馬打從內心發涼，湧現一股想當場逃離這裡的衝動。

在有刑警和名偵探的地方犯案果然太魯莽了嗎？可是，要想救妹妹，今晚是唯一的機會。

打算喝點咖啡鎮定心情，伸手把放在餐桌中央的玻璃糖罐拉到面前時，不由得皺起眉頭。糖罐底下的桌巾上，有個五百圓硬幣大小的咖啡色污漬。

是吃晚餐時弄髒的嗎？一邊這麼想，一邊從糖罐裡夾出大塊的方糖。這時，加加見猛地起身。

「不是叫你們別玩偵探家家酒了嗎！警察就快趕到了，在那之前都給我安分點！」

就在他發出怒罵的同時，餐廳門打了開，去報警的老田從大廳探頭進來。

「那個……加加見先生，能佔用您一點時間嗎？」

見老田鐵青著臉，加加見走過去問：「什麼事？」

「警方請我把電話轉給加加見先生您……」

老田含混地說著，遞上自己的手機。

「我是加加見，怎麼了？快點派機動搜查隊和鑑識……」

接過手機，開始與另一頭通話的加加見，忽然瞪大眼睛喊：「你說什麼？」

「喂！這是什麼意思？為什麼……？那要等到什麼時候……」

雙手抓著手機站立講了幾十秒的電話後，加加見用力嘖了一聲，結束通話。

「發生什麼事了嗎？」

九流間詢問。加加見將一頭油膩的頭髮搔得亂七八糟。

「警察不來了。」

「什麼？不來了？這是什麼意思？」夢讀從椅子上站起來。

「別大呼小叫的。連結這棟館邸的道路，因為雪崩暫停通行了。目前正在搶修，但聽說還得花上一段時間才能恢復通車。」

「一段時間是多久？」

「預定通車時間，是三天後的傍晚。」

「三天後？」夢讀發出哀號。「說什麼傻話啊！我後天還要去錄電視節目呀！再說，要在死過人的屋子裡待上三天，我可受不了。」

「那妳自己開車下山看看啊。聽說雪崩的範圍很大，車開不過去的時候，妳就努力徒步下山吧。最好別凍死。」

加加見用輕蔑的語氣說。

「真要說的話，妳就是在電視上預測殺人事件兇手，信口雌黃的假通靈人士嘛。像妳這種人，根本就不該出現在大眾媒體。」

「你說誰是假通靈！」即使臉上化著濃妝，也看得出夢讀臉頰漲得通紅。

「我確實能夠運用靈能，感受到殘留在事件現場的被害人及兇手意念，從中獲得解決事件的線索……」

「開什麼玩笑！」

加加見用拳頭敲打桌面，夢讀身子用力一顫。

「什麼解決事件的線索？像妳這種人隨口瞎說，不知道給我們警方帶來多少麻煩。搜查犯罪事件，是要四處奔走打聽到鞋底都磨平，如此一一蒐集來的情報才叫解決事件的線索。如果妳真的能通靈，那就告訴我們神津島氏是怎麼死的啊！妳剛才也去過案發現場，人才剛死還很新鮮，應該能充分讀取到所謂被害者的意念吧？」

「那是……我想讀取的時候你妨礙了我。」

夢讀囁囁嚅嚅，像小學生辯解遲到理由似的。

「看吧，果然是假通靈人士。」

「我才不是假的！我真的感覺得到！我感覺到一股陰暗得近乎駭人的穢氣已經滲透這館邸。神津島先生會死，一定也和這個有關！」

「陰暗？穢氣？用這種要怎麼解讀都行的詞彙唬人，分明是詐欺師的常見手段。」

夢讀緊咬塗上粉紅唇膏的嘴唇，一邊以怨毒的目光瞪著加加見，一邊坐回椅子上。這時，屋內響起一聲清脆的「啪」。

「那就讓我們開始吧。」站在窗邊的月夜拍著手，用嘹亮的聲音這麼說。

「開始？開始什麼？」

加加見皺起眉頭，月夜在自己臉旁豎起食指。

「當然是推理啊。神津島先生身上到底發生了什麼事，一起來推理吧。」

「喂，我從剛才就說過很多次了吧，在警察——」

「在警察來之前，外行人安分點，對吧？」

月夜打斷加加見的話。

「我原本也想遵守的啊。想說等到腦筋不像你這麼死板的警察來了之後，再發表我的推理內容。可是現在，警察因為雪崩來不了，既然如此，繼續等下去也不是辦法。」

月夜又搖著手指說：「更何況，我不是外行人，是個名偵探。」

「……警察又不是不會來，只是會遲一點。」

「遲一點？要等到三天後耶？等到那時候，或許會發生更嚴重的事。」

「什麼嚴重的事？」

「聯繫這棟房子和鎮上的唯一通道因為雪崩中斷，現在這棟房子可以說是座孤島。換句話說，這是典型的『暴風雪山莊』模式。」

「暴風雪山莊？孤島？」加加見皺起眉頭。

「通常這種場景下，兇手不會只犯罪一次，通常都會發生連續殺人事件。隨著時間經過，出場的角色接連犧牲，有時甚至所有人都——」

「不要說那種莫名其妙的話！」

月夜開始說起不吉利的話，加加見大聲叱喝。月夜臉上霎時浮現驚訝的表情，接著便咳了幾聲說「失禮了」。

「不管怎麼說，警方不會馬上趕來。既然如此，不如至少先將現狀釐清，大家討論一下接下來該怎麼做。」

「怎麼還是講不聽？身為外行人的妳是能釐清什麼？」

「這個嘛……比方說，釐清神津島先生的死因？」

這句話，瞬間動搖了屋內的氣氛。

「這意思是，妳已經知道神津島怎麼死的了嗎？」

面對九流間的提問，月夜毫不遲疑點頭。

「是的，當然。剛才一看到案發現場，我就立刻察覺了。只是，那位刑警絲毫不打算把我的話聽進去，原本想等其他警官來再說而已。」

「難道不是心肌梗塞……不是病死的嗎……？」

這位名偵探到底察覺了什麼。她看穿了多少真相？感覺一陣呼吸困難，遊馬勉強擠出顫抖的聲音。

「當然，神津島先生不是病死的，我想，應該是遭人殺害。」

剎那間，沉默籠罩整個餐廳。然而很快地，眾人又如搗了蜂窩般騷動起來。

「妳說老爺是遭人殺害？為什麼……」

「喂，不要隨便亂講話！」

「為什麼妳這麼認為呢？」

「神津島先生真的是被殺的喔？」

老田、加加見、夢讀和酒泉同時開口。其他人也紛紛對月夜提出質疑。月夜端整的臉上浮現優雅笑容，輕輕高舉右手。光是這樣，就讓所有人閉上嘴巴。現在這裡已經成為名偵探獨領風騷的舞台。

「我之所以得知神津島先生的死因，是因為解開了死前留言。」

「死前留言？妳是說寫在毀損的玻璃塔模型上那個字嗎？」

圓香鐵青著臉問。月夜神情歡快地回答「是的」。

「那代表什麼意思呢？神津島先生留下了什麼遺言？」

左京這麼問，月夜抓了抓太陽穴。

「怎麼說好呢……與其用言語說明，不如直接看畫面比較好懂。老田先生，這間館邸內，有沒有能播放智慧型手機內影像檔的設備？」

「視聽室裡的投影機應該有這個機能。」

老田略顯猶豫地回答。

「視聽室，不錯耶。用大畫面看更有魄力，請務必讓我在那裡解說。」

月夜踩著輕快的腳步走向出入口，拉開門就出去了。

「啊、碧小姐，請等一下。」

老田追上去，剩下的人面面相覷了幾秒，也開始朝出入口移動。

她真的解開死前留言的意思了嗎？該不會直指我就是兇手吧？遊馬心想。

踩著彷彿走在雲端的踉蹌腳步，遊馬一個人落在眾人最尾端。正要走出餐廳時，不經意發現門邊的牆上，有個上下一組的金屬零件。那是兩根棒狀的金屬，以將它們釘在牆上的鉚釘為中心，兩根棒狀金屬可上下旋轉。遊馬朝拉開的門望去，和牆上金屬零件齊高的位置，有個釘狀突起物。

「喔喔……這是門閂啊。」

遊馬低聲自言自語。旋轉的金屬棒碰到門上的突起物就會卡住，這麼一來，從大廳那邊便無法推開這扇門了。和內藏晶片的客房鑰匙比起來，這門閂簡直就像個玩具。大概只是打掃時不想讓客人進來，才設計了這樣的裝置。

「一條醫生，您不去嗎？」

聽見圓香的聲音，遊馬一邊說「啊、抱歉」，一邊走出餐廳。背後傳來門關上時的沉重聲響。

一行人從一樓大廳走進視聽室。視聽室內約有二十來個座位，黑黑的空間裡，正面設置了將近三百吋大的螢幕。與其說是私人視聽室，更像一間小規模電影院。不知為何，螢幕上映出一棟藍色的洋房。

「那棟房子是什麼？」

加加見指著螢幕問。

「該怎麼說呢，是老爺特別中意的螢幕保護程式。老爺經常在這間視聽室裡看推理電影。」

語帶哀傷地說著，老田走到視聽室後方的投影機前。

「只要連接這台機器，應該就能把智慧型手機裡的畫面投放在螢幕上了。」

「這樣啊，那我趕緊來連接。」

月夜拿著手機操作了一番後，朝投影機伸手。正面螢幕上，傾倒的玻璃塔模型取代了原本的藍色洋房。

「那麼各位，請坐下吧。」

在月夜的催促下，遊馬等人各自找了位子坐。不想進入任何人視野的遊馬坐在最後一排。從這個角度看過去，還能觀察站在投影機旁的名偵探。

「好的，看到這一幕時，我最早注意到的，是模型損壞這件事。」

旋轉式門閂

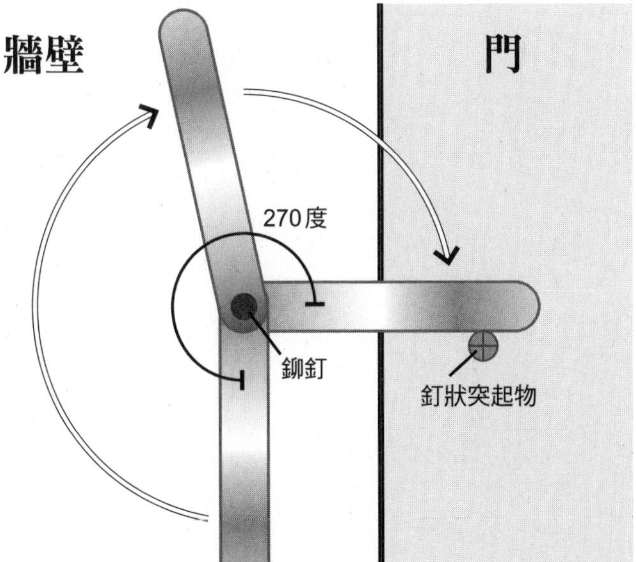

月夜的聲音在陰暗的視聽室內迴響。

「不是神津島先生痛苦掙扎時，不小心碰倒才壞掉的嗎？」

酒泉這麼問，月夜回答「不是」。

「請仔細看，模型中央部分，墊在底座的紙從裡面破損了。如果只是傾倒時碰撞地面，不會產生這種破壞方式。」

「或許吧……可是，那又為什麼會這樣呢？」

「答案很簡單。是神津島先生故意弄壞的。」

「故意？所以是神津島先生把模型拿起來扯壞的嗎？」

「正確來說不是用扯的，是扭轉到變形了。」

「欸？哪裡不一樣？」

「神津島先生在這棟玻璃塔住了很長一段時間，換句話說，這座玻璃塔對他而言就是『家』，而他有必要把這個家扭轉到變形。」

「那、那個……我完全聽不懂什麼意思。」

酒泉發出疑惑的聲音，月夜也不解釋，只說「很快你就會懂了」，又繼續往下說明。

「接著要請各位注意的，是寫在模型雪地部分的字母。一般來說，死前留言都以暗號的方式呈現。可是，這裡卻只寫著一個字母。」

螢幕上切換成另一張照片，映出以咖啡色粗線條寫成的大大「Y」字。看到這個，九流間說：

「只有一個字母，這樣不成暗號啊。再說，這個字怎麼看都是英文字母的『Y』。會不會是想寫一個以『Y』為首的詞句當暗號，寫到一半就斷氣了呢？」

「我想不是的。如果寫到一半斷氣的話，神津島先生的遺體，應該倒在模型旁才對。可是實際上，他倒地的位置離模型還有好幾公尺。可見，在佈置完死前留言後，神津島先生想朝門口走去，走到一半無力倒下。這麼想比較合理。」

不知不覺中，每個人都出神地聽起月夜條理分明的說明。

「再者，雖然只有一個字母，這個『Y』卻隱含著非常重要的資訊。」

「非常重要的資訊是指？」九流間看著月夜反問。

「這個字母的顏色，還有粗細。」

聽了月夜的話，在場所有人視線都朝螢幕上的字母投射。

「請仔細看。Y字以深咖啡色寫成，線條也很粗。請問，神津島先生究竟是用什麼寫下這個字母的呢？」

「什麼用什麼，不就是簽字筆那類的東西嗎？」

夢讀大聲這麼一說，螢幕上的照片又切換成另外一張。

「書桌上的筆筒裡，只有鋼筆和黑色簽字筆，沒有能寫下咖啡色的粗筆。我也檢查過地板，沒看見有筆掉在地上。」

「那不就寫不出來了嗎？這是怎麼回事？」

「不、沒那回事。加加見先生。」

聽見月夜叫了自己的名字，加加見不高興地回答「幹嘛」。

「能否請您將剛才拍下的神津島先生遺體照片，投影在螢幕上。」

「啥？我為什麼非得做這種事不可？恕我拒絕，我不想讓湊熱鬧的人看遺體的照片。」

「這樣嗎？那就沒辦法了。雖然畫質有點差……」

說著，月夜再次操作手機，切換螢幕上的照片。這次投影上去的，是從稍遠處拍攝的神津島遺體。

「啊、妳這傢伙，不是說了不准拍遺體嗎？」

加加見正想站起來，「沒關係、沒關係啦」，一旁的九流間出言緩頰，他只好盤起雙手，再次坐回椅子上。

「請大家注意神津島先生的右手。」

螢幕上的照片放大。遊馬情不自禁喊了聲「啊」，月夜滿意地點頭。

「各位應該發現了吧？神津島先生的右手拇指及食指上，沾著咖啡色的污漬。換句話說，神津島先生不是用筆，而是直接用自己的手指寫下了那個『Y』。」

「可是，碧小姐……」老田舉手發言。「老爺手邊應該沒有咖啡色的墨水啊。」

「那不是墨水。神津島先生是用手指沾了放在書桌上的其他東西，再用那個留下了這個

『Y』。」

「其他的東西是什麼？不要賣關子了，快說！」

像是再也無法容忍，加加見終於站起來。月夜說「就是這個啊」，再次切換螢幕上的照片，並放大桌上的物品。

「巧克力……」

看到佔據整個螢幕的咖啡色球體，左京喃喃低語。

「沒錯，就是巧克力。各位一定也有這種經驗吧，用手指拿取松露巧克力時，指腹難免沾上一點巧克力。仔細看，其中一顆巧克力被壓扁了。神津島先生就是用指腹沾了這顆巧克力，再在模型的雪地上寫下了『Y』。」

「為什麼要這麼做……」

圓香愣愣地問，月夜彈響手指。

「這就是解開死前留言的重要線索。明明書桌上就有筆，為什麼要刻意用巧克力來寫呢？」

將照片切換回最初那張傾倒的模型，月夜緩緩移動到螢幕前方，輕快地跳上台。老田倉皇制止「啊、請不要上去……」月夜卻毫不在乎，指著螢幕上的「Y」說：

「使用巧克力寫下這個字母，這件事本身就是一大線索。別忘了，這是一個狂熱推理迷留下的訊息。扭曲變形的家、字母『Y』，還有巧克力。各位還沒察覺嗎？」

沐浴在投影機放射的光線下，月夜張大雙臂。瞬間，游馬情不自禁脫口而出「啊！」。

「喔喔，一條醫生。」月夜指向遊馬。「你似乎已經察覺了呢，不愧是愛好推理小說的人，那麼，請說出答案吧。」

遊馬陷入強烈的糾結。如果說出自己察覺的死前訊息意義，就等於親口證實神津島不是病死。換句話說，原本完美犯罪的基礎將會崩潰。

可是……遊馬低著頭，只抬起眼神望向台上的月夜。毫無疑問的，這個名偵探已經解開死前留言的意義了。就算自己不回答也改變不了什麼。既然如此，為了多少消除一點嫌疑，倒應該從自己口中說明才對。遊馬慢慢抬起頭。

「……毒藥。」

將這詞彙從顫抖雙唇吐出那一瞬，名偵探笑容滿面。

「答得好啊！沒錯，神津島先生想表達的，就是毒藥。」

「等一下，為什麼會跑出毒藥來？」加加見發出困惑的聲音。

「你還不明白嗎？所以我才說，刑警先生你也應該讀點推理小說才好。」

薄薄的嘴唇因嘲諷的笑容而扭曲，月夜伸手拍打螢幕。

「扭曲變形的房屋模型、字母Y，還有巧克力。這些分別指向不同的知名古典推理作品。沒錯吧，一條醫生。」

遊馬輕輕點頭，說出那三本名著的書名。

「……阿嘉莎・克莉絲蒂《畸屋》❺、艾勒里・昆恩《Y的悲劇》，以及安東尼・柏克萊的

《毒巧克力命案》。」

九流間和左京同時發出「啊！」的驚呼。

「沒錯。」月夜顯得很滿意。「只要是推理迷，沒人不知道這三部作品。正因如此，神津島先生才會在倉促間做出暗示這三本書的死前留言。」

「你們從剛才開始到底在說些什麼？能不能做出不是推理阿宅也能聽懂的說明啊？」

聽了加加見的抗議，月夜皺著鼻子說：

「不是阿宅，請稱呼我們為推理愛好者或狂熱推理迷。這些作品堪稱高尚的古典文學，人人都該一讀，藉以培養良好的教養。真要說的話，推理小說這種東西……」

「夠了，快點說明！」

「好吧。」月夜噘起嘴巴。「《畸屋》、《Y的悲劇》和《毒巧克力命案》，這幾部作品的共通點就是——都有關於毒殺的描寫。」

「那麼，老爺是……」圓香發出嘶啞的聲音。

「沒錯，他吃了毒藥。為了傳達這一點，才會刻意扭轉模型加以破壞，再用巧克力寫下『Y』字，佈置出死前留言後，終於斷了氣。」

月夜繼續饒舌地說：

---

❺日文書名為『扭曲變形的家』。

「說到其他用了毒殺手段的知名古典推理小說，狄克森．卡爾的《燃燒的法庭》也是一例。神津島先生一定也曾想到這部作品吧。卡爾發表過許多出色的作品，雖然有些書評認為沒有一本稱得上他的代表作，我倒覺得這本《燃燒的法庭》正可說是他的代表作。畢竟不管怎麼說……」

「那種事一點也不重要！」

在加加見的怒吼下，原本說得興高采烈的月夜不滿地噘起嘴巴。

「重要的是，神津島氏是否真的遭人毒殺。妳確定沒搞錯嗎？」

「雖然還需要經過司法解剖詳細檢查，但這可能性應該很高。至少，他想透過死前留言傳達的訊息一定是『自己吃了毒藥』。」

月夜這麼回答，坐在遊馬前面的老田忽然喃喃低語「毒藥……」。耳尖的加加見沒放過這聲低喃，猛地轉頭問：

「喂，管家，你心裡有數了是嗎？」

「也不算什麼心裡有數……其實上個月，該怎麼說好呢……老爺買了毒藥。」

「買了毒藥？這是怎麼一回事？他想拿來做什麼？」

「不是的、不是的，怎麼可能拿來做什麼呢。」老田縮著脖子又說：「只是加入老爺的收藏品裡而已。老爺說，他一直很想擁有九流間老師代表作《無限密室》裡用過的毒藥『河豚肝臟粉末』。」

聽見自己的作品被提起，九流間表情顯得很不自在。

加加見盯著老田問：「那毒藥放在哪裡？」

「瞭望室。老爺的收藏品全都放在那裡保管。」

「帶我去看，快點。」

加加見頤指氣使，老田只得慌忙起身答應，朝出入口走去。

看著兩人出去後，九流間嘀咕道「我們也去吧」。剩下的人雖然有些遲疑，但也紛紛站起來，開始朝出入口走。

情況糟到了極點。一切都朝對自己不利的方向進展。遊馬低垂著頭，有人拍了拍他的肩膀。回頭一看，站在那裡的是月夜。

「剛才多謝你了。」

「欸？為什麼要謝我……」

「那三部作品的事啊。要是誰都沒察覺的話，我豈不是要一個人唱獨角戲了嗎？可是，拜一條醫生做出正確回答之賜，我才得以表現得像個名偵探。」

「啊、喔，那真是太好了。」

露出強裝的笑容，遊馬內心暗吐怨懟之詞。

要是沒有這個名偵探，誰也不會察覺下毒的事，還是很有可能以病死來處理。雖說遺體會送司法解剖，法醫也不可能調查所有毒物。再者，警察要三天後才能抵達，河豚毒素在這段時間內或許早就分解，檢驗不出來了。

然而，現在說這些已太遲。警方一定會徹底從神津島的遺體裡找出河豚毒素吧。同時，也會朝毒殺的方向來偵辦這起命案。身為神津島專屬醫生，又有殺人動機的自己，肯定會成為頭號嫌犯。那麼一來，被捕也只是遲早的事。

「那我們走吧。」

月夜踩著小跳步離開視聽室。遊馬拖著彷彿上了腳鐐的沉重步伐追上去。再次從一樓踏上不斷往上的玻璃螺旋階梯，經過壹之室前的樓梯間，繼續往上爬一又四分之一圈後，階梯盡頭出現一扇門。

「所有房間的鑰匙，都能用來打開這扇門。」

說著，老田解開門鎖，把手放在門上。不知是否經年生鏽，門扉發出哀號般刺耳的聲音打了開。夢讀皺起眉頭，雙手摀住耳朵。一股冰冷得甚至刺痛皮膚的冷空氣，從門縫中竄出。

「這裡太厲害了！」

一從樓梯間進入瞭望室，九流間便發出讚嘆。

從這座聳立玻璃尖塔最頂端的瞭望室望出去，眼前是一片絕景。月光下，白雪覆蓋的群山峰峰相連，一直延伸到遙遠的天邊。

這個以巨大玻璃圓錐罩住的空間裡，擺滿神津島耗費巨資從國內外蒐集而來，各式各樣與推理相關的珍貴物品。

遊馬呼出一口氣。寒徹骨的房間裡，連呼出的氣都像要凍成白色冰霜。

「搞什麼，怎麼這麼冷？」

加加見一抱怨，老田就惶恐地回應：

「非常抱歉，從前幾天起，瞭望室的空調就故障了……」

「嗚哇，這該不會是刊載了《莫爾格街兇殺案》的初版《*Tales*》吧？喔！還有刊載了《花斑帶探案》的斯特蘭德雜誌！」

書櫃前的左京發出驚呼，老田哀傷地瞇起眼睛。

「不只《花斑帶探案》，所有刊載了夏洛克．福爾摩斯短篇的斯特蘭德雜誌，老爺都蒐集齊全了。此外，包括柯南道爾、阿嘉莎和昆恩在內，許多知名推理作家代表作的初版也在這裡。這些都是老爺自豪的收藏品。」

「這件風衣，該不會是可倫坡的吧？」

九流間盯著放在玻璃櫃裡的風衣問。

「是的，這是拍攝《神探可倫坡》系列影集時實際使用過的一件風衣。不只這個，飾演可倫坡的彼得．福克抽過的雪茄和可倫坡的警徽都有。其他像是電視影集裡的夏洛克．福爾摩斯、大偵探白羅及金田一耕助等主角穿過的服裝，也都放在這裡保存著。還有，老爺還收藏了可倫坡的愛車，標緻403敞篷車。最近的話，應該就是電影《峰迴路轉》裡用過的小刀了吧。」

「嗳，這件禮服是什麼？好典雅，好精緻喔。」

夢讀指著玻璃櫃裡，身穿純白結婚禮服的人偶模特兒。

「那是BBC製作的電視影集《新世紀福爾摩斯》特別劇《地獄新娘》裡使用過的戲服。」

不管怎麼看，這裡收藏的東西都太驚人了。遊馬望著屋內陳列的無數收藏品。還記得神津島第一次帶自己來這裡參觀時，激動得體溫都為之上升。不過，現在只覺得好冷，全身不住地顫抖。很顯然的，並不只是因為室溫太低的緣故。

「好厲害！好厲害！真的太厲害了！」

月夜興奮得雙頰泛紅，一邊用尖銳的嗓音驚呼，一邊在放置收藏品的玻璃櫃間蹦跳。那模樣簡直就像為了撿拾蟬殼到處跑來跑去的小學男生。

「我們可不是來參觀博物館的！你說的那個毒藥在哪？」

加加見憤怒的聲音在空間裡迴響。

「失禮了，就在這裡。」

老田移動到一個古董櫃前，打開玻璃櫃門，拿出其中一個標註「河豚肝」的咖啡色玻璃罐。

「喂，存放毒藥的櫃子竟然沒有上鎖嗎？」

「是的。因為平常只有老爺會出入這間瞭望室。」

「話是這麼說，這間房間的門鎖，不管拿哪間房的鑰匙都能打開吧？未免太不當心了。難道那邊放置舊式霰彈槍的櫃子也沒上鎖嗎？神津島氏有打獵的嗜好？」

加加見指著擺在另一個玻璃櫃裡的霰彈槍。

「那是一部知名的老推理電影《羅娜秘記》中用過的道具，也是老爺的收藏品之一。請放心，櫃子設置了電子鎖，管理得很嚴格。電子鎖的密碼只有老爺知道，櫃門用的也是強化玻璃，不容易被破壞。」

老田這麼回答。正如他所說，櫃子的玻璃門上有著看似電子鎖的液晶面板和數字鍵盤。

「這麼說來，那不是真的能射擊的槍嘍？」

「不、我想應該可以。因為旁邊還有子彈。」

老田惶恐回應，加加見嘴角抽動：

「槍和子彈要分開保管，這不是使用槍枝的基本規矩嗎？等這件事告一段落，我會請管轄的警署過來調查。總之，先快點把那罐子給我。」

從老田手中奪過玻璃罐，加加見伸手就要打開蓋子。

「啊，裡面裝有劇毒，請千萬小心。」

加加見說「囉唆，我當然知道」，將罐蓋打開。

「裡面是白色的粉末，他吃下的應該就是這個？」

聽著加加見沒好氣地這麼說，遊馬暗自祈禱。希望就這樣不要發現。然而，祈禱只是徒勞。

只見老田一邊說著「不好意思」，一邊從加加見背後探頭去看罐子裡的東西。

「……變少了。我上次看到的時候，裡面的粉末是現在的兩倍。」

「被誰拿走了嗎？」

「應該是。」老田戰戰兢兢地點頭。

「這樣啊，這果然就是兇器。神津島氏是被人下毒殺害的。」

加加見興奮地嚷嚷，一旁的酒泉低聲嘟噥「是嗎」。加加見瞇起眼睛。

「罐裡的毒粉減少了啊，神津島氏肯定是遭人毒殺。」

「不、神津島先生或許確實服了這毒藥而死。但是，那真的是一起殺人事件嗎？」

「……你想說什麼？」

「不是啊，你們想想，剛才壹之室的門是上鎖的吧？換句話說，神津島先生死的時候，房間裡沒有其他人。」

「這可不一定，或許用了什麼方法……」

加加見才說到這裡，月夜就高聲道「是密室詭計」。

「妳別多嘴！」

加加見狠瞪月夜一眼，視線回到酒泉身上。

「真要說的話，如果使用的方法是下毒，殺害時兇手未必需要在房內。只要事先將毒下在神津島氏可能會吃的東西裡就好了。」

「如果是這樣，在三天後抵達的警方搜查那個房間之前，我們都不會知道毒被下在哪裡吧？因為現在我們什麼也不能做啊。」

「……沒這回事。」儘管這麼說，加加見的神情仍有些遲疑。「調查知道這裡有毒藥的人和能潛入這裡偷走毒藥的人，從這些人裡過濾——」

「不、我想那不太可能喔。」

被打斷話頭的加加見氣得嘴歪眼斜，酒泉卻滿不在乎，繼續說道：

「因為，神津島先生不管對誰都會炫耀自己的收藏品啊。連我這種對推理毫無興趣的人，也常被迫聽他炫耀。當然，我也聽他說過自己拿到那個毒藥的事。」

酒泉指著加加見手中的玻璃罐。

「所以我想，就算在場的所有人都聽神津島先生說過這毒藥的事也不奇怪喔。不只如此，大家也都有機會拿到毒藥。只要有客房鑰匙，誰都能進入這間瞭望室，大家抵達館邸後，各自在自己房間待了一兩個小時不是嗎？那時就能潛入這裡偷走毒藥了吧。」

酒泉說得很有道理，加加見苦著一張臉不說話。

「其實我根本就覺得神津島先生不是被殺，他應該是自殺的吧。」

「自殺？」加加見皺起眉頭。「他沒有留下遺書，死前還打電話要人『救救我』耶。更別說用了那模型留下詭異的訊息。怎麼可能是自殺？」

「你跟神津島先生不熟才會這樣想啦。我啊，在這之前也被聘請來好幾次，所以我很清楚，這次的事完全就像神津島先生會做的事啊。」

「……什麼意思？」加加見沉著聲音問。

「神津島先生五年前心臟病發差點死掉，從那之後，他就失去活著的力氣了。雖然在學術領域功成名就，也賺了很多錢，但他老是認為自己一直不曾做過真正喜歡的事。總抱怨說自己浪費了人生，想在別的事情上留名。那類的話我聽他說過好多次，耳朵都要長繭了。」

「這樣難道就要自殺嗎？」

「不只是單純自殺啊，他一定是想藉此留名青史。」

「靠自殺留名青史？」加加見露出狐疑的表情反問。

「是啊。蓋了這麼一棟莫名其妙的房子，特地找來特殊的毒藥，然後服毒自盡。之後還留下那個叫什麼來著……食前留言嗎？就是那個奇怪的暗號。」

「不是食前留言，是死前留言。食前留言不就變成吃飯前的留言了嗎？」

月夜立刻提出糾正。

「隨便怎樣都好啦。總之，他絕對是想透過這種浮誇的表演，為自己的生命劃下休止符，準沒錯。」

酒泉環顧周遭眾人。這假設實在太背離世間常識，每個人都聽得一臉困惑，沉默不語。

「的確……」老田語帶猶豫地打破了沉默。「如果是我們老爺的話，做出這種異想天開的事也不奇怪。雖然像我這樣的凡人，永遠無法理解他的想法。說不定老爺舉行今晚的集會，就是希望各位客人解開他留下的死前留言，一旦各位破解他的留言，就等於『宣布』了他服毒自殺這件『大事』……這種死法，確實很像老爺的風格。」

「喂喂，你認真的嗎？這才不是什麼自殺，是兇殺啊，兇殺。殺害神津島氏的兇手，一定就在這當中。」

加加見用力搖頭，老田走向他。

「為什麼您能如此肯定呢？」

「什麼為什麼……」加加見一時語塞。

「以現狀來說，還不能斷言是自殺或他殺，不是嗎？」

「話是這麼說沒錯……」受到出乎意料的反擊，加加見不滿地嘀咕。

「既然如此，我們能做的，只有等待警察抵達而已。在警方確定這次事件是殺人事件前，請您不要把眾位賓客和我們這些傭人視為兇手。」

管家正氣凜然地做出這番宣言。加加見用力嘖了一聲，把頭轉開。

老田再次面對賓客，深深低頭說道：

「讓各位捲入這樣的事，真的非常抱歉。我在此代替我家老爺，衷心向各位致上歉意。各位想必都很累了，不嫌棄的話，請回自己房間休息吧。館邸內儲備有充足的食物，這點請不用擔心。在道路搶通前，這三天我和巴，還有酒泉先生，我們三人仍會竭誠為各位提供服務。」

圓香急忙跟著鞠躬，酒泉也點了點頭。

「呃……那麼各位，我們就此解散，回各自房間休息吧？」

九流間小心翼翼地提議。沒有人反對。

加加見一副氣憤難平的樣子，朝樓梯間走去。看到其他人也戰戰兢兢地跟著出去，遊馬吐出一大口氣。

原本以為已經無法避免朝殺人事件方向偵辦，沒想到拜酒泉之賜，風向似乎又有了轉變。就算確定神津島死於毒物，只要將結果導向自殺而非他殺就沒問題了。不枉費自己當初刻意把現場佈置成密室，又用了神津島上個月買的毒藥當兇器，就是為了這個。

所以，冷靜下來吧，著急只會讓自己露出馬腳。正當遊馬這麼告訴自己時，忽然感覺身邊有人靠近。不假思索轉頭一看，月夜的視線就近在眼前。

「什、什麼事嗎？」難以承受她逼人的視線，遊馬輕輕將頭別開。

「沒有啊，你不回房間嗎？你看，老田先生還在等喔。」

月夜努了努纖細的下巴。仔細一看，老田站在通往樓梯間的門口，正朝這邊看過來。看來，他是想等所有人都離開後，最後再把門鎖上。

「喔喔，不好意思，我有點出神了……」

「我懂你的心情！」月夜嗓門忽然大起來。「看到陳列著這麼多美妙的收藏品，心情就像在做夢吧？腦中自然浮現使用過這裡每一樣東西的作品，不知不覺沉浸在這個世界中。身為推理迷，這是理所當然的事。」

以激動的語氣說完這串話，月夜又豎起食指說：「可是——」

「比起這些美妙的收藏品，這棟館邸裡，有更吸引我的東西。」

「更吸引碧小姐的東西？」

「對，就是這起令人費解的事件啊！」月夜激昂地說。「死者不僅是個大富豪，還是世界知名的學者。這樣的一號人物，死於這棟奇妙館邸裡自己的房間中。而且，現場不僅是個密室，死者還留下了死前留言。這麼有魅力的事件，可不是輕易就能遇見的喔。」

「我說妳啊……現在可是真的死了一個人耶……」

「我知道說這種話很放肆，但眼前發生了這樣的事件，名偵探的血都沸騰了啊。無論如何也沒法控制……」

月夜像個少女般羞赧地抓抓頭。

不知該如何回答才好，遊馬只能不置可否地說「喔」。

「事情就是這樣嘍，雖然依依不捨，也只能下次再來好好觀察這間瞭望室了。反正收藏品不會跑掉，別讓老田先生等太久。」

「是啊。」

遊馬和月夜一起走向樓梯間。兩人一踏出去，老田就把門關上，鎖上門鎖。

「碧小姐、一條醫生，催促了兩位真是非常抱歉。其實，這間瞭望室的門在設計上有些失誤，一旦鎖上，從裡面就打不開了。」

老田滿是歉意地解釋，月夜眨了眨眼。

「欸？這麼說來，要是人還在瞭望室裡，門卻鎖上的話，就會被關在裡面嘍？」

「就是這樣沒錯。不過，請放心。我們在瞭望室裡設置了內線電話，萬一真的發生被關起來的意外，馬上就能打電話通知外部。那麼，我先告退了。雖然事情演變得這麼嚴重，還請兩位在房間裡好好休息。」

恭敬鞠躬後，老田以看不出超過六十歲人的身手，快步走下階梯。只剩下遊馬和月夜還留在樓梯間。

「大家好像都回自己房間了呢。一條醫生也要回房了嗎？」

「是啊，我累壞了，想早點休息。」

這是真心話。持續暴露在極度緊張的狀態下，身心都面臨極限了。要是一個不小心，搞不好會當場跌坐在地。

「這樣啊。我要再去一次娛樂室，確認屋外是否有腳印。只要確定沒有腳印，就表示這幾小時以來，沒有人離開過這棟房子。」

「妳打算展開搜查嗎？難道妳不認為神津島先生是自殺的？」

遊馬謹慎發問。從她解讀死前留言，揭發神津島死於毒藥的功力看來，遊馬再也不懷疑這位名偵探是現在自己最該警戒的人物。

「還不到做出結論的階段，總之先盡可能蒐集資訊。」

說到這裡，月夜頓了一頓，促狹地眨眨眼。

「話說回來，在這麼奇妙的館邸中，留下死前留言的屋主死在密室裡。面對如此吸引人的場景，還以為自己闖進了本格推理小說之中呢。都到這地步了，要是最後真相只是普通的自殺，未免教人大失所望。所以，我還是期待能夠迎來跌破眼鏡的真相。」

月夜踩著輕快的腳步離開。確定她已經走得不見人影了，遊馬才握拳捶向玻璃牆壁。

什麼「吸引人的場景」，什麼「跌破眼鏡的真相」。怎能讓這種把破案當興趣的人揭穿我犯下的罪！我可是為了救妹妹的命，懷著必死決心才執行殺人計畫的啊。

緊咬雙唇，用力得幾乎要滲血，遊馬慢慢走下樓。

就算是為了妹妹，也絕對不能被揭穿自己殺人兇手的事實。無論如何，都要令事件以神津島的自殺告終才行。可是到底要怎麼做，才能阻止那個名偵探發現真相呢？

低著頭的遊馬停下腳步，不經意望向旁邊。刻有「壹」字的房門映入眼簾。

屍體就在這扇門後——被我殺死的神津島的屍體。

感覺氣溫急速下降，遊馬環抱自己的肩膀。

這雙手奪走了一個人的性命。這雙曾經拯救許多病患生命的雙手……犯下殺人禁忌的感覺變得具體，從背後壓了上來。遊馬駝著背，再次邁開腳步。再往下走半圈螺旋階梯，到達「貳之室」前的樓梯間。

住這間房的，應該是……加加見吧。遊馬回想房間的分配。

壹之室……神津島太郎　玻璃塔邸主人

貳之室……加加見剛　刑警

參之室……酒泉大樹　廚師

肆之室……一條遊馬　醫師
伍之室……碧月夜　名偵探
陸之室……巴圓香　女僕
柒之室……夢讀水晶　通靈人士
捌之室……九流間行進　小說家
玖之室……左京公介　編輯
拾之室……老田真三　管家

「真是奇怪的組合，的確很像會出現在本格推理小說中的角色。」

如此自虐低喃的瞬間，遊馬猛地轉頭。似乎聽見上方傳來微弱的腳步聲，不假思索地向上飛奔。可是，一路跑到樓梯盡頭，都沒看見任何人影。

「我到底在做什麼啊……」

情不自禁發出乾笑。不知是殺了人的罪惡感，還是害怕被逮捕的恐懼感，使自己產生幻聽了吧。

垂頭喪氣的遊馬，拖著腳步朝自己房間走去。打開「肆之室」的房門，走進房內，轉動門把鎖上圓筒鎖。進入盥洗室，穿過歐式浴室和脫衣處，直接走進最裡面的廁所。從口袋取出藥盒，裡面還裝有殺害神津島時使用的毒藥。遊馬原本打算將毒藥丟進馬桶，卻在放開藥盒的前一刻停止動作。

現在丟掉還太早。既然現階段尚未斷定神津島死於他殺，搜索各人房間的可能性就很低。既然如此，應該先把這毒藥留在手邊。

……要是有什麼萬一，還派得上用場。

腦中浮現淡定微笑的名偵探身影，遊馬為自己可怕的思考而顫抖。打開馬桶水箱的蓋子，把藥盒丟進去。塑膠製的藥盒漂浮水面。

蓋上水箱蓋，走出廁所，離開盥洗室，搖晃著身體橫過房間。已經什麼都不想思考了。只想一頭倒在床上，睡到忘了一切。

還差幾步就要抵達床邊時，感受到不知來自何人的視線，使遊馬全身僵硬。一邊回頭，一邊反射性地採取戒備姿勢。定睛一看，卻不由得苦笑。

眼前那個男人正盯著自己。和自己長得一模一樣的男人。

嘴角上揚，遊馬走向掛在牆上的橢圓形鏡子。和「壹之室」一樣，鏡子下也有一個高度及腰，放滿日本推理小說的書櫃。

「這張臉是怎麼回事啊。」

鏡中的男人面色鐵青，表情肌鬆弛無力。

這就是殺人兇手的臉嗎？遊馬朝鏡子伸手，指尖滑過鏡面，傳來冰冷的觸感。

「有什麼辦法，只能殺了他啊……」

這麼低喃的聲音嘶啞。

鏡中的自己，有著冰冷的目光。

第二天

1

男人倒在地上。有著一頭獅子鬃毛般的白髮與白鬍的男人。

一旁，損壞的玻璃塔模型也傾倒在地。

「神津島……先生……？」自己口中洩出沙啞的聲音。

不知發生了什麼事。為何我會獨自站在這間有著神津島遺體的壹之室內呢？

得離開這裡才行。儘管這麼想，大腦連結身體的神經像是斷了線，連一根手指都無法動彈。只有眼珠能夠轉動，遊馬視線往下一看，不禁發出微弱的哀號。

自己的身體硬化，彷彿化作一尊全身散發光澤的焦糖色玻璃雕像。

「你……竟敢……」

聽見這宛如來自地獄深處的聲音，視線重回前方，遊馬再度發出哀號。

躺在模型旁的神津島睜大雙眼，眼白混濁的雙眸狠狠盯著遊馬。

「你竟敢……殺了我……」

神津島抬起發青的臉，朝這邊慢慢爬來。一邊移動，臉上和手上的腐肉一邊掉落，骨頭從發黑模糊的血肉之間外露。

「沒辦法啊！誰叫你妨礙新藥核發！誰叫你奪走ALS患者的希望！」

發自喉嚨的吶喊，沒能制止神津島的動作。他繼續爬過來，身上的肉不停掉落，眼看就要露出白骨。

「你也……給我……下地獄吧……」

眼珠滾落，神津島仍用空洞的眼窩睥睨遊馬。肉幾乎都掉光了的手觸碰遊馬的身體。

「住手——！」

遊馬大叫，身體傾斜，倒在地板上應聲碎裂。粉碎的玻璃身體，在間接照明的不規則折射下散發七彩光芒。

「嗚哇啊啊啊——！」

尖叫聲撼動鼓膜。立刻察覺這是從自己口中發出的聲音。

猛地彈起上半身，遊馬急忙環顧四周。這是一個古董家具環繞的寬敞房間，自己正坐在窗邊的床上。

「啊……對喔，我在玻璃塔裡過夜。」

這麼嘟噥著，擦拭額上的汗水。手背上沾滿黏膩的冷汗。

似乎做了惡夢。想起夢境內容的瞬間，昨晚發生的事一口氣復甦腦海，強烈欲嘔的感覺襲來。少許胃液從空空的胃裡逆流，口腔裡滿是灼人的苦味。

奪走人命與害怕被發現是殺人兇手的恐懼感，原來能將精神侵蝕到這個地步。身上還穿著昨天的外套，直接舉起手，用袖子擦拭嘴角。這時，遊馬發現房門傳來「咚咚」的聲音。好像有誰在敲門？就是這聲音吵醒自己的吧。

挪動彷彿生鏽的關節，沉重的身體緩緩下床。看一眼手錶，時間才剛過早上六點。一大早的，會是誰呢？脫下外套掛在椅背上，遊馬走到門邊問：「哪位？」

「我是碧，方便借用您一點時間嗎？」

隔著門聽到這聲音的瞬間，腦中濃霧一口氣消散。

那個名偵探這時間來做什麼？

「碧小姐嗎？有什麼事？」為了不讓她察覺端倪，遊馬死命保持平靜語氣。

「可以讓我進房間嗎？有些比較深入的話想談。」

遊馬轉頭環顧室內。雖然沒有不能被看見的東西，要是可以的話，還是想請走她。但是，貿然拒絕反而可能被懷疑。

幾秒鐘的糾結後，遊馬轉動圓筒鎖，把門打開。

「早安，一條醫生！」

名偵探穿著和昨天一樣的男用西裝，開朗地寒暄。

「……早安。一大早就這麼有精神啊。」

「是啊，我本來就起得早。更何況，現在有案件發生，我興奮得比平常還早醒來。剛才已經去過一樓的娛樂室和餐廳做各種調查，看能不能找到一些解決案件的線索了。話說，你別看今天早上天氣這麼好，昨天夜裡好像下過一點雪。娛樂室窗上還留有一些雪跡。哎呀，因為沒開暖氣，那邊超冷的呢。」

月夜做出搓揉雙手的動作。

「所以，一到六點，心想差不多來打擾也不會造成困擾，我就來了。喔，說到早起，老田先生也挺厲害的喔。我剛過來這裡的路上，在樓梯上遇到他，他已經整理好服裝儀容，穿著上過漿的筆挺管家制服。明明雇主已經死了，他還這麼認真工作，讓人感覺到『這就是專業』呢。」

月夜朝氣十足的語氣，在遊馬剛起床的腦子裡嗡嗡迴響。強忍頭痛，對月夜說「總之，先請進吧」。月夜點頭致意，走向放在房間中央的沙發。

「哎呀，這間館邸的房間沒有一處不優美呢，充滿古典格調。床鋪睡起來再舒服也不過，昨晚我睡得很香甜。」

說著，月夜瞇起眼睛看遊馬。

「不過，一條醫生看起來好像不是這樣喔。身上穿的是跟昨天一樣的衣服，而且還很皺，可見衣服也沒換下就睡了。」

「……昨天太耗費心神，一回到房間就倒上床，不知不覺睡著了。話說回來，碧小姐還不是穿得跟昨天一樣。」

「不不不，我可是有好好更衣的喔。這襲西裝，一模一樣的我擁有好幾套。該怎麼說呢，就像名偵探的制服吧。更何況，領帶的圖案跟昨天也不一樣啊。昨天是去倫敦貝克街夏洛克．福爾摩斯博物館時買的，上面印的是福爾摩斯剪影的圖案。今天這條領帶的圖案則是火車。這是《東方快車謀殺案》舞台背景的火車——」

「那個……」遊馬打斷月夜。「關於穿搭的事，我已經很明白了。請告訴我，妳這麼早來找我有什麼事？」

「這廂失禮了。來打擾您的原因，當然是想詢問關於昨晚的事啊。」

月夜目光犀利，遊馬感到背上一陣顫抖。

「妳打算按照順序一個一個造訪眾人房間，蒐集情報嗎？」

「不是的。」月夜舉起手揮了揮。「不是按照順序，只是認為必須先問問一條醫生。」

「為什麼是我……」

她果然在懷疑我嗎？這麼一想，冰涼的冷汗沿著遊馬背部下滑。

「當然是因為，你是神津島先生的專屬醫生啊。進行犯罪搜查時，盡可能了解關於被害人的事是很重要的。」

原來不是因為懷疑我才來的啊。遊馬暗自鬆了一口氣。

「可是，這樣的話，應該去問老田先生或巴小姐比較好吧？他們住在這裡工作，肯定比我更了解神津島先生。」

「我是很想那麼做，但他們兩位正忙著給客人準備早餐。」

「喔喔，這麼一說確實也是啦。那我明白了，只要是我知道的事，都可以跟妳說說。請坐吧。」

稍微冷靜下來，遊馬請月夜坐上沙發，她卻走向窗邊。

「今天天氣很好，在這麼昏暗的房間裡談話，不覺得太可惜了嗎？」

月夜用力扯開遮光窗簾。朝陽從大大的窗外照射進來，習慣陰暗的眼睛有些睜不開。

「整片落地窗果然就是舒服。而且，這裡的窗戶最棒的就是能夠打開。剛才我把自己房間的窗戶都打開，讓空氣流通，散發森林香氣的空氣流進房間，真教人心曠神怡。思考都變清晰了呢。」

月夜高舉雙手，高挑的身體輕輕往後仰。正如她所說，相較於以嵌入式玻璃窗全面環繞的壹之室，其他房間的窗戶，則是在房間外側打造幾面從天花板到地板的長方形落地窗。只要按下牆上的按鈕，這些窗戶都可以開關。

「對了，難得天氣好，把這房間的窗戶也打開吧。」

也不等遊馬回答，月夜兀自按下按鈕。埋在天花板裡的軌道啟動，與窗戶上半部相連的鐵條往外推，其中一扇窗就以朝外側放倒的方式打開，開到大約四十五度角時停止動作。寒凍的風從外面吹進室內。

「請別擅自開窗好嗎？很冷。」

「可是，我總覺得你房間裡空氣很混濁，得讓空氣流通才行。」

「那也不用把窗戶全部打開啊。」

「這窗戶設計成從上方敞開，是為了防止屋內的人從窗邊墜落吧。只是，這附近常下大雪，要是開著窗戶時下起雪來，雪就會落入屋內了呢。最慘的是，萬一堆積在窗戶上的雪太重，還會把窗戶給壓壞。」

盤著雙手，月夜觀察起窗戶四周的構造，絲毫沒把遊馬的抗議聽進去。無可奈何的遊馬，只好自己按下按鈕，把窗戶關起來。

「為什麼要關起來？空氣清淨，腦袋才轉得快，有助於推理啊。」

「我不是說了嗎，因為很冷。妳這人到底怎麼回事，從剛才就一直這麼莫名其妙的。突然跑來不說，還自己隨便亂動東西。沒話說就請回吧。」

她的行為簡直就像夏洛克．福爾摩斯一樣突兀。就某種意義而言，或許名偵探都是這樣說話的吧。正感到頭痛，月夜便低下頭說「啊、不好意思」。

「因為發生了這麼有魅力的事件，我從昨天就一直很激動。睡著之後老是做跟事件有關的夢，是非常開心的夢喔。」

露出陶醉的眼神，月夜凝視天花板。

「……我也是，不過做的是惡夢。」

「好了，一直閒聊下去也不是辦法，進入正題吧。」

坐上沙發，月夜蹺起修長的雙腿。

「你知道有誰可能怨恨神津島先生嗎？」

劈頭就提出這個問題，遊馬聽得臉色鐵青。

冷靜。她又不知道妹妹的事，只是對身為專屬醫生的自己問普通的問題而已。這麼告訴自己，遊馬在月夜對面的沙發坐下。

「能想到的人實在太多了。」

「意思是，有那麼多人怨恨神津島先生嗎？」

「我雖然不太想說雇主的閒話，但不管怎麼說，神津島先生確實很偏激，又或者該說無情嗎？總之，他不是個好相處的人。明明在專業領域上留下如此多的功績，從教授職位屆齡退休後，本該有其他大學爭相禮聘才對。可是，聽說沒有一所學校來邀請神津島先生。以前他還曾為此發過牢騷。」

「為什麼沒有人來邀請呢？開發出那麼有名的三叉戟，神津島先生的功勞就算得諾貝爾獎也不為過吧？」

「妳知道得還真不少。像這種基礎研究，一般人應該幾乎沒聽說過。」

「我又不是『一般人』，我可是名偵探。」

月夜微微一笑，又歪了歪頭問：「那麼，你的答案是？」

「因為神津島先生的職權騷擾……不、在大學裡應該稱之為學術騷擾，業界內眾所皆知。不管對方是學生、助教還是副教授，都被他吼過，怒罵過，聽說甚至還有人受過他的暴力對待。」

「學術界怎麼會容許這種事？」月夜皺起眉頭。

「要是現在，絕對不會容許吧。只是，那都已經是很久以前的事了。再說，當時神津島先生的研究，對世界上許多為重症所苦的人而言，可以說是最後的一線希望。校方也不想把事情鬧大，導致研究中斷。不過，最後卻造成神津島研究室有很多人精神出問題，必須離職療養，還有人因此自殺。」

「原來如此，聽起來也能成為充分的殺人動機。」

「還不光只是這樣。取得三叉戟專利的神津島先生，向過去共同研究的藥廠要求天價的專利使用費。要是藥廠不付，他就威脅說要把專利賣給其他公司。」

「人家以前出資贊助他研究耶！」

「在那個時代，研究者接受藥廠贊助研究經費時，雙方簽訂的契約多半不夠嚴謹，內容都很隨便。話雖如此，多數人還是講道義的，正常學者不可能把共同研究的成果賣給其他公司。」

「可是，神津島先生不是『正常的學者』。」月夜揚起嘴角。

「沒錯，那個人把金錢看得很重，說他是守財奴也不為過。聽說雙方鬧上法院，爭執了好一陣子，最後藥廠還是硬吞下神津島先生的要求，付出天文數字的專利使用費，換來三叉戟的技術，催生出各種新藥。」

「那筆天文數字的專利使用費，就成了神津島收藏和蓋這棟房子的資金來源嘍。」

「就是這麼回事。因為必須支付給神津島先生高額的專利使用費，新藥的價格也相當昂貴。很多期盼新藥許久的人，因為付不起買藥的錢，難以接受治療。」

「這麼說來，我曾聽說神津島先生沒有能繼承他遺產的親人，是真的嗎？」

用手擋在嘴邊，月夜這麼問。遊馬回答「好像是這樣」。

「換句話說，只要神津島先生一死，藥廠就可以不用繼續支付專利使用費，藥的價格也能調低，讓更多的患者受惠。原來如此……難怪會說有殺人動機的人太多了。就算現在這間館邸內的人中，有誰怨恨神津島先生也不奇怪。」

月夜單薄的嘴唇，浮現一抹妖媚的笑。

「……妳好像很開心呢。」

遊馬喃喃低語。月夜舉起雙手揮著說「沒有、沒有」，臉上卻依然掛著笑容。

「碧小姐，妳還是認為，神津島先生是被人殺害的嗎？」

「昨天我也說過，現在已知的線索不足以做出判斷。只是，若是自殺，等後天警察抵達，調查過現場後，想必會從科學辦案的角度找到證據吧。到那時候，就沒有我出場的餘地了。所以，身為名偵探，現在我是先假設神津島先生被人以某種詭計殺害，以此為基礎展開搜查。」

「可是，陳屍現場的壹之室，房門不是上了鎖嗎？再說，那間房間和其他客房不同，採用嵌入式的窗玻璃，窗戶沒辦法打開。這樣的話，自殺的可能性還是比較高吧？那間房間就是所謂的密室……」

遊馬拚了命地想把名偵探的思路朝「神津島自殺」的方向引導，卻在口吐「密室」一詞的瞬間，看見月夜瞇起眼睛時，立刻發現自己做錯了。

「密室」。對推理迷而言，這是比什麼都能觸動心弦的詞彙。

「沒錯，事件發生時，壹之室看起來確實像是密室。只不過，光憑這樣就說神津島先生自殺，未免太奇怪了。不管怎麼說，他的死因可是中毒啊。」

月夜在臉頰旁豎起食指，意氣風發地發表起言論。

「使用毒藥這種兇器，即使兇手不在場也能殺人。換句話說，只要事前在神津島先生可能放入口中的東西裡下毒即可。殺害的當下，兇手本人未必需要在房間裡。另一種方法，是先讓被害人服下有時間落差的毒物，等被害人進入房間，將門上鎖後，藥效才會開始發揮。只是，這次使用的毒藥是河豚毒素，在晚餐裡下毒的可能性就變低了。因為從晚餐結束，到神津島先生打電話求助，中間隔了差不多一小時的時間。河豚毒素是發作速度較快的毒藥，時間上說不通。」

不讓遊馬有機會發言，月夜連珠砲似地說著。

「當然，也可能老田先生接到的那通神津島先生的求助電話，本身就被動了某種手腳。可能是有人模仿神津島先生的聲音打了這通電話，也可能播放事先錄下的聲音。老田先生說謊的可能性也必須考慮進去，說不定壓根就沒有這通求助電話。這方面還要多蒐集一些情報才能繼續推敲。」

「妳居然考慮了這麼多。」

驚訝的遊馬這麼嘀咕，月夜眨了眨眼。

「既然是名偵探，做到這種程度也是理所當然的啊。好的，讓我們來看看，假如晚間八點半，神津島先生吃了兇手事前下的毒而死亡。這種狀況下，藥被下在書桌上的巧克力或干邑白蘭地裡的可能性應該很高吧？這點，只要警方一調查就可清楚查明。只是……」

頓了一頓，月夜低聲繼續：

「如果這是殺人事件，我認為當時，兇手應該也在壹之室內。」

「……為什麼妳會這麼想？」遊馬硬生生嚥下喉頭的唾液。

「若是採用事先下毒的方式，兇手將不確定被害人會於何時吃下毒藥，也就無法準確地決定殺害時間。可是昨晚，神津島先生本該於晚間十點宣布某件大事，在那之前喪命，或許表示兇手不希望他『宣布』那件事。因此，我認為兇手可能是親手將毒藥交給了神津島先生，再用巧妙的藉口讓他服下毒藥。」

不對。神津島要宣布的大事，是他找到知名作家的遺著。我並不是為了阻止神津島宣布這件事才殺他的。遊馬內心如此嘀咕。然而，儘管搞錯了大前提，名偵探的推理依然十分接近真相，不免令遊馬慌張了起來。

「可是，正如剛才所說，那間房間是密室……」

「對，是密室！」月夜發出高亢的聲音站起身，手指直指遊馬的鼻尖。

「怎、怎麼了嗎？」

「一條醫生，你知道『密室講義』嗎？」

「妳說的是……卡爾的密室講義嗎？」

「正是。創造出許多不同種類密室，有《密室推理之王》稱號的約翰·狄克森·卡爾，於一九三五年發表的作品《三口棺材》中的第十七章——〈密室講義〉。內容以分析密室詭計聞名，之後也被引用在各式各樣的推理作品中。『密室講義』的文體很特別，扮演偵探角色的菲爾博士乾脆挑明了說自己就是小說中的角色。這或許也可稱為一種後設推理（meta-mystery）吧。」

月夜用唱歌般的語調這麼說。

「對了，提到後設推理的傑作，我個人無論如何都想舉出的，是東野圭吾《名偵探的守則》。負責敘述故事的大河原番三警部，對自己是書中登場角色一事有所自覺。另外一個角色天下一大五郎，則是苦惱於必須持續扮演自己塑造出的名偵探角色。這樣的兩人攜手挑戰各種推理小說中的典型場景，就構成了這本書的內容。這部作品優秀的地方，不只在於以幽默手法展現推理情節，某種意義來說，還可以說是作者對推理小說這種形式提出的反命題。近年來的東野，雖然常以沉重人性故事為基礎基調，初期的他其實也創作過許多出色的本格推理小說。換言之，東野圭吾這個歷代罕見的作家，其創作基礎還是具備本格推理的素養。關於這一點，從他的代表作《嫌疑犯X的獻身》不只獲得直木賞，也拿下本格推理大賞就能清楚看出。只是另一方面，《嫌疑犯X的獻身》真能稱為本格推理嗎？追根究底，『本格推理到底是什麼』的爭論……」

月夜失焦的眼神望向半空，嘴裡滔滔不絕長篇大論，遊馬只能愣愣看著這樣的她。她似乎完全進入自己的世界了。

正好，利用這段時間收拾驚慌的心情吧。一邊讓月夜說的話從耳邊流過，遊馬一邊緩緩深呼吸，加速跳動的心臟也放慢了下來。

「……所以，為了解決後期昆恩問題，我想提議的方法是──」

整整聽月夜發表了二十分鐘左右的演說，重新取回心靈平衡的遊馬才開口：「那個……」

講得正高興時被打斷，月夜語帶不滿地問：「什麼事？」

「碧小姐的推理論述固然十分有趣，但差不多該進入正題了吧？」

「正題？你是說關於本格推理的定義嗎？」

「不是！是關於事件發生時，壹之室處於密室狀態的事！」

月夜的視線游移了好幾秒的時間，才用力拍了拍手。

「對喔！原本是在講這個，然後聊到『密室講義』去了。」

因為聊推理聊得太入迷，她似乎真的把本來的話題忘了。看遊馬一臉傻眼的表情，月夜才正色道：

「在『密室講義』中，將密室詭計大致分為兩類。」

說著，她豎起兩根手指。

「第一類，是打從一開始兇手就不在室內的狀況。若這次是事先下毒，令神津島先生在密室內服毒身亡的話，就屬於這種案例。」

彎折一根手指，月夜繼續說「另一類」。

「是犯案時，兇手也在室內的狀況。完成殺人後，兇手走出房間將門上鎖，或是佈置成看似有上鎖。根據我剛才說明的理由，我認為昨天的事件，使用的應該是第二類的密室詭計。」

「可是，大家趕到壹之室的時候，房間門確實上了鎖啊。還是說，其實門沒有上鎖，只是用房間裡的什麼東西將門卡住了？」

遊馬拚命地想誘導名偵探遠離自己的詭計。

「不、既然都拿萬用鑰匙開了門，當時肯定是上了鎖的。」

「那就是有備鑰嘍？」

「這個可能性很低吧？昨天不是已經打電話給保全公司，確認沒有打過備鑰了嗎？那間公司我很熟，是值得信賴的公司。」

「這樣的話，會不會是用了萬用鑰匙呢？」

「對，萬用鑰匙。」月夜指向遊馬。「兇手拿萬用鑰匙把房門鎖上，這是很有可能的事。只是，我最後仍做出不是這樣的結論。」

「為什麼妳能這麼說？」

「因為那把萬用鑰匙，向來似乎放在娛樂室暖爐旁的鑰匙櫃內保管。可是，昨天吃完晚餐移動到娛樂室後，我就一直站在暖爐邊。那段時間，沒有任何人打開鑰匙櫃。」

「說不定是之前就從鑰匙櫃內取出萬用鑰匙了……」

「這樣的話，能做這件事的人只有酒泉先生。昨晚，壹之室的房門打不開，下樓去拿萬用鑰匙的人是酒泉先生。那時，酒泉先生確實有可能早就把萬用鑰匙放在身上，只是裝成回娛樂室打開鑰匙櫃拿萬用鑰匙的樣子。」

「這麼說來，兇手就是酒泉先生了？」

遊馬裝作驚訝的樣子。只要把嫌疑拋到酒泉身上，或許能讓名偵探遠離真相。沒想到，月夜又搖搖頭說：「那不可能。」

「為什麼？當時酒泉先生是自己一個人去娛樂室的，沒有人親眼看見他從鑰匙櫃裡拿出萬用鑰匙吧？」

「可是，酒泉先生不可能直接下手殺害神津島先生。吃過晚餐，眾人移動到娛樂室後，酒泉先生始終都在吧檯裡面。」

遊馬不由得「啊……」了一聲。月夜點點頭。

「沒錯，酒泉先生必須隨時為賓客提供水酒。他要是不在工作崗位上，馬上就會有人察覺。同樣的道理，也可以套用在老田先生和巴小姐身上。能不被任何人發現，悄悄離開娛樂室，前往壹之室殺害神津島先生的，只可能是賓客中的某個人。」

「這麼說來，我也有嫌疑嘍？」

為了掩飾內心的緊張，遊馬故意用開玩笑的語氣這麼說。月夜也大方回答：

「沒錯，當然。」

喉頭一陣痙攣，一時發不出聲音。

「妳、妳在說什麼啊！我有什麼理由非殺死神津島先生不可！」

「請別這麼激動。我的意思是，在還沒蒐集足夠資訊的現在，所有人都有嫌疑。不用說，也包括我自己在內。」

月夜臉上浮現一抹與那中性外表格格不入的妖媚笑容。

「此外，也還不能完全推翻酒泉先生是兇手的選項喔。光靠他一個人雖然很難下手，如果有共犯的話，倒也不是沒有犯罪的可能。只是，目前我想先從兇手單獨犯案的方向來思考。」

這個名偵探在懷疑我。遊馬這麼想。雖然不知接近真相到何種地步，毫無疑問的，她肯定把我當作頭號嫌犯了。這樣的預感使遊馬雙腳忍不住發抖，急忙把手放在腿上，用力抓住。

「可是，既不是用備鑰，也不是用萬用鑰匙的話，兇手是怎麼鎖上壹之室房門的呢？」

「第一個可能，掉在壹之室地板上的鑰匙不是真的。畢竟，當下我們沒有任何人試著拿那把鑰匙去鎖壹之室的門吧。或許那把鑰匙只是外表看上去很像，實際上真正的鑰匙還在兇手手上。只不過，這可能性很低就是了。」

「為什麼呢？」

「假鑰匙太容易被揭穿了啊。只要有人試一下，馬上就會知道了。日後警方一展開搜索，更是立刻就會發現。甚至昨天晚上就有被識破的可能。事實上，要不是加加見先生把我們趕出房間，我本來想拿那把掉在地上的鑰匙實際鎖門看看的。用這種隨時可能露出馬腳的東西製造密室，可說一點意義都沒有。」

月夜的解釋條理分明，很難找到反駁的餘地。

「不然，會不會是使用了某種工具……」

「你指的是物理詭計對吧。從門外用線之類的東西透過門縫伸進去上鎖。雖然老套但是有效。只是很遺憾的，這次不是喔。昨晚解散後，我獨自回壹之室外檢查了房門。那扇門是完全沒有門縫的類型，無法從外面伸任何工具進去。就算可以，圓筒鎖的設計也不適合使用物理詭計，因為上鎖時只能捏住小小的鎖片旋轉。如此看來，似乎也不可能使用磁鐵之類的工具。剩下的，只有把門整扇拆下的方法，但我沒找到拆過門的痕跡。由此可知，這次的密室不是物理詭計製造出來的。」

「那會是什麼……」

「比方說，被兇手下毒之後，毒性還沒發作前，神津島先生自己從內側上了鎖，碰巧形成了密室。這雖然也是一個不容否定的可能性，直覺又告訴我不是這樣。兇手一定是確認毒性發作後才離開壹之室，並將密室完成。這麼一來，神津島先生的死就會被當成自然死或自殺處理了。事實上，要不是我發現了死前留言，大家不都以為神津島先生是心臟病發作嗎。」

「所以，我想問的就是，密室到底是怎麼製造的啊！」

感覺自己被逼得走投無路，遊馬情不自禁扯開了嗓子。

「啊、抱歉，兜兜轉轉地繞了一大圈。不過，你不覺得無論哪本推理小說，名偵探的說明總是兜兜轉轉的嗎？我認為，那除了有給兇手施壓的意義外，也具有炒熱讀者情緒的效果。」

說到這裡，月夜停下來舔了舔薄薄的嘴唇。那模樣看在遊馬眼中，就像一隻肉食獸。「好的，那麼……」月夜這麼低喃後，把手放在腹部前方交握。

「我認為，這次的事件裡，兇手使用的是心理詭計。」

「為什麼說是心理詭計呢？」遊馬口乾舌燥，發出的聲音也略顯嘶啞。

「昨晚，壹之室之所以會被視為密室，是因為壹之鑰掉在房內的地上。可是，那把鑰匙真的在房內嗎？」

「妳在說什麼啊？壹之鑰確實在房內的地上……」

「沒錯，鑰匙是掉在地上。但是，鑰匙從什麼時候開始掉在地上的呢？」

月夜點了點頭，抬起視線望向遊馬。

「巴小姐在地上發現鑰匙，是眾人進入房間約莫幾分鐘後的事。換句話說，在我們進入房間的當下，鑰匙未必已經在地上了。」

「……那妳說，鑰匙是什麼時候掉在地上的呢？」

遊馬發出近乎呻吟的問句，有種房間裡空氣急速變稀薄的錯覺。

「應該是我們進入房間後不久的事吧。那時，所有人的注意力都在倒地的神津島先生身上。兇手就趁這機會，偷偷把手邊的鑰匙放在地板上。壹之室地上鋪了柔軟的毛毯，即使鑰匙掉在地上，也幾乎不會發出聲音。就這樣，兇手製造出鑰匙本來就在室內的假象，使壹之室看上去像個密室。」

完美的推理……遊馬全身顫慄。自己死命想出來的詭計，竟然被這個名偵探完美看穿，還解釋得這麼清楚。

該如何從眼前的窘境脫身？腦子一陣暈眩，遊馬拚命鞭策自己思考。

就算密室詭計已被識破，她應該還無法斷定我就是兇手。只要是館邸內的賓客，誰都有可能使用那個詭計殺人。不過，名偵探肯定對我有所懷疑。這也是理所當然的事，畢竟我是神津島的專屬醫生。毒殺事件中，這麼一號人物自然最可疑。

要是放著不管，名偵探絕對會找到我就是兇手的證據。得在那之前想想辦法才行。

正這麼想時，遊馬忽然發現自己的視線，無意識地放在月夜纖細的脖子上。

即使身材再怎麼高挑，她終究是個女人。要比力氣，自己肯定強得多。另外，應該沒人知道月夜來這裡。既然如此……

思考到這裡，遊馬猛地回神。我到底在想什麼啊。為了保身，居然想殺死這個無辜的女人……一股強烈的自我厭惡，毫不留情地襲來。

奪走神津島的性命是沒辦法的事。因為如果不那麼做，會有更多ALS病患受苦。必須有人來做這件事。對，必須有人來做才行……

即使明白這只是自己逃避罪惡感的託詞，遊馬仍在心中不斷如此反覆。

然而，一旦對眼前的女人下手，自己就真的失去人性了。絕對不可以做這種事。可是，那又該怎麼辦……

正當遊馬內心陷入激烈糾葛，月夜忽然站起來說「請問……」，遊馬不禁警戒起來。

「什麼事？」

「可以借個洗手間嗎？」

「欸？喔、喔喔！請用。」

洩了氣的遊馬這麼一回答，月夜便說聲「不好意思」，朝盥洗室走去。等到關上門，看不見月夜身影後，遊馬大大鬆了一口氣。

這並不表示走鋼索的狀態已經結束，只能說慶幸獲得了一點冷靜的時間。看一眼牆上時鐘，很快就要七點了。不知不覺聽月夜說了一小時的話，難怪筋疲力盡。

接下來該怎麼辦好呢？暴躁地扒抓頭髮時，遊馬忽然像遭電擊般全身僵硬，視線投向盥洗室的門。裝有毒膠囊的藥盒，藏在馬桶水箱裡啊！那個名偵探該不會是想確認這個，才故意借廁所的吧。

好不容易鎮定的心跳，這下又一口氣加速。像個等待法官判決的被告，遊馬只能等月夜從盥洗室出來。

門打開了，月夜一邊用手帕擦手，一邊走出廁所。

「你怎麼了？表情這麼可怕。」

發現遊馬緊盯著自己，月夜歪著頭問。

「不、沒什麼。」

急忙別開視線，感覺呼吸困難。這個名偵探單純只是去上廁所嗎？還是找到藏在水箱裡的兇器了呢。

必須用力穩住下巴，才不至於把牙根咬得太緊。遊馬等待月夜接下來說的話。

「對了，一條醫生……」

月夜這麼說著，正將手帕收回口袋的瞬間，淒厲的警鈴聲忽然響起，打亂屋內的氣氛。

「咦？這什麼聲音？」

月夜急忙環顧四周。遊馬回答「我也不知道！」時，安裝在靠窗天花板上的抽風機同時動起來，所有窗戶自動朝外側打開。

『餐廳發生火警，餐廳發生火警，請立刻避難！』

傳來機械合成的廣播聲。

火災？也就是說，窗戶打開是為了排煙嗎？僵立原地的遊馬還在思考這些時，忽然被月夜抓住手。

「一條醫生，我們走吧。繼續待在高樓層，有被濃煙嗆到的危險。」

月夜抓著遊馬的手這麼說。從僵直狀態恢復的遊馬愣愣回應「啊、好的」，隨月夜一起跑向房門口。

打開門，離開房間。幸運的是，螺旋階梯上並未充滿黑煙與火焰。遊馬和月夜對看彼此一眼，微微點個頭，便一起朝樓下狂奔。

跑下四分之三圈階梯後，看見柒之室的房門敞開，身穿鮮豔粉紅色睡衣的夢讀正朝樓梯間探頭查看。

「夢讀小姐，一起去一樓避難吧。」

月夜對她這麼說，夢讀一臉為難地轉過來。

「可是，我還穿這樣……」

「現在不是說這種話的時候，快走吧。」

月夜扯著夢讀的衣襬，夢讀只好大喊「我知道了啦，別拉」，啪答啪答踩著拖鞋下樓。

在持續作響的警報聲中，一行人來到一樓。大廳裡一樣不見濃煙，只是，聞得到一股燒焦的味道。

「在這裡！」

聽見痛切的叫聲，遊馬趕緊跑過去。只見身穿女僕裝的圓香和身穿廚師服的酒泉正在推餐廳的門。

遊馬走近問：「怎麼回事？」幾乎快哭出來的圓香回答：

「門打不開。」

遊馬和圓香及酒泉一起推門，雖然能稍稍推動，但仍無法打開。

「發生什麼事了？」

背後傳來低沉沙啞的聲音。回頭一看，是加加見。接著，左京和九流間也到了。

「餐廳裡好像失火了，可是進不去。」

聽了遊馬的說明，加加見抓住圓香的肩膀。

「喂！這扇門的鑰匙在哪？我保管的那支萬用鑰匙能開嗎？」

「不，鑰匙打不開。」圓香一臉膽怯地回答。「這扇門只裝設了簡單的門閂，唯有不希望客人看到裡面正在準備的樣子時，才會用門閂暫時擋住。可是，門閂從外側無法打開。」

正如圓香所說，餐廳門上沒有鎖孔。遊馬想起昨晚看見的，用兩根可旋轉金屬棒卡住牆上釘子的簡易門閂。

「這麼說來，裡面應該有誰在嘍？」

聽了左京的發言，遊馬迅速檢視在場眾人，圓香大喊：「老田先生！」

「老田先生在裡面佈置早餐的餐桌！」

「那管家先生為何不來開門？他在裡面做什麼？」

夢讀尖著嗓子問，圓香狠狠瞪了她一眼。

「就是因為不知道，才在這裡想辦法要把門推開啊！」

圓香激動得忘了對賓客的尊重，把夢讀嚇得倒退了幾步。

「……真沒辦法。」加加見推開圓香，往前踏步。

「既然無法用鑰匙開門，只好把門撞破了。喂、醫生、廚師，過來幫忙！」

遊馬和酒泉用力點頭，三人一起站在紋風不動的門前。

「三人同時撞上去，準備嘍。一、二、三……」

與加加見的號令同時，三人用身體撞上餐廳門。肩膀傳來撞擊的痛楚，門用力搖晃了一下。

三人配合彼此呼吸，再次朝門衝上去撞擊。門終於在劇烈聲響中撞了開，失去平衡的遊馬等人倒向室內。

黑煙飄進大廳，眼睛一陣刺痛，淚水模糊了視野。當喉嚨因侵入的濃煙而用力嗆咳時，遊馬感覺冰冷的水打在身上。抬頭一看，天花板上的灑水器正灑下大量的水。夾雜燒焦的氣味，一股帶有刺激性的臭味撲鼻。

下一瞬間，耳邊傳來刺痛鼓膜的尖叫。轉頭往後看，臉色發青的夢讀正用雙手摀住嘴巴。其他人臉上的表情也很僵硬。似乎因驚嚇而腿軟跪地的圓香，伸出顫抖的手指指著餐廳內：

「老、老田……先生……」

揉揉模糊的雙眼，朝圓香手指的方向望去。朝陽從窗簾全開的落地窗外照射進來，亮得眼睛差點睜不開。等到雙眼稍微適應這光線後，才終於看清楚餐廳內的景象。瞬間，思考為之暫停。因為無法理解自己究竟看到了什麼。

老田仰躺在餐桌前方。身上的管家制服襯衫染成了紅褐色，身體下方的紅色液體則被灑水器噴出的水稀釋成淡紅色，流得整片地板都是。他的臉朝向餐廳內側，所以看不到表情。但是，身體一動也不動。

不知為何，老田身體四周散落許多白色的羽毛。

加加見站起來，無視不斷灑落的水，朝老田走去，蹲下來觸摸他的脖子。

「死了。胸口被刺了好幾刀。」

「怎麼會……」脫口而出的聲音微弱得連自己都感覺滑稽。

這時，震天價響的警報聲消失，灑水器也停止灑水。

「喂！這是怎麼回事……」

起身後的加加見看著餐桌大聲喊叫。遊馬也站起來，搖搖晃晃往前走，視線落在餐桌時，全身起了雞皮疙瘩。

桌巾中央部分燒得焦黑，推測那裡就是起火點。然而，吸引遊馬視線的，並非桌巾上的焦痕。

純白桌巾上，以潦草的字跡寫著大大的幾個字。

以黯淡不祥的紅褐色寫下的文字……

「這難道是……」

遊馬嘶啞低喃，加加見用力抓亂頭髮。

「對，肯定沒錯，是用老田的血寫的。」

「用血……」

視野一陣劇烈晃動，遊馬定睛去看那潦草難懂的血書。

「蝶岳神隱」。

那幾個字彷彿騰空浮起，隨時可能襲來。產生這樣的錯覺，遊馬一個踉蹌，身體失去平衡。

2

「出現第二個犧牲者了呢。」

月夜走過來，低頭看倒在地上的老田。

「可是，和第一個案發現場不同，這次搞得很浮誇啊。沒記錯的話，寫在桌巾上的『蝶岳神隱』，指的應該是十多年前這附近發生過的連續殺人事件吧？特地用血書的方式留下這個，有什麼目的呢？」

「喂，外行人不要跑進來。」

加加見試圖用手推月夜的肩膀，被她輕輕撥開了。

「別這麼死板嘛，我不會弄亂現場的。再說，都已經被灑水器的水弄得亂七八糟，早就無法保存現場狀態了吧？」

「無論何種狀態，在鑑識人員抵達前，現場就是得維持原樣！」

「可是，你口中的鑑識人員要到後天才會來。過了那麼久，『證據』說不定會消失啊。我看還是應該先記錄起來才對。」

月夜若無其事地說，加加見皺起眉頭。

「妳還真冷靜。怎麼？已經確定這是連續殺人事件了嗎？」

不對。這不是什麼連續殺人事件。我殺的只有神津島一個人而已啊。可是，為什麼老田也被人殺害了呢？遊馬錯愕不已，身旁的月夜聳了聳肩。

「難道你懷疑我是兇手嗎？我可是個名偵探，這種場面看多了，如此而已。不過……」

月夜揚起嘴角，瞇細了雙眼。看到她那陶醉的表情，遊馬全身僵硬。

「的確，我也想過連續殺人的可能性。只是沒料到，竟然有幸目睹如此脫離常軌的殺人現場。」

「……居然一副高興的樣子。看到這種場景還笑得出來，妳腦子裡的線應該斷了好幾根吧。」

加加見不屑地這麼一說，月夜卻恭謹低頭：

「承蒙您如此讚美，真是太榮幸了。」

「我可沒讚美妳。夠了，出去吧。不管妳怎麼說，從現在起，誰也不准進出這裡！」

「請等一下！」僵立在餐廳外的圓香，忽然大聲喊道：「你要把老田先生丟在那裡不管嗎？」

加加見瞥了圓香一眼，回答「當然」。

「可是，警察要到後天傍晚才會趕來吧？」樓所有的空調都是相通的，無法只關掉餐廳的暖氣。所以……」

圓香哽咽得說不下去，月夜在一旁溫柔地接替她說：

「放著不管的話，老田先生的遺體會開始腐壞。」

頂著充血發紅的雙眼，圓香點頭回應。

「女僕的工作該怎麼做，都是老田先生從頭開始指導我的。這四年來，我們一起住在這裡伺候老爺……」

雙手摀住臉，圓香開始低聲抽泣。

「加加見先生，維持現場原樣固然重要，放著遺體腐壞可不是一件好事吧。原本能從遺體上發現的各種線索說不定會因此消失啊。就算不說這個，只要在這棟館邸裡生活，就沒有辦法不使用一樓的空間，要是任憑遺體在這裡腐壞，對大家的心理健康可能不太好喔。」

聽了月夜的指摘，加加見一臉苦澀，思考了幾十秒後，望向圓香。

「喂，女僕小姐。不然妳說，遺體該放在哪裡保存好？存放食材的冷凍室之類的嗎？」

「請等一下！」酒泉搶在圓香說話前大聲嚷嚷。「拜託不要放冷凍室啦。我一天要去那裡拿好幾次食材耶。各位也不想吃跟遺體放在一起的食材吧？」

月夜歪著頭說「我是不介意」，酒泉用力搔頭。

「就算碧小姐妳不介意，其他人也會介意啊。拜託絕對不要放在冷凍室。」

「那你說要放哪好啊。」加加見不耐煩地搔抓頭髮。

「放在拾之室怎麼樣……」圓香小心翼翼地提議。「作為老田先生房間使用的拾之室空調獨立，只要把那裡的暖氣關掉，房間就能保持低溫。再說，那裡是樓層最低的房間，從這裡把老田先生搬過去也不會太難。」

「拾之室的鑰匙在哪？」

「老田先生平時都放在管家制服的前胸口袋。」

加加見摸了摸老田的口袋，從中掏出刻有「拾」字的鑰匙。

「就這麼決定了，妳過來幫忙搬。我扛上半身，妳抓他的腳。」

聽著加加見的指示，圓香臉上表情僵硬。看到這一幕，遊馬挺身而出。

「就算老田先生很瘦，叫女生搬未免太殘忍了吧。我來代替她……」

「囉唆，你給我閉嘴！」

加加見大聲叱喝，遊馬嚇了一跳。

「是這個女僕硬拜託，我才勉為其難決定搬運遺體的。她得負起責任來才行。聽懂了嗎？醫生，明白了就退下。」

遊馬仍不服地說「可是……」，一臉凝重的圓香從他身邊走過。

「巴小姐，不需要勉強……」

「沒關係。」聽圓香的語氣，像是心意已決。「加加見先生說得沒錯。而且，我也只能用這種方式回報老田先生了。所以，老田先生的遺體就讓我來搬吧。」

「很不錯的決心嘛，那就快點準備吧。」

加加見雙手伸進老田腋下。圓香從屍身上別開視線，抓起兩隻腳。

或許因為加加見力氣大，兩人輕易抬起了老田的遺體。

「好，就這樣過去吧。等遺體放好之後，把拾之室的門鎖上，誰也不能進去。等一下我會先去換下這身濕衣服再回來，那之前你們幾個就安分在這等。知道嗎？」

做出指示後，加加見和圓香一起把老田的遺體抬出了餐廳，消失在大廳中央高聳玻璃柱的後方。目送他們離去，酒泉對遊馬說：

「一條醫生，我們也去換衣服吧？這樣會感冒的喔。」

被他這麼一說，遊馬才驚覺自己被灑水器的水淋了一身濕。

「喔喔……說的也是，就這麼辦。」

尾隨加加見他們，遊馬和酒泉也一起來到樓梯口，差不多沿著螺旋階梯往上爬一又四分之一圈時，拾之室正要關上的門映入眼簾。看來，那兩人已經順利把老田先生搬上去了。

繼續往上，來到肆之室前的樓梯間。剛才急著出來，房門也沒上鎖，遊馬直接打開門。

「那一條醫生，等會兒見。話說回來，事情到底會變成怎樣啊……」

酒泉陰鬱地喃喃低語，繼續往上爬樓梯。

的確，事情不知道會變成怎樣。眼前的情況實在太異常，大腦的芯都麻木了，無法好好思考。遊馬走進房間。

月夜和加加見似乎認為這是一起連續殺人事件。也難怪他們會這麼想，才短短半天的時間，已經死了兩個人。

既然發生了顯而易見的殺人事件，已經沒有人會認為神津島死於自殺了吧。到這個地步，想將他佯裝成自然死亡或自殺的計畫已完全失敗。

「不過，也不完全都是壞事……」遊馬低聲自言自語。

受到衝擊而麻木的大腦神經，一點一點恢復了運作。

問題是，殺了老田的人是誰，又為了什麼目的呢？遊馬不斷思考。

最大的可能就是，除了自己之外，還有其他想取神津島性命的人。正如早前自己對月夜的說明，有殺害神津島動機的人多不勝數。自從隱居這座館邸後，神津島幾乎很少對外與人見面，這次舉行的集會，可說是難得能對他下手的良機。這麼說起來，除了自己，還有其他人企圖來殺神津島，也不是什麼奇怪的事。

拿了換洗衣物，遊馬走進盥洗室，脫下濡濕的襯衫。

那傢伙被我先下手為強了。不過，我和那傢伙有決定性的差異。

「那傢伙的目標不只神津島一個人……」用毛巾擦拭身體，遊馬這麼想。

為什麼非得連老田都殺不可呢？為什麼要把殺人現場佈置得那麼詭異呢？還有，那用血寫下的「蝶岳神隱」，肯定是解謎的一大線索。

不、現在不是思考這些的時候。換上乾淨的衣服，遊馬搖搖頭。

「順利的話，說不定能把殺神津島的罪也嫁禍到那傢伙身上。」

遊馬走向馬桶，打開水箱蓋。咖啡色的藥盒在水面載浮載沉。

幸好沒丟掉這個。等確定殺老田的兇手是誰，再找個好機會把這藥盒偷放進對方私人物品中。如此一來，毒殺神津島的人就會變成對方了。無論那傢伙如何否認，有了這決定性的物證，肯定難以脫身。

決定好該做的事，遊馬蓋上水箱蓋，雙手用力拍打臉頰，給自己打氣。

換上乾淨的衣服，走出肆之室並鎖上房門，遊馬朝一樓走去。幸好考慮到神津島抵抗時，自己的衣服可能會弄髒，事先準備了乾淨的衣服帶來。一邊想著這些事，一邊回到餐廳前，看到九流間正皺眉望著餐廳內。

「怎麼了嗎？」

才剛問完，看見餐廳裡的景象，遊馬也說不出話了。月夜趴在老田倒下那附近的地板，臉湊向地上淺紅污濁的水窪。那姿態就像一隻四腳爬行的野獸，甚至讓人以為她就要伸出舌頭舔舐地上的血水。

「妳在做什麼？」

靠近一問，月夜一臉莫名其妙地抬起頭反問：「當然是搜查啊？」

「什麼搜查……妳趴在那水窪裡衣服都弄髒了喔。」

「剛才我也說過，這套西裝就像名偵探的制服。為了查案而弄髒是天經地義的事，我也不會介意。」

「……這樣啊。然後呢？有什麼發現嗎？」

「當然，發現了不少事呢。首先，確認過桌子底下等地方，證實兇手已經不在這個房間內。」

「想也知道吧。」

和娛樂室不同，餐廳裡除了餐桌、餐椅，就只有觀葉植物的楊樹以及石油暖爐而已。屋內幾乎沒有死角，要是兇手還在這裡，早就被發現了。

「還有，之前因為光線太刺眼，窗簾總是拉上的關係，沒看過這裡的窗戶長什麼樣。現在才知道，餐廳的窗玻璃和娛樂室及壹之室一樣，都是嵌入式的密閉窗。換句話說，不是貳之室到拾之室那種可以打開的窗戶。最後，請過來看這門閂。」

月夜走向門口。門旁的牆上，釘著兩片旋轉式的門閂。其中，上面那片朝內側嚴重彎折，幾乎要脫離牆壁了。

「這是黃銅製的吧。剛才打不開門，肯定是因為上了這道門閂的關係。之後一條先生你們用力撞門，連這個門閂都一起破壞了。你們失去平衡跌進餐廳時，餐廳裡只有老田先生的遺體，沒有看見兇手。」

「這麼說來，難道這間房間也……」

「沒錯。」月夜彈響手指。「也是密室。」

「可是，和壹之室的圓筒鎖不一樣，這扇門只有簡易的旋轉式門閂。如果是這種門，應該輕易就能使用物理詭計了吧？」

「話也不能說得這麼肯定喔。在門被破壞之前，濃煙和水都沒有溢出門外，表示這扇門幾乎沒有縫隙。想使用線之類的東西設計機關並不容易。再者，這種物理詭計多半會留下痕跡，比方說油漆剝落等等。但是，在這次的案例中，我沒發現那樣的東西。門上留下的，只有撞門時造成的痕跡。身為密室專家，九流間老師有什麼意見嗎？」

月夜突然對站在門外的九流間這麼問。

「不、我不是什麼專家，只是寫了以密室為主題的小說罷了……」

「請別那麼謙虛。日本之大，或許還找不到比九流間老師更精通密室的人。再說，現在我們目睹的，正是宛如小說中才會發生的事件呀。請務必讓我們借助您的智慧。」

在月夜熱情的邀請下，九流間略帶猶豫地踏入餐廳，仔細打量另一片沒被破壞的門閂。

「假設上面被破壞的那片門閂和這片完全一樣的話，使用線等東西製作的物理詭計，反而因為門閂的結構太單純，確實很難派上用場。因為這片扁平門閂的尖端呈圓弧狀，想把線勾在上面是非常困難的事。此外，既然這扇門幾乎沒有縫隙，使用絲線以外的工具從外側鎖門就更不切實際了。」

「非常謝謝您，九流間老師。您的意見很有參考價值。」月夜討好地低下頭。「這麼看來，關於老田先生遭殺害的事，第一個要解開的，就是密室如何製造出來的謎。」

「妳說第一個，難道還有其他的謎題嗎？」

餐廳外傳來左京發問的聲音。月夜點頭說「是的，當然」。

「兇手在犯罪現場放火，可以假設是為了湮滅證據。然而，因為啟動灑水器的關係，只有桌巾稍微燒焦，火就熄滅了。現在我們要釐清的是，兇手用了什麼方式放火。」

「不、不就是用打火機之類的東西嗎？」

左京這麼說，月夜卻搖頭。

「我不認為是這樣。從桌巾只被燒掉一點看來，恐怕才剛起火燃燒，灑水器就啟動了。同一時間警報響起，大家一起衝下一樓。我和一條先生大約在警報響起後兩分鐘左右抵達一樓，巴小姐他們比我們更早到。想在這麼短時間內使用詭計佈置成密室後逃脫，應該是一件非常困難的事。」

「那到底是怎麼回事呢？」左京用手按壓太陽穴。

「我猜，起火時兇手恐怕早就把餐廳佈置成密室，而且已經逃脫了。」

「也就是說，兇手並非直接點火，而是使用了某種自動點火的機關，或是計時起火的裝置？」

九流間這麼說。月夜回答「就是這樣」，用手指向餐桌。

「只是，還不知道這個『計時起火裝置』是什麼樣的東西。一般來說，若是利用時間落差延後起火時間的裝置，應該會殘留蠟燭、時鐘或火柴棒等物品燃燒過的痕跡。可是，不管我怎麼找都沒找到。」

「會不會完全燒毀了呢？或是灑水時沖走了。」遊馬問。

「火很快就滅了，不太可能完全燒毀。我也想過被水沖走的可能性，趴在地上尋遍每個角落，沒有太大的發現。唯一稱得上收穫的，就是這個了。」

月夜從桌上捏起小小白色羽絨般的物體。

「這是？」遊馬湊上前看。

「應該是楊樹的棉絮。這間屋子裡放了好幾盆當觀賞植物用的楊樹盆栽。請看，原本樹上的楊樹棉絮，大部分都被抓下來了。」

「為什麼要做這種事……」

「這我還不知道。只是根據昨晚老田先生的說明，神津島先生似乎把楊樹的棉絮當作積雪，刻意做了這樣的室內裝飾。從棉絮散落的狀況來看，大部分棉絮都被放在老田先生遺體上了。」

「會是所謂的附會殺人嗎？兇手是否想仿造遺體埋在雪中的景象。」

九流間摸摸自己的禿頭。

「或許吧。從寫在桌巾上的血書看來，也知道兇手肯定想表達什麼。只是，這裡有個奇怪的地方。既然都已經要留下血書傳達某種訊息，為何又要放火呢？如果灑水器沒有啟動的話，留下的訊息就會被燒掉，無法傳達給任何人了啊。」

遊馬「啊」了一聲。這理所當然該注意到的謎，自己竟然沒有察覺，真是太丟臉了。

「這起事件實在太令人費解。不一一解開謎團就無法找出真相。只是，想找出真相一定要蒐集情報。總之，從這裡開始吧。」

月夜指向桌巾上的血書。

「『蝶岳神隱』的事，我也曾聽說。只是，事件發生時，我還沒以名偵探的身分展開活動，所以不清楚詳情。」

月夜低聲這麼說，左京舉起手。

「我還挺清楚這起事件的喔。去年，我們雜誌以此為主題，做了個專題報導。」月夜表情倏地亮起來。「那麼……」正當左京抬頭挺胸，想開始解說時，傳來一陣怒罵聲。

「你們幾個在做什麼！」

加加見回來了。後方還可見到圓香和酒泉。

「做什麼？如你所見，我們在調查現場啊。是你叫我們在這等的吧？」

「我叫你們安分點在這等，重點是安分點！怎能讓外行人隨便弄亂現場。」

「我們又沒有弄亂。」

「快點給我出去！接下來就是聯絡縣警，等他們做出指示了。」

月夜心不甘情不願，和遊馬等人一起走出餐廳。

「可是，就算你聯絡了，警察也不會提早來吧。」酒泉不安地問。

「已經死了兩個人耶。照這情況看來，縣警說不定會派出直升機。正好今天天氣不錯。」

「有直升機嗎？」原本一直鐵青著臉、沉默無語的夢讀，聞言立刻高聲叫嚷。「既然這樣，就快叫他們飛來救我們出去啊。這裡可是已經有兩個人被殺了啊！我從昨晚就一直感覺到，有某種邪惡的東西潛伏在這座館邸之中，打算對我們下手。一定是殺人魔跑進來，殺了神津島先生和老田先生之後又逃掉了！」

「不、我想大概不是這樣喔。」月夜立刻推翻夢讀的說法。「一條醫生換好衣服回來前，我從餐廳和娛樂室的窗戶往外確認過，館邸周圍雪地上沒有腳印。昨晚雖然下過一點雪，雪量並未大到足以蓋過腳印。由此可知，神津島先生死後至今，沒有人進出過這座館邸。」

「那……」夢讀環顧眾人，往後退了一大步。

「沒錯……殺死那兩人的兇手，現在還在這座館邸裡的可能性很高。」

月夜語氣淡然，說出的話卻重重撼動了大廳內的空氣。每個人都帶著僵硬的表情望向其他人。

「喔，不用擔心。我說這話，並不代表兇手一定在各位之中。說不定早在昨天傍晚之前，兇手就已侵入這座館邸，像夢讀小姐說的，潛伏在屋內。只是，要長時間潛伏在屋內不被人發現也不是一件容易的事。所以，事實是兇手在我們之中的可能性也很高。」

月夜說的話，令氣氛沉重起來。

「誰殺的不重要！問題是，這座館邸內有殺人兇手！拜託了，請快點報警，叫直升機來接我們回城裡！」

夢讀高聲尖叫，加加見用雙手摀住耳朵。

「別那麼尖聲怪叫，不用妳說我也會報警。」

從褲袋掏出手機，加加見忽然皺起眉頭說：「這怎麼回事？」

「連不上線，你們的手機呢？」

遊馬急忙拿出襯衫口袋裡的手機。昨晚還連得上的 Wi-Fi，現在卻沒了訊號。

「我的也不行。」「我的也是。」「我的也……」

手上拿著手機，眾人紛紛這麼說。

「那我去用室內電話打。」

圓香拿起裝在牆上的電話聽筒，放在耳邊。然而，正想按撥號鍵的她停止動作，聽筒從手中掉落。

「喂，怎麼了？」

加加見問。彷彿頸椎生鏽一般，圓香慢慢朝眾人的方向轉動脖子。

「電話……不通。大概是線路……斷了。各位的手機連不上Wi-Fi，可能也是因為這樣……」

「什麼意思？為什麼電話線斷了，連智慧型手機都不通？」

夢讀發出近乎哀號的吶喊。

「這一帶離城市太遠，接收不到手機訊號。所以，屋內拉電話線時也一起拉了網路線，平常都是利用Wi-Fi上網通話的。我猜，網路線也和電話線一起斷了。」

「不能修嗎？」

面對左京的疑問，圓香搖搖頭。

「非常抱歉，關於設備的事，全都由老田先生負責，我連線路在哪裡都不知道。」

夢讀指責深深低下頭的圓香：「抱歉有什麼用！」

「好了好了，夢讀小姐。責怪巴小姐也不是辦法啊。」九流間安撫夢讀。「話說回來，電話線一斷，幾乎等於生命線也斷了，事態非同小可。電和瓦斯沒問題吧？」

「是的，目前電的部分看起來沒問題。萬一電線也斷了，地下室還有緊急發電裝置。至於燃料，館邸內儲備了充足的汽油，請別擔心。桶裝瓦斯也還足夠。」

「這樣就太好了。至少沒有凍死的危險。只是，這麼一來，和外界就完全斷絕聯絡了吧？」

「也就是說，這裡成為陸地上的孤島了！在與外界隔絕的地方發生連續殺人事件，這豈不正是『暴風雪山莊』作品最具代表性的場景嗎！」

在場所有人無不用譴責目光望向發出雀躍歡呼的月夜。大概也察覺自己太不成體統，月夜縮了縮脖子。像是為了重新振奮精神，九流間說：「那麼——」

「總之，得先想想接下來該怎麼辦了。」

「你在說什麼啊！當務之急當然是下山啊！」夢讀激動得面紅耳赤。

「可是，雪崩讓道路無法通行……」

「開車到無法繼續前進的地方，剩下的下車用走的就好了吧。至少到了那邊，一定會遇到施工的人，可以請他們幫忙。」

「這或許是危險性最低的一種方式。」

九流間盤起雙手沉吟，月夜悄悄舉手。

「有個根本上的問題是……車還能用嗎？」

「……什麼意思？」

「電話線被切斷，合理推測是有人想隔絕這裡與外部的聯絡。既然如此，對方應該不會放過車子吧？」

沉默了幾個眨眼的時間，夢讀驀然向外衝。圓香追上去喊「請等一下」。其他人也隨即跟上。從大廳出了通往正面玄關的門，穿過以藍色玻璃作成拱頂的走廊，建築正面的金屬大門映入眼簾。夢讀打開鐵製門閂，推開沉重的雙開門，外面刺骨的冷空氣頓時灌進來。一行人縮著身體走出室外。

從正面玄關到停車場的道路上方設有屋簷，乍看之下像石板路的地上，鋪著正方形的玻璃地磚。拜屋簷之賜，這條玻璃小徑沒有積雪，遊馬等人得以快步向前。前進了大約三十公尺，來到寬敞的停車場。這邊也有屋簷，車頂並未積雪。

「怎麼會這樣！」

站在亮粉紅色的豐田Crown前，夢讀雙手猛抓頭髮。站在她身邊的圓香也一臉茫然。

「到底怎麼了……」

追上兩人的遊馬話才說到這裡，就再也無以為繼，因為他看到Crown的四個車胎都爆胎了。

轉過身，朝自己的愛車馬自達ATENZA奔去。

「不會吧……」

和Crown一樣，ATENZA的輪胎也全都被刺破，消氣了。

「我們搭來的巴士也一樣，沒辦法開了。」

自己不開車的賓客們，都由一輛小型巴士載來此地。九流間站在那輛巴士旁，以沮喪的聲音這麼低喃。加加見大罵「混帳！」，狠狠踹了扁塌的車胎一腳。

這時，遊馬看見停在幾公尺前方的紅色MINI Cooper前，月夜正露出絕望的表情。即使發生這麼悽慘的殺人事件也絲毫不懂察言觀色，兀自雀躍不已的這個名偵探，現在終於發現事情有多嚴重了嗎？

「碧小姐，妳沒事吧？」

遊馬走向月夜，正好聽見她口中喃喃自語：

「上個月才剛買的新車……為了這天，還特地換了雪胎的……」

沒想到她竟然還在說這種話，遊馬聽得一陣傻眼。這時，環抱自己雙肩的左京高聲說：

「各位，還是先回屋裡去吧。繼續站在這裡會凍死的。」

「也好。總之先暖和身體，再來討論接下來的事。」

沒有人反對九流間的提案。眾人顫抖著踏上回館邸的路時，只有月夜一人還在停車場內徘徊。

「碧小姐，妳在做什麼？回屋子裡去吧。」

遊馬這麼一說，月夜就指著停車場四周的雪地：

「一條醫生，請看。停車場四周都沒有腳印，可見兇手一定還在館邸內。喔不過，要是有條能遠遠通往館邸的地下密道，那又得另當別論了。」

「我知道了，先回去吧。碧小姐妳難道不冷嗎？」

「不、充滿魅力謎團帶來的興奮與新車被弄傷的憤怒，正讓我內心燃起熊熊火焰。」

這麼說著，手放在胸前握拳的月夜，牙齒卻格格顫抖。

「看吧，心再怎麼熱，身體還是會冷的。我們走啦。」

遊馬拉起月夜的手，返回玻璃小徑。不經意抬起視線，看見悠然聳立的玻璃塔最上層，瞭望室的玻璃上有淡淡積雪。看來，月夜說昨天半夜下了一點雪的事是真的。

「好美……」

走在身邊的月夜喃喃低語。這才發現自己還牽著她的手，遊馬慌張地放開。

「什麼好美？」

「這座玻璃塔啊。能在這麼美的館邸內挑戰連續殺人事件的謎團，簡直像在做夢。不、說不定這真的只是一場夢。」

看著神情恍惚，口中低喃的月夜，遊馬的身體顫抖，但這次與寒冷無關。

這個名偵探瘋狂的程度比想像中還嚴重。偷瞥身邊的她，一邊保持警戒，一邊慢慢前進。

穿過入口的玻璃隧道，回到大廳時，凍壞了的其他人還在發抖。人人臉上都是悲痛的神情，誰也不發一語。發生了悽慘的殺人事件，與外界的聯絡又被阻絕，連下山的唯一工具都被剝奪。狀況在短短幾十分鐘內惡化，氣氛變得沉重又苦悶。

「總之，先移動到娛樂室去吧。在那邊的話，至少可以冷靜一點說話。」

幾分鐘的沉默後，九流間以低沉的語氣提議。「說的也是」，遊馬這麼點頭回應，正要和其他人一起前往娛樂室時，猛然發現剛才還在身邊的月夜不見了。東張西望了一會兒，才看到她不知何時跑進備餐廚房，正站在那裡探頭探腦。

對她的感覺已經不只傻眼，根本就是心累。遊馬走進備餐廚房，聞到烤起司的香氣。要是在平常，一定會被這氣味激起食慾，現在或許因為事態太過異常，連嗅覺都疲憊了，甚至還感到有些噁心。放在備餐廚房裡的，應該是為原本要吃的早餐準備的東西吧，有煎得金黃鮮豔的歐姆蛋，還有裝滿沙拉的盤子。

「碧小姐，妳在這裡做什麼？」

「味道太香，我肚子餓了。」

月夜用手指撥鬆歐姆蛋，拈了一塊放入口中。

「哇，好美味。半熟蛋裡還有融化的起司，真是絕品。」

說著，月夜舔舔沾在手指上的醬汁。遊馬冷冷地說：「違反餐桌禮儀喔。」

「真是太丟臉了，不好意思。啊、好像也有咖啡耶，一條醫生也來一杯嗎？」

月夜拿起銀色咖啡壺，將咖啡注入杯中，冒出微微的蒸氣。

受不了月夜的特異行徑，遊馬回答「不用了」。這時，圓香和酒泉走了進來。

「碧小姐，咖啡都冷掉了，我再重新煮過吧。」

「歐姆蛋也重做吧，那個冷掉就不好吃了。」

月夜喝一口咖啡，把杯子放回桌上。

「雖然還溫溫的，但外面太冷，喝熱咖啡比較好。巴小姐不好意思，麻煩妳重新煮過。等喝完熱咖啡，身子回暖了，再去娛樂室慢慢討論今後的事吧。這樣可以吧？九流間老師。」

朝備餐廚房探頭窺看的九流間等人略帶猶豫地點了點頭。

「請問……各位早餐打算怎麼辦？再做一次歐姆蛋可以嗎？」

「那樣太花時間了。因為希望酒泉先生也一起參加討論，能請你改做點簡單的食物嗎？輕食之類的或許不錯。」

「各位願意吃三明治的話，馬上就能做好。吃這個可以嗎？」

「可以啊，吃這個就很夠了。那就麻煩你這麼做。其他的各位，我們先去娛樂室吧。」

不知不覺中主導起場面的月夜活力十足的聲音，在備餐廚房裡迴盪。

3

含一口燙嘴的熱黑咖啡，濃濃的苦味夾雜清爽的酸味擴散整個口中，芳醇的香氣穿過鼻腔。感受著溫熱的液體從食道落入胃裡，遊馬一邊深深嘆口氣，一邊轉動視線觀察四周。

從停車場回來，大約經過了三十分鐘。這座館邸裡的眾人，目前正聚集在娛樂室暖爐旁的一套沙發周圍。茶几上有咖啡杯和盛滿三明治的盤子。但是，枉費酒泉特地做了三明治，大家不知是否沒有食慾，幾乎沒人伸手去拿。只有啜飲咖啡的聲音，在寬敞的娛樂室內冷清地響起。

「那麼……」九流間率先打破令人鬱悶的沉默。「姑且討論一下今後的事吧。」

「今後的事？你是指怎麼下山求助嗎？」

剛才已回過一趟柒之室，將睡衣脫掉，換上晚禮服的夢讀高聲反問。加了大量砂糖與牛奶的咖啡潑灑了一點出來，弄髒粉紅色的禮服。

「不、那應該很困難吧。巴小姐，這裡是否已經沒有其他能和城裡聯絡的通訊方式了？」

手持咖啡壺的圓香小聲說：「是的，沒有了。」

「這麼一來，就無法對外求助。而爆胎的車不能在雪道上行駛，徒步下雪山更是困難。」

「那怎麼辦？已經有兩個人被殺了耶！」

「警察應該後天傍晚會抵達，那之前只能在此等待了吧。」

「那怎麼行！還要在這裡待兩天嗎？在這個躺了兩具屍體的房子裡？這種事我無法忍受。打從一開始，我就有不好的預感。昨天晚上也一直感覺到屋內瀰漫不祥的氣息。這座館邸受到了詛咒！」

夢讀歇斯底里喋喋不休。蹺著二郎腿靠在沙發椅背上的加加見輕蔑地哼了一聲。

「不能忍受？那妳想怎樣？自己一個人走下山嗎？想去就去啊，我是不會攔妳的啦。妳身上那麼多脂肪，應該不會凍死吧，說不定還真能好好走下山呢。」

「你說什麼！」夢讀從沙發上站起來，左京急忙介入兩人之間。

「兩位都請冷靜！現在不是吵架的時候啊。」

瞪著加加見，夢讀伸手搔亂那頭染成粉紅色的頭髮。

「兇手有什麼必要把我們關在這裡啊，既然人都殺了，自己逃跑不就好了嗎？」

「一定是為了那個吧？想在警方著手調查前，盡可能拖延時間。」

酒泉試圖讓夢讀冷靜。這時，唯一展現旺盛食慾大啖三明治的月夜插嘴道：「我覺得不是喔。」

「如果奪走我們對外通訊的手段和破壞車輛，是為了延後警方調查的時間，兇手應該已經逃走了才對。可是，這裡沒有誰不見啊。」

「兇手一定是早就潛伏在這座館邸內的人。那傢伙殺了神津島先生和老田先生，然後從這裡逃離了。」

「不、這也不對。如果潛伏的兇手已經逃離，應該會留下腳印才對。可是，館邸周圍的雪地上沒有腳印也沒有輪胎痕，顯示兇手還在館邸之中。」

「您的意思是，殺死老爺和老田先生的兇手，還躲在什麼地方嗎？」

圓香發出蚊子叫一般的微弱聲音。

「我不否認有這個可能。不過，事情或許更簡單。」

月夜先頓了一頓，將食指舉到臉頰旁。

「兇手就在我們之中。」

空氣為之扭曲晃動。酒泉發出嘶啞的聲音：「怎、怎麼可……」

「你想說怎麼可能嗎？為什麼？與其判斷殺人魔在不被任何人找到的狀態下潛伏於館邸內，不如說殺死那兩人的，是能夠在屋內自由走動的我們其中一人。這麼想不是比較自然嗎？」

月夜說明的語氣雖然淡漠，卻非常合理，誰也無法反駁。每個人都開始偷看身邊其他人的表情，周遭的空氣急速沉澱。

「等一下！」夢讀呻吟般地說。「妳還沒回答到我的問題吧！」

「問題？喔喔，妳是說兇手為何孤立這座房子，把我們關在裡面嗎？答案很簡單呀，因為兇手還沒達到他的目的。」

「目的？那是什麼？」

月夜用舌頭舔了舔單薄的嘴唇，緩緩開口。

「當然是……還要殺更多人。」

每個人都暗自想過，但不願說出口的這句話，月夜就這麼乾脆地說出來了。總覺得屋內溫度急遽下降。

「我不知道兇手最終打算殺幾個人，或許只會再殺一個，又或許最糟糕的狀況，他的計畫是像阿嘉莎．克莉絲蒂的代表作《一個都不留》那樣也說不定。」

「《一個都不留》？那是什麼？什麼意思？」

夢讀追問。只是，眼前的情況實在和那部名著內容太相似，知道內容的人誰也不願開口。

「那我們難道只能在這裡害怕兇手繼續行兇嗎？」

左京這麼一嘟噥，月夜就揚起嘴角回答：「你在說什麼啊？」

「失去與外界聯絡的手段，交通工具也全部失效，形同被封閉在這棟房子裡。這狀況確實和《一個都不留》很像，但有一點大大不同。」

「大大不同？」左京顰眉反問。

「對，就是『有沒有名偵探在場』這一點。」月夜激昂地說。「《一個都不留》屬於沒有名偵探出場的推理小說。正因如此，才會發生那麼悲慘的情節。相對的，這座玻璃塔裡，卻有我這個名偵探。」

「妳又能做什麼了？」夢讀不耐煩地嘲諷。

「當然能。身為一個名偵探，我能做的是揭發事件真相。這麼一來，就不會淪為《一個都不留》的下場了。為了解決事件，我需要蒐集情報。現在開始，請容我詢問各位一些問題。」

「妳不要擅自進行啦。我是不知道什麼名偵探不名偵探的，憑什麼我們非得聽妳指揮不可啊。比起找出兇手，更該思考的是如何離開這裡吧！」

夢讀連珠砲似的說完，一旁雙手環抱胸前的加加見卻喃喃地說：「不、沒這回事。」

「自稱名偵探的小姐說得沒錯。這個案子的兇手或許還打算繼續殺人，而我們現在沒有下山的方法。這麼一來，找出兇手並制伏對方或許才是上策。另外，比起館邸內另有潛伏者行兇的愚蠢說法，認為真兇就在我們之中的推論相對更合理。」

「這是第一次彼此取得共識呢。腦袋死板的刑警，隨著名偵探逐步解謎的過程，終於認同對方的實力，正是推理小說常見的情節。」

「我可沒有認同妳什麼。」

加加見嘖了一聲。月夜似乎沒聽見，愉悅地說了起來：

「老田先生事件裡有幾個謎團，包括密室如何製造、兇手如何放火，以及為什麼非放火不可這三點。為了解決這些謎團，首先——」

「喔，密室什麼的不重要。」

被加加見打斷，月夜鼓起腮幫。

「由我來發問。首先，最後看到老田先生的人是誰？」

加加見環顧在場眾人。

「我早上五點五十分左右，從一樓爬樓梯上樓時，和老田先生擦身而過。」

月夜不太高興地說。

「這麼早，妳在那裡幹嘛？」

「從餐廳和娛樂室的窗戶觀察戶外，確認有沒有腳印啊。目的是調查是否有人趁夜晚離開這棟屋子。不過，沒看見任何腳印。」

「又在那裡玩偵探家家酒了啊。」

加加見瞧不起人的語氣，令月夜表情更難看。兩人互相睥睨對方時，圓香輕輕舉起手。她的臉失去血色，看上去蒼白得隨時可能昏倒。

「最後看到老田先生的人，可能是我。為了幫各位客人準備早餐，早上我在備餐廚房跟酒泉先生討論菜色，之後一起去了地下倉庫。那時，在大廳遇到了老田先生。」

加加見望向酒泉：「真的嗎？」

「真的啊。之後，老田先生隨即進了餐廳。我猜他是先去打掃和準備餐具吧。」

「你還記得那時幾點嗎？」

「當然。我做菜的時候，從準備食材的階段開始，就會頻繁確認時間喔。那應該是剛過早上六點時的事。」

「早上六點，被害人走進餐廳是嗎。之後還有沒有人見過管家？」

沒有人回答加加見這個問題。

「換句話說，從早上六點到火災警報響起的早上七點多，管家就是在這大約一小時的時間內遭殺害的吧。似乎沒辦法再過濾出更精確的犯案時間了。」

「那個……」圓香用蚊子叫般的聲音說。「我在地下室倉庫幫了酒泉先生三十分鐘的忙，之後又回到一樓的備餐廚房……因為酒泉先生在地下室的主要廚房裡做好的歐姆蛋，會搭業務用的小型電梯送到備餐廚房，我上樓接收餐點，順便煮咖啡。這段時間備餐廚房的門都沒有關，看得見餐廳出入口。一直到火災警報器響起前，都沒有人進出過餐廳。」

「也就是說，從六點半到七點多為止，都沒有人進出過餐廳嗎？妳確定？」

加加見嚴厲詢問，圓香膽怯地縮了縮脖子：

「是……我確定。因為餐廳門開的時候，會發出很大的嘰噫聲。只要有人開門，我一定會察覺。」

「原來是這樣啊。也就是說，兇手犯案的時間，介於早上六點到六點半之間……當然，前提是——妳的證詞並非謊言。」

「我、我說的是真的！請相信我！」

圓香顯得很害怕，加加見摸摸鼻頭：

「殺人犯總是說『我說的是真的，請相信我』。假如妳是兇手，那事情就簡單了。六點半從地下室上來一樓後，馬上進餐廳殺死管家。接著花三十分鐘時間佈置出那詭異的殺人現場，之後放一把火，再離開餐廳就行了。」

「如果真如你所說，密室又是如何製造出來的呢？」

月夜在一旁插話。加加見像驅趕小蟲子般揮揮手。

「密室？我才不管那麼多。好了，女僕小姐，妳能否認我說的嗎？」

加加見身體前傾，盯著隨時可能哭出來的圓香。

「事情不是你說的那樣。」

代替圓香回答的人是酒泉。加加見朝酒泉望去：「這話怎麼說？」

「地下室的主要廚房和一樓備餐廚房之間，設有直通的對講機。從六點半開始做歐姆蛋，到火災警報響起的這段時間，我一直都和圓香在聊天。」

「……難道中間沒有停下幾分鐘過嗎？」

「沒有。我這人啊，其實很饒舌的，總是一邊做菜一邊說個不停。所以，圓香不是兇手。」

酒泉對圓香眨了眨眼。但是，圓香臉上恐懼的表情依然沒有消失。

加加見露出不悅神情，重新靠回沙發椅背。

「這樣的話，兇手犯案的時間就是從早上六點到六點半之間的三十分鐘吧。除了女僕和廚師，這段期間還有其他人有不在場證明嗎？」

「一大早的，怎麼可能會有啊。當然是自己一個人待在房間裡啊。」

夢讀這麼說，九流間等人也贊同地點頭。

早上六點到六點半。這段時間，自己和名偵探待在同一個房間裡。遊馬正想這麼開口，月夜卻搶先發聲：

「那段時間我也沒有不在場證明。」

她為什麼不提出自己的不在場證明？遊馬愕然無言，月夜對他使了個眼色。理解她可能有某種意圖，只好無奈地說「我也沒有不在場證明」。

「所有人都沒有喔？這樣就算過濾出犯案時間，也無法鎖定兇手了嘛。」

「只是，就算不知道兇手是誰，也足以明白兇手的意圖了吧？」

九流間自言自語似的低聲嘀咕。加加見盯著他問：「這話是什麼意思呢？」

「寫在桌巾上的『蝶岳神隱』血書啊。用這麼駭人的方式留下的訊息非比尋常。那個殺人現場散發著一股強烈的怨念。我想，這血書一定就顯示了兇手殺害神津島和老田的動機。沒記錯的話，這個『蝶岳神隱事件』是十多年前一起震驚社會的事件。」

「我正要說明這件事呢。一如剛才說的，去年我們雜誌做了『蝶岳神隱事件』的專題報導。我和神津島先生之所以認識，也是在寫這篇報導時採訪過他的關係。」

左京舉起手問加加見：「我可以說了嗎？」加加見抬抬下巴，意思大概是「隨便你」。

「是這樣的，『蝶岳神隱事件』，是一起在十三年前爆發的連環殺人事件。當時，這附近有個小型滑雪度假村。由於距離北阿爾卑斯連峰登山口的上高地很近，只要開車上蝶岳山腹，就能沿著鋪設好的散步道往上走，輕鬆體驗登山滋味，因此很受遊客歡迎。只是，從事件爆發的幾年前起，就陸續發生了幾起來這個度假村滑雪的女性失蹤的事件，網路上傳得繪聲繪影，稱之為

『蝶岳神隱』。」

左京的語氣像在說靈異怪談，在場眾人皆聽得入神。

「被害人都是沒有預定計畫，心血來潮獨自出發旅行，和家人又關係疏遠的女人。兇手行事似乎相當謹慎，特地挑選即使失蹤也不會有人搜尋的對象。此外，一年只犯案一到兩次，次數非常少，也是事件始終沒有浮上檯面的原因之一。然而，十三年前的冬天，一位全身是血的二十多歲女性在滑雪場上被人救起，事件才有了進展。」

左京低聲繼續說。

「那位女性寄宿滑雪度假村附近民宿時，被兇手監禁在地下室好幾星期，期間受到暴力侵犯。兇手正是經營這間民宿的中年男子，名叫冬樹大介。接獲報案的警方立刻前往民宿，但冬樹已經逃亡，只在通往森林的路上發現他的足跡。警方研判冬樹逃入森林，展開搜索，卻馬上因為下起大風雪而不得不暫停。接著，那天晚上冬樹逃入的森林發生大規模雪崩。隔天天氣恢復之後，警方動員超過百位員警搜索森林，最後還是沒有找到冬樹的下落，於是做出他已被捲入雪崩死亡的判斷。另外，冬樹經營的民宿經過徹底的搜索，找出十一具被砌入地下室水泥牆內的白骨，死者全都是年輕女性。」

這事件太駭人聽聞，遊馬臉上表情緊繃。左京嘆口氣，又繼續說明：

「這起事件受到媒體大幅報導，蝶岳滑雪度假村生意一落千丈。再加上經濟不景氣，滑雪的年輕人愈來愈少，最後終於經營不下去，公司面臨破產，周遭仰賴度假村生存的私人民宿也紛紛停業。這就是十三年前發生的事。」

一口氣說完，左京拿起杯子，啜飲一口涼掉的咖啡。

「原來如此，關於事件的始末我明白了。可是為什麼你會為了報導這件事來採訪神津島呢？」

九流間提出疑問，左京先把咖啡杯放回杯碟上。

「原先滑雪度假村的那塊地一直閒置，直到幾年前，神津島先生以便宜的價格買下。他將已形同廢墟的度假村設施全數拆除，先將土地變更為空地，再蓋了這棟玻璃塔。」

「也就是說，這棟玻璃塔的位置是原本的度假村飯店嗎？」

「不、不是的。」左京緩緩搖頭。「蓋這棟玻璃塔的地點，正是『蝶岳神隱事件』案發現場的那棟民宿所在地。」

遊馬訝異得說不出話。視線不經意朝身旁瞥去，連名偵探的表情都很難看。

「……換句話說，神津島先生在死了好幾個人的兇案現場，蓋了這棟房子。」

九流間臉上明顯流露嫌惡的神情。

「是的。神津島先生自己也承認這點。對吧，巴小姐？」

忽然被點到名字，圓香身體一陣顫抖，用細得幾乎聽不見的聲音說：

「正如您所說。老爺的想法是，既然要住，就要住這種有隱情的地方才有魅力。」

「有魅力……」

遊馬啞口無言。這時，夢讀突然站起來。

「我的靈力感應果然是正確的！這間館邸中有不好的東西附著！這股恨意，一定來自那些被殺害的女人！」

「夢讀小姐，總之妳先冷靜吧。現在不是慌亂的時候。」

在九流間的安撫下，夢讀整個人跌坐回沙發，雙手抱頭看著地面。「那麼……」九流間振作精神，重啟話題。

「關於十三年前這裡發生的驚悚犯罪事件，我們現在也明白了。可是，都已經這麼久以前的事，而且兇手也死了，和這次玻璃塔裡發生的事件究竟有何關係呢？」

「那件事還沒結束。」左京又開始說明。「這座蝶岳，在北阿爾卑斯山算是滿有名的山。尤其幾年前，有電視台做了介紹這座山的特別節目，提到『蝶岳』的由來。原來每年一到春天，山稜上就會出現蝴蝶形狀的積雪。節目播出後，吸引了許多登山客前來蝶岳朝聖。攀登這座蝶岳，從上高地的登山口到長塀稜線大約需要花上五小時半，對中級登山客而言，正好是一條難易度適中的登山路線。只是，看了電視節目而來的登山客中，也有些人沒有做好足夠裝備，抱著輕率的心情而來。幾年下來，出現了好幾名因此而失蹤的登山客。」

「那聽起來不就只是一般的山難嗎？」

酒泉這麼問，左京點點頭。

「的確很可能只是這樣，畢竟幾乎都是太小看山的外行人胡亂上山導致遇難的案例。因為這些人出發前沒有提出登山計畫書，連想前往救助都很難。所以，最後甚至找不到遺體。只是，每次蝶岳一出現登山客失蹤的消息，難免就有人聯想到十三年前的『蝶岳神隱事件』。」

「話說回來，雖然一樣隸屬蝶岳，這裡位處山腹，應該離登山路線有一大段距離不是嗎？」九流間不解地問。

「您說得沒錯。只是，剛才也說了，多數的失蹤者都是登山新手。這種人很容易大幅偏離正確路線，在山裡迷路。於是……就有人懷疑他們因此成了史上罕見的殺人魔，冬樹大介的獵物。這樣的傳聞，主要以網路為中心散播著。」

「等一下，那個兇手不是已經死了嗎？」

「官方紀錄是這樣沒錯。問題是，到最後都沒找到屍體。」

「意思是他有可能在雪山裡倖存？」

「沒錯。」左京用力點頭。「十三年前，冬樹從雪崩中生還，至今仍潛伏在森林深處，並且……把偶爾迷路誤闖山林的登山客當作他的獵物。」

左京口中吐出的驚人話語，令遊馬全身顫抖。這時，一直默默聽著的加加見粗魯地把手中的咖啡杯用力甩上杯碟，堅硬的碰撞聲響徹整個娛樂室。

「胡說八道。那些愛湊熱鬧又瞧不起山的外行人，一定是在哪裡滑倒摔死，沒被發現而已。在廣大的北阿爾卑斯山區，這並不是什麼稀奇的事。」

「可是，加加見先生你不也曾為了搜查下落不明的登山客，來造訪過這座玻璃塔好幾次嗎？神津島先生說過，他就是因為這樣才認識長野縣搜查一課的刑警。」

聽了左京的指摘，加加見皺起眉頭。

「他連那種事都告訴你了嗎？沒錯，那個刑警就是我。只是啊，我根本沒認真搜查。只不過是去年有個來爬蝶岳的年輕粉領族失蹤了，她母親堅持女兒被捲入事件，無論如何都要警方展開調查。身為單親媽媽的她一手養大女兒，也不是不能理解她的心情啦。再加上她的前夫任職警界，這份差事就這樣落到我頭上而已，真是沒有比這更麻煩的事了。」

加加見以一副「言盡於此」的表情搖了搖頭。

「關於『蝶岳神隱事件』的始末，現在我們也充分釐清了。可是，還不知道為何老田先生的命案現場，會留下寫有這幾個字的血書呢？」

九流間盤起雙手沉吟。

「我說，那個事件怎樣都無所謂，現在該思考的是我們要怎麼平安撐到後天才對吧？」

夢讀猛地抬起低俯的臉。加加見故意誇張地嘆了口氣。

「我剛才不是說了嗎？揪出兇手就是為了平安撐到後天啊。妳這女人怎麼講不聽啊。」

「要是被逼急了，說不定兇手會不顧一切豁出去，連其他人都殺啊。我從未做過招人怨恨的事，對我來說，不要揪出兇手還比較安全。」

「妳真的滿腦子只想到自己耶。我告訴妳，在不明兇手犯案動機的現在，誰都不能斷言自己一定不是兇手的目標。說不定兇手是隨機殺人，殺誰都好啊。」

加加見嘲諷地說著，夢讀臉色鐵青。

「妳不是自稱通靈人士嗎？何不運用自己的能力去找出兇手呢？就像在電視節目裡，高高在上地對未解決事件指手畫腳，信口雌黃那樣啊。」

「我才沒有信口雌黃！」夢讀原本鐵青的臉，現在漲得通紅。「我的通靈能力是真的，現在也感受得到潛藏在這座館邸中的非人氣息！」

「難道妳想說，十三年前那些被殺害的女人是這次事件的兇手？還是那個已經死了的連續殺人魔？真是的，剛才是闖進莫名其妙的推理小說，現在輪到靈異電影了喔？」

「我又沒說死人會直接動手！只是，死去的人留在現世的怨念，會影響活著的人的精神狀態，造成那麼可怕的——」

「好啦好啦我知道了，超自然的事我聽夠了，說點現實的事吧。」

被加加見打斷的夢讀，用力咬緊擦了粉紅唇膏的嘴唇。

「可是，夢讀小姐說得沒錯，確實需要討論如何在警方抵達前平安度過，這也算是十分現實的問題。」

說著，九流間環顧眾人，像是想尋求同意。

「首先，不要單獨行動或許是很重要的一點。如果可以的話，最好超過三人結伴，要是沒辦法，至少要讓其他人知道自己和誰在一起。這麼一來，應該就能充分降低風險了。」

「連誰是兇手都不知道，卻叫我要一直跟別人待在一起？萬一兇手想把我們全部殺了怎麼辦？我絕對不要！」

夢讀歇斯底里叫喊，九流間露出困惑的表情。

「那麼，妳想怎麼做呢？現實問題，後天之前我們就是無法離開這座館邸呀。」

「我要關在自己房間裡，把門鎖上，不讓任何人進去！」

「啊……這是在埋伏筆吧。」

原本默默聽著的月夜，在一旁低聲嘀咕。夢讀狠狠瞪了她一眼。

「什麼意思？什麼伏筆？」

「在這種有『暴風雪山莊』場景的推理小說中，選擇關在自己房間的角色，往往都會被殺死。」

「不許妳說這種不吉利的話！我對推理沒興趣！不管誰說了什麼，我都要自己關在房裡！我才不聽你們指揮！」

「隨妳高興啊。像妳這種歇斯底里的女人不在場還比較好，事情討論起來順利多了。」

這麼說著，加加見舉在臉旁邊的手揮了揮。夢讀指著他說：

「在那之前有件事得先做。你啦，我就是在說你！」

「我怎樣？」

「萬用鑰匙，在你手上吧？這樣就算把自己關在房裡，我也無法放心。你給我想想辦法。」

「……妳懷疑我是兇手嗎？」

加加見的語氣帶有危險的味道，威嚇的氣勢將夢讀嚇得倒退一步，朝其他人投以求助眼神：

「你們也會擔心吧？畢竟那把鑰匙可以打開所有房間的門。」

「嗯……這樣說確實有道理。」

酒泉小心翼翼表示贊同，加加見瞪了他一眼。

「喂，廚子，我可是刑警耶！你知道自己在說什麼嗎？」

「好了好了，加加見先生，你冷靜點。」九流間為兩人緩頰。「並非認為你是兇手，只是現在已經死了兩個人。尤其老田先生在密室內遭殺害，還留下了血書。目睹這種情況，任誰都會不安。再說，除了巴小姐和酒泉先生，今天早上的事件其他人都沒有不在場證明。此時小心謹慎，也是理所當然的事。」

九流間以年長者特有的溫和語氣說出無可反駁的言論，加加見也只好皺著眉頭，從西裝內袋取出萬用鑰匙。

「那你們倒是說說，這把鑰匙該怎麼辦啊？交給我之外的其他人還不是一樣？還是說，要把它丟進馬桶沖掉？」

「那個……」圓香怯生生舉手。「放在保險箱裡如何？」

「保險箱？就算放在那種東西裡，只要有人知道密碼就沒意義了吧？」

「保險箱密碼只有老爺知道。現在裡面沒有放東西，應該沒上鎖。」

「這樣的話，一旦鎖上不就打不開了嗎？跟丟馬桶沖掉有什麼兩樣？之後或許還會遇到需要萬用鑰匙的狀況啊。」

「不、這個保險箱除了密碼鎖，還要用兩把鑰匙同時插入解鎖才能打開。所以，只要不鎖密碼鎖，將兩把鑰匙分別交給不同人保管應該就可以了……」

「兩把鑰匙分別交給不同人是嗎……」加加見撫摸臉上的鬍碴。「聽起來不錯。就算兇手在我們之中，光憑一個人也拿不出萬用鑰匙。需要用到鑰匙的時候，把所有人集合起來打開保險箱即可。」

「就這麼辦！那個保險箱在哪？」夢讀急沖沖地起身。

「在地下倉庫。我來帶路吧？」

「好啊，馬上帶我們去。這樣你也沒話可說了吧？」

被夢讀針對的加加見沒有回答，嘴上嘖了一聲。

「我看，大家一起去吧。所有人一起確認鑰匙放進保險箱，也能避免互相懷疑。」

在九流間的提議下，由圓香帶頭，所有人邁開沉重的腳步往地下室移動。臉色仍然很難看的圓香，先從暖爐旁的鑰匙櫃裡取出兩把小鑰匙，才一邊說著「請跟我來」，一邊走出娛樂室。

在圓香帶路下，遊馬一行人從一樓大廳的玻璃階梯下樓。沿螺旋階梯往下走了四分之三圈後，抵達地下倉庫。日光燈下，是一個和網球場差不多大的空間，擺著幾個架子，上面放置了生活所需的備品、米、麵粉和罐頭等食材。空間右側有一扇門，左側則有兩扇。

「那裡面就是主要廚房了。空間相當寬敞，各式烹飪用具應有盡有，而且都是上等貨，可媲美高級餐廳，在裡面做菜很過癮。」

指著右邊那扇門，酒泉這麼說。

「那邊的門後面又是什麼呢？」

九流間望著左邊的門，對圓香發問。

「金屬門後面是冷凍室。生鮮食品都保存在裡面。另一扇門後面是發電室。這棟館邸為了因應緊急狀況，設有能夠自行發電的裝置。作為燃料的汽油也存放在裡面，所以很危險，請不要隨意進入。至於保險箱，請往這邊走。」

圓香在架子之間移動，遊馬一行人尾隨著她。下一瞬間，宛如撕裂絲帛的尖叫聲，在倉庫白牆之間形成回音。那聲音刺得鼓膜發疼，遊馬趕緊用雙手摀住耳朵。

「什麼事！」

九流間擺出戒備的姿態這麼問。發出尖叫的夢讀以顫抖的手指指著一旁架子的最下層。整齊排列的葡萄酒樽縫隙間，一隻體長將近二十公分的大老鼠死在那裡。

「不就是老鼠而已嗎？別叫得那麼大聲。」

加加見傻眼斥責，夢讀鐵青著臉，忙不迭搖頭說：

「你在說什麼啊！看看這老鼠有多大。突然看見這種東西，不會嚇到才奇怪吧。我最討厭老鼠了啊。」

「夢讀小姐，非常抱歉。」圓香無力地低頭道歉。「一到冬天，難免會有老鼠闖進來找吃的。不過，我們在架子底下放了老鼠藥，老鼠倒是不至於在屋裡繁殖……」

「別管那個了。快帶我們到保險箱那裡去。」

「是……」受到加加見的催促，圓香再次往前走。走到倉庫最裡面，總算看見約有半人高的保險箱。保險箱門中央嵌著圓形的密碼鎖，兩側還各有一個鎖孔。圓香蹲在保險箱前，抓住弦月形的把手往下壓。

「在沒有鎖上密碼鎖的狀態下，把手雖然會動，但若不用鑰匙開鎖，門還是打不開。」

圓香拉拉把手，只發出喀答喀答的聲音，保險箱依然打不開。接著，她從女僕制服口袋拿出兩把鑰匙，分別插入兩個鎖孔並同時轉動，就聽見開鎖的喀嚓聲了。這時她再一拉把手，保險箱門便發出嘰噫嘰噫的聲音打了開。

「那麼，加加見先生，麻煩您把萬用鑰匙交給我。」

加加見遞出刻有「零」字的鑰匙。圓香收下後，放進空無一物的保險箱，再把門關上，轉動兩把鑰匙上鎖。

「這樣保險箱就關上了。」

月夜說「我來看看」，試著拉了把手。當然，保險箱門紋絲不動。圓香伸出各放了一把鑰匙的雙手。

「請問……這兩把鑰匙該交由哪位保管好呢？」

「一把自然是放我這了。」

說著，加加見伸手就要去拿。然而，一旁的夢讀拍掉他的手。「妳做什麼！」加加見發出怒吼。

「沒做什麼，只是要把鑰匙拿走而已。我說過了，你不值得信賴。」

「開什麼玩笑，我可是刑警……」

「刑警又怎樣嗎！在這群人之中，你是最粗野、最可怕的一個。我認為鑰匙應該交給看起來更安全的人保管。」

「妳該不會想自己拿走鑰匙吧？像妳這種假通靈人士才可疑呢。」

「我說過，別叫我假通靈人士！」

夢讀看來氣得想撲上去揪住加加見的衣領，一旁的九流間安撫著說「好了好了」。

「不然，夢讀小姐覺得鑰匙給誰保管，妳才放心呢？請告訴我們吧，只要無人反對，就讓妳提議的人選保管鑰匙好了。」

「放心……」夢讀輪流打量眾人的臉。「不用說，這個刑警絕對不行。那個自稱名偵探的女人也不可信任。女僕和那個管家是一起工作的吧，兩人之間或許有什麼過節。你這個廚子說話吊兒郎當的，感覺也不可靠……」

喃喃叨唸了一串沒禮貌的話，思考了半晌，夢讀先是指著九流間的鼻子：

「一把先給你。」

「我？」九流間指著自己。「可是，妳應該知道我是推理作家，寫殺人故事超過三十年了喔。客觀來看，似乎稱不上值得信賴的人……」

「可是你很老。」

夢讀毫不客氣的評論，令九流間露出尷尬的表情。

「考慮到體力問題，你要殺死管家並不容易。所以，其中一把鑰匙由你保管。」

「……好吧。」

九流間一副心不甘情不願的樣子，從圓香手中接過鑰匙。夢讀搔了搔鼻頭，口中嘟噥「另一個人嘛……」時，正好與遊馬四目相接。

「醫生，另一把就由你來保管。」

「咦？我可以嗎？」

「因為那個編輯，做的是奇怪的超自然雜誌吧？」

左京糾正「不是超自然，是推理雜誌」，夢讀卻不由分說回應「都一樣啦」。

「不管怎麼說，身為醫生的你看起來最正常。鑰匙你拿去吧。」

遊馬拚命在腦中思考當場收下保險箱鑰匙的好處與壞處。然而，還來不及做出結論，夢讀就逼他決定：「要拿嗎？還是不拿？」

「……好吧。」

躊躇不定的遊馬，從圓香手中接過保險箱的鑰匙。確定鑰匙的去向後，夢讀滿意點頭，搖晃著晚禮服的裙襬轉身。

「那我要回去關在自己房間裡了。」

夢讀獨自走向階梯。

「真是自私妄為的女人。」

加加見不屑地說著，抓了抓自己的脖子。

「我也要回房去了。總之，現場已經封存，現在我也沒別的事能做。」

「咦？你這個做刑警的，竟然不查案嗎？」

左京發出驚訝的聲音，加加見對他報以犀利的眼光。

「和你們最喜歡的推理小說不同，現實世界的犯罪搜查，得由眾多探員每一個人腳踏實地完成自己任務，才能一點一滴逼近真相。現在我一個人擅自行動，只會把搜查步調弄得亂七八糟。我的任務就是在後天之前盡可能盯住現場，不要讓人隨意破壞。」

加加見指著月夜：「這話就是說給妳聽的啦。」

「的確，對於不具備我這種天才能力的警察來說，能做的頂多只有靠人海戰術蒐集情報了吧。可是，一個名偵探解決事件的能力，相當於幾十、幾百個警察。既然現狀是警察還無法馬上趕來，那麼由我來搜查事件，可說是非常符合邏輯的想法。」

不知是懶得再反駁大言不慚稱自己「名偵探」、「天才」的月夜，又或者知道說什麼都沒用，乾脆放棄算了。總之，加加見只丟下一句「反正妳給我安分點」就離開了。

「好嘍，那我們該做什麼呢？」目送加加見的身影消失在階梯那端之後，九流間開口。

「我可以去主要廚房準備食材嗎？總覺得現在狀況太混亂了，這種時候，做菜最能讓心情鎮定下來。」

酒泉指著主要廚房的門這麼說。

「可是，我剛才也說過，待在自己房間以外的地方時，最好不要落單。」

一看九流間露出為難表情，圓香就小聲地說：「那我也可以一起在這邊嗎？」

「原本幫忙酒泉先生處理食材就是我的分內工作。再說，要是一個人待在房間……我一定會想起老爺和老田先生的事。」

「這樣啊。那麼，就請酒泉老弟和巴小姐在廚房準備餐點。我自己想待在娛樂室，盡量轉移注意力。有人願意跟我一起嗎？」

「那我跟您一起。」左京說。

「抱歉啊，左京老弟。還要你來陪我這個老頭子。」

「不、自己一個人待在房間好像還是會怕，我也想和誰聊聊天。再說，如果老師您不嫌棄的話，也想跟您談一談出書計畫，看哪天能不能在敝出版社發行您的作品。」

左京半開玩笑地回答，九流間哈哈大笑。

「不愧是幹練的編輯，不放過任何機會呢。那麼，我就和左京老弟一起待在娛樂室吧。」

「好的。這樣的話，萬一下一個犧牲者出現在我們四人之中，和他待在一起的那個人就是兇手了。」

月夜帶著天真笑容說出的這句話，令稍微緩和的氣氛再度凍結。

「哎呀、哎呀，為了不讓事情變成那樣，大家才更要小心啊。對了，碧小姐和一條醫生打算怎麼辦？要和我們一起去娛樂室嗎？」

九流間勉強擠出笑容詢問，月夜搖了搖頭。

「雖然很想和九流間老師暢談推理話題，現在比起身為推理迷的樂趣，我必須先顧及身為名偵探的使命，打算回房間把目前所知的情報整理一番。」

「這樣啊。那一條醫生呢？」

遊馬猶豫該如何回應。一時之間，無法判斷哪種作法才是正確選擇。

「……我也想回房間休息。實在發生了太多事，我累壞了。」

最後說出口的，是此時真正的心情。從昨晚讓神津島服下膠囊……不、從下定決心執行計畫開始，一顆心始終七上八下，沒有好好安歇過。更別說在眼前這個名偵探的步步進逼下，又捲入了完全出乎意料的事態。接二連三的緊張感，使遊馬的神經緊繃到了極限。至少，至少只是一下也好，想忘掉一切躺下來睡一覺。

「兩位都選擇在自己房中靜候是嗎。好的，那就各自移動到自己想待的地方吧。各位應該都很清楚狀況，請萬事小心謹慎。在警察抵達之前，不能再發生更多悲劇了。」

聽了九流間的話，遊馬等人露出嚴肅的表情點頭，開始移動。

酒泉和圓香走進主要廚房，其他人踏上玻璃螺旋階梯。回到一樓，九流間和左京走向娛樂室，只有遊馬和月夜繼續上樓。

手掩著嘴，不知道低聲嘀咕什麼的月夜走在前面。遊馬對她說「那個……」，然而，月夜卻毫無反應，只是不斷邁開雙腿往上爬。與其說她刻意忽視遊馬，不如說是完全沒聽見聲音，整個人彷彿沉浸在自己的世界。

「碧小姐，耽誤妳一點時間好嗎？」

傻眼之餘，遊馬只好伸手去摸月夜的肩膀。下一瞬間，只覺自己身體猛烈一晃，玻璃牆面逼近眼前。倉促之際，被用力甩向牆壁的遊馬趕緊舉起右手護住頭臉。足以貫穿右手掌心的衝擊力道，震得遊馬頭暈腦脹。同時，左手和肩膀都傳來劇痛。

「妳做什麼啊！」左手被扭轉到背後，臉抵在牆上的遊馬大聲呼叫。

「啊、抱歉。因為你突然摸我，把我嚇到了。怎麼不先開口叫我呢？」

依然扭緊遊馬的左手關節，月夜這麼說。

「我有叫妳啊。先別說那個了，快放開我。」

「啊、不好意思。」月夜急忙放手。獲得解脫的遊馬摩挲隱隱作痛的肩膀。

「剛才那招是合氣道嗎？」

「是的。以名偵探的身分活動，難免有遇上危險的時候，就學了合氣道當防身術。別看我這樣，段數可是很高的喔。」

「我切身感受到妳的實力了。比起這個，我有點事想問妳，可以嗎？」

「喜歡的推理作家嗎？雖然很主流，但仍得說是克莉絲蒂。尤其是她的《羅傑・艾克洛命案》，那真是至高無上的名著。雖然也有人批評說，這是一部對讀者不公平的推理小說，但我認為勉強還算公平啦。畢竟揭曉兇手的時候真是大受衝擊，腦袋一片空白，根本就也管不了那麼多了。喔，當然《東方快車謀殺案》也是至高傑作。只是，以偵探來說，比起白羅，我還是站福爾摩斯這派。雖然可倫坡、瑪波小姐、御手洗潔和金田一耕助也很難割捨就是了。」

「沒人問妳這個。妳能不能專心一點聽人說話呢？」

無力感令遊馬垂頭喪氣，月夜歪著頭問：「不然是什麼事？」

「為什麼剛才加加見先生確認不在場證明時，妳不把早上跟我在一起的事說出來？老田先生遭殺害的犯案時間，我們明明有不在場證明。」

原本還散發天真少女氛圍的月夜，表情一口氣嚴肅起來。薄唇泛起一抹淺笑，悠然站在那裡的樣子，完全是屬於「名偵探」的威嚴。

「一條醫生，你仔細想想，要是那時我們倆當場提出不在場證明，會發生什麼事？」

「會發生什麼事……」

受月夜丕變的態度震懾，遊馬語氣也變得吞吞吐吐。於是，月夜開始用冷靜的語氣說明：

「只要沒有地下密道之類，能夠不在雪地上留腳印而逃出館邸的方法，殺害神津島先生與老田先生的兇手，肯定就還在這屋子裡。另一方面，想在不被任何人察覺的狀況下潛伏，以現狀而言，幾乎是不可能的事。考量到這一點，兇手在我們之中的可能性極高。」

遊馬屏氣凝神，傾聽月夜的說明。

「兇手就在主要登場角色之中——這是『暴風雪中的陸上孤島』或『暴風雪山莊』類型作品的不成文規定。提到暴風雪山莊，最容易聯想到的作品雖是《一個都不留》，其實，點燃我國新本格運動火種，以《殺人十角館》為首的綾辻行人『館系列』，也可說是不遑多讓的出色作品。近年來還有情節展開超乎預料，令讀者大受震撼的《屍人莊殺人事件》也——」

「碧小姐，妳扯遠了。請告訴我為何當下不提出自己的不在場證明。」

強忍頭痛，遊馬出言提醒月夜。月夜咳了兩下說：「失禮了。」

「昨天晚餐時間，這座館邸內共有十個人。假設兇手就在其中……」

月夜張開雙手十指，舉到胸前。

「昨夜，神津島先生毒發身亡，今天早上，老田先生遭人殺害。剩下八個人。」

月夜彎折兩根手指。

「再來，推測兇手行兇的那段時間中，巴小姐和酒泉先生一邊用內線通話一邊工作，兩人都有不在場證明，嫌犯得先扣掉兩個。」

月夜再彎折兩根手指。

「這麼一來，有嫌疑的就剩下六個人。要是這時，我們兩個又提出不在場證明的話，事情會變成怎樣呢？」

「……剩下四個人有嫌疑。」

九流間、加加見、左京、夢讀。這四人的臉陸續浮現遊馬腦海。

「沒錯。」月夜將豎起四根手指的手放在遊馬面前。「僅僅四個人。要是兇手真的在這四人之中，那他一定感到走投無路，內心焦急不安。到了這個地步，兇手或許會自暴自棄，失去控制。」

「失控？」

「比方說，不再掩飾自己的罪行，乾脆拿武器把在場所有人都殺光。」

月夜淡淡說著，這可怕的預測卻令遊馬全身僵硬，內心一陣驚嘆。沒想到她已經做了這麼多的假設。

「好不容易發生兩起密室殺人案件，要是事情變成那樣就太掃興了。尤其是今天早上，那種詭異驚悚又傳達了強烈訊息的兇案現場，可不是輕易就能遇見的呢。我想慢慢解開這充滿魅力的謎團，享受箇中樂趣。為此，可不能把兇手逼到自暴自棄的地步。」

「解開充滿魅力的謎團……是嗎……」

面對月夜輕佻的發言，遊馬報以冷淡語氣。月夜用沒有一絲愧疚的眼神直視遊馬問：「對，是啊，怎麼了嗎？」看來，想在這個名偵探身上尋求常識只是浪費時間，遊馬繼續往下說：

「換言之，九流間先生、加加見先生、左京先生、夢讀小姐。這起事件的兇手，就在他們四人之中嗎？毒殺神津島先生，刺殺老田先生並留下血書的兇手。」

遊馬嘗試偷天換日，暗示殺害神津島和老田的是同一個兇手。

「一般來想會是這樣沒錯，但是這次的事件可不『一般』。」

月夜臉上浮現妖媚的笑容，眼神閃現危險的光芒。

「受邀來到這座奇異玻璃之塔，各個身懷絕活的賓客。遭人毒殺的屋主留下的死前留言。發生在密室裡的火災和渾身是血的管家。以血書方式寫下的十三年前的事件。這些犯罪行為都太過異常了。身為名偵探的直覺告訴我，兇手一定設下了非常詭譎的陷阱。所以，兇手未必會在沒有不在場證明的四人之中。比方說……我、或者一條醫生你，也還沒完全消除嫌疑喔。」

月夜瞇起眼睛。感覺就像被一隻冰冷的手捏住心臟，遊馬微微顫抖。

「請、請別開這種玩笑啦。」

「是啊，這雖然是開玩笑，但也表示這樁事件的謎團就是那麼多。所以。為了以名偵探身分解開謎團，揭發真相，我必須一個人集中注意力，整理腦中的思緒。那就這樣，我先告辭了，一條醫生。」

月夜把手放在胸口，深深低頭行禮。有著高挑身材，身著男裝西服的月夜，莫名適合擺出這裝模作樣的動作。

從西裝內袋取出鑰匙，月夜打開伍之室的房門，消失在門內。

遊馬吐出沉積肺底的一口氣，再往上爬了四分之一圈階梯，回到肆之室。脫下外套掛上衣架，像隻撲火的飛蛾，搖搖擺擺走向床邊倒下。

仰望天花板。昨夜的事如走馬燈般一一閃現腦海。

孤立的巨大玻璃尖塔，兩個被害人，兩間密室，死前留言與血書。脫離常軌的事態接連發生，令人漸漸失去現實感。正如月夜所說，簡直就像闖入了推理小說的世界。

昨晚毒殺神津島一事，使遊馬的精神一直處於激昂狀態，沒能沉沉睡上一覺。因長時間緊張而筋疲力盡的神經，似乎隨時有可能不堪負荷而燒斷。全身血管裡流的彷彿是水銀而不是血液，身體沉重得不得了。

讓身體稍微休息一下吧。暫時忘記一切，把身心交給睡眠。

遊馬緩緩闔上眼皮。

意識立刻墜入昏懵深沉的黑暗中。

4

睜開眼，映在視網膜上的是不熟悉的天花板。遊馬伸手摸摸脖子，手上一片黏膩冷汗。

似乎又做了惡夢。內容想不起來了，只記得夢中自己被什麼人追趕。

是什麼人呢？前來復仇的神津島嗎？還是把我當成殺人犯追蹤的名偵探？

「……無所謂了，反正都是夢。」

脫口而出的話語，虛弱得不像自己的聲音。

從床上撐起上半身，遊馬看看手錶。時間將近下午一點。回到這個房間是早上九點左右的事，看來差不多睡了四個小時。

拜躺下休息之賜，纏繞全身的倦怠感消失了不少。大腦也恢復正常處理速度了。

「……接下來怎麼辦好呢？」或許因為口乾舌燥，說話的聲音也很嘶啞。

本來無論如何都想把神津島之死處理成病死或自殺的。可是，現在又發生了老田的事件，原先的計畫可說全盤瓦解。

所有人一定都認為，殺了神津島和老田的是同一個人。

「既然如此，不如好好利用這一點。」遊馬喃喃低語，如此激勵自己。

這座館邸中，除了自己之外，還有別人也在計畫殺人。那傢伙虐殺了老田。想到這裡，遊馬不禁拍了拍自己的額頭。

難道對方的目標只有老田嗎？不、這可能性很低。老田雖然有點頑固，基本上是個善良的男人。怎麼想也不認為，有人會恨他恨到必須用那種殘忍手法將他殺害。既然如此……神津島那張笑得充滿惡意的臉，掠過遊馬腦海。

是神津島。對方真正的目標應該是神津島才對。只是被我先下手了，才改成殺害老田。

不只神津島，兇手為什麼連老田也要殺呢？原因一定跟那個用血寫下的「蝶岳神隱」有關。或許是老田協助神津島做了什麼招人怨恨的事？因為這樣，兇手才連老田也殘忍殺害，並在現場留下血書。

思考到這裡就陷入了死胡同。神津島和老田究竟做過什麼？十三年前的殺人事件和這次的事有什麼關聯？認真追究起來，餐廳密室是怎麼做出來，兇手又是怎麼放火的呢？

額頭微微發燙，遊馬起身走向盥洗室。窺看洗手台上的鏡子，和裡面那個滿臉鬍碴，眼睛下方有濃濃黑眼圈的男人四目相接。

「你這傢伙，臉色可真難看哪。」

自虐地嘟囔了幾句，洗了個臉。冷水的刺激，為陷入濃霧的思考撥去幾分霧靄。

重要的不是「為什麼」也不是「怎麼做」。而是「誰」殺了老田。

在所有人都認定神津島死於遭人毒殺的現在，我這個兇手被揪出來只是時間的問題。唯一能阻止這點的方法，就像剛才想的……

遊馬視線朝廁所瞥去。找出殺害老田的真兇，把藏在馬桶水箱裡的藥盒偷偷放進那個人的私人物品中，將殺害神津島的罪名嫁禍給對方。只有這個方法了。

瞬間，一絲涼意竄過遊馬的背部。

殺死老田的兇手說不定也跟自己打著一樣的主意。想找出是誰殺死神津島，把殺害老田的罪證賴到對方身上。

如果只因殺害神津島的罪名被逮捕，還能說是為了救妹妹的命才不得已下手，法官也有可能酌量情狀、減輕刑罰，或許不至於被判無期徒刑之類的重刑。原本遊馬內心一直暗自抱著這個希望。然而，要是殺的是兩個人，又得另當別論了。別說無期徒刑，甚至有可能處以極刑。

一定得比對方快一步，找出殺害老田的兇手才行。最好在後天傍晚之前，因為警方一旦介入，自己將無法輕舉妄動。

隨著思緒愈來愈清晰，事態就看得愈來愈清楚，明白自己現在置身於多麼危險的狀況。但是，區區一介醫生的遊馬，對如何找出殺害老田的真兇是一點頭緒也沒有。

拚命回想幾小時前看見的，老田陳屍的現場。

因啟動灑水器而滿地是水的室內，前胸染血的老田，撞壞的門閂，以老田為中心散落一地的楊樹棉絮，還有桌巾上的血書。從哪裡開始思考才好呢？連個起始點都找不到。

犯罪現場的氣氛未免太不祥了，真的就像闖入推理小說的世界。

「推理小說……是嗎？」對上鏡中自己的雙眼，遊馬自言自語。

如果我是推理小說中出現的人物，會扮演怎樣的角色呢？被名偵探追緝的兇手？還是，被誣賴為真兇的可憐代罪羔羊？

不、那樣不行。遊馬輕輕搖頭。為了妹妹，一定得找出殺害老田的兇手，把自己犯下的罪嫁禍到那個人身上。

既然如此，何不挑戰名偵探的角色？說什麼蠢話，已經混亂至極的我，哪可能扮演好這個角色。這麼一來……遊馬忽然驚覺。

「不是還有一個角色空著嗎……一個非常重要的角色。」

鏡中的男人，露出氣定神閒的笑容。

塗抹刮鬍泡沫，把鬍子剃掉。確定沒有殘留鬍碴後，遊馬雙手拍打臉頰。清脆響亮的聲音，伴隨著尖銳的刺痛響起。

事不宜遲，得馬上採取行動。在那個「重要角色」被誰搶走之前。

用毛巾擦完臉，走出盥洗室後，遊馬拿起披在椅背的外套穿上，離開房間。保險起見，先用鑰匙鎖好門才下樓，來到伍之室前。

深呼吸幾次，讓心情鎮定下來，遊馬敲了敲刻有「伍」字的金屬門。經歷十幾秒鐘的沉默，才聽見門後傳來「哪位？」的聲音。

「碧小姐，是我，一條。」

「一條醫生？有什麼事嗎？」

「是的，有很重要的事。方便的話，請讓我進房間內好嗎？」

「進來房間？你知道現在是什麼狀況嗎？剛才九流間老師不也說過，在不確定兇手是誰的情形下，行動必須小心謹慎。」

與其說是警戒，月夜的語氣聽起來卻有點像樂在其中。

早已預料到她不會馬上放自己進屋。現在能否成功說服月夜，將是決定自己能否順利成為「那個角色」的關鍵。遊馬用舌頭濕潤乾燥的嘴唇。

「可是，碧小姐和我都知道彼此不是兇手吧。老田先生遭殺害時，我們始終在屋內交談。雖說，那實際上比較像我接受妳的偵訊就是了。」

「原來如此，你想說的是彼此都有不在場證明吧？」

「是啊。無法對別人說的秘密不在場證明。所以，不能讓我進去嗎？」

月夜沒有回應。是不是還在猶豫呢？遊馬感到掌心滲出汗水。

正當他低下頭，差點放棄的時候，門鎖打開的聲音迴盪於玻璃階梯之間。門打了開，從門縫裡探出頭的月夜促狹眨眼。

「秘密不在場證明，聽起來好誘人的關鍵字喔，感覺真像短篇推理小說的篇名。請進吧。」

遊馬說聲「謝謝」，走入房間。仔細一看，沙發區的茶几上，放著茶壺和茶杯。

「我正在一邊喝紅茶，一邊進行各種推理。」

「說到推理，妳知道些什麼了嗎？」

「還不能說。所謂名偵探，是不會在推理過程中隨便透露推理內容的。啊、難得都來了，一條醫生也請喝杯紅茶吧。我重新泡過。」

「不用麻煩了。」

「請別客氣。你不是來談跟案件相關的事嗎？既然如此，還是一邊喝紅茶一邊談吧，就像瑪波小姐那樣。」

「那就恭敬不如從命了。」

「我不是說過自己最喜歡克莉絲蒂的作品嗎。雖然以作品來說我是白羅派，光看偵探的話，其實更喜歡瑪波小姐喔。說到以瑪波小姐為主角的作品，像是《命案目睹記》、《遲來的報復》等長篇小說當然也很喜歡，不過我個人最愛的還是《週二俱樂部謀殺案》。書中描寫各種職業的人聚集在瑪波小姐家，分享自己過去經歷的不可思議事件，再由瑪波小姐解開事件的謎團。同樣的模式，由北村薰的出道作品《空中飛馬》鋪路，之後《塔列朗咖啡店事件簿》、《古書堂事件手帖》大大暢銷，推理小說類型之一的『日常之謎』就此成立。我總認為，這類型作品的原型正是《週二俱樂部謀殺案》。在最近被稱為輕推理的類型中，也有特殊商店的女主人解開客人敘述的謎團……」

一邊在茶壺裡放入茶葉，月夜一邊滔滔不絕暢談她對推理小說的看法。遊馬對那些話題左耳進、右耳出，目光環顧室內。這間房間的格局基本上和肆之室一樣，只是牆上書櫃裡的推理小說現在全被搬了出來，堆在書櫃前方。書堆旁放了一張躺椅，書櫃上則放著大大的行李箱。

「這些拿出來的書，妳該不會都看完了吧？」

遊馬這麼問，正在悶泡茶葉的月夜轉頭。

「不是全部啦。只是住進這房間後，我馬上就把躺椅搬到那邊，看到特別吸引我的書就拿下來讀。雖然都是早就看過的書，重看一次還是很懷念。」

「把行李箱放在書櫃上的用意是？」

「喔，總覺得行李箱放在跟視線等高的位置，比較方便拿取東西。我的行李箱裡裝了各式各樣名偵探所需的工具，希望能放在隨時拿得出來的地方。」

「……是喔。」

這人還是一樣的難以捉摸。正當遊馬這麼想，月夜端來倒好紅茶的茶杯。

「這是伯爵茶。其實如果有司康搭配就更好了。」

月夜在遊馬對面的沙發坐下，優雅地拿起茶杯，啜飲紅茶。遊馬也有樣學樣喝一口，紅茶清爽的香氣為激動的情緒帶來幾分療癒。

心滿意足地呼一口氣，月夜微微低頭，朝遊馬抬起視線。

「那麼，一條醫生，你究竟為何跑來我房間呢？」

遊馬將茶杯放回杯碟，正面迎上月夜的視線。

「我就不拐彎抹角了。碧小姐，能讓我做妳的另一半嗎？」

「另一半……？」月夜顯得很困惑。「一條醫生，非常抱歉，關於這個，該怎麼說好呢……

我不需要。」

「妳已經有另一半了嗎？」自己太晚採取行動了嗎？遊馬感到懊惱。

「不、不是這樣的。只是現在我並不特別想要另一半，你在這種狀況下還能對女人展開追求，也真是……」

「不是的！」遊馬拔高了聲音。

「不是什麼呢？」月夜露出警戒的模樣反問。

「我說的另一半，指的不是男女之間的關係，是想表達成為名偵探搭檔的意願。」

月夜先是疑惑地眨了幾次眼睛，最後咧開嘴角，笑得有些不懷好意：

「換句話說，你想當我的華生？」

「對，就是這意思。」

陪伴在名偵探身邊，支援名偵探搜查案情的最佳拍檔。以現狀而言，沒有比這更棒的角色了。既能盡快得知老田事件的兇手，順利的話，說不定還能化解名偵探對自己的懷疑。無論如何都得爭取到「碧月夜的華生」這個角色才行。

遊馬雙手握拳放在腿上等待回應，坐在對面沙發上的月夜緩緩蹺起二郎腿。

「原來是這個意思啊。的確，一如福爾摩斯身邊的華生，名偵探總是有個搭檔。白羅與海斯汀、御手洗潔與石岡，還有……」

扳著手指，月夜瞇起眼睛，細數眾家名偵探與他們的搭檔。

「可是一條醫生，你能勝任我的華生嗎？」

「為什麼問我能不能勝任？」

「推理小說中的華生角色，乍看之下老是被名偵探耍得團團轉，像個只有在名偵探發表出色推理時做出驚訝反應的花瓶。然而，仔細一讀就會發現，扮演華生角色的名偵探搭檔，其實多半發揮著非常重要的作用。」

「具體來說，是什麼樣的作用呢？」

「秉持與生俱來的天才特質，名偵探經常做出古怪奇特的言行舉止。像我這樣具備社會常識的名偵探，畢竟還是罕見的稀有品種。」

遊馬嘴上回答「原來如此」，內心暗自吐槽「妳已經夠古怪了」。

「因此，有時名偵探也會得罪人，或做出妨礙搜查的行動。這時，個性隨和的華生就能代替無法融入社會的名偵探，和事件相關人士保持良好關係，有助搜查順利進行。」

「神津島先生個性那麼乖僻，我都能當他的專屬醫生了，可見我個性很隨和吧？這點我有自信。再說，碧小姐妳絕對不是無法融入社會那種人，我也沒必要為妳擔任這方面的潤滑劑。」

遊馬這麼一捧她，月夜就自豪地哼了一聲說「這倒的確」。

「只是，華生還有另一項重要任務。比起當名偵探與相關人士的潤滑劑更重要許多的任務。」

「那是什麼呢？」

遊馬小心翼翼詢問，月夜揚起一邊嘴角。

「為名偵探帶來靈感。」

「靈感？」

「是的。儘管本身只是平庸之輩，華生角色不經意說出口的一句話，往往能刺激名偵探灰色的腦細胞，觸發掌握事件真相的寶貴靈感。這是推理小說常見的描寫。舉例來說，不朽名著《占星術殺人事件》中，看到御手洗潔因無法解決事件而沮喪，為了轉移他的注意力，搭檔石岡跟他聊起了電視新聞的話題，因而破解了那個傳說中的詭計。這麼說吧，即使本身只是個平凡無奇的普通人，待在名偵探身旁的華生就像觸媒一樣，能令名偵探綻放光芒。」

「觸媒……」

遊馬複誦了一次這個詞彙，月夜對他露出帶有挑釁味道的視線。

「一條醫生，你能成為我的觸媒，使我綻放光芒嗎？」

「當然可以。」

遊馬不假思索回答，月夜靠上沙發椅背，身體往後仰，交握的雙手放在肚臍前方。

「那麼，請你證明給我看。」

要是現在的表現無法讓月夜滿意，肯定當不成她的華生。遊馬咕嘟吞下口水，緩緩開口。

「我在想，老田先生遭殺害的時間，說不定不是早上六點到六點半之間。」

遊馬把剛才想到的假設說出口。

「喔，挺有趣的嘛。你說說看是怎麼回事。」嘴上這麼說，月夜卻是一臉不感興趣的表情。

「之所以判斷兇案發生在這段時間內，根據的是巴小姐的證詞，她說自己早上六點和老田先生打過招呼，六點半回到一樓時，餐廳的門已經關著，之後也沒有人進出。另外，證明巴小姐本身不是兇手的證據，則來自酒泉先生的證詞，他說自己從六點半開始，一直和巴小姐保持通話。」

「沒錯。那麼，要做出怎樣的假設，才能錯開犯案時間呢？」

「我認為，巴小姐和酒泉先生有可能是共犯。兩人合力殺害老田先生，再為彼此做出不在場證明。事實上，那兩人關係頗為親密喔，說不定巴小姐出於某種理由殺了神津島先生和老田先生。對她原本就有好感的酒泉先生則幫她做了不在場證明。打從看到老田先生的遺體，巴小姐就一直顯得很害怕。當然，看到同事遭人殺害，恐懼也是人之常情。可是，說不定兇手根本就是她。」

「你的意思是說，老田先生遭殺害的時間可能更晚？」

「是的。於六點半到七點之間殺害老田先生，再將餐廳佈置成那可怕的場景，最後用打火機點燃桌巾。接著立刻離開餐廳，裝成試圖想把門打開的樣子。這樣至少可以解釋密室如何點火的謎團。」

「那密室又是如何製造出來的呢？」

月夜立刻提出這個問題。遊馬一時之間支支吾吾，說不出話。

「這個嘛……比方說在屋裡放一根伸縮桿，製造放下門閂的假象，等破門而入之後再加以回收——」

「不、不對。」

月夜打斷語無倫次的遊馬。

「門被撞壞之後，我仔細觀察了當場有沒有人做出可疑舉動。但是，巴小姐和酒泉先生都沒做出回收伸縮桿之類的事。追根究底，你口中的伸縮桿到底要設計成怎樣的機關？」

「這個嘛……可是，兩人是共犯且從六點半到七點之間犯案的可能性還是有的吧？」

「那我問你，備餐廚房裡那些歐姆蛋和咖啡是什麼時候準備的呢？在主要廚房裡一盤一盤煎出歐姆蛋，再用小型電梯送上一樓，還要煮咖啡。這些事不靠兩人一起做很難完成喔。」

「一定是犯案之前先做好的啊。」

「照你的說法，六點半時所有歐姆蛋都已煎好，咖啡也煮好，預先放進備餐廚房，接著兩人再動手犯案。你是這麼想的吧？」

被月夜質問的語氣壓倒，遊馬只能回答「是啊，不然呢……」月夜刻意誇張地大嘆一口氣。

「一條醫生，身為名偵探的我，難道會沒想過那兩人是共犯的可能性？」

「欸？那……」

「我當然馬上就想到了。所以才會進行驗證啊。」

遊馬反問：「驗證？」月夜搔了搔太陽穴。

「一條醫生，你不會以為，剛才我去吃放在備餐廚房裡的歐姆蛋和喝咖啡，真的是因為肚子餓了吧？」

「所以……不是嗎……？」

「當然不是啊。」月夜傻眼地說。「那是為了確認歐姆蛋和咖啡的溫度。」

遊馬不由得發出「啊」的一聲驚呼。

「看來你似乎明白了。沒錯，我是在確認，那些早餐是否提前製作完成。那時，我吃的歐姆蛋和咖啡都還很溫熱，可見才剛做好沒多久。換言之，酒泉先生和巴小姐於六點半到七點之間準備早餐的證詞是真的。」

月夜輕輕揮手，像是在說「證明完畢」。

那些古怪言行的背後，原來都有著精細的推理過程。遊馬再次體認到，眼前這位名偵探果真實力非凡。

「雖然還無法完全推翻兩人共犯的可能性，至少犯案時間肯定介於六點半到七點之間。至於兇手怎麼在密室內放火，這個謎團則還沒解開。」

說到這裡，月夜用冷淡的語氣接著說「所以——」。

「很遺憾，一條醫生難以刺激我的靈感。很可惜，請容我駁回你這次的提議。」

月夜那客套到幾乎過了頭的言語像一堵牆，擋住了遊馬的去路。

這樣下去，將無法成為她的華生，無從得知殺害老田的真兇，也得不到確保自己安全的立場了。

遊馬急得氣血攻心，臉頰發燙，全身滲出一層薄薄的汗水。月夜站起來，緩緩走向門口，打開房門。

「我看你好像不太舒服，回自己房間休息如何？」

這句話就像在說「你沒有資格當我的華生」。委婉的拒絕刺痛遊馬的心。低下頭，緊咬著嘴唇，犬齒咬破薄薄的皮膚，一陣尖銳的痛楚劃過，嘴裡冒出鐵鏽的氣味。

「……神津島先生原本打算宣布什麼，妳沒興趣知道嗎？」

遊馬垂著頭，只抬起眼神望向月夜。虛假的笑容從名偵探臉上消失。

「一條醫生知道是什麼嗎？」

「知道一個大概。以前為神津島先生診療時，他不小心透露了一些。」

「為什麼你一直隱瞞不說？」

「因為沒有人問我啊。」

「少來這種詭辯了。神津島先生既是一位大富翁，又是知名學者，更是國際知名的推理收藏家。這樣的人大張旗鼓舉辦派對，請來各路獨具特色的賓客，說要宣布重要大事。這件事當然很有可能是查明事件真相的重要線索，這一點你怎麼可能不明白。」

「是啊，我明白。可是，我也答應過神津島先生，在他自己宣布之前，絕對不對外洩漏消息。」

「這也是詭辯呢。神津島先生已經過世，你們的約定等於失效了，不是嗎？」

「正好相反喔。我認為，正因那是答應死者的承諾，所以不能輕易破壞。」

用毫無抑揚頓挫的聲音說著，遊馬抬起頭。兩人的視線在空中交會。

身為一個推理迷，更重要的是，身為一個名偵探，月夜肯定很想知道神津島要宣布什麼。得好好利用這點才行。

沒錯。想靠拍馬屁取得名偵探搭檔的地位未免太天真。碧月夜這號人物堅稱自己是名偵探，幾乎到了瘋狂自信的地步。想與這樣的人平起平坐，就必須正面迎擊，針鋒相對，證明自己具備足以成為她搭檔的實力。

「那你現在為何又打算告訴我呢？」

「遵守與故人的承諾固然重要，但也不能讓殺害神津島先生和老田先生的兇手繼續囂張下去了。」

遊馬說著言不由衷的話。其實先前沒說，只是因為擔心這個消息一旦洩漏，可能引來懷疑自己的目光而已。不過，現在無暇顧及那麼多了。

「因此，如果有人能將我知道的情報用來解決事件，我認為那就告訴對方也無妨。」

月夜把開到一半的門關回去，再度回到遊馬對面的沙發坐下。

「說過很多次了，我是個名偵探，比誰都更能有效利用情報。」

「要是可以的話，能否讓我在妳身旁做見證呢？我真的受神津島先生和老田先生很多照顧，很想找出奪走兩人性命的兇手，看那個人被繩之以法。」

「這意思就是，『我把情報交給妳，讓我當妳的搭檔吧』？」

月夜臉上露出一絲輕蔑的神色。

「情報固然重要，在推理小說中，提供情報的都是警方或情報販子，絕對不是名偵探的搭檔喔。」

「請妳別誤會，我不是試圖用情報交換華生的地位。只是想跟妳分享這個情報，互相提出意見，讓妳藉此判斷我是否具備成為華生的素質。」

月夜眼睛眨了幾下，然後露出無邪的笑容。

「原來如此，這倒是挺有意思的。那麼一條醫生，事不宜遲，就請你趕快告訴我吧，神津島先生想宣布的究竟是什麼大事。」

「是一份從未問世的原稿。他說自己找到知名人士未曾發表的原稿，並打算出版它。」

「這麼說來，是知名作家不為人知的推理作品嗎？」

月夜突然從沙發上起身，雙手撐在茶几上，上半身前傾。

「請冷靜一點。那位神津島先生為了宣布這件事，都辦了這麼盛大的一場集會了，當然是推理作品啊。」

「教人怎能不激動！不是作家本人，而是由神津島先生來宣布，這表示作者已經過世了吧？換句話說，也就是遺作。到底會是哪位知名作家的遺作呢？長篇？還是短篇？內容究竟又是如何？話說回來，神津島先生是從哪裡，用什麼方法得到這部作品的？」

臉泛潮紅，月夜急沖沖地問了一長串的問題。

「這些細節我就不清楚了。」

「是外國作家嗎？還是日本作家？哪個時代寫下的呢？到底是什麼樣的故事？書裡有出現名偵探嗎？是本格推理？還是社會派？」

頂著充血的雙眼，月夜逼近遊馬。現在的她，已經完全不像個冷靜優雅的名偵探。

「不是說了嗎，那些細節我不清楚。拜託妳冷靜點。這樣沒辦法好好說話。」

遊馬死命安撫，月夜才像回過神來似的，說聲「失禮了」，再次坐回沙發。然而，她望向遊馬的眼神依然閃閃發光，充滿期待與好奇。

「我聽說的不多，只知道他獲得一份知名人士未發表過的原稿，而他原本打算昨晚在眾人面前發表。」

「關於那份原稿的內容，你一點都沒聽說嗎？」

月夜臉上夾雜失望的神色。

「是的，只不過……」頓了一頓，遊馬又說：「神津島先生是這樣告訴我的，當那份原稿一發表，推理小說的歷史將被連根顛覆。」

「推理小說的歷史將被連根顛覆？」

再度起身，月夜發出的歡呼聽起來甚至像哭號。

「這到底是什麼意思？要能連根顛覆推理小說的歷史，就表示不是初出茅廬的作家吧？這種等級的推理作家有誰呢……柯南道爾？阿嘉莎．克莉絲蒂？還是……難道會是……愛倫坡？」

雙手舉在眼前，失焦的雙眼盯著手掌，月夜口中喃喃自語。那副模樣，簡直就像被什麼給附身。遊馬一方面感到有些驚悚，一方面也篤定事態正朝自己計畫的方向演變。

面對殺人事件時總能發揮冷靜洞察力的月夜，只要一講到與推理小說相關的話題，頓時失去那份冷靜沉著。大概是從名偵探被打回一介狂熱的推理迷了吧。當月夜進入這個狀態時，往往少了幾分平日的知性。只要讓她在自己的誘導下，順利從這種狀態重拾一如往常的聰穎，那華生的寶座可說近在眼前。

「的確，要是找到了那種等級作家的遺作，一定會是大新聞。可是，這樣就稱得上是『將推理小說的歷史連根顛覆』嗎？」

聽到遊馬這麼說，月夜欣喜至極的表情，漸漸多了幾分僵硬。

「……不、稱不上。頂多只能說是『為推理小說的歷史增添新的一頁』。雖然這樣也夠厲害了。」

「沒錯，我認為重點就在這句『連根顛覆歷史』。」

「連根……不單只是找到超知名作家的原稿，那份原稿還得擁有『超越出色作品』的價值……」

月夜把手放在嘴邊，遊馬點頭附和「是的」。

「內容出色的作品固然有價值，可是，我認為有些作品和作家的價值更高出了內容本身。那就是——創造出嶄新派別的作品。」

「……創造出嶄新派別的作品。」月夜喃喃複誦。「冷硬派、社會派、日常之謎、敘述性詭計……每一種派別的始祖作品及其作者，確實都值得我們獻上至高無上的讚美。」

「是的，正如妳所說。我一開始也是這麼想。可是，就算那樣確實能『改寫推理小說的歷史』，依然無法『連根顛覆』吧。」

「你這麼說好像也有道理。更何況，既然是從未發表的小說，要證明這部作品寫於何時也很困難……」

「有一點我一直想不透。」

遊馬對皺眉思考的月夜這麼說。

「關於作者，神津島先生只說是『知名人物』。身為狂熱推理迷的神津島先生，應該要說『知名推理作家』才對啊。」

「難道那份原稿的作者不是推理作家？」月夜瞪大了眼睛。

「我認為有這個可能。」

「出自非推理作家的知名人物之手，足以連根顛覆推理歷史的小說……」

夢囈般自言自語的月夜，身體忽然像被雷打到似的猛烈顫抖。

「說不定我們打從根本就搞錯了。聽到『從未發表的推理作品』，下意識認定那是寫於十九世紀後半到二十世紀中期的作品。可是……說不定是更早寫成的，在更早更早以前……」

月夜半張著嘴，抬頭望向天花板。

「推理小說的根柢——換句話說，就是推理小說的歷史。一般認為，最早的推理小說乃一八四一年，刊登於格雷姆雜誌四月號上的愛倫．坡短篇小說《莫爾格街兇殺案》。一對住在莫爾格街上公寓四樓的母女遭人殘忍殺害，女兒的屍體以頭下腳上的方式塞入暖爐煙囪，母親身首異處的屍體則在後院被發現。此外，房門保持上鎖狀態，窗戶以釘子封住，怎麼看都是沒有人能進出的狀態。故事描述的，正是偵探杜賓解開這奇妙密室殺人謎團的過程。這部短篇小說被視為解開犯罪事件謎團的推理小說原型，推理小說的歷史也從此展開。」

空洞的眼神依然望著天花板，月夜以配音旁白般平板無起伏的語調說完這段話，忽然朝遊馬伸出手。面對她突如其來的舉止，遊馬一時之間動彈不得，只能任憑她用雙手抓住自己的肩膀。

「可是，如果在《莫爾格街兇殺案》之前，就有人寫過解開犯罪事件謎團的小說呢？如果那份原稿現在才被找到，那真的是足以連根顛覆推理歷史的大事！」

「是、是啊。」受到月夜的氣勢震懾，遊馬猛點頭。

「但是，要怎麼證明那份原稿寫於一八四一年之前呢……對了，作者一定是在一八一四年前就過世的人。正因如此，神津島先生才沒有稱呼作者為『推理作家』，因為在那個人存活的年代，根本還沒有『推理作家』的概念。是啊，在《莫爾格街兇殺案》發表前就過世的作家寫的推理小說。這樣的作品發表之後，會發生什麼事？一定會轟動整個推理同好圈……不、是轟動全世界。」

「這麼說來，那份原稿的價值還真是非比尋常呢。」

「何止價值非比尋常，簡直就是人類瑰寶！」

「換言之，那份作品也將帶來驚人的財富。」

遊馬喃喃低語，原本彷彿祈禱般雙手交握的月夜，眼神重新聚焦。

「是啊，難以想像的天文數字。」

「這樣的話，就有充分的殺人動機了。只要奪走那份原稿，不但自己能成為大富翁，假設兇手也是推理迷，就等於擁有了轟動全世界的寶物。」

「你說得沒錯。說不定，桌巾上的血書，只是故意用驚悚的字眼來混亂搜查，為的是隱藏『奪走未發表原稿』的真正動機。」

恢復名偵探表情的月夜，在鼻尖前豎起食指。

「如何，碧小姐。我認為自己成功地協助妳進行了一次推理。」

遊馬這麼一說，月夜便露出思考的表情。

「是啊，託你的福，我進行了一次痛快的推理。」

「聽妳的語氣，感覺好像還少了臨門一腳。為何我應該成為妳的華生，還有一個關鍵原因，就讓我來告訴妳那是什麼吧。」

「關鍵原因？」

月夜疑惑反問，遊馬眨了眨眼說：「是啊，沒錯。」

「說到華生這個角色，通常不都是個醫生嗎？」

先是冒出錯愕的表情，但很快地，月夜便笑得開懷。

「說到華生就是醫生啊，原來如此，確實沒錯。你得了一分。」

誇張地聳聳肩，月夜伸出右手。

「那就正式說聲『請多指教』吧，我的華生。」

5

「把自己關在房間裡整理了將近四小時，我終於整理完至今看到、聽到的各種情報了。所以，接下來想繼續檢查案發現場，並收集更多相關人士的證詞，作為解開這充滿駭人魅力的事件之謎。一條老弟。」

豎起食指，月夜愉悅地說。成為一對搭檔的月夜和遊馬剛離開伍之室，正朝一樓走去。見遊馬沒有回答，走在前面的月夜停下下樓的腳步，疑惑地回頭。

「你怎麼了嗎？一條老弟。」

「不是，妳忽然改變說話語氣和對我的稱呼，我覺得有點不知所措……」

「嗯？我稱你為一條老弟，讓你感到介意嗎？」月夜歪了歪頭。

「嗯，可以這麼說。」

忽然就不用敬語說話了，這點也令人很驚訝啊。遊馬內心暗忖。

「基本上，名偵探稱呼自己的搭檔時，都會在名字後面加上『老弟』不是嗎？就像福爾摩斯稱華生為『華生老弟』，御手洗潔稱石岡為『石岡老弟』一樣。雖然為了表示親暱，有時也會捨棄敬稱，但我很喜歡這種加上『老弟』的稱謂。」

「姑且不說御手洗潔，以福爾摩斯來說，那只是看翻譯怎麼翻而已吧？」

遊馬無力地回答，月夜雙手放在胸前擊掌。一聲響亮的「啪！」立刻在玻璃階梯之間迴盪。

「所以你的意思是，希望我忠於原文，稱你為『My dear Ichijo』嗎？」❻

「……還是叫我一條老弟就好了。」

「那太好了。你也請務必稱我『月夜』就好，敬稱就不必了。大部分的華生都是這樣稱呼名偵探的。」

「不、這樣太那個……我還是跟原本一樣稱妳『碧小姐』就好。」

「為什麼？」月夜不滿地噘起嘴。

「不是啊，忽然捨棄對女性的敬稱，不但我自己渾身不對勁，也不知道別人會怎麼想。還是等彼此建立身為搭檔的信賴關係後，再那麼叫吧。」

月夜摸著下巴說「嗯哼」。

「的確。要是我的華生看在別人眼中是個粗俗無禮的男生，那就太可惜了。在此姑且先妥協，讓你叫我『碧小姐』也好。只是，總有一天還是希望你直呼我名諱。反正不管怎樣，既然彼此已是搭檔，敬語就先別用了。」

「這個我可以接受。」

雖仍有些遲疑，遊馬還是點頭答應。月夜轉回正面，意氣風發地說「那就出發吧，一條老弟」，繼續往樓下走。遊馬嘆口氣追上去。

抵達一樓，月夜毫不猶豫地朝餐廳走去。

餐廳是老田命案的事發現場，現在仍處於滿地積水的狀態。月夜踏入餐廳，穿著皮鞋的腳濺起少許水花，發出啪喳啪喳的聲音。

跟著月夜進入餐廳的遊馬站在門口不動。事發當下太過混亂，無暇好好觀察，現在才看清老田倒下的地板附近整片紅色水窪，以及桌布上的大大血書，深受眼前驚悚的景色震撼。

月夜沒有一絲躊躇，直搗餐廳內部。

「我說，碧小姐，真的可以進去嗎？剛才加加見先生不是要我們別破壞現場……」

月夜轉頭，雙眼微微濕潤，嘴上喃喃說道：「你怎麼說敬語……」

「啊、喔，抱歉。只是，這麼做加加見先生又要抱怨了吧。」

「或許他會抱怨，但我們無法一一在意這種小事啊。」

月夜用力搖頭。

「剛才我不也說了，警察的搜查方式基本上靠人力，也就是人海戰術。既然現狀是警察後天才能抵達，跟他們客氣也沒意義。想查明這次這種特殊犯罪的真相，讓以一敵千的我優先搜查才是最重要的事。」

說得再理所當然也不過的樣子，月夜走到老田陳屍處蹲下，臉靠近地板上的紅色水窪。

「妳在幹嘛？」

---

❻ Ichijo是一條的羅馬拼音。

遊馬一走近，月夜就蹲著對他招手。

「這附近有汽油味。」

「欸？」遊馬在月夜身旁蹲下，集中嗅覺神經。正如她所說，地上瀰漫一股嗆鼻的氣味。

「老田先生的遺體被潑了什麼嗎？」

遊馬低聲問，月夜傾身站起，環顧整間餐廳。

「大概是暖爐用的汽油燃料吧。我們來確認看看。」

月夜一一確認起餐廳內幾個暖爐的燃料桶。拿出第四個暖爐的燃料桶時，她高聲道：「就是這個！」

「其他暖爐裡的燃料都裝得很滿，只有這個幾乎空了。兇手就是用這個燃料桶裡的汽油潑在老田先生遺體上的。」

月夜把臉湊近燃料桶。

「可是，這燃料桶容量很大，如果只是潑在老田先生身上，應該不至於用光整桶。」

把燃料桶放回去，月夜閉起眼睛，一邊用形狀漂亮的鼻子嗅聞，一邊四處走動。

「這裡也有汽油的氣味。」

站在餐桌前睜開眼睛，月夜雙手撐在吸飽水的桌巾上，上半身往前探，將臉湊向桌巾中央潦草的「蝶岳神隱」血書。

「就是這裡了。」

月夜撫摸「岳」字。這個字被火燒焦，幾乎無法辨識。

「那裡怎麼了嗎？」

遊馬這麼問，月夜將摸過桌巾的指尖伸到他的鼻端。一陣汽油味刺激鼻腔。

「那裡也被潑了汽油嗎？」

「似乎是的。話說，若打算將整個餐廳燒掉，不、如果想一把火燒掉這棟館邸，一口氣殺光所有人的話，在這裡潑汽油也是理所當然的選擇。從這裡放火，火勢特別旺盛。事實上，當時火焰肯定瞬間竄升到將近天花板的高度了吧。正因如此，灑水器才會馬上啟動，導致最後火很快就被撲滅。」

月夜指著「岳」字上方的灑水器，又接著低聲嘟噥「只不過……」。

「兇手真的打算燒掉老田先生的遺體嗎？」

「咦？什麼意思？」

遊馬反問，月夜轉頭望向血書。

「這麼充滿藝術氣息的……應該說，品味這麼差的佈置，一看就知道，兇手刻意想讓人注意這行血書。既然如此，又為何要寫在一起火就會被撲滅的桌巾上呢？如果想百分之百被人看見，可以寫在牆壁上，甚至寫在餐廳外都好。無論寫在哪，血書本身就具有十足的震撼效果了。」

月夜收起下巴，壓低聲音。

「我從這個犯罪現場，感受到『想燒掉房間』和『想保留房間』的兩種矛盾意念。這表示什麼呢……」

「是不是兇手有什麼非在桌巾上留下血書不可的理由……？」

遊馬兀自低喃，月夜忽然大喊一聲「就是這樣！」嚇得遊馬身體微微往後傾。

「不愧是我的華生，著眼點很不錯呢。對，只要解開這個疑問，一定能更接近事件的真相。」

「那、那還真是太好了。」

「截至目前為止，我仍無法判斷兇手在老田先生身上潑汽油，是真的為了燒掉遺體，還是做做樣子而已。只能說，如果兇手真打算燒毀遺體，或許遺體身上有什麼兇手不想被人發現的線索。看來，得想個辦法潛入拾之室，仔細搜查老田先生的遺體了。」

「這很困難吧？一方面，加加見先生徹底執行不准其他人觸碰遺體的指令。另一方面，能打開拾之室房門的萬用鑰匙已鎖在保險箱裡了。」

「……一條老弟，保險箱的鑰匙，其中一把在你手上吧。既然如此，只要能拿到九流間老師手上那把，萬用鑰匙就是我們的了。」

月夜臉上漾開不懷好意的笑容。

「妳別說那種嚇人的話。大家不是已經決定好，為了讓所有人放心，誰也不要獨佔萬用鑰匙嗎？再說，九流間老師不可能把鑰匙給妳。」

「這個沒問題，我可以用扒的。說到扒東西的技術，我有自信不輸專職扒手。」

月夜右手握拳這麼說。

「名偵探幹嘛去學這種技術啦？」

「就因為是名偵探才要學啊。犯罪搜查需要各式各樣的技能，不只扒東西，跟蹤、電機、處理危險物品……我全都精通。只要我想，現在就能用這座館邸裡現有的東西做出一個遠距引爆裝置。」

「那還真是厲害。不過，我是不會把鑰匙交出來的，那樣絕對會惹禍上身。」

要是自己跟月夜串通拿出萬用鑰匙的事穿幫，其他人一定會懷疑自己。這點無論如何都要避免。

「好啦好啦，我知道了。」

月夜從遊馬身邊穿過，走向餐廳出入口。目送她的背影，遊馬不經意地把手伸進外套口袋。卻發現原本該在裡面的鑰匙包不見了。

「妳給我等一下！」

月夜停下腳步轉頭，把勾在手指上的鑰匙包拿到臉頰邊晃啊晃的，輕輕吐舌：

「哎呀，真可惜，被你發現了嗎？」

「對妳真是不能有一刻大意。」

大步走向月夜，搶回鑰匙包。月夜拍了拍遊馬的背。

「別這麼生氣嘛，我的華生，只是跟你開個小玩笑。別管這個了，一起來挑戰老田先生殺害事件中最大的謎團吧。」

「最大的謎團？」

遊馬一皺眉，月夜就大大攤開雙手。

「當然是『密室』啊！打從《莫爾格街兇殺案》問世以來，世界上誕生了數不清的密室推理。密室正是謎中之王，推理之王呀。那間房間到底是怎麼製造成密室的呢？身為名偵探，一想到能挑戰這個謎團，就忍不住感動得全身顫抖。」

「神津島先生的事件時，怎沒看妳這麼興奮？」

「那是當然的啊。神津島先生死於毒殺，也就是說，兇器是遠距也能殺人的毒藥。更何況，今天早上我不是說明過了，那是能用簡單詭計製造出的密室。可是，老田先生這起事件完全不同。」

月夜嘴角上揚。

「從犯案現場的狀況來看，兇手在這裡殺了老田先生之後，留下血書，再使用某種詭計將餐廳打造成密室並離開。不只如此，兇手離開之後的密室還發生了火災，而我們仍不知道兇手是怎麼放的火。你不覺得這是一起非常出色的密室殺人事件嗎？」

遊馬口中發出連自己也分不出是在答腔還是在嘆氣的「喔」。實在難以理解，月夜怎麼能用「出色」來形容殺人事件。

果然這位名偵探的性格也有某種扭曲之處，就像這座玻璃塔一樣。

「密室是如何製造出來的？我總覺得，要是不先解開這個謎，就無法釐清兇手的真面目。所以，首先必須徹底調查餐廳的出入口。你看這裡，一條老弟。」

看似完全不在乎遊馬冷淡的眼神，月夜熱情招手，摸著幾小時前被遊馬等人撞開的門框說：

「門框上沒有異狀，這樣就可排除使用黏著劑製造密室的可能性了。還有，也看不出使用過你剛才說的伸縮棒。這扇門上沒有鎖孔，只能從內側掛上旋轉式門閂上鎖，所以也不用考慮有沒有備鑰的事。整理下來，當時門之所以打不開，確實是從內側掛上門閂的緣故，這是符合邏輯的推論。」

月夜指著釘在出入口旁牆上兩個旋轉式門閂中下面的那個。

「下面的門閂也是一樣的簡易門閂，以旋轉方式卡住門上突出的釘子，門就打不開了。不愧是豪宅，連這種小地方都保養得很好，門閂旋轉起來很順暢。」

月夜手指一彈，門閂就滑順地轉了一圈。

「那麼，這門閂要怎麼從外側掛上呢？」

手指抵在嘴唇上，月夜身體前傾，從額頭幾乎要撞上門的距離凝視門閂。

「我看應該還是用了細線之類的東西吧？」

遊馬在一旁嘀咕，月夜橫眼冷冷一瞥。

「可否說得具體一點？」

「欸，要怎樣具體……」

「我就問，具體來說，要怎樣才能從外面把細線掛上這幾乎沒有地方可勾，還得旋轉兩百七十度才卡得住門上突起物的門條？」

「不、這……」

重新站直的月夜，把臉湊向囁囁嚅嚅的遊馬。

「正如我先前所說，『濃煙和水幾乎沒有溢出門外』。從這點看來，這扇門關上後，應該幾乎沒有縫隙可讓工具穿過。不過，如果能在線已經勾上門閂的狀態下關門，之後或許可以從門外把線拉出來。只是，你必須告訴我，那條線具體勾在門閂上的何處？為了讓門閂卡上去，又得從哪個角度把線抽出來？」

手伸進西裝褲口袋，月夜取出一束細細的線。

「妳身上怎麼會有這種東西。」

「這還用問嗎？當然是為了搜查啊。用細線製作的物理詭計是最基本的密室手法。為了隨時都能進行現場驗證，我身上總是帶著這個。」

把線綳在自己尖尖的虎牙上，月夜截下一段十幾公分長的細線，一邊說「來，請示範」，一邊將線遞給遊馬。

「就算叫我示範也……」

在困惑中收下線，遊馬試著想把線勾上門閂。然而，門閂前端呈半圓形，旋轉得又很滑順，別說用線操控了，連想把線掛上門閂都很困難。怎麼想都不可能在門關起的狀態下，用線讓門閂旋轉兩百七十度。

「不然這樣、不然這樣，像這樣讓門閂立起來，取得平衡，然後把線也豎起來……」

遊馬試圖讓門閂與地面保持垂直，但門閂實在太滑順了，不管多小心豎起門閂，還是一下就往左邊或右邊旋轉。

「我看是不行呢。」月夜冷冷地說。

「妳再等我一下。不然這樣呢？在這個狀態下，拿某個東西夾在門閂與牆壁之間。」

遊馬捏著門閂，將原本垂直的門閂調整為稍微朝門的方向傾斜。

「然後，用線勾住那個夾在中間的東西上，再從門外拉線。這樣失去東西卡住的門閂朝門的方向旋轉，就能順利把門鎖上了。對，一定是這樣。」

「那要用什麼夾在中間？」

月夜再度冷冷地質問。遊馬不由得發出滑稽的「咦……？」

「沒錯，用你這方法或許能掛上門閂。可是，具體來說，究竟要拿什麼夾在門閂和牆壁中間呢？那個東西後來又掉在哪了呢？門被撞破之後，我一直監視著眾人，沒看到有誰做出撿起那種東西的舉動。」

遊馬支支吾吾說不出話，月夜乘勝追擊，繼續提出質疑：

「真要說起來，根據我的經驗，這種連濃煙和水都幾乎沒有溢出的門，就算能把線穿過去，夾得太緊的線多半拉不動。再者，這種用線作成的詭計，只要仔細觀察，幾乎都能在門鎖或門片上找到拉線時留下的痕跡。可是，這次不管我怎麼檢查，都沒發現那樣的痕跡。換句話說，這次的密室不太可能用這種手法製造。」

月夜輕輕揚起下巴，像在宣布「驗證完畢」。

「那碧小姐，妳難道已經知道兇手怎麼製造這個密室了嗎？」

對月夜高傲的態度感到不滿，遊馬臭著臉問。

「我還不知道。」

收回抬起的下巴，月夜把手放在嘴邊。隱約看見她的唇邊浮現一抹妖媚笑容。

「這不是用單純手法就能製造的密室……兇手一定用了什麼教人料想不到的詭計。身為名偵探，我有義務解開這個謎團。我等了很久，就是在等這樣的事件。沒錯，我一直在等……」

看著月夜難掩笑容的模樣，遊馬內心竄過一絲寒意，情不自禁倒退了一步。

「咦，一條老弟，你怎麼了？」

月夜疑惑地問，剛才那危險的氣氛已經從她臉上消失。遊馬含糊回應「不、沒什麼」，眼神凝視月夜。她對名偵探的身分有著異常的執著。究竟是什麼讓她變成今天這樣。

「沒事就好。好吧，該確認的情報都確認過，已經沒必要再待在這了。」

說著，月夜轉身背對餐廳。

「要走了？不用解開密室之謎了嗎？」

遊馬睜圓雙眼，月夜揚起一邊嘴角，露出譏諷的笑容。不知為何，那張五官端正的臉龐，莫名適合這種諷刺的表情。

「一條老弟，現在還不到展開推理的階段喔。首先，必須盡可能蒐集情報，作為推理的基礎。就像外觀再美的建築，如果基礎打得不夠穩固，只會變成輕易崩坍的沙上樓閣。」

「那麼，接著要去蒐集什麼情報？」

「無論警察還是名偵探，搜查的基本功都是一樣的。結束現場驗證後，接著就是聽取相關人士的證詞。所以，總之我們先去娛樂室吧。」

月夜意氣風發，抬頭挺胸往前走。進入娛樂室時，九流間和左京正一臉疲憊地坐在暖爐邊的沙發上。

「喔喔，是碧小姐和一條醫生。」察覺兩人的九流間舉起手。「兩位怎麼一起來了？待在房間裡太膩了嗎？」

「我好不容易有了自己的華生，當然要一起展開搜查啊。」

聽了月夜的回答，九流間顰眉反問：「華生？」

「是的，沒錯。這位就是我的華生，一條老弟。」

在月夜的高調介紹下，遊馬顯得有些難為情，但仍點了點頭說「兩位好」。

「不，我當然知道這位是一條醫生……這到底怎麼回事？」

無視面露困惑神情的左京，九流間兀自拍起手來說：「原來是這麼回事！」

「一條老弟，你成為名偵探碧小姐的搭檔，扮演起華生角色了呀？這太棒了，名偵探身邊就是得有個華生才行。」

「不愧是九流間老師，開竅開得這麼快，省了我不少事。」

「有了搭檔，名偵探如虎添翼，要開始來挑戰事件的謎團了是嗎？來找我們是為了蒐集情報吧。那這件事就交給妳解決囉。打從知道兇手還在館邸中，而我們又無處可逃，我一直坐立難安。明明自己寫過那麼多類似場景的推理小說，一旦自己捲入事件卻是這副德性，真沒用。」

「沒這回事。老師這次自己成為本格推理小說裡的角色了，請您日後一定要運用這次經驗，寫出厲害的作品。我想，那一定會比過去所有作品都更具有真實性與臨場感。」

「哎呀，很難講呢。至今我已經寫過無數『暴風雪山莊』模式的本格推理，接下來要是寫不出讓讀者大吃一驚的詭計，只怕會成為似曾相識、隨處可見的平庸作品。所以，我最近遲遲不敢挑戰這方面的題材……」

「這樣的話，就請您一定要想出讓讀者大吃一驚的詭計呀。我很期待喔。」

月夜眼中閃著期待的光芒，九流間一邊對她苦笑，一邊搔了搔沒有頭髮的腦袋。

「既然妳都這麼期待了，那可真非得好好努力不可。雖然不知道我這老頭子的腦漿還能擠出多麼嶄新的詭計，但我會拚命寫的。只是……」

九流間以矯揉造作的動作指著月夜說：

「為此，得先平安脫離這裡才行。所以碧小姐，請妳務必解決這個事件，我很期待喔。」

「那是當然。為了九流間老師的新作品，我名偵探碧月夜一定會傾盡全心全力，揭穿事件真相！」

月夜輕輕捶胸，一旁的左京半開玩笑地插話：

「九流間老師，等您那部新作完成，也請務必考慮在敝出版社發行喔。一起被困在這個地方，算得上是某種緣分，我會全力以赴好好編輯的。」

「咦？」遊馬眨著眼問：「左京先生不是雜誌的編輯嗎？」

「我以前待過文學編輯部喔，也曾編輯過九流間老師的作品呢。」

「這麼說來，您做過推理小說的編輯嘍？」月夜表情認真起來。

「是啊，沒錯。敝公司的文學編輯部特別致力於推理作品，每次一有推理小說出版，業務部往往也宣傳得比平時更起勁。」

月夜與遊馬面面相覷。

左京是編過推理小說的編輯，神津島則獲得了一份足以改變推理歷史、未曾發表過的原稿。說不定，神津島原本打算把那份原稿交給左京出版？

「左京先生，方便問你一個問題嗎？」

似乎察覺月夜氣場的改變，左京正襟危坐道：「是、什麼事呢？」

「左京先生曾說，您和神津島先生之所以認識，是為了採訪關於『蝶岳神隱』的事。那麼，您這次來的目的，也是為了打聽這件事的嗎？」

「不是喔，關於『蝶岳神隱』，雜誌去年就完成專題報導了，沒必要現在還來打聽相關消息。」

「那麼，您為何前來這座玻璃塔？」

「之前來採訪時，在這裡住過，受到神津島先生諸多照顧，不好意思拒絕他的邀請啊。老實說，我原本是不太想來的。」

左京難以啟齒地說。

「聽起來好像有什麼內情呢。可以請您詳細說說嗎？」

月夜微微一笑，左京搔搔頭說：「真傷腦筋……」

「我答應過神津島先生不說出去的，只是，畢竟現在狀況變成了這樣……」

雙手環抱胸前，考慮了幾秒後，左京看著月夜：「好吧，我告訴妳。」

「其實，在我表示願意參加這次集會後，神津島先生又跟我聯絡了一次，說他手頭有一份很棒的推理作品原稿，希望能在我們公司出版。」

「很棒的作品……你有問他那是怎樣的作品嗎？」

「我沒問。」左京聳聳肩。「說真的，光是聽他那麼說，我就感到心情黯淡了。所以只是打馬虎眼回答『如果真是那麼棒的作品，我們會考慮看看』，便結束了通話。」

「為什麼？要是能出版很棒的作品，不是能為出版社帶來收益嗎？」

「想也知道不會是多好的作品啊。」左京苦笑著說。「去年採訪他的時候，同樣的話神津島先生不知提過多少次。說他自己有在創作推理小說，問我們公司能不能出版。」

「那你怎麼回答呢？」

「我委婉拒絕了。畢竟受到神津島先生不少照顧，當時我也認真看了幾份他的原稿。但是，該怎麼說才好呢……說得直截了當一點，那真的是不能看的東西。好像在哪看過的場景、好像在哪看過的名偵探、好像在哪看過的詭計……既沒有任何原創性，更沒有半點文采。關於解謎的部分，邏輯也破綻百出，實在不能當成商品販售。」

聽了左京嚴厲的評論，九流間表示同意：「嗯，我想也是。」

「他在我的小說講座課上寫出的作品也差不多。神津島身為推理迷，想必閱讀過數量龐大的作品，大概因為這樣，勉強還寫得出一套詭計。雖說那也只是仿效以往名著的劣等品罷了。更嚴重的是，關於登場角色的塑造以及描寫狀況的文筆完全不行，這方面寫得很糟糕，讀起來只覺得痛苦，一點也不享受。」

像是回想起當時的事，九流間皺起眉頭。

「還有，最大的問題是偵探解決事件的場景。不是本格推理公平性或後期昆恩那種層級的問題，他筆下的偵探彷彿一開始就對一切知情似的，只是平鋪直敘兇手和詭計，完全沒解釋偵探究竟如何推理出真相。這樣的話，只是拿一份附了解答的考卷給讀者而已吧。」

「老師說得沒錯，這也正是我的感想。」左京用力點頭。

「這樣的評語，有確實傳達給神津島先生嗎？」

「起初表達得模稜兩可，只說了些『多磨練或許還是有可能發光，但在商言商，公司不太可能為沒拿過文學獎的新人出書』之類的話。」

「那神津島先生的反應是……？」

「他說，這樣的話，出版費用他願意自己負擔，宣傳費用也可以自掏腰包。」

「既然他都願意自己出錢了，何不就幫他出版呢？」

遊馬從旁插口，左京露出不以為然的表情。

「話不能這麼說，敝公司至今出版的，都是堪稱傑作的推理小說。換言之，我們稱得上是推理小說的老字號。要是出版了那種作品，等於把自己守護百年的招牌給砸了。」

「聽起來那作品還真糟呢。」月夜用手遮著嘴巴，輕聲笑出來。

「所以，後來我就建議他自費出版，但他嚴詞拒絕了。說不在我們公司出版就沒有意義。」

「證明貴出版社的招牌果然值錢呀。」

「最後一次見面時，我老實評論了他的作品，並且告訴他，敝公司絕對不可能出版神津島先生您的作品，請放棄吧。」

「神津島先生有何反應？」

「他大發一頓脾氣，拿起菸灰缸扔向牆壁，叫我『滾出去』。從那之後我們就斷了聯絡，所以這次他邀請我來，我其實很意外。只是想到最後一次見面交談時，我自己態度也有問題，所以這次還是決定來參加。」

「沒想到他又重提了原稿的事，讓你感覺很厭煩？」

「是啊。上次都已經把話說得那麼清楚了，他竟然還沒放棄。老實說，我還真傻眼。心想，就算只是做做樣子，我也受不了再看一次那種原稿啊。」

「左京先生，你有沒有想過，這次的原稿可能不是神津島先生寫的？」

聽月夜這麼問，左京皺起眉頭說：「什麼意思？」

「自己的作品吃了那麼大個閉門羹，怎麼還會想再拿出來叫別人看呢，你不覺得這麼做很奇怪嗎？除非真的寫出了高水準傑作，那又另當別論，不然這種行為實在很難理解吧。」

「如果是別人的作品，為何神津島先生會想拿給我看？」

「我想是因為，作者已經過世了吧，這麼想挺合理的不是嗎？」

「已經過世了？」左京疑惑反問。

「除了生命科學領域，神津島先生一直希望自己也能在推理世界留名。可是去年，聽了左京先生嚴厲的評語，他大概終於理解，想靠自己的作品名留推理青史是不可能的事了。所以，或許他改變了方針。」

「改變了方針？可否說得具體一點？」像是被勾起了好奇心，九流間催促月夜說明。

「要在推理這個領域留下名號，未必一定要是作者，也可以是書評或研究者。舉例來說，本格推理作家俱樂部主辦的本格推理大獎，除了小說部門，也設有評論及研究部門。推理小說既然是重要的文化，研究推理小說的人當然也有充分的機會名留後世。」

「妳的意思是，神津島想給左京老弟看的，是推理研究論文的原稿嗎？他對推理的知識和熱情確實令人瞠目結舌，如果是這樣，或許遠比他寫的小說有價值多了。」

「恐怕也不是這樣。」月夜搖搖頭。「事實上，神津島先生曾對一條老弟透露，說他得到一份未曾發表的原稿。還說，只要將這份原稿公開，就能連根顛覆推理小說的歷史。」

遊馬簡直懷疑自己耳朵。這麼重要的情報，她居然這麼輕易就告訴別人？月夜對錯愕的遊馬使了個眼色，表示「沒關係」。

「連根顛覆推理小說的歷史……到底是什麼樣的一份原稿？」

身為編輯，左京也被挑起了好奇心，身體無意識向前傾。

「我們在猜，可能是寫於《莫爾格街兇殺案》之前的推理小說。」

幾秒鐘的沉默之後，左京和九流間同時站起來，異口同聲驚呼：

「寫於《莫爾格街兇殺案》之前的推理小說？」

「這充其量只是我和一條老弟的推測啦。如果真的找到這樣的原稿，的確能夠連根顛覆推理小說的歷史。」

「為、為什麼神津島先生會找到這樣的東西……」左京驚訝瞪大雙眼。

「神津島先生是位大富翁，同時又是世界數一數二的推理收藏家。寫不出傑作的他，或許決定放棄靠自己的創作在推理界留名，打算轉而運用自己的收藏品、人脈及取之不盡的財產，找出至今仍未見天日的名著吧。也就是說，他的目標是成為推理界的海因里希·謝里曼[7]。」

「的、的確，如果能找到寫於《莫爾格街兇殺案》之前的推理小說，為推理界帶來的衝擊，肯定不亞於發現特洛伊城為考古學界造成的震撼。」

九流間興奮得連話都說不通順了。

「那份原稿現在在哪裡？」

左京激動追問，月夜巧妙地笑著帶過：「這就還不清楚了。」

「一定在壹之室裡！準沒錯！得快點去那房間裡，把它找出來！」

這麼大喊之後，左京臉上浮現驚覺什麼的神情，望向遊馬和九流間。

「存放萬用鑰匙的保險箱鑰匙，分別在兩位手上吧？現在就去把萬用鑰匙拿出來，一起進入壹之室找作品吧！」

「左京老弟，你稍微冷靜一下。壹之室裡有神津島先生的遺體啊。再說，那裡可是犯罪現場，我們不能擅自進去弄亂。」

「您在說什麼呀，九流間老師。萬一警察進去搜索時破壞了那份原稿怎麼辦，那將會是人類的一大損失啊。得在那之前找出來保管好才行。」

「把原稿保管起來之後，你打算怎麼做？」月夜笑著問。

「當然是先向全世界公開發表，再由敝公司出版成冊啊。既然邀請我來，就表示神津島先生原本就希望這麼做！」

「是嗎？」

---

❼德國商人、業餘考古學家，挖掘出前人認為只是文學虛構的特洛伊城。

月夜微微歪頭。這麼一來，握緊拳頭激辯的左京倒顯得錯愕了，眨著眼睛問：「咦？」

「左京先生，你忘了自己把神津島先生作品批評得一文不值的事嗎？」

「什麼批評得一文不值……我只是說出誠實的感想……」

「我聽人說過，完成一部小說必須耗費大量勞力，非常辛苦。對吧，九流間老師？」

球忽然被丟向自己，九流間只好點頭：「嗯，可以這麼說。」

「就連身為職業小說家的九流間老師都這麼說了，更何況只是業餘作家的神津島先生。可以想見，完成一本長篇小說對他而言有多辛苦。而支持他堅持寫完的，就是靠作品在推理史上留名的執著信念。遺憾的是，如此苦心孤詣寫出的作品，卻無法得到左京先生的稱讚。」

「不是啊，我剛不就說了嗎，我只是客觀的評論……」

「當然是這樣沒錯。從客觀角度看，左京先生的評論應該是正確的。但是，站在作者的立場，當作品受到侮辱時，我聽說有些人會覺得連自己的存在都遭否定。您說是不是呢，九流間老師？」

「產生這種念頭的作家的確為數不少，尤其是執筆經驗尚淺的作者，很容易陷入這種錯覺。」

「看來我說得沒錯呢。您剛才說，後來兩位就斷了聯絡。從這點看來，神津島先生說不定對左京先生抱持幾近怨恨的情緒。這麼一來，我可不認為他會想把珍貴的原稿交給你出版。」

「不、不然神津島先生這次又為何邀請我來參加集會呢？」

「表面上的原因，當然是想請你在雜誌上刊登他發現未發表原稿的報導，讓世人得知這件大消息啊。」

「那麼……背後的原因呢？」左京的聲音聽起來有點生硬。

「大概是故意讓你看到這份原稿，但卻說要交給其他出版社出版吧。這份原稿堪稱推理界的瑰寶，神津島先生就是要讓你看得到吃不到，以示對你的報復。」

「哪可能有這種事！」左京口沫橫飛，大聲反駁。「神津島先生一直強烈希望能在敝公司出版作品，他應該會將原稿交給我才對！我敢肯定！」

「現在神津島先生已經過世，說再多都只是推測。」月夜用手帕擦臉。

「既然這樣，更該把那份原稿交給敝公司。因為我們和神津島先生的交情最久。即使最後沒有出版，我可是讀過神津島先生作品原稿的人，某種意義來說，等於是他的責任編輯。出版那份原稿是我的義務！」

左京高舉拳頭，漲紅了臉。月夜在胸前輕輕揮手，安撫著說：

「請別這麼激動。我並不知道那份原稿將由誰繼承，你不妨日後再去跟那位神津島先生的遺產繼承人談判。追根究底，所謂寫於《莫爾格街兇殺案》之前的推理小說，也只是目前我和一條老弟的想像罷了。說不定神津島先生打算發表的，只是自己創作的小說，在他心目中，認為『自己這次終於寫出足以連根顛覆推理小說歷史的傑作』也未可知。」

被潑了一桶冷水，左京「啊」了一聲，表情難掩失望。

原來是這麼回事啊。看著兩人對話，遊馬總算察覺月夜的意圖。

月夜是想確認，對左京而言，神津島昨晚原本打算宣布的那份未發表原稿價值究竟有多高。為了得到這份原稿，他是否有可能不惜殺人。

如果，左京提前得知神津島打算將這份寶貴的原稿交給自己以外的其他人，想必無論使用任何手段，都要阻止這件事發生。左京現在的反應，毋庸置疑地證實了這點。

餐桌上的血書只是為了擾亂搜查，真正的殺人動機是那份原稿。月夜想試探是否有這個可能。察覺自己被放進了嫌疑犯清單，左京露出見鬼般茫然的表情站在原地。此時，娛樂室的門打了開，端著托盤的酒泉和圓香一起走進來。

「哎呀，一條醫生和碧小姐也在喔。來得正好，我們弄了一點簡單的食物，請吃吧。」

酒泉放在茶几上的托盤裡，有生火腿哈密瓜、起司蘇打餅等隨手可吃的小點心。

「也有咖啡，請別客氣。」

手持咖啡壺的圓香，有氣無力地這麼說。她的表情依然無精打采，臉色發青。如果她不是兇手，就表示神津島和老田被殺的事，真的對她造成很大的打擊。

一想到自己害圓香這麼憔悴，遊馬內心不由得湧上一股惱人的罪惡感。

不、自己必須那麼做……唯有殺了神津島，才能拯救幾千、幾萬個ALS患者與家庭……「電車困境」一詞忽然閃過腦海。

軌道上有一輛失控的電車，若繼續直行，將會輾過前方軌道上正在施工的五個工人。自己正站在軌道切換器旁，只要按下切換器，引導電車駛向另一條軌道，就能拯救這五個人。然而，另一條軌道上也有一個工人。

若選擇袖手旁觀，將有五個人喪命。若選擇按下切換器，這五個人雖能得救，卻會犧牲另一個本來不該死的人。這種時候，究竟該不該原諒按下切換器的人呢？

沒錯，我只是做了按下切換器的選擇。也不認為這是應該原諒的事。但是，我經歷了一番痛苦掙扎，最後做出自認正確的抉擇。和用殘忍手法殺害老田的兇手不一樣。

殺害老田的兇手也可能面臨一樣的難題，遊馬卻刻意忽略這個事實，拚命說服自己。因為要是不這麼做，背上名為「殺人兇手」的沉重十字架，恐怕會把自己壓垮。

「哇，看起來好好吃。」

一個直率的聲音使遊馬回過神來，正好看見月夜把加了起司的蘇打餅放入口中。

「入口即化耶，這個太好吃了。快啊，一條老弟，你也吃一點。」

儘管沒有食慾，這時拒絕可能會啟人疑竇。無可奈何的遊馬，只好拿起用小片派皮包絞肉作成的鹹派。酒泉做的料理明明不可能難吃，不知為何，感覺卻像在嚼沙，一點滋味都吃不出來。

「那是用鹿肉做的喔。鹿肉脂肪少，和派皮很搭對吧？」

「是啊，很好吃。」

遊馬強裝笑容。酒泉又對圓香說「那我們也吃一點吧」，朝自己煮的食物伸手。

咀嚼著鹹派，遊馬暗中觀察在場眾人。

月夜一如往常教人捉摸不定，酒泉勉強打起精神，試圖鼓勵一看就知道很沮喪的圓香。九流間看似有點緊張，但仍保持一定程度的冷靜，左京則因提議去壹之室找原稿的事不了了之，看得出還很不滿。

這裡的幾個人，再加上閉門不出的加加見和夢讀，殺害老田的兇手就在這些人之中嗎？到底是誰，又是為了什麼、用什麼方法殺死老田，還製造出了那樣的密室呢？腦中滿是問號，頭忍不住痛起來，遊馬按壓自己的額頭。

「不用找夢讀小姐和加加見先生一起來嗎？」

用叉子叉起一塊生火腿，九流間像想起什麼似的問。

「不用吧？他們兩人都宣稱自己不要出來了。再說，我不太擅長應付他們。那個算命阿姨動不動就歇斯底里，警察則是自以為了不起。」

酒泉大剌剌的評語，聽得九流間苦笑起來。

「說的也是，要是那兩人鬧起來，料理可能都變難吃了。這次為了酒泉主廚，還是以享用美食為優先吧。」

這番半開玩笑的話，讓原本沉重的氣氛稍微輕鬆了些。九流間這把年紀果然不是白活的。一邊這麼想，遊馬一邊啜飲圓香倒的咖啡。

由於月夜始終默不吭聲吃東西，這段時間就由九流間掌握了對話的主導權，盡量避開殺人事件，聊的都是其他無關緊要的話題。遊馬原本以為等月夜吃飽，肯定會再度介入對話，嘗試從眾人身上找尋破案的線索。沒想到她一直沒有開口，只在一旁津津有味地聽九流間聊出版界秘辛、高爾夫球或將棋、美酒等個人嗜好。

過了不久，靠著娛樂室牆壁擺放的立鐘敲了三響，告知時間來到下午三點。

「哇，已經這時間啦。我差不多該去準備晚餐食材了。那麼各位，請容我先告退。因為餐廳變成了那個狀態，晚餐打算作成自助餐形式，搬到娛樂室這邊來吃。等餐點準備好，會再通知大家。圓香，我們走吧。」

酒泉和圓香正要朝娛樂室門口走去，月夜忽然舉手：「啊、我們也一起去。」

「咦？碧小姐也要去？為什麼？」

「一樓這邊已經調查得差不多，接著想看看地下室啊。這都是為了揪出殺害神津島先生和老田先生的兇手。」

九流間拚了老命避開事件話題，才讓氣氛好不容易輕鬆起來，這下又瞬間變沉重了。自己以外的所有人都沉下了臉，月夜卻假裝沒看見，還微微歪頭說：「可以吧？」

「當然可以啊，這裡又不是我家，我也沒權利拒絕。」

「那事不宜遲，我們快走吧。」

月夜喜孜孜地說著，轉頭對遊馬說：「一條老弟也快跟上來。」

一行四人離開娛樂室，下樓抵達地下室倉庫。

「左邊是冷凍室和發電室對吧？能不能先讓我看看那邊？」

月夜踩著幾近小跳步的輕快腳步走向門邊。雖然接收到圓香求助的視線，遊馬也只能無奈聳肩。

「哇啊，這也太厲害了，滿滿的高級食材。」

月夜打開冷凍室的門，凍成白色的冷空氣飄出來。

「因為這裡離城裡太遠，食材都是一次大量訂購，放在冷凍室保存。」

圓香補充說明。遊馬也跟著窺看，大約五坪多的冷凍室，空間相當寬敞。裡面放了架子，分別存放各式各樣的肉類和蔬菜，看上去和大餐廳的設備沒兩樣。

「餐飲平時都是酒泉先生負責的嗎？」月夜毫不客氣地走進冷凍室。

「不、酒泉先生並非這裡的專屬廚師。我們有好幾個固定配合的廚師，總是輪流請他們來做菜。要是正好大家都沒空來，我也會下廚……請問，妳在做什麼？」

月夜突然趴到地上，從口袋裡掏出筆型手電筒，照亮架子下方。似乎再也忍受不了她的行徑，圓香發出不客氣的質問。

「沒有啦，我只是想找看看有沒有能解決事件的線索。」

「底下該不會有染血的屍體吧？」

酒泉用挖苦的語氣問，月夜一副沒趣的樣子搖頭。

「不、可惜沒有。如果找到屍體，事件就能有更大的進展了。」

把臉頰抽搐的酒泉晾在一邊，大致上檢查過一圈後，月夜走出冷凍室，打開旁邊發電室的門。十坪多的空間裡，最靠裡面是一字排開的笨重發電機。靠外側的架子上，則整齊放著三十個左右，看似用來裝汽油的攜帶式金屬罐。

「遇到停電的話，就從這裡發電是嗎？那些攜帶式金屬罐裡裝的是汽油吧？」

「是的，沒錯。這些都是為了預防萬一而囤放在此的。」

「原來如此。幸好今天早上發生火災時沒使用這些東西呢。如果兇手先在餐廳裡潑灑大量汽油再放火，大家恐怕連逃都來不及逃，就變成烤肉了。」

月夜說的每句話都讓人不安，聽得圓香與酒泉表情很不高興。然而，月夜本人卻是毫不在意似的，繼續在發電室內四處走動。

「我說……碧小姐，這間屋子很危險，麻煩妳不要隨便亂碰那些機械。」

「別擔心，沒問題的啦。別看我這樣，可是具備豐富機械工程知識喔，不會搞出弄傷自己的事情。」

圓香不是擔心月夜受傷，是怕她做出危險的舉動，害其他人蒙受災難吧。遊馬一陣無奈，花了幾分鐘看遍整個房間的月夜又興沖沖地說：「好，換下個地方。」

「下個地方？妳再來又要去看哪裡？」酒泉抓了抓茶褐色的頭髮。

「當然是主要廚房啊。」

「……有什麼必要檢查主要廚房？」

酒泉語氣不太愉快，聽得出他不想被人踏入自己工作場地的心情。月夜踩著腳下吱吱作響的皮鞋走向酒泉，把臉湊上去。她的身高還比酒泉高上幾公分，這個舉止令酒泉身體不得不微微後仰。

「這還用問嗎？當然是要確認你們兩位的不在場證明呀。今天早上六點半到七點之間，在主要廚房中的你，一直跟在備餐廚房中的巴小姐通話，對吧？」

「是啊。妳該不會懷疑我吧？」

雖然酒泉刻意大聲說話虛張聲勢，表情卻是明顯的膽怯多過憤怒。月夜瞇起眼睛說：

「是啊，當然，我是在懷疑你。」

酒泉臉色一僵，顫抖的嘴唇虛弱吐出：「妳、妳說什麼……」

「不只懷疑你，我懷疑這棟館邸中的所有人。包括我的華生，一條老弟在內。」

月夜半開玩笑的這句話，令遊馬心臟猛烈跳動。

沒事的，她只是在耍嘴皮子，不可能真的懷疑我。畢竟老田遭殺害時，我一直跟她在一起啊。拚命這麼告訴自己，勉強壓抑狂亂的心跳。

「誰是兇手？兇手是單獨犯案還是不止一人？甚至有沒有可能是偽裝成他殺的自殺……所有可能性都要考慮，這才是名偵探該做的事。像這樣透過調查，把所有的可能性一筆一筆勾消，最後找到的就是真相。所以，為了證明自己的清白，請務必讓我查看主要廚房。」

完全不敵月夜逼人的壓力，酒泉只好說著「……知道了」，開始乖乖帶路。穿越倉庫，打開與冷凍室和發電室相反邊的門，裡面是一間有小學教室那麼大的廚房。最內側立著一部巨大的業務用冰箱，廚房裡還有幾個擦得乾淨發亮的流理台及大型瓦斯爐。架子上則整齊排列了各式各樣烹飪用具。

「嗚哇，好寬敞。簡直就像高級餐廳的廚房。」

月夜發出雀躍的聲音，圓香怯怯點頭。

「畢竟有時老爺也會一次邀請幾十個賓客，在娛樂室裡舉行派對。」

「能一個人盡情使用這麼棒的設備，身為廚師感覺一定很過癮吧。啊，這就是用來把餐點運上一樓備餐廚房的小型電梯嗎？」

月夜走到擺了好些料理的桌旁，打開小型電梯的門，探頭進去窺看。

「很小耶，人應該是不可能進搭得上去了。」

「當然啊，這是專門用來運送餐點的電梯，載重上限只到二十公斤。一個人再怎麼減肥也不可能這麼瘦。」

「是啊，上限二十公斤的話，頂多只能載一個幼稚園小孩吧。嗯……要是把遺體大卸八塊，分成好幾次搬運，倒也不是運不出去。只不過這次不是分屍事件。」

酒泉面紅耳赤抗議：「請不要說那種噁心的事！」

「這廂失禮了。」

看不出任何反省的態度，月夜伸手去摸電梯旁的網狀物。

「這就是跟備餐廚房相通的擴音器了吧。今天早上六點半到七點之間，酒泉先生和巴小姐一邊透過這個通話，一邊準備早餐，沒錯吧？」

圓香弱弱地回答「是的，沒錯」。

「能跟這裡通話的只有備餐廚房嗎？還是也能跟其他房間通話？」

「只有備餐廚房，這擴音器原本就只是用來聯絡運送餐點的事而已。如果妳不相信，可以自己試試看啊。」

大概感覺到自己被懷疑，圓香話中帶刺地說。然而，月夜絲毫不以為意，一邊回答「是啊，我等一下會去試試看」，一邊東張西望。

「……妳在找什麼？」

「沒有啦，想說這裡怎麼沒有微波爐。」

「這裡沒有那種東西喔。對專業廚師來說，微波爐是邪門歪道。備餐廚房裡倒有個小型微波爐就是了。」

「用那種小型微波爐，要把所有賓客的歐姆蛋都加熱，得花上好一段時間呢。還得加上咖啡，太難了。」

「欸？妳在說什麼？」

月夜在胸前揮揮手。「沒事，我自說自話而已。」遊馬當然聽得出月夜打的是什麼主意。如果早餐的歐姆蛋不是六點半到七點之間做的，只要有微波爐，或許能在短時間內把提早做好的餐點再次加熱。要是能辦到這個，酒泉和圓香的不在場證明就不成立了。然而，備餐廚房裡的微波爐尺寸太小，實際上不可能靠它一次加熱全部餐點。用那台小型微波爐只能一盤一盤加熱歐姆蛋，實際花費的時間跟從頭煮也差不多了。

看來，這兩人似乎真的沒有涉及老田命案。還是說，他們其實用了某種詭計留下不在場證明呢？遊馬難以做出判斷。

手放在額頭，嘴裡喃喃自語的月夜，一個轉身就朝出入口走。

遊馬問：「妳要去哪裡？」月夜回過頭來，一臉疑惑。

「回自己房間啊，不然呢？」

「回房間？為什麼？」

「該確認的東西暫時都確認過了，接下來我想慢慢整理一下現有的情報。啊、對了，酒泉先生，晚餐幾點開飯？」

「晚餐嗎？我想想喔……考慮到也有人沒吃午餐，我想十八點左右就把餐點端到娛樂室去好了……」

「十八點的話，離現在還有大約兩個半小時。嗯，這樣剛好。那麼一條老弟，晚餐前你休息一下也無妨。」

「什麼也無妨……」

無視愕然無語的遊馬，月夜兀自走出廚房。見遊馬愣在原地，酒泉過來推了推他的肩膀。

「一條醫生，你什麼時候跟那個人變得這麼熟？你們之間發生了什麼事嗎？她居然叫你一條老弟。」

「這事說來話長……」

自己成為名偵探的華生。這話實在太丟臉，實在說不出口，只能含混帶過。酒泉聽了，露出認真的眼神說：

「那個人長得雖美，但很難相處。不管怎麼說都太古怪了啦。」

6

「夢讀小姐，請把門打開，不吃一點東西不行啊。」

左京敲打刻有「柒」字的房門。

「左京老弟說得沒錯，警察還要兩天才會來，妳最好先吃點東西。所以，快出來吧。」

九流間也對著門內喊話，但裡面一點動靜都沒有。遊馬看一眼手錶，已經快六點半了。

被月夜丟在主要廚房之後，無可奈何回到娛樂室，和九流間及左京聊天。雖然也可以回自己的房間，總覺得一旦一人獨處，對神津島的罪惡感可能會把自己壓垮。

三人巧妙迴避事件話題，閒聊了兩個半小時，酒泉和圓香便將裝在大盤子裡的晚餐送到娛樂室來了。有香煎鱈魚、帶骨羊排、炒時蔬和西班牙海鮮燉飯等，和大飯店自助餐沒兩樣的料理，接二連三端上桌。這時，月夜也來到了娛樂室。

眾人把餐點都吃上一輪之後，說著「我去請加加見先生和夢讀小姐來」，圓香走了出去。問題是，後來加加見雖然來了，夢讀卻不管怎麼喊都沒回應。

於是，只將嚷嚷著「肚子餓了，我要先吃」的加加見，和表示不願丟著自己做的餐點不管的酒泉留在娛樂室，其他人一起前往夢讀住的柒之室。

「夢讀小姐不知道怎麼了。」圓香不安地說。

「一定是睡著了吧。發生了這麼多事，大概累了。」

一聽就知道，左京只是在勉強說服自己。這時，月夜把手指放在唇邊。

「嗯——應該說，夢讀小姐不知道是不是還活著呢。」

空氣瞬間結凍，左京臉色愈來愈難看。

「就算睡得再沉，我們這麼大聲敲門，一般人一定會醒來。所以我才在想，該不會她已經……」

「該不會已經什麼！請妳不要說那種奇怪的話！」

左京大喊，但月夜不為所動。

「這話一點也不奇怪喔。已經有兩個人被殺，眾人下山的交通工具也被破壞，我們等於被關在這棟房子裡。現狀既然如此，當有個人隔著門怎麼叫都沒反應的時候，當然必須考慮已經死在裡面的可能性。」

「那、那也不用……」

「如我先前所說，在『暴風雪山莊』模式的推理小說中，把自己關在房間裡的舉動，通常被視為一種『死亡伏筆』。大部分情況下，最後都會成為密室內的一具屍體。」

「這裡是現實世界，又不是推理小說。妳別太放肆。」

左京說的無一不正確。可是，在這詭異的館邸中，所謂「正確」卻是那麼疲軟無力的字眼。

遊馬盯著散發黑色光澤，刻有「柒」字的厚重門扉。

這扇門後，說不定正躺著夢讀的屍體……

「先別管我放不放肆，重要的是確認夢讀小姐的安危。萬一她已遭人殺害，必須盡快著手調查現場才行。所以，把這扇門撞破——」

「我還活著啦！」門後傳來刺耳的聲音，打斷月夜說的話。

太好了，還活著。無視鬆了一口氣的遊馬，月夜把臉湊到門上。

「喔，妳沒事啊，那就好。」

「好什麼好，以為我不知道嗎？妳明明就希望我被殺了才好。」

「我怎麼會希望妳被殺呢。我只是想，萬一真的被殺的話，必須盡快確認遺體，展開搜查才好。」

不知少根筋還是故意，月夜總能說出觸怒對方的話。即使隔著門，遊馬彷彿看見夢讀氣得額頭青筋暴露的模樣。

月夜應該只是少根筋吧。無奈之餘，遊馬內心這麼嘀咕。雖然才認識她短短兩天，已經深刻體會到「名偵探」對碧月夜這個人而言，是如何佔了人生大部分的比重。正因如此，即使被關在發生悽慘事件的這座扭曲玻璃塔中，她仍絲毫不露懼色，反而興高采烈地進行搜查，反覆做出冒犯人的言行舉止。

對月夜而言，「身為名偵探」這件事，遠比任何常識、道德甚至自己的性命更重要。

為什麼月夜會對「名偵探」執著到這個地步。究竟要經歷過些什麼，才會養成如此偏頗的價值觀。

遊馬凝視隔著門與夢讀對話的月夜側臉。

「不管怎樣，現在你們知道我還活著了，就快點滾吧。」

「這可不行。剛才九流間老師也說過，後天之前都不吃不喝的話，妳會餓昏的。快出來，跟我們一起去娛樂室吧。」

「絕對不要。我不離開這裡。」夢讀的語氣，顯示了強烈的決心。

「不然這樣吧，夢讀小姐，我把食物和飲料端過來，您在房間裡吃好嗎？」

圓香小心翼翼提議，只是再度換來「不要！」的怒吼。

「我連門都不要開。要是把門鎖打開，殺人魔說不定會闖進來啊。」

「夢讀小姐，妳冷靜一點。包括我在內，門外一共有五個人。就算其中有人是兇手，也不可能當場襲擊妳的呀。」

九流間嘗試說服。

「那種事很難說吧。搞不好你們五個人都是兇手，五人串通好殺死神津島先生和管家，現在要來對我下手了。沒錯吧！我沒說錯吧！」

聽了夢讀邏輯錯亂的一番話，九流間忍不住大嘆了一口氣。倒是月夜往前站了一步：

「所有角色都是兇手嗎？嗯，確實也有這樣的推理小說。不過，像今天這樣以『某某館』為舞台的作品裡，那樣的場景很罕見。當然嘍，最有名的莫過於世紀名作《東……》」

「小說的事一點也不重要！」

反駁得實在太有道理，除了月夜之外，在場所有人都默默點頭。

「這廂失禮了。我實在太喜歡那部作品，情不自禁岔開了話題。」

大概也知道自己興奮過頭，月夜縮了縮脖子。

「只是，我現在馬上就能證明，說我們所有人串通起來殺害夢讀小姐妳，是絕對不可能的事。」

「……怎麼證明？」

「很簡單啊。假如我們所有人都是共犯，打算殺害夢讀小姐的話，根本沒必要特地跑來說服妳離開房間。只要一起去地下倉庫，用一條老弟和九流間老師手上的鑰匙打開保險箱，再拿萬用鑰匙來開門不就好了嗎？這麼一來，輕易就能開門入內，五人一起殺掉妳了。」

月夜以輕鬆的語氣說著駭人的內容。

「由此可知，現在我們這麼拚命說服妳，正好證明我們不是兇手。如何，這樣妳明白了嗎？明白的話就請出來吧。不然我會一直站在這裡跟妳說話喔，妳也不想這樣吧？」

那樣的確滿討厭的。遊馬一邊這麼想，一邊旁觀事態發展。十幾秒後，傳來解鎖的聲音，門跟著打開，一臉懷疑的夢讀探出頭。

「妳能明白真是太好了。那麼，大家肚子都餓了，快到娛樂室去吧。」

趁機把腳塞進打開的門縫，月夜爽朗地說。然而，夢讀就是不願從房間出來。

「怎麼了，夢讀小姐。至少妳應該已經明白，在場所有人不可能都是兇手。所以，請放心出來吧。妳不可能一出來就被襲擊的。」

「……那種事誰知道，就算你們不會，搞不好會被其他人襲擊啊。」

「除了我們以外的其他人？」

月夜訝異地反問，夢讀睜大眼睛喊：「對啊！」

「我不是早就說了嗎！有什麼潛伏在這座屋子裡，某種危險的東西。」

「妳的意思是，有我們還不知道是誰的某個人躲在某處，殺死神津島先生和老田先生的也是那個人嗎？」

九流間這麼問，夢讀抓亂頭髮大喊：「我哪知道那種事啊！」

「你們凡人或許不懂，但身為通靈人士的我感覺得到，這裡瀰漫著某種危險氣息。那傢伙一直在監視我們，找尋動手殺人的機會。」

夢讀惡狠狠地瞪著遊馬等人。

「真羨慕你們感受這麼遲鈍。像我這種天選之人，就算待在房間裡，還是一直感受得到那傢伙的氣息，教我怎能不害怕！」

大概是承受不住巨大的壓力，精神變得不穩定了吧，夢讀始終堅持她腦中幻想出來的情節。

但是仔細想想，也難怪她會這樣。遊馬冷靜地望向雙眼充血，大吼大叫的夢讀。被困在這座發生了可怕事件的玻璃之塔，與外界又音訊不通。陷入精神錯亂狀態並不是難以想像的事。

現在勉強還能保持平靜的其他人，只要受到一點小事觸發，或許也會做出與夢讀同樣的反應。就連用毒膠囊殺了神津島的自己，在這難以解釋的狀況下，都快陷入恐慌了。

若說有誰絕對不會這樣的話……遊馬視線朝月夜投射。她依然一臉樂在其中的模樣。

「既然連待在上了鎖的房間裡都感覺得到那氣息，不管待在哪都一樣了吧？好啦，快點跟我們過去吧。」

月夜抓住夢讀的手臂，強迫她離開房間。

「喂，妳別這樣！很痛啊。知道了啦，我出去、出去總行了吧！」

不知是放棄掙扎，還是自暴自棄，夢讀踏出房間，一出來就掏出鑰匙，把門鎖上。

「那麼，大家去吃晚餐吧！」

月夜率先下樓，遊馬等人也踩著沉重腳步跟上。

「夢讀小姐，您還好嗎？」

聽見背後傳來圓香的聲音，遊馬駐足回頭。只見走在最尾端的夢讀緊抓圓香手臂，全身微微顫抖。

「一點也不好！妳也聽見了吧？背後傳來追殺我們的腳步聲！」

「不、我沒有聽見……」

「妳在說什麼啊！明明就有人在後面！」

「夢讀小姐，除了在娛樂室的加加見刑警及酒泉老弟，其他人都在這裡了。不可能有人在後面啊。」

九流間這麼說，夢讀仍像個耍賴的幼兒般激動搖頭。

「我就是知道，哪裡有人！」

夢讀指的是螺旋階梯上方。九流間大聲嘆氣。這時，原本走在最前方的月夜，把手放在遊馬肩上。

「不然，我們去檢查看看有沒有人吧。走嘍，一條老弟。」

遊馬才剛應好，月夜已經從站在階梯上的眾人之間鑽過，開始往樓上走。遊馬趕緊追上前去。月夜利用長腿優勢，在螺旋階梯上一次爬兩格。為了跟上她，遊馬拚命邁開腳步。

一一通過刻有「柒」、「陸」、「伍」、「肆」、「參」、「貳」、「壹」的門，終於來到瞭望室前的樓梯間。

「樓梯上沒看到任何人，剩下的，就只有這間瞭望室了。」

從西裝內袋掏出刻有「伍」字的鑰匙，插入鎖孔把鎖打開，月夜推開發出嘰噫聲音的沉重門扉。二度踏入玻璃圓錐下的這間瞭望室，遊馬迅速左右張望。雖不認為真如夢讀說的，有什麼人潛伏在此等待獵物，但現在這種狀況下，會發生什麼事誰也說不準，保持警戒還是比較好。

塞滿整間瞭望室的神津島收藏品，使房間裡充滿死角。遊馬和月夜一邊交換眼神，一邊兵分二路展開搜索。

書櫃裡擺滿珍貴的外國推理小說，櫃子裡則是推理電影中曾使用過的各種道具，一旁還有知名推理作家用過的書桌。強忍寒冷，遊馬仔細檢查被這些收藏品遮住的角落。然而，根本沒有發現誰躲在裡面。

朝拍攝《神探可倫坡》時使用的標緻403敞篷車底窺看，遊馬喃喃自語「想也知道沒人」。就在這時，背後傳來人的氣息。

誰在背後？保持蹲姿轉身的遊馬，身體失去平衡，一屁股跌坐在地。

「你在幹嘛啊？」月夜睜大眼睛低頭看他。

「別默不吭聲跑到我背後啊！嚇死人了！」

「抱歉抱歉。由於有時也需要跟蹤嫌犯，名偵探必須學會跟蹤技巧。我就自然而然養成不發出腳步聲的走路方式了。」

一點也沒有反省的意思，月夜咯咯笑起來。

「果然沒有人呢。雖然銷聲匿跡潛伏的殺人魔也是很有魅力的設定，在這種『暴風雪山莊』故事裡，真兇還是得由已出場角色來扮演才有意思。」

「……提醒妳，實際上真的有人被殺了喔。」

月夜用了「有意思」來形容，使遊馬難掩語氣裡的怒氣。

「哎呀，怎麼了呀，一條老弟。怎麼這麼生氣？」月夜這麼問，像是打從心底覺得不可思議。

這個名偵探大腦螺絲鬆了好幾根，希望她做出符合常識的言行舉止根本就是白搭。更何況，讓神津島吞下那顆毒膠囊的自己，又有什麼資格批評月夜。再度感受到背上十字架的重量，遊馬無力搖頭。

「算了。不過，只有一件事請妳不要忘記。這裡是現實世界，我們不是推理小說裡出場的角色。」

「這可難說喔。」

月夜這句話說得像在唱歌，遊馬皺起眉頭。

「什麼意思？」

「近年來，後設推理的手法已經不再稀奇了呀。說不定只是我們自己沒有發現，其實真的不小心闖進『某某館』系列小說，成為裡面登場的角色了呢。包括我和一條老弟你在內。」

「……妳是認真的嗎？」

如果是的話，真教人懷疑這個名偵探腦袋是不是壞了。

「你說呢？好吧，總之先下樓跟大家會合，不然繼續待在這裡會凍死的。只要讓夢讀小姐知道沒發現任何人，她的精神狀態或許能稍微鎮定一點吧。」

月夜踩著輕快的腳步走向樓梯間。

不出所料，下樓與眾人會合後，即使月夜和遊馬告知沒有發現任何人，夢讀依然躁動不安。不過，儘管嘴上不斷嚷叫：「只是你們沒發現而已！」「絕對有人！」或許肚子真的餓了，她也不再反對前往娛樂室。

回到娛樂室，坐在沙發上的加加見正以口就盤，將西班牙海鮮燉飯大口大口扒進嘴裡。

「啊、夢讀小姐出來啦。太好了、太好了。精心製作了這些料理，還是希望大家都能享用呢。」

酒泉刻意用積極樂觀的態度這麼說，看得出他拚命想忘記自己仍身處於可怕的狀況下。那模樣莫名有點像個小丑。

「……那麼各位，由於餐廳已經不能使用，只能請大家在這裡以自助方式用餐，真的非常抱歉，還請盡情享用餐點。飲料的部分，就由我代替老田來為大家服務。」

圓香的聲音憂鬱低沉，和酒泉形成強烈對比。鐵青著臉，微微低下頭，但仍努力做好女僕工作的她，教人看了一陣心痛。

「妳這說的是什麼話呢？」月夜突然發言。「現在這種狀況，就別再分什麼賓主關係了。大家立場相同，其中最辛苦工作的巴小姐和酒泉先生，反而該優先享用餐點才是。所以，你們請先用吧。我們等你們吃完再吃就行了。」

「不、這怎麼行……」圓香顯得很困惑，眼神游移不定。

「別跟我們客氣了。啊、不然我幫妳盛吧，請等一下喔。」

月夜一手抓起兩個盤子，俐落地裝起菜餚。

「來，請吃。」說著，月夜將裝好的兩盤菜餚分別遞給酒泉和圓香。

「欸，真的可以嗎？那就恭敬不如從命嘍。」

見酒泉輕鬆接過，圓香也誠惶誠恐地伸出手。

「請吃，很好吃喔。」

月夜積極勸菜，講得好像是她煮的一樣。

「那麼各位，我就先開動了……不好意思。」

圓香逃也似的移動到房間角落，略顯躊躇地吃起來。確認這一幕後，月夜雙手合十說道：

「那我們也開動吧。」

事件發生至今，大概已漸漸習慣月夜異於常人的言行舉止，九流間等人只是點點頭，開始排隊取餐。雖然沒有食慾，現在不先吃點東西，遇到什麼事的時候身體會動不起來。這麼一想，遊馬便排進隊伍的最尾端。

所有人不約而同圍繞在沙發四周，幾乎人人都帶著凝重神情用餐，只有月夜一個人頻頻對酒泉搭話，詢問：「真好吃，這是怎麼做的？」

咀嚼西班牙海鮮燉飯，遊馬朝立鐘望去，時間已將近晚上七點。

遊馬心想，再過兩天，因雪崩而坍方的道路搶通後，警察就要來了。經過他們的徹底調查，大概馬上就會發現我因妹妹的事而產生的殺人動機吧。我將被警方視為殺害神津島的頭號嫌犯，加以嚴格審訊，究竟自己是否承受得住呢？

不只如此，曾經連諾貝爾獎都有望拿下的學者兼大富翁在這座玻璃塔內遭人殺害的事一旦曝光，媒體絕對會蜂擁而至。那些傢伙一定也會跑去騷擾妹妹，假採訪之名行社會霸凌之實。只有這個非得阻止不可。

吃完第一盤，月夜起身去裝第二盤。遊馬朝她望去。

那個名偵探，到底已經多接近真相了？和她一起行動真的是正確選擇嗎？正當遊馬開始懷疑自己的選擇時，裝完第二盤菜回來的月夜高聲說：

「各位，難得一起吃頓晚餐，大家來聊點什麼嘛。這樣默默地吃，太浪費美味佳餚了。」

「聊點什麼……是要聊什麼？」

九流間疑惑地問，月夜愉悅地回答：

「當然是聊這座館邸裡發生的事啊。」

好幾個人露出明顯不悅的神情。坐在沙發上埋頭猛吃的夢讀更是高聲指責：「妳夠了沒！」

「幹嘛哪壺不開提哪壺！那麼可怕的事，我只想趕快忘記！現在可是有人真的死了耶！被殺了耶！我是不知道什麼名偵探怎樣的，拜託別為了妳自己的低級嗜好，把其他人都拖下水！」

「低級嗜好？」笑容瞬間從月夜臉上消失。「我搜查案情可不是為了自己的興趣。」

「怎、怎樣，妳倒是說說看哪裡不一樣啊！」

在能樂面具般面無表情的月夜注視下，夢讀緊張得手腳僵硬。

「對我來說，『名偵探』絕對不是一種嗜好。這是我賭上整個人生，不惜捨棄一切也要不斷追求的東西。」

月夜以平板無起伏的聲音繼續。收起平時活潑語調的她，表情可怕得令人毛骨悚然。不知不覺中，在場所有人都被她震懾了。

「妳剛才說實際上有人死了。是啊，沒錯。就是因為真的有人死了，這裡才需要名偵探。連警察都解決不了的棘手事件，繼續放著不管，兇手將會逍遙法外。將這樣的事件解決，令真相水落石出，兇手獲得制裁，這就是名偵探的使命。只是，以我們現在身處的狀況來說，還有比為被害者伸冤更重要的事。」

「什麼啊？什麼更重要的事？」

「那就是阻止更多人犧牲。昨天我不也說過嗎？發生在這種暴風雪山莊中的殺人事件，多半不會只死一兩個人就結束。真相愈晚釐清，繼續有人遇害的風險愈高。同時，在場每個人都有可能是下個犧牲者。當然，包括我自己在內。」

月夜的聲音沒有抑揚頓挫，語氣淡然，說的內容卻很可怕。夢讀沒再開口，其他人也同樣愕然無言。連毒殺了神津島的遊馬也一樣。

得在接下來的兩天內，找到殺害老田的兇手。可是，現在或許不是氣定神閒思考這種事的時候。

一旦察覺殺死神津島的人是我，對方恐怕打算把殺害老田的罪也嫁禍到我身上。這是可以預見的事。只是，萬一兇手想嫁禍的對象不是活著的我，而是死了的我呢？死人不會說話，對兇手而言，那樣更方便多了。思緒在遊馬腦中不斷打轉。

一直以為自己是展開獵捕的一方。說不定，在這座玻璃塔中的自己，其實才是在巨大獵人威脅下四處逃竄的獵物。

只要一天不揪出真兇，什麼時候被殺死都不奇怪。

被迫正視這一直下意識逃避的事實，每個人都沉默了。唯獨月夜，只見她把裝滿菜餚的盤子往桌上一放，雙手用力合掌。娛樂室裡瞬間響起清脆的一聲「啪」，把其他人從動彈不得的鬼壓床狀態驚醒。

「所以，為了確保生命安全，必須盡快找出兇手，限制他的行動。因此，我需要各位提供情報，還請大家配合。」

不知何時，天真爽朗的笑容又回到月夜臉上。

「可是……就算要我們提供情報，又該說什麼才好……」九流間忐忑發問。

「不用想得那麼嚴重。即使只是隨性的閒聊，也有可能從中獲得解決事件的重要線索。這種事，推理小說中不是很常見嗎？各位只要一邊享用美食，一邊針對事件隨便聊聊就好。」

「那麼，請開始。」儘管月夜這麼催促，眾人還是緘默不語。

「突然被這麼說，實際做起來很難吧。不然，由我來發問好了。首先，巴小姐。」

突然被指名，圓香縮著身子，輕聲回答：「是、是……」

「妳知道昨晚神津島先生原本打算宣布的是什麼事嗎？」

「不、我不知道。之前完全沒聽老爺說過。」

「這樣啊。其實，神津島先生只對一條老弟透露了內容。」

所有人的目光一齊射向遊馬，使他不由得後退幾步。

「沒有啦，具體內容我也沒聽說得太詳細。只是之前診療時，神津島先生稍微聊到一些而已。」

實際上聽神津島說起這件事，是在拿膠囊給他吃之前。要是一個不小心說溜了嘴，殺害神津島的嫌疑就有可能落在自己身上，遊馬趕緊解釋。

「那，神津島氏說了什麼？」

加加見厲聲詢問。察覺他眼神中的質疑，遊馬額上滲出汗珠。

「他好像拿到一份未曾發表過的珍貴原稿，說是一旦公開，將足以連根顛覆推理小說的歷史。」

月夜代替遊馬回答。加加見皺起眉頭問：「原稿？」

「是的。根據我的推理，那說不定是在《莫爾格街兇殺案》問世前就寫下的推理小說。」

月夜雙眼閃閃發亮，眾人的反應卻很冷淡。畢竟，懂得這份原稿有多寶貴的遊馬、九流間和左京已經知道這件事了。其他人不是推理迷，無法理解這件事有多厲害，只是露出疑惑的表情。

「我聽不太懂，那份原稿很有價值嗎？」

「很有價值嗎？」月夜瞪大眼珠。「這說的是什麼廢話！那份原稿比世界上任何東西都要有價值！所有金銀財寶，在那份原稿之前就像垃圾！」

「妳不要那麼激動。現在我明白那份原稿對你們推理迷來說有多重要了。」

「不只是對推理迷而已！那是屬於全人類的寶藏。你難道不明白那份原稿的文化價值有多高？」

「那種事怎樣都無所謂啦。重要的是，對少部分人而言，那份從未發表的原稿，是殺紅了眼也想拿到手的東西……如果有必要，甚至不惜殺人。」

加加見壓低聲音。漲紅了臉，身體前傾，熱切說明的月夜也恢復原本的姿勢。兩人嘴角同時上揚。看在遊馬眼中，帶著莫名危險笑容的月夜和加加見，就像兩隻齜牙咧嘴，彼此威嚇的猛獸。

「你要這樣理解也沒關係，加加見先生。那麼既然你都開口了，方便也讓我問你幾個問題嗎？」

「問我？妳想問我什麼？名偵探。」

加加見皺緊眉頭，瞪視月夜。那嚴厲的視線，至今不知讓多少犯罪者看了為之喪膽，月夜卻是絲毫不為所動。

「當然是關於蝶岳神隱那件事啊。」

「今天不是已經聽那個編輯說過了？」加加見指著左京。

「加加見先生，你是刑警，而且隸屬負責搜查蝶岳神隱事件的長野縣警搜查一課。比起左京先生，對事件知道的應該更詳細，不是嗎？」

「還是說……」月夜挑釁地瞇起眼睛。

「十三年前你還沒當上刑警，也沒能參與搜查？如果是這樣的話，那我很抱歉，你知道的應該不會比左京先生說的更多。」

「喂，妳少瞧不起人。」加加見撇了撇嘴。「十三年前我的確還沒進入縣警搜查一課。但是，身為轄區警察，我也加入了那起事件的特別搜查總部啊。」

「太棒了！既然如此，請務必把事件詳情說來聽聽。」

「……憑什麼告訴妳這個一般民眾啊。」

「我不是一般民眾，是個名偵探。」

月夜一本正經回答，加加見用力嘖了一聲。

「這麼說也無法改變妳是一般民眾的事實。正常來講，搜查情報是不能外洩的啦。」

「正常？」月夜走向加加見，窺看他的眼睛。「發生了兩起密室殺人事件，還活著的人無法下山，被困在這座詭異的玻璃塔邸中。你說這種情況叫『正常』？」

「不要挑我的語病。」

「我只是陳述事實而已。既然不知道兇手的動機是什麼，就完全無法預料接下來他還想殺幾個人。必須考慮最糟糕的狀況，也就是所有人都喪命的可能。就像那部推理史上光芒萬丈的小說一樣。」

低聲吐露駭人的話語，月夜瞇起眼睛。

「所以，就像我剛才說的，我們必須盡快揪出兇手的真面目。為了達到這個目的，曾經參與搜查的人手上的情報就很重要了。加加見先生，請把你知道的訊息說出來吧，盡可能詳細。」

話語本身聽來有禮，月夜的語氣卻散發一股不容拒絕的壓力。加加見沉思了半晌。

「加加見先生，我也一起拜託你了。現在狀況緊急，就請你協助碧小姐好嗎？」

九流間推了最後一把。加加見刻意嘆氣，把全身重量放上沙發，仰靠在椅背上說：「所以呢？妳想知道什麼？」

「關於蝶岳殺人事件，你所知道的全部。」

「說是全部，其實幾乎就跟那個編輯說的差不多啊。民宿主人盯上即使失蹤也不會把事情鬧大的被害人，下手殺害她們。唯一的問題是，兇手冬樹大介的身分。」

「身分？」左京嘟噥。「沒記錯的話，冬樹大介出生於長野縣，高中畢業後進入東京某間工廠工作。三十歲那年公司倒閉，幾年後他成為民宿經營者。不過，那幾年之間的經歷就沒有人清楚了。」

「到工廠倒閉為止都對。只是正確來說，那之後的經歷不屬於『冬樹大介』。」

「什麼意思？」左京皺起眉頭。

「事件曝光後不久，警方隨即在東京接獲了關於『冬樹大介』的情報。」

「冬樹還活著？那為什麼不逮捕他？」

「喂喂，編輯先生，冷靜點。情報指出的男人確實是冬樹，但卻不是蝶岳神隱事件的兇手。因為十三年前，東京的冬樹大介就已經死了。」

「……已經死了？」

「真正的冬樹大介失去工廠工作後成為遊民，一直在東京流浪。距今十五年前的冬天凍死在路邊了。」

「那開民宿殺人的又是誰？」

「不知道。只知道正牌冬樹似乎在成為遊民後不久，為了填飽肚子把戶籍賣掉了。」

「戶籍是可以賣的喔？」

遊馬感到驚訝，加加見哼了一聲，嘲諷地說：

「醫生，你太嫩了。這世界上沒有什麼東西是不能賣的喔。只要買下別人的戶籍，就能用對方的身分做各種壞事。萬一開始覺得危險，再把戶籍轉手賣掉就好。戶籍這種東西啊，犯罪者可是很想要的呢。」

「壞事……包括殺人在內嗎？」

聽了遊馬的疑問，加加見無言揚起嘴角。

「那冒用冬樹大介身分的人，到底是誰呢？」

月夜這麼問，加加見聳聳肩。

「誰知道。從那傢伙的民宿只在週末營業看來，我猜平日他可能是從事普通工作的一介善良市民。只有在克制不住內心怪物的時候，才會化身『冬樹大介』，挑選想要下手的獵物。」

「怎麼會不知道他是誰，警方沒有調查過嗎？」左京語帶責備。

「沒辦法啊。獲知真正的冬樹大介另有其人，是在事件已經以嫌犯死亡送檢，搜查總部也解散之後的事了。你們媒體還不是因為嫌犯已經死了就不再起鬨，不到一個月，誰也不報導蝶岳神隱事件了。」

受到加加見的反擊，左京為之語塞。

「……兇手真的死了嗎？」

手搗著嘴角，月夜喃喃低語。加加見瞪著她說：「妳什麼意思？」

「說不定，那個自稱冬樹大介的兇手，在事件曝光後依然活著，只要恢復自己原本的身分，就能過起普通的生活。」

「這不可能。那場雪崩規模相當大，從腳印也可確定逃出民宿的兇手肯定被捲入風雪之中。不可能生還。」

「可是，屍體最後還是沒有找到吧。這就表示，他從雪崩中生還的可能性不是零。順便問一下，那個『冬樹大介』的外貌如何？」

「不很確定。聽說他總是戴著口罩和一副鏡框很粗的眼鏡。住過民宿的人都說他看上去『年齡不詳』。」

「他一定試圖掩飾自己的年齡和外表吧。換句話說，那個『冬樹大介』究竟是誰，到現在還沒有人知道。」

月夜薄薄的嘴唇漾開一抹妖媚笑容。這時，夢讀猛地起身。

「就是那傢伙了！他肯定還活著，躲在這個房子裡！」

「突然說什麼鬼話啊妳！」加加見垮下臉來。

「我剛才不也說過嗎？有人潛伏在這座館邸中，打算對我們下手！」

「喂喂，妳該不會想說，『冬樹大介』活了下來，躲在這座館邸裡，還殺了神津島氏和那個管家吧？妳腦袋還好嗎？」

夢讀試圖反駁加加見的嘲弄。可是，月夜先開了口。

「『冬樹大介』潛伏在這座玻璃塔中，這是有可能的事。」

「怎麼連妳都說這種話？所謂名偵探，原來也跟那個假通靈女同等級啊？我們一群人在屋子裡四處走動，那傢伙如果真潛伏屋內，要怎麼在不被我們發現的情況下殺了兩個人？他吃什麼？大小便怎麼解決？躲在雪山裡十三年的殺人魔忽然潛入某棟屋子殺人什麼的，這已經超越推理小說，根本就是靈異小說的境界了吧。」

「他未必一直躲藏著，『冬樹大介』也可能一直都在我們面前。」

月夜這句話像在出謎語，人人臉上都是一臉摸不著頭緒的表情。停頓幾秒後，終於有人理解她話中的意思，臉部肌肉忍不住抽搐。

「妳難道想說，『冬樹大介』就在我們之中？」

遊馬發出嘶啞的驚呼，月夜滿意點頭道：「不愧是我的華生老弟。」

「無法否認也有這個可能吧？雖然不確定他到底是兇手還是被害人就是了。」

遊馬聽得心頭一驚。原本以為「冬樹大介」或許是殺害老田的兇手，然而，也有可能正好相反，被殺的神津島或老田才是「冬樹大介」。

某個與蝶岳神隱事件被害人關係親近的人，殺死「冬樹大介」復仇後，在兇案現場留下「蝶岳神隱」血書。這是非常有可能的事。一時之間太多複雜資訊紛至沓來，眾人都陷入混亂，默不吭聲。唯有月夜望向加加見：

「那麼加加見先生，請繼續分享你知道的情報。」

「繼續分享情報？」

「是啊，沒錯。你剛才說的，是與十三年前事件相關的情報吧？可是，冠上『蝶岳神隱』的事件可不只十三年前，最近也有登山客的失蹤和『蝶岳神隱』扯上關係。你為了搜查這次的事件，才會找上神津島先生。好了，可以請你把新的『蝶岳神隱』事件告訴我們了嗎？」

加加見一臉凝重，嘴裡發出悶哼。十三年前的事就算了，要把正在調查中的事件詳情說出來，對刑警而言確實值得猶豫。

「說出來是為了在場所有人的安全著想，保護市民應該是警察的責任吧？」

在月夜的說服下，加加見無奈揮手道：「好吧，我說就是了。」

「被害人……應該說，失蹤的是一個叫摩周真珠的粉領族。去年冬天，那傢伙和婚期就在眼前的未婚夫一起攀登了蝶岳。」

「只有他們兩個人，竟然跑進冬天的山裡嗎？」

「對，沒錯喔。」加加見恨恨地說。「那個未婚夫是個趕流行的新手登山迷，硬邀了摩周真珠上山。兩個外行人挑戰冬季的北阿爾卑斯山，真不知道腦袋裡都裝了些什麼。」

「他們太小看冬天的山了。」

「結果不出所料，兩人在山上遇難。預定下山的日子沒看到人回來，家人報案要求救難隊入山搜尋，果然找到未婚夫跌落山谷的遺體。但是，卻沒發現摩周真珠的下落。」

「未婚夫失足跌落後，不知如何是好的她試圖自己下山，結果在山裡迷路了嗎？」

「大概吧。」加加見板著一張臉說。「投入大量人力入山搜尋，在離正確下山途徑相當遠處的森林中，發現部分掉落的登山裝備。只是，到最後都沒能找到摩周真珠……即使是屍體也沒發現。」

「大幅偏離正確途徑，在廣大森林裡迷了路。這種事也不算罕見。只不過，如果光是這樣，警方應該不會展開搜查才是。」

「先前我說過，是因為她的家人把事情鬧大的關係。摩周真珠的母親認為女兒不是單純遇到山難，嚷嚷著說一定有人把她帶走了。」

「怎麼覺得這個結論跳得有點太快？這位母親為何那麼想？」

「還不都是那個編輯害的。」

加加見朝左京抬了抬下巴，左京指著自己問：「欸？我？」

「我什麼我啊，去年報導了『蝶岳神隱事件』專題的，不就是你們雜誌嗎？內容提到冬樹大介還活著，懷疑最近遇到山難的登山客說不定也是他的獵物。你們刊出這種不嚴謹的報導，到底打算怎麼負起責任？」

「就算叫我們負責也……」左京訥訥辯駁。

「摩周真珠的母親讀了你們雜誌，堅信自己的女兒一定被誰綁架監禁了。雖然我看她只是無法接受女兒的死，用這種說法安慰自己罷了。不過，那位母親跟縣警交情匪淺，才會害我落得非展開搜查不可的下場。」

「到這裡我都聽得懂。可是，為何接觸神津島先生會成為你搜查工作的一部分呢？你造訪了這座玻璃塔很多次，也常留下來過夜吧？正因如此，和神津島先生熟稔了起來，這次才會受邀參加集會。」

月夜平靜提問，加加見用力揮手。

「因為除了神津島氏，也沒什麼人住在蝶岳了啊。另外就是，從留下痕跡的場所推測，摩周真珠遇難時，應該是朝這座館邸的方向走的。即使知道搜查沒有意義，表面上總要做做有在調查的樣子。」

「只是做做樣子的話，需要來上這麼多次嗎？」

「就是因為做做樣子，才會來了這麼多次啊。」加加見諷刺地說。「神津島氏是個推理狂，遇上我這個刑警，那還真是熱情款待得沒話說。因為他想從我這邊打聽那些實際發生過的案件嘛。光是跟他聊幾件多年前的老案子，就能換來媲美高級餐廳的佳餚，和光靠我薪水一輩子也喝不起的美酒。十年前老婆跑了之後，三餐幾乎只能吃便利商店的我，沒有比這更值得感恩的事。更何況神津島氏是地方上捐獻了很多錢的名人，跟他打好關係只有好處沒有壞處。」

「比起調查失蹤粉領族，你之所以頻頻造訪這座玻璃塔，只是為了自己的好處嗎？」

「那當然啊，這有什麼問題嗎？我是個刑警，卻被逼著搜尋不小心在山裡遇難的自作自受粉領族耶？拿這點好處是應該的吧？」

加加見說得毫不心虛。

「那真的只是意外山難嗎？」

聽到月夜這麼嘀咕，無恥的笑容從加加見臉上消失。

「妳說什麼？」

「因為老田先生遭殺害的現場被人寫下大大的『蝶岳神隱』血書啊，使用的還是被害人本身的血液耶。要說那個粉領族的失蹤和這次的事件有關，也沒什麼好奇怪的吧？」

「從剛才開始，妳就一直在胡說八道什麼啊。一下說神津島氏拿到的未發表原稿是殺人動機，一下又說『冬樹大介』躲在這個屋子裡。」

「我所做的，是把所有可能列出來，再仔細從中找出真相。所以，發生在這裡的事件和粉領族失蹤事件相關的可能性也必須考慮進去。」

「那妳倒是說說看，粉領族的失蹤和發生在這座館邸內的殺人事件會有什麼關聯？」

「這個嘛……」月夜把手放在太陽穴上。「比方說這個可能性怎麼樣？那位粉領族不是遇到山難死亡，而是被神津島先生和老田先生綁架殺害。發現這個事實的相關人士為了復仇，想辦法接近神津島先生，和他建立起足以受邀參加本次集會的交情。接著，那個人便開始執行復仇計畫，把所有參與粉領族命案的人一一殺害。對了，神津島先生或老田先生說不定正是十三年前的連續殺人犯『冬樹大介』，這個可能性也該考慮進去。雖然無法再以『冬樹大介』的身分殺害女性，取而代之的，是將登山客綁來……」

月夜說到這裡時，屋內發出一大聲響。遊馬回過頭，看見盤子在圓香腳邊摔個粉碎。

「啊、非常抱歉……我手滑了……」

以微弱的聲音這麼道歉的圓香，臉色就像死人一樣蒼白。即使隔了這麼遠，也能看出她伸出來撿盤子碎片的手劇烈顫抖。

「圓香，直接用手去碰碎片太危險了。我來收拾吧，妳先休息一下。」

酒泉急忙勸阻，圓香卻像沒聽見似的，朝大塊的碎片伸手。下一瞬間，圓香倏地把手抽回。似乎因為想用顫抖的手去拿碎片而劃破了指尖。

「妳看，我不是說了嗎。妳是怎麼了，圓香？臉色好難看啊。剩下的我來弄就好，妳快回房間好好休息吧。可以吧？各位。」

九流間點頭道：「是啊，當然當然。」

「那就恭敬不如從命了。酒泉先生，不好意思，可否讓我休息到明天早上？」

說著，圓香眼神游移。

「我不要緊啊，倒是妳，真的沒問題嗎？要不要我去照顧妳？」

「不需要！讓我自己一個人！」

圓香忽然大吼，難以想像那嬌小的身軀竟能發出這麼大的音量。酒泉驚訝得說不出話，只能呆站原地。圓香立刻露出驚覺失態的表情，頭低得幾乎看得到頂上的髮旋。

「非常抱歉，我失態了。身體實在不太舒服，請容我回自己房間。」

很快地說完之後，圓香轉身逃也似的離開娛樂室。面對這預料之外的事態而呆若木雞的眾人之中，只有加加見站起來大喊：「給我等一下！」

「怎麼了嗎？加加見老弟？」

九流間這麼問，加加見指著圓香離去的那扇門說：

「不能讓那個女僕就這麼跑了。那傢伙鐵定知道些什麼，所以才會緊張得像那樣逃跑。得去把她叫回來，逼她說出知道的事。」

「可是她身體不舒服，這麼粗魯不好吧……」

「說這話未免太天真了吧。現在狀況緊急，必須盡快揪出兇手才行。我去帶她回來，你們繼續慢慢吃吧。」

留下這句話，加加見奔出娛樂室。跟不上事態急轉直下的發展，遊馬只能一手端著盤子，眼睜睜地目送加加見背影離去。

「不過，加加見老弟說的也有幾分道理。我們就在這一邊用餐一邊等他們回來好了。」

九流間這麼提議，遊馬、左京、酒泉和夢讀都輕輕點頭。只有月夜兀自默默地把飯菜送入口中。約莫五分鐘後，加加見一個人回到娛樂室。

「晚了一步。那個女僕把自己關在房間裡，房門鎖上了。」

用力坐上沙發，加加見朝默默吃飯的月夜望去。

吞下嘴裡的東西，月夜不知是否哽了喉嚨，敲了胸口幾下後，急忙拿起桌上的水喝。

「這樣啊。不過今天已經獲得某種程度的情報，差不多可以解散了。包括剛才聽到的資訊在內，我想好好思考一番。」

「隨便妳。可以不用再陪妳玩偵探家家酒，那再好不過了。」

「請等一下，今晚怎麼辦？」

加加見正要起身，左京急忙詢問。加加見皺眉問：「今晚？」

「是啊，兇手也可能再次半夜犯案吧？」

「怎麼，你自知會是兇手的下一個目標嗎？」

加加見這麼調侃，左京嘴角下垂。

「當然不是，怎麼可能！可是，兇手也可能隨機殺人，這種時候大家是否該待在一起行動比較好？」

「整晚都跟你們在一起？我可不要。要是兇手找上我，那正好，我會立刻反擊，把他抓起來。就是這樣，所以我要回自己房間休息。」

「我也不要！兇手說不定就在你們之中啊，我也要回自己房間。」

加加見和夢讀陸續離開娛樂室，剩下的人面面相覷。

「那麼，我們該怎麼做好呢？我是打算繼續在這裡待一會兒。」

九流間低聲這麼說，酒泉則指向還放著食物的桌子。

「不管怎樣，我都得先收拾那個。」

或許因為剛才被圓香兇過，他的聲音聽起來很沮喪。

遊馬說：「這樣的話，我來幫忙吧。」酒泉抓了抓頭。

「可以嗎？那就麻煩你嘍，感謝相助。」

「我也想和九流間老師一起，繼續在娛樂室待一陣子。」

左京望向月夜。「碧小姐呢？」

「我要回房間。確實如左京先生所說，大家待在一起過夜是最安全的做法。可是，既然已經有三個人回房，其他人待在一起也沒太大意義。在人數不多，又是人人皆可進出的地方過夜，其實還滿危險的喔。」

「碧小姐說的或許有道理。那我們待會也回自己房間，把房門鎖上吧。」

九流間如此提議，沒有人反對。

「一條老弟。」

月夜走向正在收拾桌上餐盤的遊馬身邊，朝他耳邊輕聲說。

「明天早上我會去你房間，進行對事件的推理。今晚你就好好睡一覺吧。」

拍拍遊馬的肩膀，月夜踩著輕快的腳步走向門口。

第三天

1

「就這樣，一九三二年出版的艾勒里．昆恩作品《埃及十字架之謎》和巴納比．羅斯的作品《Y的悲劇》，到底哪一部才是真正出色的傑作呢？在讀者之間，兩派各有人支持，也始終爭論不下。因此，昆恩和羅斯各自戴上黑色面罩，出現在一次演講會上，舉辦了一場辯論活動。然而，幾年後真相大白，原來巴納比．羅斯其實是艾勒里．昆恩的另一個筆名，這兩部作品根本就是同一個作者寫的呢。問題來了，當年在演講會上辯論的那兩人又是誰呢？一條老弟，你可知道答案？」

「……是曼佛雷德．李和佛德列克．丹奈吧？」

遊馬做出夾雜嘆氣的回答。月夜指著他的鼻子說：「沒錯！」

「艾勒里．昆恩其實是曼佛雷德和佛德列克這對表兄弟的共同筆名。換句話說，艾勒里．昆恩的作品出自他們兩人之手，這也就是為何他們可以對作品進行那樣的辯論。不錯嘛，一條老弟，你很有兩把刷子啊。即使是推理迷，很多人都不知道這件事呢。」

「是喔，那還真是多謝妳的稱讚。」

「作家共用筆名這種事，其實不算太稀奇。以日本作家來說，第一個想到的就是以《寶馬血痕》獲得第二十八屆江戶川亂步獎的岡嶋二人。除了一開始就公開這個事實外，從筆名的『二人』也看得出來……」

遊馬按著隱隱作痛的腦袋，讓月夜滔滔不絕的推理雜學從左耳進、右耳出。今天早上五點，月夜大聲敲門把遊馬吵醒，一進房內就一屁股坐上沙發，蹺起二郎腿說「開始推理吧」。

儘管對她一如往常任性妄為的行動感到不以為然，可是若想盡快找出殺害老田的兇手，月夜的推理又是不可或缺。遊馬只好鞭策自己拖著笨重的身體走到盥洗室洗臉、換裝。然而，當自己穿戴整齊，想好好聽她怎麼推理時，月夜卻動不動就岔開話題，發表起各種關於推理的雜學知識。結果，幾乎沒聽到什麼關於案情的推理。

現在也是，先是從神津島留下的死前留言講到《Y的悲劇》，不知不覺中主題又變成了艾勒里．昆恩，接著更是朝完全無關的方向天馬行空展開。

「對了，岡嶋二人解散後，繼續單獨執筆創作的井上夢人是披頭四的死忠歌迷，還和同樣熱愛披頭四的島田莊司組了一個翻唱樂團——」

「停！碧小姐，請等一下。」

再也無法忍受一再岔開的話題，遊馬終於插嘴制止。正說到興頭上的月夜被打斷，不高興地噘起嘴巴問：「幹嘛？」

「那些關於推理的冷知識什麼時候都可以講，現在請先告訴我與案情相關的事吧。」

月夜視線游移了幾秒，才高聲喊：「喔，你是說命案的事！」

她似乎是真忘得一乾二淨。遊馬一陣虛脫無力，抬起眼睛窺探月夜。

「所以呢？妳現在已經知道了些什麼？比方說……兇手可能是誰？」

「這還完全沒頭緒唷。」

她二話不說立刻這麼回答，令遊馬失望不已。可是，月夜又接著說：

「只不過，關於餐廳的密室詭計，我可能心裡有數了。」

「真的嗎？」遊馬猛地起身。「怎麼做的？那密室是怎麼製造出來的？放火的目的，果然還是為了燒掉老田先生的遺體嗎？話說回來，兇手又是怎麼放的火？」

遊馬接二連三提出疑問，月夜視線朝窗外望去。

「今天好像又要下雪了呢，明明昨天天氣那麼好。」

「碧小姐！」

「別生氣嘛。聊天氣是會話的基本啊。關於餐廳密室，我還有一些不明白的地方。身為一個名偵探，可不能把還不完美的推理內容講出來。」

「現在哪有閒情逸致說這種話？到底要到什麼時候妳才……」

話還沒說完，令人心驚肉跳的警報聲瞬間響徹室內。

『一樓備餐廚房發生火警，一樓備餐廚房發生火警，請立刻避難！』

隨著一陣機械合成的廣播聲，天花板上的抽風機同時動起來，所有窗戶也一口氣打開。

「不會吧，怎麼又來了！」

面臨這彷彿昨日重現的情景，倉促起身的月夜抓起遊馬的手。

「一條老弟，我們去一樓！」

難道又發生了跟昨天餐廳裡一樣的慘事嗎？就算不是，倘若真的失火了，也得快點將火撲滅才行。遊馬點頭說「好的」，和月夜一起離開房間，沿玻璃階梯向下跑。抵達一樓的兩人對其他事物不置一顧，直接奔向備餐廚房。

遊馬抓住門把，雙手用力拉。和昨天不一樣，門一下就打開了。昏暗的備餐廚房中，灑水器正噴灑著大量水花。火似乎已經滅了，沒看見哪裡還有火苗。月夜按下入口附近的某個按鈕，宛如經過漂白的白色日光燈照亮整個備餐廚房。

灑水器的水停止，背後傳來腳步聲。回頭一看，九流間、加加見、左京、酒泉和夢讀五人接連抵達。

「發生什麼事了？」

氣喘吁吁的夢讀發出歇斯底里的叫聲，臉上浮現強烈的恐懼。她一定做了最壞的想像，以為密室裡又躺了一具遺體。

「我們也才剛到，還不清楚發生了什麼事。」

「沒有屍體吧？」

加加見壓低聲音詢問，氣氛一口氣變得緊繃。

「乍看之下是沒有，只是屋內有死角，必須仔細檢查。」

月夜這麼一回答，加加見就踏著大步走進備餐廚房說「那就快點檢查吧」。遊馬和月夜跟著進門，小心翼翼地在積水的地板上前進。這時，月夜「啊」了一聲。遊馬以為她發現屍體，心臟猛烈跳動。不過，月夜的手指向備餐廚房桌上燒剩的蠟燭。

「好像是用這個點火的。」

「那是蠟燭嗎？」左京從月夜背後探頭窺看。

「對，是的。掉在旁邊的東西好像是燒焦的面紙，還散發一股汽油味。」

月夜漂亮的鼻子湊近桌面。

「我猜應該是在點燃的蠟燭根部推放大量泡過汽油的面紙。等蠟燭燒短了，火苗延燒到面紙上，冒出大蓬火花。灑水器因而啟動，把火給滅了。」

「也就是說，這是個簡易自動點火裝置？」九流間盯著桌上的殘骸。「從點燃蠟燭到火苗延燒面紙，大概會花多久時間？」

「融化的蠟燭痕跡不多，頂多二、三十分鐘。沒錯吧？加加見先生。」

被月夜點名的加加見，一副不感興趣的樣子點頭說「差不多」。

「所以是有人設置了這個裝置，令灑水器在點火二、三十分鐘後啟動。可是，目的又是什麼……」

九流間摸著自己的禿頭問。

「看起來又和昨天不一樣，並非藉此試圖讓人發現遺體。至少，這間備餐廚房內沒看到屍體。」

月夜環顧室內，纖細的手指抵著下巴思索。

「或許目的只是像這樣把我們聚集起來？要是以為失火了，原本想把自己關在房間裡的人也不得不出來吧。」

「可是……圓香人呢？」

酒泉小心翼翼地問。被他這麼一說，才發現圓香的確不在場。

「躲在房間裡吧？那個女僕怕成那樣。」加加見嘀咕，像是覺得這一切都很無聊。

「不可能，火災警報器都響了耶，所有人一定都會出來的吧。你看，連那個宣稱要把自己關在房間的算命阿姨都出來了。」

酒泉指著夢讀，夢讀露出難看的臉色。

「的確，吵嚷成這樣還沒出現是有點異常，去看一下她的狀況比較好。」

在九流間提議下，眾人略顯遲疑地走出備餐廚房。酒泉跑第一個，衝上玻璃階梯，來到陸之室外的樓梯間。他試著拉了門把，門應該是從裡面上了鎖，打不開。

「圓香！圓香！妳沒事吧？」

酒泉握拳敲門，只聽見笨重的捶門聲在樓梯間迴盪，卻沒聽見圓香回應。

「喂，妳想把自己關在裡面也無所謂，好歹回個話啊！」

推開酒泉，加加見朝門內怒吼。還是沒有反應，一股不平靜的氣氛開始瀰漫周遭。

「妳再不回話，我就要破門進去了喔，無所謂嗎？」

似乎失去了耐性，加加見用力踢門。可是，散發霧面光澤的金屬門紋風不動。趾尖好像撞得很痛，加加見發出悶哼。

「看來不可能像餐廳的門那樣靠蠻力破壞了，得把門鎖打開才行。喂，九流間先生、一條醫生。」

忽然被叫了名字，遊馬應了聲「是」，挺直背脊。

「保險箱鑰匙在你們身上嗎？放了萬用鑰匙的保險箱。」

「是的、是的，在我身上。」

遊馬從口袋裡拿出鑰匙包，九流間也高舉一串鑰匙說：「我也帶在身上。」。

「既然這樣，就快去地下倉庫把萬用鑰匙拿過來。」

「好的。一條醫生，我們走吧。」

在九流間催促下，遊馬正想下樓，加加見又大聲說：「等等！」

「怎麼了？不是趕快下去比較好嗎？」

遊馬摀住耳朵抗議，加加見哼了一聲。

「所有人一起去，這樣才能確認萬用鑰匙是不是真的還在保險箱裡。搞不好昨天就被調包了也說不定。」

「……隨你高興吧。」

看不順眼疑心重的加加見，遊馬兀自下樓。其他人則按照加加見的指示，也跟著往下走。到了地下倉庫，月夜搶在遊馬之前跑向保險箱，伸手抓住門把想打開。不過，保險箱門當然打不開。

「快點，一條老弟，快過來。」

月夜向他招手。一邊回答「我知道啦」，遊馬一邊靠近保險箱，和九流間一起把鑰匙插入鎖孔。

「那麼九流間老師，準備嘍，一、二、三。」

遊馬和九流間配合號令轉動鑰匙。喀嚓一聲，保險箱發出開鎖的聲音。遊馬轉動把手，保險箱門立刻滑順地打開了。刻有「零」字的萬用鑰匙完好安放在裡面。

下一瞬間，酒泉推開遊馬，一把抓起萬用鑰匙轉身就跑。他一定是太擔心圓香，一刻也無法多等了吧。喊著「喂，給我站住！」的加加見追上前去，遊馬等人也朝階梯小跑步。

再次回到陸之室門前，酒泉正要把門鎖打開。然而，他的手抖得太用力，鑰匙怎麼也無法順利插入鎖孔。

「沒用的傢伙，我來吧？」

酒泉充血的雙眼惡狠狠地瞪了語帶譏諷的加加見一眼，對他大吼：「閉嘴！」

「哇喔，好嚇人喔。那你就快點打開啊。」

加加見攤開雙手，故意裝傻。酒泉不多理睬，好不容易打開了門鎖，抓住門把一拉，一陣冷風從屋內吹出。映在視網膜上的光景，令遊馬倒抽一口涼氣。

圓香躺在窗邊的床上。

身上穿著胸口染成血紅的結婚禮服，是巴圓香沒錯。

「啊、啊啊啊！圓香！啊啊啊……」

發出悲痛的叫聲，酒泉正要跑向圓香，加加見從身後毫不費力地揪住他的衣領，將他朝後方拖倒。

「你、你做什麼！」

跌坐在地的酒泉半哭著抗議，加加見低頭瞪他。

「她怎麼看都已經死了。換句話說，這個房間是命案現場。我說過多少次了，外行人不准弄亂現場。」

「現在是說這種話的時候嗎……」

「現在就是說這種話的時候！」加加見大聲叱喝，連牆壁都為之震動。「明天警察來了之後，就會展開調查。這麼一來，殺了三個人的兇手肯定水落石出。因為嫌犯只剩下這些人了。」

加加見冒出鬍碴的臉上笑出酒窩，朝屋外僵立不動的眾人投以一瞥。正當他要踏入房間時，月夜像隻貓般輕巧地從他身邊搶先鑽進去。

「這套兩件式的古典婚紗，是原本放在瞭望室的展示品吧？《新世紀福爾摩斯　地獄新娘篇》裡用的那件道具戲服。」

月夜打量躺在床上的圓香。

「喂，別擅自闖進來。」

加加見大聲咆哮，月夜默不答理，兀自環顧室內。

「沒看見這間房間的鑰匙呢。會是兇手帶走了嗎？」

聽見月夜如此自言自語，仍頹坐在地的酒泉以微弱的聲音說：

「……請看一下她頭上那個。」

「頭上那個？是指白色的頭飾嗎？」

圓香頭上還戴著女僕頭飾，月夜才剛取下，旁邊就伸來一隻手。

搶走頭飾的加加見這麼說。酒泉用失去生存意志的眼神注視他：

「嗯？上面好像有拉鍊。是這個嗎？」

「圓香總是把鑰匙放在那裡……她說因為自己個性冒冒失失……老是弄丟東西……」

加加見拉開拉鍊，裡面的鑰匙掉在地上。像是要報剛才的一箭之仇，月夜搶先撿起鑰匙。

「喂！別亂碰！」

加加見大聲喝止，月夜毫不理會，帶著凝重的表情走向遊馬等人。

「這把鑰匙上刻著『陸』字，肯定是這間房間的鑰匙沒錯。」

拔掉鎖孔上的萬用鑰匙，月夜將手上的陸之鑰插入並轉動。喀嚓一聲，縮進門內的鎖彈跳出來。

「房間的鑰匙在圓香小姐頭飾裡，萬用鑰匙收在保險箱裡。這樣的話，殺害圓香小姐的兇手，到底是怎麼鎖門並離開房間的呢？」

月夜低聲嘀咕。

「兇手沒有出去！」夢讀突然發出尖叫。「殺了那個女僕的兇手始終在這房間裡！」

「喂喂，妳在說什麼啊。剛才所有人都聚集在備餐廚房，妳忘了嗎？」

加加見傻眼地說。

「不對！兇手不在我們之中。我不是一直說了嗎？除了我們之外，還有人潛伏在這座館邸裡。那傢伙殺了女僕後，始終待在這個房間裡！」

「妳的意思是，現在這一刻，兇手也還在房間裡？」

九流間提問，夢讀頻頻點頭。

「肯定是這樣沒錯。那傢伙躲藏在某處了！所以我們得快點逃命才行！」

空氣瞬間緊張起來。遊馬快速環顧室內，卻沒看見半個人影。加加見也表現出警戒的態度，開始察看床底下、家具後方及盥洗室等處。

「沒有半個人啊。」從盥洗室走出來，加加見搔著頭說。「真是的，我不知道妳到底是通靈人士還是算命師，總之別把自己腦中的幻想講出來嚇人好嗎！」

「這不是幻想！為什麼就是不相信我呢！有危險的東西潛伏在這座館邸中！某種邪惡的氣息……」

說著說著，夢讀已嗚咽起來。或許因為事態過於異常，她的精神狀態面臨極限了吧。在極限狀態下，狂亂失控的精神狀態比任何傳染病更容易擴散。

這很危險。繼續這樣下去，彼此之間因互不信任而爆發衝突也不奇怪。現在的氣氛就是這麼沸騰，使遊馬感受到危機當頭。

下一秒，「啪」的一聲撼動了空氣。為了求助而四處游移的視線，都朝聲音的來源——雙手放在胸前擊掌的月夜望去。

「先冷靜下來吧，冷靜下來再說。」

一改平時興致勃勃的模樣，這時的月夜沉著安靜。不知是否錯覺，總覺得她臉上蒙著一層陰霾。

「要是我們自己先陷入恐慌，可就正中兇手下懷了。首先要好好確認一下，到底發生了什麼事。」

月夜這麼說，但語氣明顯失去原本的霸氣。

「門是鎖上的，鑰匙分別在房內與保險箱。同時，房內沒發現兇手的身影。那麼，我們就必須思考，到底殺害了巴小姐的兇手怎麼從上鎖的房間消失。」

「會不會是從那扇敞開的窗戶逃出去的呢？」

左京怯怯地指著窗戶。火災警報器啟動後，窗戶全部從靠天花板那端向外打開四十五度。

月夜踩著滑步靠近窗戶，站在床邊往窗外看。加加見朝她喊「喂！」她也不為所動，自說自話起來。

「如果是爬這扇窗戶出去，玻璃上應該會沾染手痕或腳印。可是，目前看不出來有這樣的痕跡。另外……」

月夜從西裝口袋拿出智慧型手機，一副沒勁的樣子伸出窗外拍照。

「這棟館邸的外牆表面，全面覆蓋了光滑的裝飾玻璃。除非是壁虎，不然不可能在沒有工具的狀況下爬上爬下。就算使用工具，也應該會在牆面上留下明顯腳印和工具刮傷的痕跡。然而，不管多仔細觀察，依然完全看不出有這樣的痕跡。由此可證，殺害巴小姐的兇手不可能爬窗逃出戶外。」

「可是，不能用鑰匙，又不是爬窗出去的話，這間房間……」

九流間聲音顫抖。月夜重重點頭，順著他的話說：

「沒錯，這間房間是個『密室』。」

「密室……」遊馬複誦這個詞彙。

又來了。又有人在密室中遭殺害。這座館邸裡到底發生了什麼。遊馬內心嘀咕，抓亂自己的頭髮。

「三個密室，三具屍體啊。怎麼有種錯覺，像是迷途闖進了我自己寫的本格推理小說似的。」

九流間按壓眼角，無力搖頭，月夜對他說：

「或許不是錯覺喔。」

「……咦？」九流間皺起眉頭。

「只是自己沒發現而已，其實我們或許都是故事裡的角色。出現在一部『暴風雪山莊』形式的本格推理小說裡的角色。」

「妳在……說什麼啊……？」

九流間臉上浮現重度困惑的神色。不只他，遊馬也一樣困惑。

昨天月夜也說過類似的話，遊馬原本以為她只是在開玩笑。然而，從現在月夜的態度看來，她的精神似乎非常地不穩定，甚至因此當真把自己想成了小說裡的主角。

一直以來，月夜都表現得很享受眼前狀況。現在想想，她或許只是勉強自己扮演一個名偵探。其實她也和其他人一樣，內心一點一滴被恐懼侵蝕。

面對眼前本格推理小說般的狀況，拚命扮演名偵探的小丑。如果這就是碧月夜的本性，她或許真的在不知不覺中化身為故事裡的角色了。

「妳在胡說八道什麼！眼前發生的是現實，不是小說中的故事。給我醒醒啊！」

受到加加見的怒罵，月夜空洞的雙眼才稍微找回焦點。

「啊……不好意思。那麼，得仔細檢查圓香小姐的遺體才行……」

月夜踩著踉蹌腳步移動到床邊，正要伸手掀開圓香裙襬時，加加見粗魯地抓住她的肩膀，把她拉開。

「要我說多少次，外行人別來破壞命案現場！觸摸遺體更是大忌。尤其像妳現在這樣失魂落魄的人更不行。」

身體似乎虛脫無力，月夜搖搖晃晃後退幾步，失去平衡差點跌倒。遊馬趕緊撐住她。

「你想對女人動粗嗎？」

遊馬的抗議，讓加加見露出心虛的表情，搔了搔脖子。

「我沒有拉得很用力啊，這位小姐體格好，還以為不會怎樣。」

「一條老弟，別介意。我沒關係。」

在遊馬的攙扶下，月夜用微弱得像蚊子叫的聲音說。

「的確，現在我的狀況或許最好不要觸碰遺體。但是加加見先生，我想拜託你，看了那個傷，我猜圓香小姐可能……」

「是啊，被殺之前可能受過嚴刑拷打。」

加加見壓低聲音說出「嚴刑拷打」的瞬間，室溫彷彿倏地下降。

「嚴刑……拷打……？」遊馬拚了老命才能從喉嚨深處擠出聲音。

「是啊，沒錯。」加加見掀開圓香身上結婚禮服的裙襬。

「喂，你做什麼……」

幾乎哭出來的酒泉正想抗議，隨即為之語塞。遊馬也不禁懷疑自己的眼睛。遠遠就能看見，圓香裸露的白皙大腿上有幾十條紅色的傷痕。

「大概是用刀子不斷割她的大腿吧。嘴上有戴口箝的痕跡，應該是為了不讓她發出哀號聲。」

即使已經成了屍體，或許就連加加見這樣的人也不忍心讓年輕女孩的大腿持續暴露，很快就把裙子蓋了回去。

「怎麼會這樣……太過分了……圓香……」酒泉雙手摀住臉，肩膀開始顫抖。

加加見拉開圓香身上被紅褐色液體沾濕的禮服衣領，窺看她的胸口。

「直接死因應該是刺殺。胸前有刀刺的傷口。我猜兇器直接貫穿心臟，幾乎是當場死亡。兇手透過嚴刑拷打，從她口中逼問出什麼之後，就把派不上用場的她殺掉了。身體還有溫度，血液也尚未凝結，由此可見，從遭殺害到現在還沒經過太久時間。頂多二、三十分鐘。」

加加見喃喃說著，回頭望向遊馬等人。

「這二、三十分鐘之間，你們當中誰有不在場證明嗎？」

遊馬斜瞥了月夜一眼。她似乎沒打算把兩人在肆之室內談論案情將近兩小時的事說出來當不在場證明。

是跟昨天一樣，不想逼急兇手嗎？還是單純停止思考，什麼話都說不出來了呢？無法做出判斷的遊馬只好緊緊閉嘴，其他人也沒有說話。

「沒有人有不在場證明嗎？算了，老實說，不在場證明有沒有都無所謂了，反正我已經知道兇手是誰。」

加加見隨口說出的這句話，大大震撼了現場的氣氛。

「你剛才說什麼？已經知道兇手是誰了？」

夢讀高聲問，加加見傲然點頭。

「廢話，稍微想一下就該知道了吧。這間房間的門上了鎖，鑰匙在被害人身上。室內只見遺體不見兇手。還有，就像剛才那位自稱名偵探的小姐所說，兇手不可能從窗戶逃脫。這麼一來，兇手要怎麼把這間房間製造成你們推理迷最愛的『密室』呢？答案只有一個。」

「怎麼製造的！快說呀！」

「很簡單。」加加見得意洋洋地哼了一聲。「萬用鑰匙啊。」

「萬用鑰匙？可是，那不是收在保險箱裡嗎？」

為這答案感到錯愕，夢讀不滿地問。

「是啊，沒錯。但是，為了緊急時能拿出來，密碼鎖並沒有鎖。也就是說，只要湊齊兩把保險箱鑰匙，輕易就能拿出萬用鑰匙。」

「這意思是……」露出害怕的表情，夢讀與遊馬拉開距離。

「對，持有保險箱鑰匙的小說家和醫生，這兩人就是共犯。」

被加加見一指，一時之間遊馬還無法理解他說的是什麼意思。身邊的九流間也一樣，一臉茫然呆站原地。

「雖然原因我不清楚，但這兩人合作虐殺了神津島氏、管家和女僕。說不定，接下來還打算殺我們其他人。」

「請、請等一下！」

僵直的遊馬和九流間還來不及說什麼，左京先發言了。

「可是，第二起命案如何解釋呢？餐廳密室是怎麼製造出來，又是怎麼在裡面放火的？」

「那種事我哪知道。」加加見不耐煩地揮手。「只要逮捕這兩人徹底逼供，他們就會招出方法了。無論如何，能殺死女僕的只有他們兩人，他們絕對是兇手，不會有錯。把這兩人抓起來，限制他們的行動，就不會再有人被殺了。」

加加見收攏下巴，緩慢踏出一步。在他犀利的視線下，遊馬差點站不穩腳步。

雖是比自己矮的中年男人，對方的體格還是相當健壯。體重和臂力應該都在自己之上吧。更別說加加見是現任刑警，柔道或劍道實力想必不差。如果他行使暴力壓制，那就很難抵抗了。再說，酒泉和左京也可能出手幫他。

一旦現在被抓起來，查明殺害老田的兇手，將毒殺神津島的罪名嫁禍給對方的計畫將會失敗。自己會和九流間一起被當成謀殺三個人的兇手，共同遭到逮捕。

怎麼辦？該怎麼做才好？

在加加見步步逼近的恐懼之中，遊馬仍死命轉動腦袋，視線同時朝身旁的月夜望去。

對了，不在場證明。第二、第三起命案發生時，我都和她在一起啊。只要這位名偵探為我作證……

遊馬與月夜視線交錯，剛才她空洞又混濁的眼眸裡，重現了一絲微弱的光芒。

月夜溫柔微笑，輕輕點頭，重新轉向加加見。

「斷言一條老弟和九流間老師是殺害巴小姐的兇手不對吧？」

堅毅的聲音在屋內迴響。加加見停止動作。

「不對？不然妳說，是誰殺了那三人？」

「這個我還不知道。只是，從他們兩人昨天在大家見證下，將萬用鑰匙放進保險箱後，直到剛才取出為止，保險箱肯定沒有被人打開過。」

遊馬睜大眼睛。一心以為她會說出不在場證明的事，為何又提起保險箱？

「妳怎能說得這麼肯定？可別隨口說說喔。」

加加見語帶恐嚇，月夜卻不為所動。

「不是隨口說說，我確實在保險箱上動了點手腳。」

「手腳？」加加見眉頭緊皺。

「是的。昨天，將萬用鑰匙放入保險箱後，我拔下幾根自己的頭髮，趁大家不注意時，夾進保險箱門的縫隙間。這麼一來，如果有人開了保險箱，我就能夠察覺。」

原來，昨天她在確定保險箱門無法打開時，還動了這樣的手腳。

「剛才打開保險箱前我檢查過，頭髮還牢牢夾在上面。換句話說，中間沒有人打開保險箱取出萬用鑰匙。」

「……這無法成為證據。因為只有妳一個人能證實啊。為了包庇那兩人，妳也有可能說謊。」

「我就知道你會這麼說。畢竟，你完全就像推理小說中會出現的無能刑警。」

月夜的嘲笑，令加加見面紅耳赤。

「那麼，我也想反問，假設一條老弟和九流間老師真是共犯，拿出萬用鑰匙打開陸之室，殺了巴小姐，又怎麼會把這間房間製造成密室呢？」

「怎麼製造……當然是拿萬用鑰匙從外側鎖上門啊。」

「我說的是『又怎麼會製造』，不是『怎麼製造』。如果兩人是共犯，離開房間之後，沒必要特地拿萬用鑰匙把現場製造成密室吧。因為，只要保持門不上鎖的狀態，使用萬用鑰匙的事就不會被懷疑了啊。」

「這……」加加見難以反駁。

「假設門沒上鎖，我們可能會這麼想：昨天晚上巴小姐讓某人進入房間，之後被那個人殺害。這種時候，最有可能懷疑誰？首先最可疑的，應該是和巴小姐關係親近的酒泉先生吧？」

「欸？」聽到自己的名字，酒泉抬起哭腫的臉。

「另外，巴小姐也可能因為夢讀小姐同為女性，認為安全，就讓她進入房間了。或者，她認為身為警界人士的你值得信賴，就讓你進房了也說不定。」

「跟我無關！」「妳想說人是我殺的嗎！」

夢讀與加加見同時大喊。

「請冷靜。我只是說『如果這間房間不是密室，被懷疑的會有誰』而已。換言之，若門沒上鎖，一條老弟和九流間老師反而不容易被懷疑。既然如此，兩人何必特地把門鎖上？這不是很奇怪嗎？」

思路清晰、條理分明的說明，令加加見無從反駁，只好閉嘴。

「反過來想，為了讓一條老弟和九流間老師當代罪羔羊，兇手或許用了某種方法，將這個房間製造成密室。無論如何，目前沒有證據斷定他們兩人就是兇手。這樣解釋你明白了嗎？」

像是勉強自己擠出最後一絲力氣說完這番話，月夜駝著背大口喘氣。

「……嗯，明白了啦。」

這麼說著，心不甘情不願的加加見再次轉身面對床鋪，從長褲口袋裡拿出智慧型手機，開始拍攝床上的圓香。

「看是要回自己房間還是娛樂室，你們隨便找地方去吧。我要留下來拍照，做現場紀錄。」

被月夜駁倒，大概令他大受打擊吧，加加見的聲音有氣無力。

遊馬與九流間面面相覷。說是「隨便找地方去」，接下來該怎麼做才好，實在很難判斷。就連一直以來總是率先行動的月夜，現在也一臉黯淡，默不吭聲。

「酒泉先生，你沒事吧？」

酒泉始終蹲在地上，肩膀顫抖。左京上前關心，酒泉卻只是虛弱無力地搖頭。

又有人遇害了。又發生密室殺人事件了。遊馬內心嘀咕，聽見不知何處傳來格格敲擊的聲音。一時之間沒有察覺，那是自己上下排牙齒互相碰撞產生的聲音。

「我受夠了！放我出去！現在馬上放我離開這個鬼地方！」

夢讀雙手搔亂染成粉紅色的頭髮。酒泉哭得更大聲了。左京忐忑不安的視線四處游移。九流間猛抓自己的禿頭。

恐慌就像傳染病，人們陸續受到感染。遊馬拚命壓抑跟夢讀一樣大聲哭喊、試圖逃出這座館邸的衝動。

「這是什麼！」

突然之間，加加見發出狂亂的聲音，所有人視線一齊集中在他身上。圓香身上兩件式婚紗的上身衣襬呈現掀開狀態，加加見則是睜大眼睛。

遊馬等人小心翼翼靠近。看見婚紗底下露出的白色束腰，遊馬忍不住從喉嚨裡發出「嗚嘔」的呻吟。束腰上有著紅褐色潦草字跡，應該是用血液寫成的。

『去殺了中村青司』。

視野裡的遠近感逐漸消失，一股錯覺襲擊遊馬，好像那行血書隨時都可能騰空逼近自己。

「這誰啊？中村青司？該不會就是躲在這座館邸裡的殺人魔？」

聽見夢讀的尖叫聲，遊馬則環顧周遭，與九流間及左京交換了視線。兩人臉上都寫著難以言喻的困惑。

這個中村青司，指的應該就是那個中村青司吧？可是，去殺了他是什麼意思……

接連湧上的訊息使遊馬頭痛不已。按壓疼痛的太陽穴，聽見月夜輕聲低喃。

「……館系列。」

「啊？妳說什麼？難道妳認識這個叫『中村青司』的傢伙？」

「是啊，當然。」月夜點頭，整個人像是很疲倦。

「一九三九年五月五日，中村青司出生於大分縣。他是個建築師，以設計各式各樣奇妙館邸而聞名。」

「戰前就出生的話，現在年紀很大了吧？為什麼這裡會出現那傢伙的名字……」

說到這裡，加加見瞪大眼睛。

「妳剛說他以設計各式各樣奇妙館邸聞名吧？這麼說來，這座玻璃塔也是他設計的嗎？這行血書的意思，是要我們去殺了設計這座館邸的人？」

「不、那是不可能的，因為中村青司實際上並不存在。」

「啥啊？妳在說什麼？剛才不是說妳認識他嗎？」

加加見逼問月夜，遊馬趕緊介入兩人之間。

「請鎮定一點。中村青司是個虛構的人物。」

「虛構的人物？」

加加見訝異反問，遊馬點點頭。只要是稍微有點推理常識的人，任誰看到這名字都該心裡有數。因為這個中村青司，就是點燃新本格運動之火那本傑作中的角色，設計出那座傳說中館邸的人。

「中村青司，是堪稱綾辻行人代名詞的一系列本格推理小說『館系列』作品裡的角色。『館系列』的基本設定，就是在中村青司設計的奇妙館邸內發生連續殺人事件，再由主角島田潔來解開事件謎團。」

「怎麼又是推理小說！有完沒完啊！已經三個人被殺了耶！為什麼那種角色的名字會變成寫在遺體上的血書啊！而且還叫我們去『殺了他』。殺死虛構角色又是怎麼回事！」

不理鬧起脾氣的加加見，月夜轉身走向門口。

「喂，妳要去哪？」

「去殺死中村青司。」

以平坦無起伏的聲音這麼回答，月夜直接離開房間，沿著階梯下樓。

「等一下，去殺死他是什麼意思！」

加加見跑上前，追向已經走得看不見人影的月夜。拿萬用鑰匙鎖上陸之室的房門後，遊馬和其他人也跟著下樓。

來到一樓的月夜，心無旁騖地走過大廳。但是，總覺得她的腳步似乎有點沉重。走到視聽室前的她，雙手推開左右對開的兩扇門，進入其中。

昏暗的視聽室內，月夜逕直走向映出藍色洋房的投影螢幕前。回過頭，對跟上來的加加見伸手。

「請借我打火機。你有抽菸，身上應該帶著打火機吧？」

「……妳怎麼知道我抽菸？」

「聞氣味就知道了。老菸槍身上都沾染著揮之不去的菸味。接下來為了說明寫在巴小姐束腰上的血書是什麼意思，我需要用到打火機。還是不需要我說明？」

加加見不甘願地將手伸進西裝內袋，掏出Zippo丟給月夜。

接住呈拋物線落下的打火機，月夜以熟練的手勢打開蓋子，拿著打火機湊近投影螢幕。遊馬倒抽一口氣，加加見也瞪大眼睛喊：「喂，住手！」然而月夜毫不遲疑，轉動打火石，點燃的火焰迅速燒上投影螢幕。

遊馬等人震驚得說不出話，火焰瞬間吞噬了螢幕上的藍色洋房，月夜只是冷冷觀望這一幕。橘紅色的火光照亮她的臉龐。

「妳在做什麼？要是失火怎麼辦！」

「沒事，這幅投影螢幕四周沒有可燃物，不會延燒開來。」

看也不看吼叫的加加見一眼，月夜以虛脫的聲音這麼說。一如她所言，擴散整幅投影螢幕的火，完全沒有燒上牆壁或天花板就自行熄滅了。看著螢幕被火燒得掉落地面，月夜還是面無表情。

投影螢幕後面的東西，令遊馬不由得睜大雙眼。那是一個深約一公尺的空間，地上有個看似金屬蓋的東西。月夜走向那個蓋子，雙手握住生鏽的把手。蓋子打了開，露出通往地底的樓梯。

「樓梯？是通往地下倉庫的嗎？」

加加見喃喃低語。月夜有氣無力搖頭。

「不、不對。就位置看來，這底下應該什麼都沒有才是。換句話說，這是『通往秘密地下室的樓梯』。殺害巴小姐的兇手，應該是為了讓我們看見這個，才會在束腰上留下那樣的血書。」

跨過還有零星火苗燃燒的螢幕殘骸，月夜準備下樓。加加見抓住她的肩膀。

「喂，等等。為什麼妳光看到那血書，就知道這裡有樓梯了？給我解釋清楚！」

「……反正都找到隱藏的地下室了，解不解釋也無所謂吧？」

「那可不行。如果妳不說明，我當然可以懷疑那是妳寫的吧？寫下像暗示什麼的莫名文字，裝作解開謎團的樣子帶我們到這裡來。」

「我為什麼非得做那麼麻煩的事不可呢？好吧，就解釋給你聽。」

月夜一副精疲力盡的樣子。

「正如剛才一條老弟所說，中村青司是綾辻行人『館系列』作品中登場的建築家角色。同時，身為推理狂的神津島先生也特別偏愛這套『館系列』。其中又以點燃本格推理風潮火種的《殺人十角館》為最。」

月夜摸摸自己的鼻頭。

「我很能理解神津島先生的心情。《殺人十角館》正可說是日本推理的一大里程碑。以此為首，法月綸太郎、有栖川有栖、我孫子武丸等才華出眾的作家，紛紛於日本推理界登場。一口氣引爆松本清張出現後不斷縮小的本格推理人氣，掀起一股新本格運動的風潮。」

隨著月夜的語氣愈來愈熱切，加加見的表情愈來愈難看。

「只是，在《殺人十角館》掀起這股風潮之前，先為新本格運動打下紮實基礎的功勞，絕對非島田莊司莫屬。他於一九八一年發行的出道作品《占星術殺人事件》深深吸引了眾多本格推理迷，綾辻行人肯定是其中之一。此外，島田莊司除了不斷創作出《斜屋犯罪》、《黑暗坡的食人樹》等名著，也將綾辻行人、法月綸太郎、歌野晶午等一肩扛起新本格運動的年輕作家推到世人面前。如果沒有島田莊司，《殺人十角館》就不會誕生，新本格運動也不會興起吧。此外，為新本格運動鋪路的宇山日出臣、戶川安宣等編輯的功勞亦是不容或忘。當然，在本格推理不受重視的時代撐起此一領域的鮎川哲也等人——」

「喂，別再說那些莫名其妙的話了，快告訴我結論！」

似乎再也忍不住，加加見沙啞的聲音打斷了月夜。月夜眨動雙眼。

「結論？你想知道我在『館系列』中最愛哪一本嗎？那就是《殺人時計館》——」

「不是！我是問妳怎麼知道這裡有隱藏樓梯的！」

「對喔，剛才是在講這件事。」月夜的語氣一口氣失去熱情。「簡單來說，神津島先生因為嚮往『館系列』，才會打造出這座玻璃塔。而設計出館系列中各種奇妙館邸的中村青司的家——」

「青色館！」

遊馬情不自禁喊出聲音，月夜望向他，露出虛弱的微笑：「沒錯，一條老弟。」

「什麼青色館？」加加見將矛頭轉向遊馬。

「《殺人十角館》故事發生於一個名叫角島的地方，和十角館蓋在一起的，就是中村青司自己的住家『青色館』。只是在故事中，青色館因火災完全燒毀，並在火場發現中村青司被燒死的屍體。」

聽了遊馬的說明，加加見的視線重回月夜身上。

「被燒死的屍體……也就是說……」

「是的。寫在束腰上的『去殺了中村青司』血書，指的是來燒掉這幅投影螢幕。兇手一定是在拷問過巴小姐後，問出了這個地方。於是留下血書，將我們引導來這裡。」

「這樓梯下……有什麼？」

夢讀這麼問，月夜無力地回答「誰知道呢」。接著，她便毫不猶豫地走下去。遊馬等人急忙跟上。

沿著狹窄又昏暗的石階往下走，牆壁間迴盪的腳步聲顯得特別大。伸手就能碰到的天花板下，吊著沒有燈罩的電燈泡。

「總覺得，好像中世紀的地下牢房。」

遊馬喃喃低語，走在前面的月夜回過頭，意有所指地笑著說：

「地下牢房嗎？你可能猜對了喔，一條老弟。」

「什麼意思？」

月夜只是哼了一聲，再次邁開腳步。

花了幾十秒時間小心翼翼下樓，最後來到一處陰暗的空間。藉由樓梯間電燈泡的光線，勉強看得出一條石板鋪成的走廊，但看不清走廊深處的一片漆黑裡有什麼。

「啊，這裡好像有類似開關的東西。」

九流間按下嵌在石牆內的開關。瞬間，埋在石板縫隙的LED燈就亮了起來。淡橘色的光朝陰暗走廊盡頭延續，就像一條指引方向的機場跑道。

「牢房……」

左京發出嘶啞低沉的聲音。正如他所說，朝地下深處延伸的走廊左右兩邊，各有一排安裝著鐵欄杆的房間。

「我不是說了嗎？一條老弟，你猜對了。」

月夜眨也不眨一下眼睛，凝視朝盡頭延伸的走廊。

「妳早就知道這裡有地牢了嗎？」

「不知道啊。不過，只消從至今獲得的情報推理，也足以預料得到了。」

月夜沿著走廊往前走，皮鞋在石板路上敲出繚繞的腳步聲。

走在月夜身後的遊馬，朝鐵欄杆裡窺看。裡面是個兩坪多的空間，只有廁所和簡單的床。破掉的杯子和裝大型犬飼料的碗，滾落水泥外露的地板上。

沒有燈光，陰暗牢房深處的狀況看不清楚。遊馬凝神細看，眼珠漸漸適應黑暗，終於看見放在最裡面床上的「物體」。那一瞬間，一股強烈欲嘔的感覺襲擊，倉促之間只能快速摀住嘴巴。

那是一具屍體。穿著登山裝，已成白骨的屍體。從女用登山裝袖口露出的手和臉上幾乎沒有肉塊殘留，空洞的眼窩彷彿怨恨地望向這邊。

「怎麼會這樣？這是什麼！」

夢讀尖叫著當場跌坐在地，手撐著地板往後退。她的背碰觸到走廊另一側的牢房鐵欄杆。夢讀轉頭去看，再次發出幾乎刺穿鼓膜的哀號。

對側牢房的床上，也躺著一具身穿登山裝的屍體。從服裝看來，這邊的應該是男人。

「別那麼大聲。那是屍體，死後已經過好一段時間的屍體。」

月夜雙手壓住耳朵。

「碧小姐，這裡到底是……？這些屍體是誰？如果妳知道的話，請告訴我們。我什麼都搞不清了……」

這麼問的九流間呼吸紊亂。

「正如所見，這是地牢。那些屍體，大概是蝶岳神隱的被害人吧。」

「蝶岳神隱的……」

「是的，沒錯。失蹤的登山客，並不是在山中遇難。偏離登山途徑的被害人們來到這座玻璃塔，想向住在裡面的人求助。然而，他們卻被神津島先生綁架，關進了這座地牢。」

加加見突然跑了起來，抓住左右各三間牢房中，右側最靠裡面那間的鐵欄杆。他的表情激動扭曲，緊咬的牙縫間吐出怨恨的聲音：「混帳……混帳……」

「怎麼了？加加見先生。」

遊馬戰戰兢兢詢問，加加見以顫抖的手指向牢房深處。和其他間牢房一樣，那裡也躺著一具身穿登山裝的白骨遺體。

「那件衣服，是摩周真珠失蹤時穿在身上的……那是……摩周真珠的屍體。」

「摩周真珠，就是加加見先生在找的被害人嗎？」

「沒錯，都是我來得太晚……」

加加見用力咬住厚厚的嘴唇，幾乎要咬出血來。任誰都能痛切感受到，這目中無人的男人，在得知自己無法拯救被害人時，內心有多遺憾。

「牢房都鎖住了，打不開。可惜，不然就能詳細調查裡面狀況了。」

月夜盯著鐵欄杆嘀咕。酒泉開口道：「那個……」

「這邊的牢房門沒關耶……」

指著左側最靠裡面那間牢房，酒泉有氣無力地說。雖然已經從圓香喪命的打擊中恢復了幾分，表情依然毫無生氣，像是全身精力都已消磨殆盡。

遊馬轉頭望向那間牢房。的確，門敞開著，牢內也沒看到屍體。

「裡面或許沒關過人。」

左京這麼說。月夜喃喃低語「或是逃出去了」。逃出牢房的人，可能潛伏在某處。空氣瞬間緊繃。

「換句話說，跟昨天的假設一樣，神津島先生或老田先生其實是十三年前犯下蝶岳神隱事件的兇手冬樹大介，之後也繼續重複一樣的犯罪？」

九流間以緊張的語氣發問。

「雖然不能說絕對不可能，但是我認為，這個可能性並不高。」

月夜站在走廊盡頭的雙開鐵門前，伸出雙手將門推開。門後的情景，令遊馬不禁懷疑自己的眼睛。蒼白的日光燈照亮了房間，那是一間巨大的實驗室，面積足足有籃球場那麼大。

巨大的櫃子、離心機、顯微鏡、超低溫冷藏設備……最後方甚至有一座手術台。

「最辛苦的是照顧那些實驗動物。有的會大聲嚎叫，有的餵食起來很麻煩，做實驗的當下還會發狂掙扎。」

月夜像個演技拙劣的演員般唸出這段話。這是第一天，九流間問及神津島是否還從事研究工作時，圓香的回答。

「該不會所謂的實驗動物就是……」

鐵青著臉，九流間再也說不下去，喉嚨發出吹笛般咻咻的聲音。

「是的，大概就是那些遇上山難，被綁架至此的登山客吧。神津島先生是個對獲取名聲有強烈欲望的人。雖然一心希望在自己熱愛的推理領域留名，一定也明白在自己專業領域留下名聲的可能性比較高。」

「可是，神津島先生都已經靠三叉戟充分獲得金錢與名聲了啊。」

遊馬這麼反駁，月夜看了他一眼。

「一條老弟，人類的欲望是無窮盡的喔。獲得愈多榮耀，心靈反而愈飢渴，想要得到更多的稱讚。到了那個地步，就像陷入沼澤一樣，為達目的不擇手段。即使必須違反倫理道德也不在乎。」

月夜走進實驗室。

「倫理道德確實有著妨礙科學發展的一面，這是不爭的事實。利用受精卵製作的ES細胞，就因違反生命倫理這個理由，遭到禁止實驗的下場，令再生醫學的發展只停留在iPS細胞的發明，之後就停滯不前了。拔除倫理桎梏的科學家，就像服用禁藥的運動員，研究將因此得以有大幅的進展。」

——在最短期間內促成醫學最大進步的推手，正是納粹。

遊馬想起下毒殺害神津島前，他曾說過這樣的話，感覺脊髓好像被人灌注冰水。

「這麼說來，神津島先生是用那些被害人來做人體實驗嗎？」

「應該是吧。」

月夜手指劃過一旁的桌子，指尖沾上一層灰白塵埃。

「只是，從這裡蒙塵的程度來看，計畫應該在滿久以前就中斷了。即使花了大錢打造這些研究設備，研究終究需要人手。老田先生和巴小姐這樣的外行人，頂多只能幫忙做雜事，無法提供專業的輔助。話雖如此，進行這種違反人道的研究，又不可能對外招募具有專業知識的助手。因此，神津島先生決定放棄在科學領域獲取更高名聲，同時放棄這個實驗室，打算致力於在推理史上留名。這些灰塵大概積了有一年左右吧，正好跟巴小姐說神津島先生停止研究的時間差不多。」

「請、請等一下。」九流間高聲問。「放棄研究的話，那些被關在牢房裡的人怎麼辦？」

「雖然只是我的猜想，但大概跟這座實驗室一起被棄之不顧了吧。」

「棄之不顧……」

「是的，沒錯。下定決心不再進行研究的神津島先生，連同關在牢房裡的被害人一起，直接棄置了所有設備。不能放走他們，特地殺死又很麻煩。什麼都不做丟著不管，是最不費事的方法。」

「可是，什麼都不做的話……」

「當然會餓死。」

看著說不出話的九流間，月夜繼續淡定的說明。

「在黑暗中承受飢渴的痛苦，被害者們為了盡可能提高活下去的機率，只能靜靜躺在床上，期盼或許哪天會有人來救出他們。但是，這個願望沒有實現，被害者們一個又一個絕望地死去。肉體腐爛、消失，最後只剩下化為白骨的遺體。」

月夜說完後，環顧身邊眾人。沉默像實驗室內的鉛塊，重重壓著所有人。

「那，這次的連續殺人……」

九流間戰戰兢兢地打破沉默。月夜用力點頭。

「是的，動機應該是復仇。和橫死於地下牢房中的某位被害人關係親近的某個人，殺害了共同進行非人實驗的三人。首先毒殺首謀者神津島先生，接著殺害共犯老田先生，並在現場留下『蝶岳神隱』的血書，為的是提示自己為何犯下這樁罪行。最後，經過一番嚴刑拷打，從巴小姐口中問出實際進行實驗的場所，再將她殺害，用留在束腰上的血書引導我們來到此地。」

「為什麼要讓我們看到這個呢？」

「大概是想強調自己的正義吧，意思是——做出這起殺人事件為的不是私利私欲，只是要讓沒有人性的犯罪者受到正當的懲罰。從兇手在老田先生命案現場留下與動機相關的訊息看來，也可做出這個推測。」

「……什麼叫正當的懲罰啊？」

打從找到看似摩周真珠的遺體後就一直沒有說話的加加見，以低沉模糊的聲音這麼說。

「所謂正當的懲罰，應該是由警方逮捕，經過檢方起訴與法官判決後接受的刑罰。弄髒自己的手去殺人，只會跟殺掉的傢伙一樣墮入畜生道而已。」

「可是，身為警察的你在看到地牢之前，不也認為摩周真珠只是單純遇上山難嗎？兇手一定是判斷警察不可靠，才會使出這種非常手段。」

加加見表情苦澀，默不吭聲。反而是一旁的夢讀連珠砲似的嚷了起來：

「噯、等等喔。那間空牢房呢？該不會是從那裡逃出來的人進行了復仇吧？」

「這個嘛……」月夜摸摸下巴。「這裡已經被棄置一段時間了，從這點來看，妳說的可能性很低。」

「不、一定是這樣沒錯。我一直感覺到的邪惡氣息，就來自那傢伙！那傢伙始終潛伏在這座館邸內，尋找殺死那三人的機會。」

「按照妳的說法，兇手是在這片黑暗中存活了超過一年的復仇厲鬼嗎？」

月夜接著又說「挺有趣的假設呢」。然而，她的表情卻一點也不振奮。

「碧小姐，妳已經知道兇手是誰了嗎？兇手是如何製造密室，又是如何殺死那三人的，妳已經有頭緒了嗎？」

九流間踏出一步，月夜緩緩搖頭。

「沒有，這個我還不清楚。只是，比起兇手的真面目或密室詭計，現在有更重要的事。」

「比兇手是誰更重要的事？」

「既然殺人的動機是復仇，接下來再出現被害者的可能性就很低了。」

在眾人一片「喔喔」聲中，月夜輕輕點頭。

「住在這座玻璃塔裡的只有神津島先生、老田先生和巴小姐這三人。和這裡的惡魔實驗有關的，恐怕也只有這三人而已。殺死神津島先生，讓我們發現這個秘密基地時，兇手的目的已經達成。既然如此，應該不會再出現新的被害者了。我們只要等到明天警察趕來就好。」

「是啊，就這麼辦。」加加見低聲說。「剩下的交給我們警方處理吧。一旦鑑識人員到場，調查過現場後，一定能找到兇手遺留的跡證。再者，若動機是復仇，那事情就簡單了。徹底調查你們這幾個人，找出與死在牢房裡的人有關係的傢伙，兇手自然水落石出。到時候，那傢伙就有苦頭吃了。」

這下可糟糕。遊馬咕嘟嚥下一口口水。若是任由警方介入，查出妹妹的事之後，自己殺害神津島的動機就會曝光。即使警方抓到殺害老田和圓香的兇手，那個人一定會堅稱自己沒有殺神津島。

明天傍晚之前，得想辦法揪出殺害老田和圓香的兇手，把殺害神津島的關鍵證據嫁禍給對方。只是，該怎麼做……

遊馬拚命動著腦筋。這時，左京小心翼翼開口：

「那接下來，我們該怎麼度過這段時間……」

「我想還是需要保持最低限度的警戒。看是要跟昨天一樣關在自己房裡，還是公開表示自己隨時會和誰在一起。」

「這樣……我還是跟九流間老師一起待在娛樂室吧。老師，可以嗎？」

「好啊，就這麼辦。只到明天的話，或許不睡覺還撐得過去。我打算盡可能在警察趕來前待在娛樂室戒備，左京老弟覺得如何？」

「啊、我也是這麼想。想到巴小姐在自己房間被殺，我就不敢一個人待在房間了。請問……還有沒有其他想一起待在娛樂室的人？」

左京這麼問，酒泉虛弱地舉手：「我也可以一起嗎……」

「當然可以啊。畢竟人愈多愈放心。」

「不……與其說放不放心什麼的，我只是無法忍受獨處。圓香的死，我到現在還難以置信。還有，沒想到她和那麼可怕的實驗有關……」

酒泉雙手摀住臉，肩膀開始顫抖。九流間輕輕把手放在他背上。

「那麼，我就和左京老弟、酒泉老弟一起待在娛樂室。還有其他人想加入嗎？」

「我可不要加入！」夢讀噴著口水說。「即使我不是兇手下手的目標，也不想和有可能是連續殺人兇手的男人同處一室。這次我一定要在自己房間待到警察來為止。」

「可是，巴小姐是在她自己房間被殺的，上鎖也沒用喔。」

左京這麼一說，夢讀就用力揮手道：「你少囉唆！」

「我會把家具堆在門前擋住，這樣就行了吧？不管怎麼說，這段時間我都要待在自己房間。」

「我也要在自己房間。反正兇手沒理由殺我。」

繼夢讀之後，加加見也如此宣稱。九流間望向月夜及遊馬。

「剩下的兩位打算怎麼做呢？」

打算怎麼做？怎麼做才能找出殺害老田和圓香的兇手？死命動腦筋的遊馬還沒得出答案，月夜已看著他說：

「我要在自己房間休息。一條老弟也會關在自己房間吧？」

在月夜凝視下，遊馬只得點頭說：「嗯，對啊……」

「那麼就各自移動到自己想待的地方吧。總之，大家小心。」

九流間略顯猶豫地說完，加加見又指著酒泉說「等一下」。

「在那之前，那傢伙得先把萬用鑰匙放回保險箱。放任手中有萬用鑰匙的人在外面亂跑，就算待在房間裡也不放心。」

「對喔，確實如此。那就先去倉庫吧。」

九流間這麼一說，眾人便邁開沉重的腳步朝倉庫走。酒泉的腳步特別踉蹌，看起來隨時都有可能暈倒。

離開地牢，回到一樓之後，一行人再次沿玻璃階梯下到地下倉庫。

「快把萬用鑰匙放回去吧。」

加加見不停催促，酒泉搖搖晃晃走到保險箱旁蹲下。這時，他的身體一陣猛烈搖擺。正當遊馬心想「他要倒下了」時，月夜一個箭步上前抱住酒泉，將他的身體支撐住。

「你沒事吧？酒泉先生？」

月夜露出一看就知道是勉強擠出的假笑。身為名偵探的自豪像是轉眼就要崩潰，她看上去正死命想維持住。

「我不要緊，不好意思。」

重新站穩腳步，酒泉把萬用鑰匙放進保險箱。加加見大步靠近，用力關上保險箱門。

「好了，快用鑰匙鎖上。」

加加見頤指氣使，遊馬和九流間分別拿出鑰匙，鎖上保險箱。

「這樣暫時應該沒問題了吧。」九流間拔出鑰匙，放回胸前口袋。

「不、還不行。」

話還沒說完，加加見又用力轉動了密碼鎖。遊馬瞪大眼睛。

「你做了什麼？這密碼鎖的密碼只有神津島先生知道耶！」

「那又怎樣？」加加見投以冰冷視線。

「什麼那又怎樣，這下不管發生什麼事都拿不出萬用鑰匙了啊！」

「會發生什麼事嗎？」

遊馬一陣錯愕，嘴裡「欸？」了一聲。

「我就問，還會再發生什麼事嗎？與地牢裡化為白骨的被害人有關的三人都被殺了。就像那邊那個名偵探所說，兇手的復仇已經結束。你卻說還會發生什麼事……？」

遊馬被堵得啞口無言，加加見撞開他的肩膀走過去。

「明天警察就來了。我們只要等到那時就好。既然如此，為了接下來待在房間的人著想，萬用鑰匙拿不出來不是最好？畢竟『某兩個人』共謀拿出萬用鑰匙殺死那個女僕的嫌疑，可還沒完全洗清喔。」

頭也不回的加加見留下這句話，隨手拿走架上幾樣保存食品塞進西裝口袋，人就消失在階梯另一端了。他應該打算警察來前都要待在房間裡吧。

「不好意思，要回房間的人，請隨便選幾樣食物帶回房間好嗎？我已經沒力氣做菜了。」

酒泉以微弱得幾乎聽不見的聲音這麼說。匆匆從架子上拿出幾樣食物，夢讀也用雙手抱著那些食物逃出了倉庫。

「那麼，我們也移動吧。」

九流間一說，剩下的人便魚貫動了起來。

走向階梯前，遊馬拿了幾包充當乾糧的餅乾，塞進外套口袋。雖然沒有食慾，還是要吃點東西。離警察抵達還有一天半，得在這段時間中找出老田與圓香事件的兇手。

除了遊馬，沒有其他人伸手去拿食物。一行人默默爬上階梯。到了一樓，說著「那我們就到這邊」，九流間和左京、酒泉一起進入娛樂室。剩下的遊馬和月夜繼續上樓。

月夜低頭前進，遊馬心想，得和她說幾句話。若想揪出殺害老田和圓香的兇手，就必須有她的協助。可是不知為何，月夜態度明顯沮喪，完全失去名偵探的霸氣。遊馬也不知道該跟她說什麼才好。

兩人無言來到伍之室前，月夜解除門鎖，把門打開。

「那個……」遊馬想說點什麼。月夜回頭，四目交接的瞬間，已經來到舌尖的話語煙消霧散。她那雙凝視遊馬的雙眸呈現說不出的深邃與昏暗，給人一種像被吸進無底沼澤的錯覺。

究竟得經歷過多麼嚴苛的生命經驗，才會造就出這雙深不可測的黑暗雙眸。

遊馬看得出神，當場僵立。月夜從他身上別開視線，消失在門內。沉重的關門聲後，傳來鎖門的輕微聲響。聽在遊馬耳中，那聲音彷彿宣告名偵探切斷了與自己這個搭檔的關係。

她或許已經放棄當個「名偵探」了。在這樣的預感中，遊馬拖著宛如套上腳鐐的沉重腳步，好不容易走回肆之室。

鎖上房門，遊馬倒在床上。

接下來怎麼辦才好？望著天花板思索。從剛才那模樣看來，想靠月夜似乎很難了。不知為何，她在圓香事件中受到很大的打擊，幾乎無法再發揮名偵探的功用。如果不能仰賴她，就非得靠自己找出老田和圓香事件的兇手。遊馬拚命思考。

就目前狀況看來，與地牢裡被害者親近的某人展開復仇的可能性極高。然而，被關在這座尖塔裡的現在，要在明天傍晚前查出那個「親近的人」是誰，根本就是不可能的任務。

如果無法從動機來找，只能從犯罪狀況推測兇手是誰了。

想到這裡，遊馬緊咬牙根。

餐廳是怎麼佈置成密室，又是怎麼從裡面引起火災的呢？萬用鑰匙明明放在保險箱，兇手是怎麼侵入陸之室，又怎麼鎖上門離開呢？只要解開兇手的密室詭計，或許能揪出他的真面目。雖然有這個感覺，但連解開詭計的線索都想不出來。

眼珠深處隱隱作痛。思考愈來愈模糊。這兩天，神經一直處於激動狀態，又極端淺眠。這樣過度異常的狀況使身心疲倦到極點，眼皮莫名沉重。

緩緩閉上眼睛。遊馬心想，一下就好，假寐一下吧。睡過之後，這個運算能力減弱的大腦細胞，或許能重拾一點原本該有的機能。意識逐漸墜入黑暗之中。就在這時，敲門聲搖撼了屋內的空氣，睜開眼睛，遊馬從床上跳起來。

誰來了？腦中閃過穿著染血結婚禮服躺在床上的圓香。難道兇手要來殺我了？

走近門邊，遊馬警戒著問：「誰？」

「是我唷，一條老弟。」

門後傳來月夜的聲音。但是，緊張的感覺還沒有消失。

會不會，月夜才是殺害老田和圓香的兇手？身為重度推理狂的她，很有可能刻意佈置出那彷彿本格推理小說場景的犯罪現場……想到這裡，遊馬察覺某事，自虐地笑了出來。

這是什麼愚蠢的念頭。第二、第三起事件發生時，她都和自己在一起啊。月夜不可能是兇手。

「能把門打開嗎？一條老弟。」

「等一下。」遊馬急忙解除門鎖，把門打開。

「謝謝，我可以進房間嗎？」

月夜露出討好的視線。那模樣像個迷路的小孩，現在的她看起來個頭莫名嬌小。

「當然可以啊。」

遊馬讓她進門，月夜慢慢走向沙發，坐了下來。

「妳怎麼了，突然變成這樣？」遊馬再次鎖門，走到月夜對面坐下。

「給你添麻煩了？」

「不、也不是添麻煩……只是，該怎麼說呢？妳看起來很沮喪，我有點擔心。」

「沮喪……是啊，我確實沮喪。所以才會來這裡。安慰沮喪的名偵探，給予名偵探力量，也算是華生的職責吧？」

「安慰……」

「啊、請別誤會。這裡說的『安慰』絕對沒有性的含意。我沒打算和搭檔發展男女關係，只是希望你以朋友的身分安慰我一下。」

遊馬皺起眉頭，「這點事不用妳說我也知道。」

「一條老弟很紳士呢，這樣我就放心了。你應該知道吧？《占星術殺人事件》也是這樣啊，因為掌握不到事件真相，御手洗潔陷入沮喪時，正因有石岡的安慰，才給了他解開那空前絕後詭計的靈感不是嗎？我就是想起那一段，才會來找你。」

「就算妳這麼說我也……追根究底，碧小姐，妳為什麼這麼沮喪？」

「……因為我很失望。」

「失望？對什麼失望？」

月夜望著半空，像在尋找適當的詞彙。

「大概是對……自己身為名偵探這件事吧。」

「身為名偵探這件事？」

遊馬反問，月夜用力點頭。

「是啊，沒錯。所謂名偵探啊，其實是製造矛盾的概念喔。一條老弟，對你來說，『名偵探』是怎樣的存在？」

一直用問句回答的遊馬，考慮了幾秒才給出答案。

「應該是……無論遇到多棘手的事件，都能解開謎團的存在吧。」

「你說得沒錯，名偵探就要解決棘手事件。儘管每個名偵探都有自己的風格，名偵探的定義就是——連警察也舉白旗投降時，能夠解開這些難以理解犯罪事件的人。然而，這有什麼意義嗎？」

「能夠逮捕犯罪者，不就很有意義了嗎？」

「你說得很正確。只是，對被害者而言呢？」

「對被害者而言……」遊馬反芻月夜這句話。

「對遭到殺害的犧牲者而言，無論兇手被抓還是逍遙法外，都一點關係也沒有了吧？」

「沒這回事。揪出兇手，給予懲罰。這一定能化解被害者心中的遺憾。」

「被害者心中的遺憾啊……」月夜笑得有氣無力。「沒想到一條老弟也挺浪漫的嘛。你認為人死後還會留下靈魂嗎？」

「不、我也不是相信有靈魂……」

「沒關係，先不要爭論這個了。人死之後是否會留下意念，是不是有天堂，這些議題雖然也很有趣，但不適合現在這個狀況討論。只是呢，如果人死後真的有靈魂，被害者想對名偵探說的或許不是『希望你懲罰兇手』，而是『你為什麼不能在我被殺之前預先阻止兇手』吧？」

「再怎麼說，這都想太多了吧？無論多優秀的名偵探，事件沒有發生時，也不可能採取行動啊。」

「井上真偽《動作太快的偵探》裡，就有能防範事件於未然的偵探登場喔。」

月夜揚起嘴角，露出嘲諷的笑容。

「那是特殊案例呀。現實又不可能跟小說一樣順利，妳沒必要為這種事介意。」

「一條老弟，你真的很溫柔呢。只不過，我是這麼想的。無論將事件解決得多精采，唯有等待事件發生，名偵探才有大顯身手的舞台。也就是說，名偵探其實是很被動又無力的存在。」

「這……也沒辦法啊。就算不能預先防止犯罪，仍不改名偵探的事實，兩者並不矛盾。」

「啊，我好像讓你誤會了。我不是因為這樣才沮喪，這個事實我也早就接受了。我所說的矛盾，是名偵探獲得的評價與事件的規模。」

遊馬反問：「事件的規模？」

「只有一名被害人的事件，和出現多名被害人的連續殺人事件，解決哪種事件的，更稱得上是名偵探？」

「……連續殺人事件吧。」

終於理解月夜想說什麼，遊馬靜靜回答。

「沒錯，眾多被害人接連遇害，死狀悽慘的複雜詭異連續殺人事件。這正是名偵探大顯身手的舞台。只要能解決這樣的事件，名偵探獲得的評價也會水漲船高。可是，換句話說，這也意味著名偵探無能預先防止連續殺人事件的發生。」

月夜仰望天花板，大吐一口氣。

「無能阻止犯罪，不斷徒增被害者，最後還得等兇手結束所有犯罪後，才能在眾人面前洋洋得意揭露兇手。這樣真的就行了嗎？能在第一起事件發生時就看出真相，防止兇手繼續犯罪，這才是最理想的狀態吧？可是，實際上被認為『名偵探』的卻是前者。這就是一直困擾我的矛盾之處。」

「……所以妳才會對自己失望，所以這麼沮喪嗎？因為妳沒能防止兇手殺害巴小姐。」

遊馬輕聲低喃。儘管神津島的命案還無法斷言是殺人事件，老田的命案現場不管怎麼看都是謀殺。既然如此，身為名偵探，就應該盡快揪出真兇，防止繼續有人被害才對。

月夜沒有回答，臉上浮現笑容。那虛無飄渺的笑，像個一碰就會破掉的玻璃藝術品。

「我說，碧小姐……」

遊馬凝視月夜的眼睛，兩人視線交纏。

「妳為什麼這麼執著於名偵探。」

月夜眨了幾下眼睛，輕輕聳肩。

「也是可以告訴你啦。說來話長，而且內容一點都不有趣喔。」

「沒關係的。如果碧小姐不想再當這起事件的名偵探，我們該做的，就只有等明天警察來而已。時間很多，包括拿來聽不有趣話題的時間。」

「嗯，也對。雖然那不是想對別人說的事，或許必須先讓我的華生知道。」

月夜視線在天花板附近游移。那雙眼睛，大概正看向過去的記憶吧。

「其實我自己不是很確定，不過小時候的我，似乎是個很奇怪的小孩。跟周遭格格不入。」

現在也夠奇怪了。遊馬內心如此嘀咕。

「人類是很殘酷的生物，會排除和自己不同的東西，就像一種本能。」

「妳被欺負了嗎？」

「欺負……是啊，說得委婉一點，可能可以歸類為『欺負』吧。但是，對年幼的我來說，那就是迫害。為了排除我這個存在而進行的迫害。」

像是回想起當時的情景，一層陰霾落在月夜臉上。

「不過，幸運的是，我家有很多資產，所以我可以逃回自己的房間，躲在這個讓我安適的場所。一整天大部分的時間，我都在自己房間度過。」

在學校被同學霸凌，回家繭居房內嗎？遊馬繼續默默傾聽。

「另一件幸運的事是，我父親是個重度推理迷。家中有幾乎讀不完的推理小說。」

「不愧是妳父親。」

月夜瞇起眼睛，很懷念似的說「對啊，沒錯」。

「坡、盧布朗、道爾、克莉絲蒂、昆恩、卡爾、亂步、鮎川、島田、綾辻……從海外古典到日本新本格，我埋頭讀遍了父親所有藏書。對感覺自己被全世界拒絕的我來說，推理小說的世界就像個理想國度。眼前出現令人目眩神迷的謎團，接著是瀟灑登場的名偵探，以精采的推理解開謎團。我一頭栽進這些故事，深受吸引，漸漸分不清小說與現實世界的分界。福爾摩斯、杜邦、艾勒里、白羅、明智、金田一、御手洗。我開始毫不懷疑這些名偵探實際存在，無論多可怕的悲劇都能冷靜解決。」

「這就太……」

遊馬苦笑，月夜聳肩。

「太不正常了，是嗎？」

「不、也不是說不正常……」

遊馬含糊其辭，月夜搖頭說「沒關係」。

「那時的我，可能真的不太正常。只是啊，讓我辯解的話，我會說那是沒辦法的事喔。現實太痛苦了，想從現實中別開視線，保持精神不損壞的話，只能活在幻想世界中。在受過嚴苛虐待的孩童身上，這是常見的防禦反應。我堅信世界上有名偵探，幻想自己和他們一起挑戰故事中的棘手難題，用這種方式保護自我。」

月夜目光望向遠方。

「對我而言，名偵探就是超人。永遠會來拯救我的超人。」

「所以妳自己也想加入超人戰隊了嗎？」

「不，我的故事沒這麼可愛。」

如海水退潮一般，表情從月夜臉上消失。感覺房間溫度也突然跟著下降，遊馬繃緊身體。月夜舔舔嘴唇，平靜地說：

「距今正好十年前，我還是高中生的時候，發生了一起事件。」

「事件……？」

口乾舌燥，連聲音都乾裂分岔了。月夜緩緩點頭。

「我的父母遭人殺害了。案發現場的狀況宛如推理小說中的場景，充滿無法解釋的謎團。」

這番剖白太過衝擊，遊馬一時說不出話。月夜看著他，繼續淡淡地敘述。「那天，早上爸媽沒有來叫我起床，我就去敲了三樓父母臥室的門，但是沒有反應。忽然覺得腳底踩到黏黏滑滑的東西，視線往下一看，拖鞋被紅色液體沾濕了。從門縫間流出的紅褐色液體。」

月夜的語氣讀不出一絲情緒，深受這樣的她震撼，遊馬只能無言傾聽。

「我馬上報了警，警察也立刻趕來。強行踹破上了鎖、打不開的房門，進入房間，看到那惡夢般的光景，好幾個警察都發出驚叫聲。其中還有一個人當場嘔吐了。案發現場的狀況就是那麼悽慘。」

「妳父母……怎麼了……？」

「父親與母親並肩坐在床上，兩人都死了。把彼此的頭顱抱在腿上。」

遊馬睜大眼睛，月夜皺起眉頭，像在強忍痛楚。

「警察檢查過現場後，判斷兩人是在深夜睡著時，被銳利的刀刃刺入胸中殺害，死後砍下頭顱。房門上了鎖，唯一的鑰匙在房內父親的書桌上。窗戶的月牙鎖也是鎖上的狀態。」

「這不就是……」

「對，是密室殺人。資產家夫妻在密室裡死去，屍體手上抱著彼此被砍下的頭顱。完全就是本格推理小說中會出現的事件。」

半開玩笑攤開雙手的月夜令人看了心痛，遊馬不忍卒睹，別開視線。

「……後來呢？」

「後來怎麼樣了嗎？不怎麼樣啊。」

月夜五官端正的臉上綻放一抹笑容，笑容裡有著說不出的自虐。

「我理所當然認為，名偵探會從某處現身，為我揪出殘忍殺害父母的兇手。我真的這麼確信。可是，不管等多久都沒等到名偵探。警方雖然設立了搜查總部，拚命展開搜索，卻連兇手如何製造密室都查不出來，唯有時間不斷流逝。」

「沒有鎖定嫌犯嗎？」

「好像有幾個可疑人物浮上檯面。由於事業的關係，父親好像在外面樹敵不少。只是，無法鎖定哪個是兇手。慢慢地，搜查總部解散，搜查規模縮小，事件變得像個走不出的迷宮。我也私人請了各式各樣的偵探調查，因為繼承了父親的遺產，不用擔心錢的問題。」

「調查有什麼進展嗎？」

「不、沒有。這些偵探都是調查外遇的專家，遇到刑事案件就派不上用場了。很遺憾，我期盼的超人不存在現實之中。事件始終沒有解決，殺害我父母的兇手，到現在還逍遙法外，活得好好的。」

月夜自暴自棄地擺了擺手。

「我很失望。打從心底失望。也不能怪我那樣吧。對我而言，世界本該是有名偵探存在的地方。這樣的我，忽然被迫面對沒有名偵探的事實。我的世界轟然一聲破滅了。從腳底開始崩坍，感覺整個人像被拋向半空。有好幾個月的時間我就像個空殼子，只是呼吸，攝取維持生命所需最低限度的飲食，排泄，入眠。正可說是行屍走肉。可是，就這樣生活了一段時間後，某天，宛如天啟一般，我察覺了。」

月夜伸展蜷曲的背。

「只要靠我自己的力量去改變沒有名偵探的世界就好。」

「換句話說，只要妳自己成為名偵探就好，是嗎？」

遊馬這麼問，月夜用一個得意的笑容代替回答。

「之後的我，開始追求與鍛鍊所有成為名偵探必備的技能。幸運的是，我有這方面的才能，實力迅速累積。只要聽說哪裡有警察解決不了的棘手事件，我就去解決。」

「一定被警察討厭了吧？」

「當然啊。」月夜爽朗地說。「好幾次都被狠狠臭罵了一頓，說我妨礙搜查。也曾差點被警察逮捕。只是啊，無論受到多少阻礙，我還是不屈不撓地繼續搜查，最後終於揭穿事件真相。這些事為我累積出口碑，警方也漸漸認同我的實力，遇到不可思議的事件時，還會走非正式管道尋求我的協助。到最後，不斷有人找上門來，委託我協助調查。」

「名偵探碧月夜就此誕生。」

月夜滿意地點頭。

「在這世界上，我是個比誰都需要『名偵探』的女人。虛構也好、現實也罷，我始終嚮往著遇見殘酷又奇幻的事件，以及解決這些事件的名偵探。正因如此……」

月夜表情扭曲，像在承受著什麼痛楚。

「當我目睹巴小姐的命案現場時，真的好失望……打從心底失望。」

勉強從喉嚨裡擠出聲音，月夜無力地低下頭。

因為她的理想實在過於崇高，才會無法原諒身為名偵探卻救不了圓香的自己吧。一邊這麼想，遊馬一邊拚命動腦思考。

光靠自己，絕對無法釐清發生在這座館邸中的密室殺人真相。想找出老田及圓香事件的兇手，將殺害神津島的罪嫁禍到對方身上，終究不能不仰賴月夜的力量。這麼一來，當前最重要的事，就是讓月夜重拾自信，再次踏上解決事件的道路。

該怎麼做才能達到這個目的呢？該怎麼做，她才會願意再次以名偵探的身分挑戰棘手事件呢？一番苦惱之後，遊馬緩緩開口。

「名偵探是可以這樣一蹶不振的嗎？」

「咦？」月夜抬起頭。

「因為沒能拯救巴小姐，妳認為自己沒資格做一個名偵探，這樣的心情我能理解。可是如果現在受挫就把事件丟下不管，妳只會離名偵探愈來愈遠吧？」

像是被這番話勾起好奇心，月夜身體微微前傾。

「妳說得沒錯，名偵探可能真的是製造矛盾的存在。既不能預先防範事件發生，還往往使被害範圍擴大。可是，名偵探有個更大的特徵。」

說到這裡，遊馬先停頓一下，與月夜四目相接。

「那就是——絕不放棄。」

月夜的身體用力一震。

「我所知道的名偵探們，無論陷入何種苦境，絕對不會放棄搜查，天涯海角也要將兇手逼得走投無路，最後終於揭開事件的真相。」

感到自己走對了方向，遊馬的語氣愈說愈熱切。

「若是能在巴小姐犧牲前阻止兇手犯罪，那當然是最理想的狀態。可是，事件已經發生了。再怎麼後悔，死者也無法生還。再怎麼痛苦，現在妳該做的都該是不輕易放棄，持續搜查，揭穿發生在這座館邸內的事件真相，揪出兇手的真面目，並讓他受到該有的報應。自稱名偵探的妳應該有義務這麼做才對。要是拒絕了，妳將不再是名偵探。這麼做等於親手放棄那些妳不惜犧牲一切換來的東西。」

遊馬從沙發上起身，湊到月夜臉旁，直視她的眼睛。

「所以，不要低著頭。去做妳該做的事，重新找回妳真正的姿態吧。」

「我該做的事……我真正的姿態……」

自從目擊圓香命案現場後，一直昏暗混濁的月夜雙眸，又逐漸閃現光芒了。

下一瞬間，月夜猛地站起來。

「謝謝你，一條老弟。受到的打擊太大，讓我不知道怎麼了。你說得沒錯，無論陷入何種狀況，我都必須盡全力扮演好自己的角色。」

月夜伸出手。遊馬用力握住那隻手。

「你是最棒的華生。好嘍，就讓我重新來過吧。對了，方便的話，可以為我沖杯咖啡嗎？我想補充一點咖啡因，重新啟動黯淡的腦細胞。」

「好的好的，沒問題，名偵探小姐。」

要是一杯咖啡就能鼓舞她的幹勁，沒有比這更划算的事。再說，自己也想喝杯濃苦的咖啡，為睡眠不足的腦袋掃去朦朧不清的思緒。遊馬橫過房間，走向放了燒水壺的簡易廚房，在兩個杯子上套好濾紙，倒入房內備有的咖啡粉。

「因為目的是要補充咖啡因，沖濃一點比較好吧。」

繞著圈圈將水壺裡的熱水注入咖啡粉。芳醇的香氣伴隨蒸氣飄起，刺激著鼻腔。這時，月夜突然大喊「什麼人！」手上還拿著水壺，遊馬轉過頭去。

「怎麼了？」

「剛才，門外有聲音。有人在那裡！」

月夜迅速跑向房門口，解除門鎖，將門打開，視線快速上下檢視螺旋階梯。

「果然，我聽到腳步聲了。」

「真的嗎！」

遊馬急忙跑過去，和月夜一起朝門外看。只是，視野範圍內不見人影。

「現在已經聽不到了，但我肯定沒聽錯。剛才有人站在門外偷聽，被我發現才逃跑的。」

「偷聽？到底會是誰？」

「我不知道。可是，和事件相關的可能性很高。一條老弟，你往上檢查，我往下檢查。」

說完，月夜隨即奔出房間，一腳跨兩格階梯，沿著螺旋階梯往下衝。很快地，她的身影就消失在玻璃牆壁的死角後方了。

「叫我檢查，是要檢查什麼。」

跟不上狀況的遊馬，無奈地按照月夜指示離開房間，快步上樓。腳步聲在玻璃空間中迴響，分不清究竟是自己的還是月夜的，又或者是那個站在門外偷聽的人。

真的有人在那邊嗎？該不會是月夜聽錯了吧。遊馬用力甩頭，想把腦中不斷湧現的疑問甩掉。

月夜是個名偵探，擁有一身搜查所需的特殊技能。既然這樣的她都說外面有人了，聽錯的可能性應該很低。

這樣的話，偷聽我們說話的人會是誰呢？這麼想著，遊馬的腳步慢了下來。

在這座館邸內的人，大家都知道月夜是個名偵探。而最想知道她究竟已經查明多少真相的人是誰？肯定是……

「殺害老田先生他們的兇手……」

若是如此，就不該抱著輕率的態度隨便追過去。對方可能是已虐殺了兩個人的兇手。絕對不可大意，得小心謹慎前進才行。

遊馬反覆深呼吸，抱持全身警戒的狀態，緩緩下樓。

沒有回頭的選項。因為只要追上對方，說不定就能掌握兇手。

陸續經過刻有「參」、「貳」、「壹」的門前。然而，視野始終捕捉不到人影。繼續往上，終於來到瞭望室前。遊馬用肆之鑰解除門鎖，滲著汗水的手掌握住門把，將沉重的門打開。

進入瞭望室，冷得不由得環抱自己肩膀，遊馬迅速四處張望。視線範圍內沒有半個人影，但陳列神津島收藏的空間死角很多，說不定對方躲在哪個角落。保持高度警戒，遊馬小心翼翼地在瞭望室內走動。

「……沒有人哪。」

花了幾分鐘檢視完瞭望室，遊馬喃喃自語。搜遍了整間瞭望室，連個人影也沒發現。不是月夜聽錯了，就是偷聽的人往下逃了。無論如何，先回去跟月夜會合吧。

遊馬回到樓梯間。一邊聽著迴盪於玻璃空間內的自己的腳步聲，一邊下樓。通過肆之室門前時，忽然有種既視感。想起來了，第一天晚上，神津島事件後，回自己房間時也曾陷入被人尾隨的錯覺。

為什麼現在會想起當時的事呢？在疑惑之中停下腳步，頓時，遊馬睜大雙眼。

聽到腳步聲了。自己明明停了下來，耳邊卻出現清晰的腳步聲。是月夜上樓了嗎？還是……

正打算回頭的那一剎那，背後被人輕輕一推。身體前傾，感覺像是非常緩慢的慢動作。

不假思索朝空中伸手，只撲了個空。眼前天旋地轉，接著是側腦受到猛烈撞擊的感覺。咬緊牙根保持清醒的意識，遊馬蜷起身體，迎接即將到來的衝擊。

肩膀、手臂、腰部、膝蓋、臀部，接著是後腦。身體各部位陸續撞上階梯，身體向下滾落，最後猛力撞上玻璃牆面，才終於停下來。

全身劇烈疼痛，痛得幾乎無法呼吸。大概腦震盪了吧，視野嚴重歪斜。

有人把自己從這麼陡斜的螺旋階梯上推下去。可是，到底是誰？

剛才，樓梯間和瞭望室都確認過了，應該沒有人才對啊。

——這座館邸中有不好的東西附著！

夢讀的聲音重現耳邊。

難不成，第一天晚上被尾隨的感覺其實不是錯覺？肉眼看不見的惡靈在這座館邸徘徊，從背後推了我嗎？

「……說什麼蠢話。」口中發出微弱的聲音。

明明就聽見腳步聲了。惡靈鬼魂之類的哪有腳，從背後推我的一定是人類。看不見的人類……腦中閃過鐵欄杆門敞開的那間地牢。那裡曾經關過誰嗎？那傢伙沒有餓死，逃出了牢獄，現在也潛伏在這座館邸中嗎？

塞滿疑問的頭腦逐漸模糊，思考一點一滴稀釋，視野愈來愈黑。這時，再次聽見了腳步聲。推我下樓的那傢伙，是否要來補上致命一擊了。

著急地想著非逃不可，大腦連接身體的神經卻像斷了一樣，連一根手指都動彈不得。腳步聲愈來愈近。

到此為止了嗎……正當黑暗籠罩遊馬因絕望而放棄的心，身旁響起了熟悉的聲音。

「怎麼了？一條老弟！你沒事吧？你振作點！」

月夜泫然欲泣的臉大大出現在視野裡，同時，遊馬的意識也終於墜入黑暗中。

2

睜開莫名沉重的眼皮，天花板映入眼簾。是已經看慣了的肆之室的天花板。這才發現自己躺在床上。

「我……」

撐起上半身的瞬間，側腦閃過一陣被重物敲擊般的疼痛。低聲呻吟著，用手去摸疼痛的部位，腫了一個大包。

「你醒了啊。不過，最好先不要亂動，一條老弟。」

聲音近在身邊。遊馬驚訝地轉頭，再度來襲的疼痛，令五官皺成一團。

「看吧，我才剛說完。」

床邊擺了一張反著放的椅子，月夜坐在上面，下巴擱在椅背上。

「為什麼，我會躺在床上……」

「你不記得了啊？不過，頭部撞擊得那麼用力，也難怪記不得。你從樓梯上跌下來，昏過去了。把你搬回這裡可折騰了呢。失去意識的身體重得要命，我只好去請在娛樂室的九流間老師他們幫忙，四個人一起勉強把你搬上來。」

「那還真是……抱歉，給妳添麻煩了。」

「別介意啦，搭檔就是要互相幫忙啊。剛才你不也激勵了沮喪的我嗎。這麼一來，我們就扯平了。」

月夜促狹微笑，看起來已完全恢復原本名偵探的姿態。

「我昏迷了多久？」

「嗯？十五分鐘左右吧。」

月夜低頭看手錶。遊馬鬆了一口氣。距離警察抵達──換句話說，距離找出殺害老田和圓香的兇手，只剩下不到一天半的時間了。幸好沒有昏迷太久，浪費寶貴的時間。

「話說回來，一條老弟，你要小心點啊。名偵探的搭檔腳滑沒站穩摔下樓梯，不得不退出搜查，這種情節就連近年來流行的幽默推理小說也很少出現好嗎。你只受這點小傷算很幸運了，要知道這棟館邸的樓梯很陡……」

「不，我不是沒站穩。」

「什麼意思？」月夜訝異反問。

「有人從背後推了我，把我從樓梯上推下去。」

「有人？是誰？」

「不知道。發現時我已經摔下去了。」

下巴依然靠在椅背上，月夜表情變得凝重。

「這麼一來，事情將變得完全不同。就狀況而言，那個在門外偷聽的人推你的可能性很高……一條老弟，你往樓上檢查的時候，沒有發現什麼人嗎？」

「我一路往上，連瞭望室內每個角落都找過了，沒有看到任何人。還以為偷聽的傢伙下樓了，打算去找妳會合，正想下樓時，被人從背後襲擊。那簡直就像……突然出現的鬼魂。」

「鬼魂？別說這種奇怪的話。最近本格推理界雖然流行起特殊設定的內容，可是這種時候，一開始就要先講清楚才符合規定。等事件發生才突然亮出特殊設定的話，未免太不公平了。這是邪門歪道，違反我的原則。」

「跟妳的原則無關吧，又不是小說，是現實世界發生的事啊。我也不認為推我的會是鬼魂或惡靈之類的存在，只是，說不定真的還有我們不知道的人潛伏在這間屋子裡。」

「你是說……曾被關在那間空牢房裡的人嗎？」

「是啊。我們原本以為那間牢房一開始就沒關過人，可是，或許只有那個人打開牢房的鎖逃脫，靠偷吃地下倉庫的食物活了下來。」

「從牢房內遺體皆化為白骨的情形看來，那座地牢已被放棄相當長的一段時間。難道這段期間，神津島先生他們都沒發現屋子裡有個人一直偷偷活在黑暗中嗎？」

「雖然很難，但並非完全不可能吧？這麼大一棟房子，平時只有三個人住。利用深夜時段潛入倉庫偷取食物，應該不是無法辦到的事。」

「為什麼那傢伙不乾脆逃出館邸呢？也可以打電話報警吧？」

「這裡地處深山，大概是判斷徒步逃離不易吧。即使打電話報警，神津島先生既然是地方上的知名人士，就算有警察上門，他也可以輕易趕走。報警等於暴露自己還活著的事實，反而更危險。」

月夜把手放在額頭上，發出沉吟的聲音。

「聽起來很牽強。可是，若你的假設正確，那個人等於在地牢裡活了一年。眼睜睜看著其他被害者的屍體逐漸腐敗，這心理狀態可真異於常人哪。」

「或許正因為心理狀態異於常人，才會做出那些脫離常軌的犯罪行為。」

用心理不正常來解釋兇手為何犯下老田等人的命案是再好也不過了。這麼一來，更方便把自己犯下的罪行嫁禍給對方。遊馬敲著邊鼓問月夜：「妳覺得呢？」

「總覺得聽起來像詭辯……但若真的有這麼一個人，為什麼他要特地挑一群人聚集在館邸時犯下連續殺人呢？再說，那傢伙也沒必要襲擊一條老弟你啊？」

不、他就是有必要襲擊我。即使遊馬內心這麼想，嘴上只能回應「說的也是」。

那傢伙應該知道神津島死在我手中吧。神津島是他最憎恨的對象，這個獵物卻被我橫奪了。出於這股怨氣，那傢伙才會把我從樓梯上推下，試圖殺了我洩恨。

正當遊馬腦中這麼推理時，月夜低聲說：「唔嗯……」

「不過，雖然不確定是不是從地牢中逃出來的人，或許真的有個我們還不知道的人潛伏在館邸內某處。推你的很可能就是這個人，這是可以考慮的可能性。在門外偷聽，神出鬼沒的人……是嗎？終於蒐集到這項情報了。」

「還要調查哪裡嗎？該怎麼做才能找出事件的真相？」

遊馬想下床，全身上下卻痛得像骨頭散開似的，不由得發出呻吟。

「別心急，一條老弟。總之你先躺著休息。」

雙手壓著遊馬的肩膀，月夜讓他先躺下。語氣雖然溫和，動作卻是不由分說的強硬。

「可是，沒時間了。」

遊馬一邊乖乖躺下，一邊這麼說。月夜眨了幾下眼睛。

「沒時間？為什麼？」

因為得在警察來之前把殺害神津島的罪名嫁禍給某個人。內心雖然這麼想，但總不能說出口，遊馬思考著該用什麼藉口。

「從加加見先生的態度看來，妳身為名偵探的名聲，似乎沒有充分擴散到長野縣警之間。等警察一來，一定會嫌妳礙事，那就無法好好搜查了吧？可是，我認為這起事件少了妳就無法解決。解決事件得花上一點時間，為了不讓兇手逃逸，我們最好在警察抵達前找出真相。」

「原來如此，你說的也有道理。再者，從你遇襲那一刻起，『兇手已經結束犯案，不會再出現新的犧牲者』的前提也已經瓦解。沒錯，愈快找出真相愈好。那我們就快點著手調查吧。」

「首先從哪開始好？」

遊馬想再次從床上起身，月夜輕輕推著他的胸口。撐起三十度的上半身，又被推回床上。光是這樣，全身已疼痛不堪，忍不住低聲哀號。

「你拖著這樣的身體是想上哪去？暫時在這好好休息吧。」

「這怎麼行！讓妳一個人在館邸內亂跑太危險了。」

「你搞錯了，我也會待在這裡。」

「咦？」遊馬愣住了。

「可是，妳不是說要開始調查……」

「一條老弟，我可是個名偵探。和只會靠磨平鞋底的方式蒐集情報的警察不一樣。」

月夜豎起食指，像指針一樣左右搖擺。

「這三天來，我們已經獲得各式各樣的情報。現在我打算將這些情報一一拆解，重新組合，做出合理的假設。這才是名偵探的推理。」

「妳要在這裡把目前蒐集到的情報攤開來嗎？」

遊馬這麼問，月夜一副心情很好的樣子說「That's right！」

「再說，我怎麼能把你這個傷患獨自留在房內呢？說不定兇手會來收拾你啊。」

「別嚇唬我。」

遊馬發出輕笑，光是這樣，腹部又是一陣疼痛。

「我不是嚇唬你。既然不知道你為何會被人從樓上推落，就不能鬆懈戒備。總之，你放心休息吧，這裡我會好好守著。還有沒有想要什麼東西？想吃什麼？還是喝水？照顧搜查時受傷的搭檔，這點事我很樂意做的，別客氣儘管說。要我回房拿止痛藥嗎？因為不知道會遇到什麼狀況，我帶了各種藥來。」

月夜拍拍穿著西裝的胸脯。

「藥我這裡有，沒問題。我可是以神津島先生專屬醫生的身分來這裡的耶。」

「不不不，我那裡說不定有你沒有的藥喔。像是治療陽痿的——」

「妳帶那種藥幹嘛！」

遊馬不假思索大聲吐槽，胸口又是一陣痛，忍不住低聲呻吟。

「我不是說了嗎，要假設各種可能遇到的狀況啊。所以呢？你有沒有需要什麼？」

「這樣的話，請給我一杯水吧，我好渴。」

「收到。」

月夜走向房內的簡易廚房，裝回一杯礦泉水。

「上半身坐得起來嗎？慢慢喝喔。」

支撐遊馬坐起來，月夜將杯子交到他手中。遊馬一口氣喝乾，冰涼的水沁入因疲勞與緊張而乾涸的身體。

月夜將手放在躺下的遊馬額頭上，掌心觸感冰涼，很是舒服。遊馬靜靜閉上眼睛，這三天來如同鐵鍊一般纏繞在身上的緊張感，不知不覺消失了。

香甜的睡魔來襲，遊馬完全無法抵抗，就這樣進入夢鄉。

「好好休息，一條老弟。做個好夢。」

月夜溫柔的聲音，聽起來似乎從很遠的地方傳來。

3

微弱的流水聲。

……小河？微睜開眼，遊馬撐起身體。同時，一陣悶痛竄過背部與腰部，情不自禁發出呻吟。對了，自己被人從樓梯上推落，之後睡了一覺。

因疼痛而清醒的遊馬環顧周遭。遮光窗簾緊閉的房間裡，只有間接照明的淡淡燈光。大概是為了讓自己好睡，月夜貼心關掉了大燈吧。

「我睡了多久……」

口乾舌燥，聲音也因而嘶啞。遊馬伸出手，拉開床邊的窗簾。巨大的玻璃窗外，天色已是一片漆黑。

「……欸？」

思考為之暫停。急忙確認手錶，顯示時間已過九點。

九點？外面這麼暗，所以是晚上九點？

遊馬跳下床，全身都在痛，但已經管不了這麼多了。

竟然睡了將近半天的時間？警察來之前的寶貴時間，就這樣浪費掉了？焦躁使全身汗腺噴出冷汗。

「碧小姐！」

為什麼她不叫自己起來？想找她抱怨兩句，遊馬搜尋起名偵探的身影。然而，到處都沒看見她。心臟劇烈跳動起來。

難道月夜丟下熟睡的自己，單獨跑去搜索館邸內其他地方了嗎？然後，被兇手襲擊……

穿上鞋子，想離開房間尋找月夜。正打開門鎖，抓住門把時，忽然察覺耳邊一直有水聲。

這麼說來，自己就是聽到水聲才醒來的。那聲音到底從何處傳來？

側耳傾聽，一邊尋找聲音的源頭，遊馬一邊往盥洗室移動。耳朵貼在門上，水聲無疑來自其中。有人在淋浴？

深吸一口氣，遊馬大喊：「碧小姐！」淋浴聲立刻停止。

「喔喔，一條老弟，你醒啦？」

隔著門聽見月夜的聲音，遊馬這才鬆了一口氣，安心得差點腿軟。

「妳在盥洗室做什麼？」

「還能做什麼？當然是淋浴啊。昨晚忘了洗澡，只顧著埋頭推理，覺得身體好黏膩。而且，你在睡覺的時候我用腦過度，筋疲力盡了，想說沖個熱水澡，應該能讓腦袋清醒一下。喂，你別偷窺喔。我可不希望寶貴的友情就這樣破壞。」

聽到她悠哉的回答，遊馬火大地說：「誰要偷窺啊！」

「一條老弟真的很紳士呢。有你這麼好的搭檔，我很幸福喔。馬上就出去了，你等一下。」

門內再度傳來淋浴聲。遊馬大嘆一口氣，離開門邊。

坐在沙發上等了幾分鐘，盥洗室門打開，身穿襯衫與長褲的月夜一邊用浴巾擦頭髮一邊走出來。出浴的名偵探散發一股女人味，教人不禁有點心猿意馬。

「哎呀，久等了、久等了。洗完澡好清爽。」

月夜走向化妝台。她折好的西裝外套和領帶就放在那裡。

「衣服也是乾淨的嗎？」

「當然啊！洗完澡還穿髒衣服就無法提神醒腦了吧。我先回伍之室換過衣服才來的。」

「可是，這跟原本的是同一套衣服耶？」

「這是我的制服啊。因為崇拜名偵探，我從學生時代就開始穿男裝，在學妹之間可是很受歡迎的，每天都收到情書呢。羨慕吧？一條老弟。」

「那麼，妳是先回自己房間換了衣服，再來這間房間淋浴嗎？為什麼不乾脆在伍之室淋浴就好？」

遊馬難以置信地提出疑問，月夜露出不悅的神情。

「別看我這樣，好歹也是個女人。洗澡時間比男人長，很多地方要保養啊。」

留著一頭短髮，連吹風機都不用的人，跟人談什麼保養啊？遊馬撇了撇嘴。

「那不是更應該在自己房間好好入浴嗎？」

「萬一我在洗澡的時候，你被人殺了怎麼辦？」

遊馬被堵得啞口無言，月夜繼續說：

「如果只是回伍之室換衣服，頂多兩三分鐘就回來了。這麼短的時間，兇手應該不至於殺得了你。可是，洗個澡最少要花三十分鐘。這段時間，我怎能放你一個人在房內睡覺？」

「把門鎖起來不就……」

「巴小姐的遺體就是在上了鎖的密室內被發現的喔。即使鎖門也未必安全，你難道忘了嗎？自己被人從樓上推落的事！」

「怎麼可能忘記。」

「既然如此，你應該能夠理解，我在這間房間淋浴是最適當的選擇。」

「對啦，我理解了。只是……」遊馬露出犀利的目光。「為什麼不叫我起來，害我睡到這個時間？天都黑了。」

「什麼為什麼？你又沒說要幾點叫你起來。」

「就算這樣，也可以憑常識判斷吧？睡個兩三小時就可以叫醒我了啊。」

「在名偵探身上尋求常識，你這才叫做沒常識。再說，你睡得實在太香甜了，居然還打呼，我都不好意思叫醒你了啊。睡臉相當可愛唷，一條老弟。」

被月夜在言語上吃了豆腐，遊馬頭都痛了起來。

「情況這麼緊急，還浪費掉將近半天的時間……」

「浪費？」月夜聳聳肩。「你在說什麼啊，這段時間再有意義不過了。」

「……什麼意思？」

遊馬抬起頭，月夜抿嘴一笑。

「我不是說了嗎？你睡覺這段時間，我利用目前蒐集來的情報進行了推理。你在夢中徘徊時，我灰色的腦細胞不斷運作，持續挑戰著這『殺人玻璃塔』之謎喔。」

「妳該不會已經知道兇手了吧？」

遊馬從沙發上起身，月夜露出捉弄人的微笑。

「你說呢？」

「別賣關子了，現在是裝傻的時候嗎？」

「怎麼這麼說呢，我哪有裝傻。一個已有相當程度確信的假設，已經收在我的精神迷宮之中了。」

「怎樣的假設？到底是誰，又是如何在密室中殺了人的？」

「冷靜點，假設充其量只是『假定』的預設。這種不是百分之百確定的東西，就算是我的搭檔，也不能說給你聽。等得到明確的證據之後，我才會公布。」

「那要怎樣才能得到妳所謂的明確證據？」

「當然是靠查驗現場啊。」

伸手拿起化妝台上的領帶，月夜以熟練的動作繫上。接著，俐落地穿上外套。

「一條老弟，你目前傷勢如何？身體動得了嗎？」

「欸？痛是還會痛，但躺著休息過後，應該沒問題了。」

「你透過休息消除了疲勞，我則抓緊時間進行了推理。換句話說，這半天的時間再有意義不過了。好嘍，我的華生老弟。接下來就讓我們做最後一場現場查驗吧。」

重新穿上男裝西裝的月夜，抬頭挺胸這麼說。

「要去哪裡？」

「跟我來就知道了。啊、對了，一條老弟，你有帶聽診器來嗎？」

「聽診器？有是有，怎麼了嗎？」

「你把那個帶著，等會用得上。」

「用得上聽診器？」

遊馬皺眉反問，月夜只催促著說「別問那麼多了，動作快」。無奈之餘，只好從手提包裡拿出平日愛用的聽診器。

「這樣就準備好了。」

什麼說明都沒有，月夜逕自走向門口。遊馬著急地說：「請等一下」。

「讓我去一下盥洗室。」

「盥洗室？我才剛洗完澡你就要進去？是有什麼特殊的嗜好嗎？」

「妳不要說那種奇怪的話！我只是要去上廁所。」

「跟你開玩笑的啦，別這麼生氣嘛。好了，快去快回喔。」

月夜揮揮手，遊馬板著臉走進盥洗室，從裡面上鎖。

站在西式馬桶前小完便後，遊馬拉起褲拉鍊，小心注意著不要發出聲音，輕輕掀開水箱蓋。咖啡色藥盒仍漂浮在水箱中。抓起藥盒，把水瀝乾，塞進外套口袋。

月夜已經完全復活，又是那個積極的名偵探了。接下來，她隨時都有可能指出真兇。到時候，自己得立刻把這藥盒塞到真兇身上。所以從現在開始，必須隨身攜帶才行。

「喂，一條老弟，還沒好？難不成你在大便嗎？」

「馬上出去！」

遊馬吐出沉積肺部深處的空氣，離開盥洗室。

鎖上肆之室的房門，兩人沿階梯下樓。抵達一樓後，月夜毫不猶豫走向娛樂室。打開門進去，坐在沙發上的九流間和左京猛地轉頭，飽含警戒的視線朝兩人投射。

「喔喔，什麼嘛，是你們啊。」九流間鬆了一口氣。「一條醫生，傷勢還好嗎？我看你摔了好大一跤。」

「讓您擔心了。雖然還有點痛，但不是什麼嚴重的傷。」

「那就太好了。」

月夜走向點頭的九流間，望向躺在沙發上的酒泉，四周有好幾個空紅酒瓶。

「酒泉先生情況怎麼樣？」

月夜靠近酒泉，輕輕搖晃他的身體。酒泉呻吟著拍掉月夜的手。

「就像妳看到的這樣。」左京低頭看著酒泉。「巴小姐身亡的事，似乎帶給他很大的打擊。哭了一陣之後，就是不停喝紅酒，最後變成現在這樣。」

「倒是你們兩位怎麼了呢？決定放棄關在房間，來跟我們一起撐到明天早上了嗎？歡迎加入喔。」

像是想拂去沉悶的氣氛，九流間刻意開朗地攤開雙手。

「對了，那邊有撲克牌桌，不如大家一邊打牌，一邊聊和撲克牌相關的推理話題吧？首先會想到的，應該是鮎川哲也的《黑桃A的血咒》吧。再來，法月綸太郎的《尋找老K》也不可不提。其他像是《十一張撲克牌》、《撲克牌殺人事件》也——」

「您的提議真的非常吸引人，真的真的非常可惜，我們現在有重要的事得去做，沒辦法參加。」

大概真的非常想跟九流間暢談撲克牌推理吧，月夜的語氣很沉痛。

「重要的事？」

「對，請老師把保險箱鑰匙給我。」

九流間瞪大眼睛。

「為什麼要保險箱鑰匙？」

「因為需要萬用鑰匙。」

月夜二話不說，回答了九流間的問題。

「可是，保險箱已經被加加見刑警鎖上密碼鎖了。只靠我和一條醫生手上的鑰匙還是打不開吧。」

「這個不用擔心。身為一個名偵探的我，早已習得破解保險箱鎖的技術。」

破解保險箱鎖，這不是偵探該習得的技術吧，又不是強盜。遊馬內心如此吐槽。

「不、這……追根究底，妳為什麼需要萬用鑰匙呢？」

「為了查驗現場。查明這起事件的真相，才能確保我們的人身安全。為此，我需要仔細檢查已犧牲的三人遺體，還有各自的命案現場。」

「不行不行，這絕對不可以！」左京倏地起身。

「為什麼呢？」月夜歪著頭問。

「廢話，為了確保所有人的安全，才會把萬用鑰匙放進那裡面的啊。現在拿出來的話，就無法確保在自己房間裡的人安全了。」

「既然知道拿出萬用鑰匙的人是我，如果今晚有誰在房間裡被殺，第一個被懷疑的一定會是我。如果我真的是兇手，哪會笨到在這種狀況下犯案呢？」

「這種事誰能保證，說不定妳的目的是殺掉所有人。」

「那樣的話，我又何必特地來拜託九流間老師？只要把你們都殺掉，就能拿到鑰匙了啊。」

聽到這驚悚的發言，左京表情扭曲。

「無論如何，我反對。雖然妳說要查明事件真相才能確保我們的安全，我認為沒這必要。因為明天警察就會來救出我們了。」

「在那之前，兇手未必會按兵不動吧？」

「這起連續殺人事件的動機，不是為地下室人體實驗的犧牲者復仇嗎？既然如此，應該不會再有人被殺了才對。畢竟與實驗牽扯上關係的三個人都已經死了。」

「我必須說，很遺憾的是，現在無法這麼斷定了。說不定，還會出現新的殺人事件。」

「咦……？」月夜不祥的預言，令左京全身緊繃。

「兩位應該以為一條老弟是自己沒站穩摔下樓梯的吧？我一開始也這麼想。可是，其實有人推了他。」

左京瞠目結舌，九流間激動得往前探身問：「真的嗎？」

「對……是真的。」

遊馬略帶猶豫地點頭。「怎麼會這樣……」左京發出絕望的吶喊，雙手摀住臉。

「幸運的是，一條老弟沒有受太嚴重的傷。可是，萬一當時撞到要害，現在他就算死了也不奇怪。換句話說，這座館邸中，還潛伏著對倖存者抱持加害念頭的兇手。只要不揪出這個兇手，就無法確保我們的安全。」

月夜說完後，深深吸一口氣。

「正因如此，必須由我這個名偵探來解決事件。請把保險箱的鑰匙給我吧。」

「可是……這……」

無視畏畏縮縮的左京，九流間毅然起身，從和服衣襟中掏出鑰匙圈，取下上面的一把小鑰匙。

「非常感謝您，九流間老師。」

月夜握住九流間遞出的保險箱鑰匙。但是，九流間依然抓著鑰匙不放手。

「碧小姐，妳說的確實也有道理。只是，依然缺乏確切的證明，證實妳不是兇手。」

「剛才不是說明過了嗎？如果我是兇手……」

「只需要殺死我和左京老弟，搶走鑰匙就好？可是，若妳的目的不是殺光所有人，那又得另當別論了吧。」

「這話怎麼說呢？」

月夜露出開心的模樣。對她而言，這方面的討論似乎是至高無上的享受。

「妳的目的也可能只是要湮滅證據。殺死那三人雖然完成了復仇，卻察覺自己在案發現場留下重要的證據。但是，案發現場的壹之室和陸之室都鎖起來了，沒辦法進去。正因如此，妳才必須在警方趕到前進入現場，湮滅證據。」

「原來如此，很精采的假設。不愧是九流間老師。」

「客套話就別說了。怎麼樣？妳要如何推翻這個假設？」

「不、推翻假設太難了。但是，我有辦法讓自己不繼續受這個說法質疑。以老師的實力，應該已經發現了吧？」

月夜說得挑釁，九流間的表情難看了起來。

「只要有人跟你們一起去搜查，監視妳有沒有湮滅證據就行了。」

「正是如此。而從現狀看來，能辦到這件事的，恐怕只有一個人。」

加加見不可能允許月夜擅自調查。酒泉醉倒了。膽怯的左京和夢讀想也知道不敢去案發現場。這麼一來……遊馬望向老作家的側臉。

「就是我了吧。」九流間嘆著氣，放開鑰匙。「沒辦法，讓我跟你們去吧。能就近觀摩名偵探辦案也是一種學習，或許能成為寶貴的經驗。」

「請等一下，九流間老師。那我們怎麼辦？」左京問。

「你們在這裡等就好。有兩個大男人，兇手不會來攻擊你們吧。」

「可是……酒泉也有可能是兇手……」左京指著醉醺醺的酒泉。

「這不用擔心。」月夜語氣強硬地說。「在只有兩人獨處的狀況下，若有一方被殺，活下來的就會被當成兇手。就算酒泉真是兇手，他也不會殺你的。當然，反過來說，若左京先生你是兇手也一樣。所以，我才能放心把酒泉放在這裡。」

「可、可是，酒泉這副德性，要是真有人來襲，我們能不能擊退對方都是個問題……」

「到時候，你只要按下那邊的按鈕就好。」

九流間指著嵌在一旁牆上的火災警報器按鈕。

「警報一響，所有人都會集合過來。那麼碧小姐，我們走吧。」

丟下眼看就快哭出來的左京，九流間朝出口走去。月夜像個居酒屋店員似的，高聲大喊：

「馬上來！」

離開娛樂室的三人，來到地下倉庫的保險箱前。月夜跪在地上，用遊馬和九流間給她的鑰匙插入鎖孔，雙手同時轉動鑰匙。隱約能聽見發出解鎖的金屬聲。

月夜先抓住把手試著拉拉看。然而，把手紋風不動。

「密碼鎖鎖得很牢呢。好吧，一條老弟，請把你的聽診器借給我。」

遊馬拿出聽診器，月夜將耳竇部分塞入耳朵，一手拿著聽頭，壓在保險箱門上，另一手緩緩轉動密碼鎖。

幾分鐘後，遊馬問：「打得開嗎？」月夜在唇邊豎起食指，瞪了他一眼。遊馬縮縮脖子，雙手摀住嘴巴。整個空間裡，只有月夜轉動密碼鎖時的喀喀聲。遊馬與九流間無所事事，也只能持續等待。

大約過了三十分鐘，遊馬開始心急時，月夜忽然將聽診器拿走，呼出一大口氣。

「還是不行嗎？」

遊馬這麼一問，月夜就揚起一邊嘴角，用手抓住保險箱門上的把手。把剛才一動也不動的把手用力往下壓，保險箱門打開了。

「可別小看名偵探喔，一條老弟。」

把刻有「零」字的鑰匙舉在臉頰旁，月夜得意地眨了眨眼。

4

「嗚哇，好冷！」

打開拾之室的瞬間，門縫裡吹出的冷風，令月夜發出驚呼。遊馬也忍不住蜷縮身體。

「啊，為了不讓遺體腐爛，加加見先生把窗戶全打開了吧。或者是昨天火災警報器響的時候開的？」

月夜一邊拉攏西裝衣襟，一邊走進房間。正如她所說，拾之室整面玻璃窗的上半部，全部向外敞開了四十五度。低於零度的氣溫下，吐出的氣息都變成白色。

「這樣的話，就沒辦法在這裡待太久了。」

九流間環抱自己的肩膀說。

「沒問題，我想確認的東西不是那麼多。」

月夜毫不猶豫，走向老田遺體橫躺的床邊。

「一條老弟，過來這邊。我想聽聽你身為醫師的意見。」

月夜招招手，遊馬發著抖走向床邊，低頭看老田的遺體。沾染發黑血液的襯衫上，開著幾個看似刀子刺穿時產生的洞。床單上也被遺體流出的大量血液染出了污漬。

基於醫生的習慣，遊馬伸手去摸老田的脖子。當然，已經摸不到頸動脈的脈搏了。留在指尖上的，只有宛如冰凍橡膠的觸感。這是生命之火已經熄滅的身體特徵之一。

「啊、這樣不容易判斷吧？」

月夜掀開老田染血的襯衫，動作一點也不遲疑。

「喂、喂，弄亂遺體的服裝不好吧……」

「你在說什麼啊，一條老弟。從餐廳把遺體搬過來時，服裝就已經弄亂了，現在根本無須在意這點。更何況，我比警察更有解決事件的能力，完全不用顧慮保持案發現場狀況的問題。」

說著，月夜拿手帕擦掉沾在手上的血。

的確，非在明天傍晚前查出殺害老田和圓香的兇手不可。現在不是替警方搜查流程顧慮太多的時候。重新振作起精神，遊馬低頭查看老田遺體。

肋骨浮出的胸部，可以確定有幾個大的穿刺傷。

「胸部這些穿刺傷，應該就是致命傷了吧。從位置來看，兇器貫穿了心臟。我猜，他是當場死亡的。」

「一條老弟，這個呢？」月夜指著老田的脖子。「這裡看起來沾到某些污垢。」

「污垢……？」

遊馬彎下腰，把臉湊近屍體，凝視月夜手指著的地方。的確，上面有兩個污垢般的小黑點。用手指去摩擦，黑點卻擦不掉。

「這不是污垢，是皮膚本身的顏色。看起來像受傷留下的痕跡……」

「會不會是燒燙傷呢？」

「燒燙傷……有可能。為什麼這麼說？」

月夜伸出食指，輕輕撫摸那兩個黑點。

「並排且間隔這麼近的兩個燒燙傷痕，這畫面我不陌生。是電擊棒造成的痕跡。」

「電擊棒？」遊馬不禁大聲反問。

「對，用電擊棒前端兩根電極壓在對方身上，通電使對方失去反抗能力。隔著衣服電擊多半不會留下痕跡，但若電極直接接觸對方皮膚，常會產生燒燙傷，就像這樣。」

「老田先生是在受電擊棒攻擊，無力反抗的狀態下遭刺殺的嗎？」

「應該可以這麼認為。使用這種方式，兇手就能將刺殺對象的抵抗能力降到最低。這麼一來，即使是力量不大的人，也有可能行兇。」

「力量不大的人……」

遊馬喃喃低語。因為太冷而不停搓手的九流間走過來。

「意思就是說，連像我這種老頭子都有可能行兇對吧？」

「不只九流間老師，女人也有可能。例如我、夢讀小姐或巴小姐。」

「巴小姐？」遊馬皺起眉頭。「可是，巴小姐也是被害……」

「老田先生遭殺害時，巴小姐還活著喔。兇手行兇後，被另一個兇手殺害，這種陷阱在推理小說中並不罕見，比方說……」

「推理小說的話題之後再說吧，這樣下去會凍死的。這間房間還有哪裡要調查嗎？」

察覺名偵探即將開始的長篇大論，遊馬先發制人。月夜不滿地鼓起臉頰。

「不、這樣就行了。這間房間不是命案現場，只要調查遺體就夠了。」

遊馬等人走出拾之室，把門鎖上，等待身體回暖後，再進入陸之室。和拾之室一樣，遊馬與月夜一起走進室溫不到零度的房間。

放在敞開窗邊的床上，穿著古典結婚禮服的圓香雙眼大睜，盯著天花板。

今天早上發現屍體時，禮服只有胸口部位少許滲血，現在不只胸部，連裙子都染上發黑的血液。

月夜依然沒有一點躊躇，掀開禮服的裙子。看到蒼白的大腿上無數交疊的刀痕，切口的地方露出粉紅色的肌肉和黃色的脂肪組織，遊馬抿緊了嘴巴。

「一定很痛吧。就算是為了問出地牢的所在，也不用做到這個地步。」

月夜搖搖頭，把裙子放回去，又掀起上半身的衣襬。寫在束腰上的「去殺了中村青司」血書也因為滲出了大量血液，變得模糊難辨。

「胸口被插了一刀。應該是供出地牢所在後，兇手認為她失去價值，就下手殺害了吧。這應該是致命傷沒錯？」

一如月夜所說，圓香胸口也和老田一樣，有著大大的穿刺刀傷。

「是啊，應該沒錯。」遊馬點頭。

蓋回上衣，月夜把臉湊近圓香胸口。

「嗯……禮服上沒有洞。我猜，應該是先嚴刑拷打，接著將她刺殺，最後才穿上這套結婚禮服。為什麼要特地這麼做呢？」

月夜扶著下巴這麼沉吟，站在門口附近的九流間說：

「記得沒錯的話，死在地牢那位名叫摩周真珠的女孩，失蹤前好像快結婚了？或許兇手是想藉此表示為無法穿上婚紗的她復仇？老田先生命案現場掉落的楊樹棉絮，也可能是用來隱喻女孩在雪山遇難的事。」

「如果不拐彎抹角的話，確實有這可能。但是，只為了這個原因特地穿上婚紗，未免太麻煩了吧。想為屍體換衣服，可是得費好一番工夫的喔。把餐廳裡楊樹上的棉絮都摘下來再撒在屍體周圍，雖然沒有換禮服這麼麻煩，但也不輕鬆。如果只是為了暗示復仇，有必要做到這個地步嗎？」

月夜一邊自言自語，像在整理自己的想法，一邊朝敞開的窗戶走去。從西裝內袋拿出手機，打開手電筒，照亮玻璃尖塔的外牆。

「外牆果然沒有任何痕跡。從地上不見腳印這點，也可判斷兇手不可能從這扇窗逃離。」

「那兇手到底是怎麼把這房間製造成密室的啊。」

沒有回答遊馬的疑問，月夜沉默幾秒後走向門口，「去最後一個房間吧」。離開陸之室，一行人跟剛才一樣，先等身體回溫後，才使用萬用鑰匙把第一起事件現場壹之室的房門打開。

非得去看神津島的屍體不可了。遊馬心想，絕對不能被他們兩人察覺自己內心的不平靜。吐出細長的一口氣，死命按捺加速的心跳。

門打了開。和其他房間不同，壹之室設計成窗戶無法打開的構造。然而，大概因為四面都是玻璃落地窗，暖氣又被關掉了，現在這裡和剛才那兩間房間的溫度幾無差異，從門縫裡竄出一股冷風。

鎮定一點。冷靜啊。遊馬使勁穩住丹田，嘴裡卻發出錯愕的聲音。「……咦？」思考變成一片空白。不明白自己究竟看到什麼，也無法理解到底發生了什麼事。

門打開後，出現在眼前的是不可能出現的景象。

神津島仰躺在桃花心木製的書桌前。屍體胸口深深插著一把粗製濫造的刀子。

「這到底是……」

身旁的九流間也說不出話了。遊馬搖晃著身體，像被吸入般走進壹之室，靠近神津島的遺體。呼吸紊亂，低頭望向神津島，感覺像被扯進一個更混亂的無底沼澤。神津島的遺體上放著一張A4紙，那把刀貫穿了這張紙，將其固定在屍身上。

「這是、什麼……」

連聲音也變得嘶啞低沉。紙上寫著幾十個像火柴棒人的英文字母。視野一陣扭曲，陷入火柴棒人在紙上跳起舞來的錯覺。

小舞人暗號

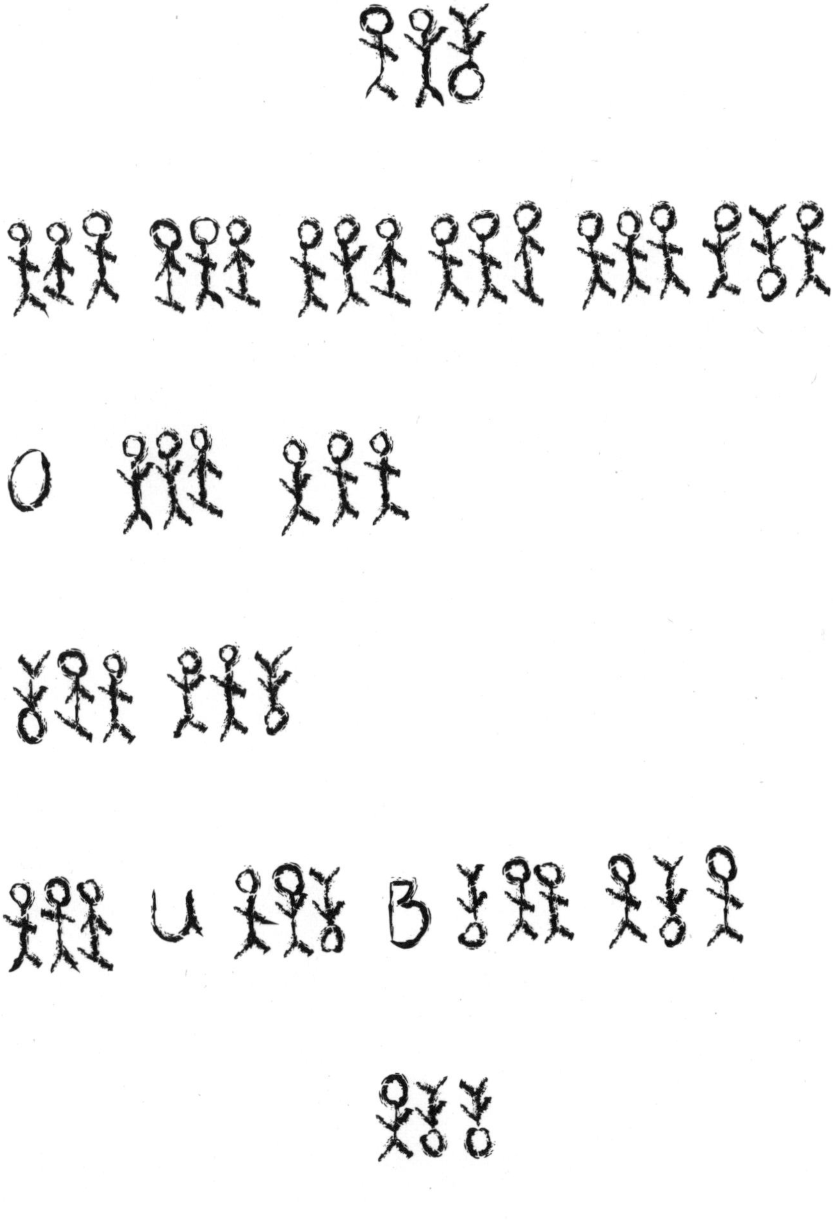

「又是血書暗號。不過，比起文字，這次的更像圖案。話說回來，總覺得在哪看過這暗號呢。」

月夜用試探的眼光斜瞥了遊馬一眼。

「……是《小舞人探案》。」

遊馬輕聲這麼一說，月夜就高喊：「不愧是一條老弟！」

《小舞人探案》是一篇短篇小說，收錄於一九〇五年發行的《福爾摩斯歸來記》。夏洛克．福爾摩斯在這個作品中，挑戰了宛如孩童塗鴉般的火柴棒人暗號。固定在神津島胸口那張紙上的圖案，就和那暗號非常相似。

「只是，《小舞人探案》裡出現的火柴棒人圖案種類很多，這裡的圖案似乎沒那麼多種。」

月夜用手撐著下巴嘀咕。

「別管什麼暗號了！先告訴我這到底怎麼回事？為什麼神津島先生身上會插著一把刀？他應該死於毒殺的不是嗎？」

「正如你所見，有人在屍體上插了一把刀。」

「為什麼要做這種事？更何況，這房間原本不是上了鎖嗎？那個人是怎麼進來的？還有這些暗號又是怎麼回事？」

「別那麼激動，我也很驚訝啊。給我一點時間想想，你先趁這段時間拍下暗號的照片吧。我打算之後冷靜一點再來思考。驗屍也拜託你了。」

月夜甩了甩頭，蹲下來檢視神津島的遺體。遊馬無可奈何，也只好掏出智慧型手機，站在月夜背後，按照她的指示拍下暗號的照片，再為半張開嘴的神津島驗屍。抬起他的手，關節僵硬，有點推不動。刀插在胸部正中央，刀刃完全沒入體內，只露出刀柄。看來刀尖肯定貫穿了心臟。

屍體大致上檢驗過一遍後，遊馬聽著月夜喃喃自語。

「這把刀也是神津島收藏的一部分呢。是電影《鋒迴路轉》裡使用過的道具。不管怎麼說，那部電影裡最有魅力的莫過於丹尼爾．克雷格飾演的名偵探了。真沒想到有幸能看到007飾演的名偵探，我還忍不住買了Blu-ray……」

「碧小姐，岔題了！」

遊馬狠狠地指摘，月夜才露出驚覺的表情。

「啊、抱歉抱歉。幸好沒有流太多血。要是大量出血，說不定就無法讀取暗號了。」

月夜抓抓鼻頭，陷入思索。

「妳知道什麼了嗎？」

「別催啊。現在，我正在推敲是否能與我之前的假設融合。」

閉上眼睛，月夜輕聲叨絮。

「……為什麼一定要在遺體上刺一刀呢？……表示恨意有這麼深嗎？……光靠毒殺還不滿足？……還是，希望別人注意到這個暗號？……可是，事到如今有什麼留下暗號的必要？追根究底，是怎麼侵入這間上了鎖的房間……」

睜開眼，月夜呵著白煙走向門口，開始檢查起呆若木雞的九流間身旁那扇門。

「還是找不到強行開門的痕跡，也沒有使用過絲線等物理詭計的痕跡。這樣的話……」

月夜靠近掉在地毯上的壹之鑰，伸出手指捻起來。此時，月夜睜大雙眼。

「一條老弟，你來看。」

月夜招了招手，遊馬走過去，望向月夜手指的地板。鑰匙底下的黑色地毯上，看得見微量白色灰塵般的東西。

「這是什麼？」

遊馬這麼問，月夜只是無言掏出智慧型手機，拍完地板附近的影片後，又開始一個人自言自語起來。

心想現在不要打擾她比較好，便站在一旁守候。這時，月夜嘴角默默上揚，最後更睜大了雙眼。

「原來如此、原來如此、原來如此，這太有趣，太有趣了！」

月夜突然踩著芭蕾舞者般的輕快腳步，回到遊馬身邊。

「一條老弟，太棒了。這是最棒的詭計。很少人能完成這麼美妙的犯罪喔，我打從內心感謝自己有幸參與這個事件。」

月夜雙手用力抓住被她詭異行徑嚇住的遊馬肩膀。

「難道……妳知道兇手是誰了？」

遊馬戰戰兢兢地問，月夜張開雙臂，頭向後仰。

「這是當然的呀。能夠解決如此美麗又哀傷事件的線索，我已經全部找出來了。根據這些線索導出的真相來看，兇手的真面目只有一個。」

月夜朗聲說完，凝視遊馬的眼睛，露出少女般促狹的微笑。

「如果這是本格推理小說，接下來就是要進入『那個』的時候了。難得有這千載難逢的好機會，就讓我做出宣言吧。」

裝模作樣地撩起頭髮，月夜的聲音像在歌唱：

「我要向讀者挑戰。導出《殺人玻璃塔》真相所需的資訊已全數提供。兇手是誰，又是如何完成不可思議的犯罪，希望各位務必解開這個謎團。這是給讀者的挑戰信。祝各位好運，做出精采的推理吧。」

最後一天

1

時針走動的聲音聽來莫名地大。

已經是上午六點多了……確認過手錶，遊馬斜眼瞥向沙發。躺在三人座沙發上，雙手交握在肚臍附近的月夜，閉上眼睛像是睡得很舒服。

幾個小時前，月夜以戲劇性口吻宣告了「給讀者的挑戰信」。儘管遊馬和九流間不斷追問「兇手到底是誰？」她卻只是微笑說道：

「不行喔。要等所有人都到齊才能開始解謎。雖然推理小說常被諷刺『名偵探總是要召集所有人才肯講話』。畢竟，在與事件相關的眾人面前解謎，才是名偵探最能大顯身手的時刻啊。這點我可沒打算妥協。這樣吧，就訂在明天早上六點半左右。這樣最有說服力。喔，請放心，今晚不會再有人被殺了。那就這麼說定了，六點半前請暫時休息一下，養精蓄銳吧。」

遊馬和九流間想盡辦法，試圖說服月夜至少說出兇手的名字，可惜月夜怎麼也不答應。無可奈何只得放棄，離開壹之室。九流間回娛樂室，遊馬和月夜則回肆之室。

一進入房間，月夜就躺上沙發，丟下一句「明天六點叫我起來」。接下來的幾個小時，遊馬只能坐在床上，眼睜睜看時間流逝，抱著鬱悶的心情等待即將發生的事。

「碧小姐，六點了喔。起來吧。」

聽到遊馬的聲音，月夜閉著眼睛回答「我已經起來了」。

「妳什麼時候起來的？」

「其實幾乎沒睡。說來丟臉，我興奮得像隔天要去遠足的小學生。不過，一想到接下來才是重頭戲，至少得讓身體休息一下，就閉著眼睛躺在沙發上了。」

睜開眼睛，月夜猛地跳起來，抓起掛在沙發椅背上的領帶繫好，再穿上西裝外套。

「那麼，我的華生，準備召集眾人，表演的時間到了喔。」

意氣風發的月夜就要走向門口。「等一下！」遊馬叫住了她。

「怎麼了，一條老弟？」

「妳說召集眾人，要怎麼召集？九流間先生他們三人已經在娛樂室了，但加加見先生和夢讀小姐早就宣稱警察來之前不會離開自己的房間啊。」

「這很簡單，聽好了，一條老弟，只要這麼做就行了。」

月夜瞇起眼睛，對遊馬做出指示。聽完之後，遊馬把手放在頭上。

「要我去做這件事嗎？」

「對。因為我得先去一樓做準備，你就用這段時間去叫那兩人出來。好了，走吧！」

「啊、我得先上個廁所。」

「嗯，是嗎。那我先下去嘍。我希望盡可能準時六點半開始，不要拖太久。」

舉起一隻手揮了揮，月夜走出門外。目送她離去後，遊馬走進盥洗室。鎖上門，朝洗臉台上的鏡子一望，和裡面那個表情略顯退縮的男人四目相接。

「沒問題……我辦得到。」

鏡中的男人喃喃低語，從外套口袋裡拿出咖啡色的藥盒。

那個名偵探一定能揪出殺害老田和圓香的兇手，到時就是自己最大的機會。只要把這個藥盒賴給兇手，讓對方揹上殺害神津島的罪名就好。

打從身體深處顫抖，遊馬咬緊格格打顫的牙根。雙手拍打自己的臉頰，伴隨氣球爆破般的清脆聲響，臉頰閃過一陣刺痛，內心不再猶豫。

只能去做了。一切都是為了妹妹。

確認鏡中男人露出心意已決的堅定表情，遊馬走出盥洗室。

離開肆之室，將房門上鎖，遊馬下樓來到貳之室前。一個深呼吸後，握拳用力敲門。

「加加見先生，請出來！」

沒有反應。但遊馬不放棄，持續不斷地敲門。

「什麼事啦！吵死人了！」

幾十秒後，加加見大概受不了了，門後傳出他沙啞的聲音。

「可以請你到一樓來嗎？」

「開什麼玩笑，昨天不是說過嗎？警察抵達前我不會離開自己房間。」

「就是警察已經到了啊。」

遊馬緊張地說出月夜指示的台詞。

「警察到了？」

「對，沒錯。清除雪崩的作業比預計提早完成。警方請大家暫時先到一樓集合。」

在擔心謊言被拆穿的忐忑不安中，遊馬等待著加加見的反應。終於，聽見解除門鎖的聲音，房門打開了。

「終於趕來了嗎？真是的，讓人等這麼久。」

身上穿著皺巴巴的襯衫，加加見搔著一頭睡亂了的頭髮走出房門。暗自鬆了一口氣，遊馬繼續踩著玻璃階梯下樓，這次來到柒之室前，用同一套說詞請夢讀出來。夢讀不但比加加見更警戒，答應出來之後，又說要先換上晚禮服，害遊馬等了整整十五分鐘。

「嗳、警官在哪？」

才剛抵達一樓，夢讀就搖著粉紅色晚禮服的裙襬，在大廳裡跑來跑去，找尋警察的身影。

「在這邊。請到餐廳來。」

聽遊馬這麼說，加加見顰眉反問：「餐廳？」

「為什麼在餐廳？那裡不是被水淋濕了嗎？」

「已經過了兩天，差不多都乾了。總之，請先過來吧。」

遊馬快速說完，趁兩人還沒提出新的問題，趕緊率先走向餐廳。雖然仍有猶豫，加加見和夢讀還是跟了過來。

打開門，進入餐廳的瞬間，聽見一個跑錯場合似的開朗聲音說：

「歡迎歡迎，請過來這邊！」

月夜大大張開雙手。一臉困惑的九流間、左京和酒泉站在她後面。餐廳裡的窗簾全部拉上，只靠天花板上吊燈的燈光照亮室內。地毯吸的水似乎還沒全乾，但應該蒸發了不少，走起路來已經沒有啪喳啪喳的水聲。

寫有「蝶岳神隱」血書，燒焦了一部分的餐桌上，現在放著一架看似投影機的機器、折疊好的毛巾以及奇異筆。不知為何，旁邊還有一個裝滿水的澆花壺。此外，月夜身旁放著原本在娛樂室裡的玻璃塔模型。

「等等，這是怎樣？為什麼沒看到警察！」

夢讀發出尖叫聲，月夜向她低頭。

「喔，那是為了將兩位帶來此處的謊言。」

夢讀瞪大雙眼，眼珠幾乎都要掉出眼眶，瞪著遊馬說：「這是怎麼回事！」

「哎呀，請不要責備一條老弟。他只是按照我的指示去做而已。」

「你們到底在想什麼！為了什麼目的開這種玩笑！」

沐浴在刀刃般銳利的視線下，月夜依然不為所動，撥開短髮。

「當然是為了以名偵探的身分揭開這次事件的真相啊。」

「什麼？難不成……妳已經知道兇手是誰了嗎？」

夢讀用尖細的聲音大喊，月夜傲然點頭回答「當然」。九流間等三人臉上浮現期待的神色。

「別耍人了，真愚蠢。」加加見轉身就要走。

「哎呀，您要上哪去呢？加加見先生。」

「當然是回自己房間啊，我可沒義務陪妳這個小丫頭玩遊戲。不管怎麼樣，只要警察一來就知道兇手是誰。在那之前，還是關在自己房間比較聰明。」

加加見朝樓梯走去。夢讀看似猶豫了幾秒，也決定跟上。

「你想夾著尾巴逃跑啊？」

月見這句話，令加加見停下腳步。

「……妳說什麼？」加加見轉身，聲音低沉得嚇人。

「我說，你是不是怕了呢？怕你口中的『小丫頭』能解決你這個縣警搜查一課刑警也破解不了的事件。」

唇邊漾開一抹妖媚笑容，月夜語帶挑釁。

「少瞧不起人，誰怕妳了……」

「既然不怕，何不聽聽我的推理？反正又不會少塊肉，警察來之前，用這打發時間最好不過啦。」

「……說不定妳就是兇手，說這種話只是為了引誘我們離開房間，好殺了我們。」

「原來如此，扮演偵探的人其實是兇手，是嗎？挺有趣的見解。不過，這個手法已經被用在各種推理小說中了，除非真有什麼別出心裁的詭計，不然無法帶給讀者驚喜。我想想喔，此類作品中，第一個會想到的就是哲瑞——」

「夠了沒！這又不是推理小說，要說幾次妳才懂！」

「唷，這可難說喔。說不定只是我們自己沒有察覺而已。總之，後設的話題先放一邊，就算我真的是兇手，一個弱女子要如何殺死現任警官呢？您對自己的體力這麼沒自信嗎？如果是這樣的話，那也沒辦法。請回您自己的房間，像個膽怯的小動物一樣發抖吧。還是說……」

說到這裡，月夜停頓一下，點點頭，舔舐嘴唇。

「還是說，兩位其實怕的是被指出自己才是兇手的事實？有什麼不可告人的事怕人家說嗎？」

一而再、再而三的挑釁，終於讓加加見再也無法容忍，雙手插進西裝褲袋，大步走回餐廳內。

「大話說得這麼滿，萬一妳的推理錯誤該怎麼辦？要是指認錯誤的人為兇手，妳要怎麼負起責任？」

「……那樣的話，我將永遠不再自稱名偵探。」

她的語氣實在過於沉重，一時之間，餐廳裡所有人都沉默了。或許沒料到她會這麼說，連加加見也瞬間為之語塞。不過，他又馬上指著月夜：

「不再自稱名偵探，也不是什麼大不了的事吧。」

「不，對我而言是很嚴重的事。」月夜緩緩搖頭。「一直以來，我用上整個人生追求『名偵探』。這樣的我自動放棄名偵探的身分，等於把自己的身體撕裂成兩半。如果我指認出錯誤的兇手，將再也不以名偵探的身分活動，不再出現在大太陽底下，剩下的人生只活在陰暗角落。我懷著這樣的決心面對這起事件，所以，請聽我的推理吧。」

聽了月夜這段充滿覺悟與決心的話，加加見不再反駁，夢讀也縮著脖子回到餐廳。

「那麼。」月夜在胸前拍手，餐廳裡響起清脆的「啪」聲。

「大家都到齊了，高潮戲也差不多該開始了。就讓我來說明發生在這座玻璃尖塔內的悲劇──『殺人玻璃塔』的真相。」

月夜驕傲地抬頭挺胸，宣布拉開最後一章的序幕。

「究竟兇手是誰？快說啊！」

夢讀身體激動前傾，像是隨時都想撲上前去。月夜伸出單手制止她。

「請冷靜下來。劈頭就指出兇手可不行，推理小說是要按照順序來的。」

「什麼推理小說嘛！別再胡鬧了，快告訴我們兇手是誰！」

歷經幾十個小時的恐懼，精神大概面臨極限了，夢讀雙手抓亂自己的頭髮。

「我沒有胡鬧。」

月夜聲音一沉，夢讀停下雙手的動作，望向月夜的臉上表情怯懦。

「說要按照推理小說的順序發表真相，是有理由的。要是現在劈頭指出兇手，卻沒有說明得到這個結論的過程，想必誰都無法接受，只會感到困惑而已。如此一來，就無法第一時間控制兇手的行動。這代表真兇將有可能趁機逃亡，甚至……做出更多的虐殺行為。」

「虐……殺……？」

「沒什麼好驚訝的吧？接下來被我揭穿真面目的，是殺了三個人，還在現場留下血書，甚至對被害人嚴刑拷打的兇惡罪犯。當這種人得知自己的身分被察覺時，殺光周圍的人逃亡也是理所當然的事啊？」

月夜收攏下巴，抬起視線窺看夢讀。

「一旦遭逮捕，肯定免除不了極刑。既然如此，多殺幾個人也沒差。」

夢讀環抱自己的肩膀，全身發起抖來。月夜轉而換上溫柔的微笑。

「所以，我才必須按照順序，做出大家都能接受的說明。這樣明白了嗎？」

看到夢讀微弱地點了幾次頭，月夜豎起食指。

「那就開始吧。首先是最初的事件，也就是神津島太郎先生在壹之室內遭人毒殺的事件。根據老田先生的證詞，兇手使用的毒物，是神津島收藏品之一的河豚肝粉末。發現屍體時，壹之室的房門上了鎖，屋內所有窗戶都是嵌入式，不能打開。換句話說，神津島先生死於密室之中。兇手把現場佈置成密室的理由很簡單，那就是——為了讓人以為神津島先生的死因是病死或自殺。」

餐廳中的每個人都屏氣凝神，側耳傾聽月夜的說明。

「那麼，兇手如何將現場佈置成密室呢？能鎖上壹之室房門的鑰匙只有壹之鑰和萬用鑰匙，除此之外沒有其他備鑰，這點已經跟製造鑰匙的保全公司確認過了。此外，萬用鑰匙當時收在娛樂室暖爐旁的鑰匙櫃裡，而我整晚都站在那旁邊，可以證明從第一天的晚餐過後，到所有人一起趕往壹之室為止，鑰匙櫃都沒有被人打開。還有，晚餐過後，酒泉先生一直都待在吧檯內調雞尾酒，所以也可推翻他事先拿走萬用鑰匙，後來才裝作回一樓拿的可能性。」

當月夜像這樣一一列出發生過的事時，九流間舉起手。月夜以視線催促他發言。

「不好意思打斷妳……」

「別這麼說，沒這回事。解決事件時，其他登場人物本來就該指摘名偵探推理中的矛盾或提出種種疑問。好好解答這些疑問，事件的輪廓才會慢慢浮現。」

月夜喜孜孜地說。

「那我就不客氣了。既然採用了毒殺這個方法，無論以時間或距離來說，兇手都能夠以遠距殺人的方式行兇。這麼一來，討論神津島命案的兇手如何製造密室，似乎不太有意義。以前我也說過，只要事先在神津島可能吃下的東西裡下毒，毒殺的目的就達成了。由此可知，神津島服毒的當下，兇手沒有必要在現場。說不定只是剛好神津島獨自待在上了鎖的房內時吃下含毒的東西罷了。」

「這樣的話，將很難安排神津島先生確切的死亡時間。考慮到兇手可能想在神津島先生宣布某件大事前殺死他，這樣的話，毒殺當下兇手也在房內的可能性就很高了吧？」

「一開始我也是這麼想的喔。只是後來，我們得知兇手的動機是為死在地牢的人復仇，和神津島打算宣布自己發現未發表珍貴原稿的事無關，不是嗎？」

不愧是推理界的大老，九流間提出了相當犀利的觀點。月夜臉上始終帶著微笑，時而答幾句腔，傾聽九流間發表意見。

「真要說的話，從吃下毒藥後還有力氣留下死前留言這點來看，即使下毒時兇手人在房內，等兇手離開後，為了防止兇手再次回來給予致命一擊，神津島自己也很可能從內側鎖門。所以，我認為『兇手刻意佈置密室』的前提本身就有問題，妳覺得呢？」

提出疑問後，九流間緊張地看著月夜。

「太棒了，不愧是九流間老師。」月夜語氣顯得有些興奮。「您現在提出的疑問很有道理。如果只看各位手中的情報，確實無法判斷是兇手刻意佈置密室，還是碰巧形成了密室。一條老弟——」

突然聽見自己的名字，遊馬眨著雙眼說：「欸？」

「欸什麼欸！你不是我的助手嗎？在那裡發什麼呆，過來協助我啊。總之，先把門關上，也幫我把電燈關掉好嗎？」

「喔、喔，好。」遊馬一邊答應，一邊慌忙按照月夜指示行事。關掉吊燈後，屋內一口氣變暗。只能從遮光窗簾縫隙洩入的些許微光，勉強看清事物的輪廓。

「接著，請各位看這個。」

月夜這麼說的同時，餐廳白色的牆上，映出巨大藍色洋房的影像。

「我從視聽室借過來的。這片牆壁正好可以充當投影螢幕。」

月夜從西裝口袋裡拿出智慧型手機操作，藍色洋房的影像消失，取而代之的是一把放在黑色地板上的鑰匙。刻有「壹」字的鑰匙。

「這是掉在第一個事件現場的鑰匙。」

「喂，等一下。妳什麼時候拍下這種東西的？」

加加見插嘴。「其實——」遊馬正想說明，月夜就打斷了他。

「第一天晚上，大家湧進案發現場的時候啊。你不讓我拍遺體照片，我沒辦法，只好拍下其他證物。」

事實上，拍下這張照片的時間是昨晚。不過，如果老實這麼說，加加見又要滿口抱怨了吧。再者，要是說出昨晚從封印起來的保險箱中拿出萬用鑰匙的事，夢讀大概又要歇斯底里了。

遊馬朝知情的九流間使了一個眼神。大概也察覺月夜的用意，九流間輕輕點頭。

「昨晚，我重新檢視了這張照片，從中發現非常重要的線索。請看。」

月夜觸碰手機螢幕，影像動了起來。畫面中，白皙纖細的手指抓起了鑰匙。

「喂、妳居然碰了證物。要是沾染指紋——」

「請保持安靜，現在正來到重要的地方。」

加加見還來不及指責就被月夜吼了一聲，摸摸鼻子安靜下來。

鏡頭愈來愈靠近地毯，最後在近乎特寫的距離停止。

「各位看出來了嗎？」

月夜這麼問，遊馬和其他人面面相覷。似乎對眾人的反應有所不滿，月夜噘著嘴走向牆邊，指著影像說：「這裡啊，這裡。」

「好像有什麼像白色灰塵的東西……」

左京小心翼翼地開口，月夜朝他用力一指。

「沒錯，這段影像中拍到的地毯上，散落許多細微的粉末。」

「那又怎樣？不就是被灰塵弄髒而已嗎？」加加見甩了甩頭。

「不、不是的。有老田先生和巴小姐那麼優秀的傭人，雇主神津島先生的房間絕不可能怠忽清掃。再者，請仔細看，就算不太明顯，像這樣的白色粉末怎會灑了一整片地毯，各位難道不覺得奇怪嗎？」

「吼，妳煩不煩啊，一次說清楚，這白色粉末到底是什麼？」

月夜手掌拍打映出影像的牆壁，高聲說道：

「是灰啊，菸灰。」

「菸灰……難道是圓香弄倒的……」

不知道是尚未從暗戀對象死亡的打擊中恢復，還是宿醉的關係，依然一臉頹喪的酒泉喃喃低語。月夜點了點頭。

「是的，正是如此。打算打電話叫救護車時，巴小姐打翻了菸灰缸，菸灰散落一地。因為菸灰很細，飄散的範圍才會這麼大片。」

「那又怎樣，妳到底想說什麼！」夢讀咬牙切齒地說。「憑區區菸灰又能知道什麼了！」

「區區菸灰？」月夜頻頻眨眼。「妳該不會還不明白吧？壹之鑰的下面，有巴小姐打翻菸灰缸時散落的菸灰耶！不是鑰匙上面，是下面！」

「難道……」九流間瞪大眼睛。「這麼說來，鑰匙掉落地面是在……」

「沒錯，是在巴小姐打翻菸灰缸之後！」

遊馬心臟劇烈跳動。沒想到菸灰會掉在地上，也對自己竟然連這種程度的事都沒確認而感到生氣。

「等等，什麼意思？我聽不懂。」

夢讀按壓頭部，似乎聽得很頭疼。月夜故意誇張地嘆氣。

「意思就是，如果鑰匙原本就掉在地上，打翻菸灰缸時，菸灰應該落在鑰匙上。可是實際上，菸灰卻是被鑰匙壓住了。換句話說，鑰匙是在巴小姐打翻菸灰缸後，才被某人丟在地上的。」

「某人是誰？為什麼要做這種事？」

「當然是兇手啊。這個人為了將神津島先生之死偽裝成病死或自殺，所以必須製造密室。兇手在下毒殺害神津島先生後，帶著壹之鑰離開房間，把門鎖上。接著，當大家帶著萬用鑰匙回來，開門入內後，兇手再看準沒人發現的時機，把鑰匙放在地上，裝成一開始就掉在那裡的樣子。」

在場眾人無不被月夜說的話吸引，沒有人開口。

「可是，行兇當下，發生了出乎兇手意料的事。神津島先生為了求救，拿起了內線電話。兇手可能想辦法搶走話筒，勉強阻止了神津島先生說出自己的名字，但也聽到電話那頭起了疑心的老田先生說『我馬上過去』。所以，兇手無法等到確定神津島先生斷氣才離開，在那之前就逃出房間，把門鎖上了。這就是為何神津島先生得以留下死前留言的原因。」

「等、等一下。」九流間插口。「確實如妳所說，從晚餐後到神津島被殺前這段時間，可能有某個人帶著毒藥前往壹之室，並拿到壹之室的鑰匙。可是，這未必表示神津島服下毒藥痛苦之際，兇手還在壹之室內。說不定，兇手是在神津島隨後會吃的東西裡下毒，再趁他不注意時悄悄拿走壹之鑰離開房間，並把門鎖上。」

「不、這是不對的。老田先生不是說過嗎？神津島先生隨時都會把房門上鎖。如果兇手進房下毒後，悄悄拿了鑰匙離開並鎖門，神津島先生一定馬上就會發現鑰匙被偷走的事。這是因為，只要訪客一離開，神津島先生就會為了鎖門走到門邊。」

「當他發現門已經鎖上了，自然立刻察覺鑰匙被剛才離開的人帶走的事。」

九流間喃喃低語，月夜高興地回答「沒錯，就是這樣」。

「請問，我可以說句話嗎？」這次輪到左京開口。「那麼，這就表示神津島先生打內線電話給老田先生時，兇手還在壹之室裡面吧？可是，我記得當時我們所有人正一起爬樓梯上樓啊。」

「真的是所有人嗎？老田先生喊出『老爺好像出事了！』時，我們大家正在空間寬敞且有很多死角的娛樂室裡各做自己的事。肯定在場的，頂多只有在吧檯內調酒的酒泉先生，以及幫大家服務的老田先生和巴小姐而已吧。」

「當時我好好地待在娛樂室裡喔！」夢讀用力舉手。

「有人能證明這點嗎？」

「當然有啊。我那時就在娛樂室裡，一定有人看見吧？」

夢讀環顧身邊眾人，每個人都無言地別開視線。

「當下狀況相當混亂，大家的記憶也很模糊。在那樣的狀況下，自然無法留下確定的不在場證明。」

「這麼說來，毒殺神津島先生的人，真的在我們之中嗎？」

左京用沙啞的聲音這麼一說，夢讀就激動地把頭髮抓得亂七八糟。

「不對！一定是潛伏在這座館邸中的傢伙幹的好事！我不是一直都在告訴你們嗎？這棟屋子裡藏著某種危險的東西。沒錯，一定是從地牢逃出來的那傢伙！是那傢伙殺了神津島先生！」

「夢讀小姐，不可能有那回事。」月夜解釋。「從狀況來看，兇手是在神津島先生毫無戒備的狀況下下的毒。如果看到從地牢逃出，還活了超過一年的人物進入房間，神津島先生一定會馬上呼救。更何況，壹之室隨時處於上鎖狀態，可疑人物想侵入房間本身就是不可能的事。兇手一定是不受神津島先生戒備，和他有一定程度交情的人物。換句話說，就是現在這裡的某個人。這樣妳明白了嗎？」

夢讀默不吭聲，似乎隨時都有可能哭出來。反而是左京開了口。

「可是，老田先生接到神津島先生打的內線電話後，我們算是立刻就前往壹之室了喔。如果兇手下毒後匆忙逃離，應該會在樓梯上被我們撞見吧？」

「說得沒錯。」月夜顯得很興奮。「可是，實際上我們誰都沒撞見，一路直達壹之室門外。等到拿萬用鑰匙開門進去，發現神津島先生遺體時，不知不覺所有人已經到齊了。我想兇手應該在聽見老田先生內線電話中那句『我馬上過去』後，匆匆忙忙逃離房間下樓。可是，兇手還來不及逃到一樓，我們已經上樓了。那麼，兇手要怎樣才能不在樓梯間被撞見，又神不知鬼不覺地混入眾人之中呢？能想到的方法有兩個。」

月夜像比YA一樣，豎起兩根手指。

「第一個，是潛入瞭望室。瞭望室內死角眾多，萬一我們上去檢查，兇手或許也有辦法躲起來。那裡是最適合躲藏的地方。」

「也就是說，兇手躲進瞭望室，再趁我們進入壹之室時偷偷混進來？」

「不、不是的，因為我剛說的這個方法，有很大的缺陷。」

「很大的缺陷？」左京訝異地反問。

「沒錯。或許因為放了很多珍貴的神津島收藏，瞭望室的門打造得很堅固，重量非常地重。所以，開門時總會發出很大的聲音，整個螺旋階梯都聽得見。如果有人躲在瞭望室內，我們不可能沒發現。兇手實際上使用的，是另外一個方法。」

月夜彎曲中指，只剩食指豎起。

「差點被我們撞見的兇手，倉促之間躲回自己房間去了。然後，確認我們所有人都從房門前通過，自己才走出房間，裝成跟大家一起從一樓上來的樣子。」

說到這裡，月夜得意地彈響手指。

「這就是第一起事件的真相。」

「這樣……就知道誰是兇手了嗎？」

酒泉發出低沉的嘶吼。雙眼充血，握拳的手微微顫抖。對奪走圓香的兇手難以克制的憤怒，從他全身上下迸發。

遊馬偷偷拉開和酒泉的距離。胸腔內，心臟愈跳愈快。

月夜已經察覺殺害神津島的人是我了嗎？萬一現在被指為兇手，會不會連殺害其他兩人的罪名都得揹上？

緊張得幾乎要引發換氣過度，感覺呼吸困難起來。拚命忍住不當場崩潰，遊馬等待月夜的答案。

「只是釐清了第一起事件的真相，還不知道兇手是誰。不過，可以確定誰不是兇手。」

「……可以確定誰不是兇手？」酒泉狠狠地盯著月夜。

「對，是的。如我剛才所說，一直在吧檯裡調酒的你，還有為大家服務的巴小姐及老田先生，在神津島先生遭殺害時，你們三位有確定的不在場證明。換句話說，剩下的六人就是嫌犯。」

月夜補充「當然，也包括我在內」，看了一眼手錶。

「那要怎樣才會知道殺死圓香的是誰？」

「只要解開剩下兩起密室殺人事件的謎團，兇手自然水落石出。所以，時間也差不多了，讓我開始說明第二起事件，也就是老田先生在這個餐廳裡慘遭殺害的事件始末吧。」

九流間歪著頭問：「時間差不多了？」

「關於這點，馬上就會知道我為何這麼說。那麼，第二起事件主要的謎團，在於兇手如何製造出密室，以及如何在密室中放火。其次，還有一個從這兩點衍生出的謎團。那就是，兇手明明留下希望我們看見『蝶岳神隱』的血書，為何又要將它寫在起火後最容易被燒毀的桌巾上呢？」

「這三個謎團的答案，妳都找到了嗎？」

九流間這麼問，月夜搖搖頭。

「正確來說，不是三個謎團。我剛才舉出的三點錯綜複雜，彼此之間關係如千絲萬縷般交錯，但最後都會歸結到同一件事。」

這番禪問答般的回答令遊馬感到疑惑。這時，月夜走了過來。

「首先，最重要的是密室。密室可說是推理的基本，也是終極之謎。世界最初的推理小說《莫爾格街兇殺案》問世至今過了一百又數十年，誕生了如繁星般各式各樣的密室詭計，此乃無形文化財產，說是集結人類智慧的瑰寶也不為過。身為名偵探，能夠挑戰這樣的詭計，真令我感到無上幸福與喜悅。這部發生了三起密室殺人事件的《殺人玻璃塔》，對我來說就像連續端出主菜的全席套餐。其中尤以第二起密室殺人，更可稱得上是至高無上的詭計……」

站在門前的月夜語速加快，眼神逐漸失焦。遊馬輕輕推了推她，出聲提醒「碧小姐」，月夜才恍然驚醒，咳了幾下。

「失禮了。首先最該思考的，是兇手如何關上這扇門。和第一起毒殺事件不同，被害人是被刺殺的，身上還灑了汽油，桌上更留下那些大大的血書。由此可證，第二起事件的兇手不可能使用遠距殺人，行兇當下一定就在餐廳內。另外，由於餐廳裡幾乎沒有視覺上的死角，因此也不用考慮我們趕來時，兇手其實躲在裡面，趁隙逃脫的可能性。換句話說，兇手肯定用了某種方法從門外鎖上門閂。」

月夜做出條理分明的說明。

「這扇門的門閂結構單純，只要掛上內側的旋轉式閂條，使其卡住門上的突起物，門就打不開了。所以，這次也不用考慮有無備鑰的問題。一般來說，遇到這種單純裝置時，首先要懷疑的就是使用了物理性詭計，也就是以細線之類的工具從外面……什麼事？加加見先生。」

看到加加見走過來，刻意用誇張的動作舉手，月夜皺起眉頭。

「又不知道門閂是不是真的掛上了。也可能是在門前放了什麼東西擋住啊，這樣門一樣打不開。」

月夜發出「喔喔」的讚嘆聲。

「加加見先生竟然也能提出這麼出色的觀點。」

「『竟然』是什麼意思？」

加加見撇了撇厚唇，月夜假裝沒看見，指向門前的地板。

「的確，如果在這裡放一根伸縮棒之類的障礙物，確實能製造出使人誤以為上了門閂的詭計。只是，如果是這樣，破門進來時，應該會看到那個障礙物才對。然而實際上，並未找到這裡放置過障礙物的跡象。」

「那是因為……可能碰到灑水器灑出的水就融掉了啊。例如……一個大冰塊。」

「要擋住一個大男人用全力推也推不開的門，需要有一定分量的障礙物。那麼大的冰塊，能在門打開的瞬間就融化得無影無蹤嗎？」

月夜語帶挑釁的回應，堵得加加見苦著一張臉，無法反駁。

「看來你似乎明白了。接著，請各位看看這個部分。」

月夜指著門上兩處突起的上面那一個。

「這周圍的漆都剝落了，應該是強行破門而入時，與掛在上面的門閂強力摩擦造成。也就是說，當時確實從內側掛上了門閂。」

「不、碧小姐，這麼斷定是不是有點危險？」

九流間從旁插口。和加加見的時候不一樣，月夜恭恭敬敬地點頭問：「能讓我聽聽您的意見嗎？」

「這痕跡也可能是兇手先實際掛上門閂，再自己用力把門撞開留下的。」

「什麼？何必做這種事？」夢讀睜圓了眼睛。

「這麼一來，我們破門而入時，就會誤以為原本門閂有掛上。不能否認，也有可能以這種方式誤導推理。」

「的確不能否認。」月夜點點頭，不知為何顯得很滿意。「不愧是九流間老師，非常犀利的觀點。某種意義來說，這就是法月綸太郎在『早期昆恩論』中指出的後期昆恩問題呢。雖然說得嚴謹一點，在『早期昆恩論』中並未使用後期昆恩問題這個名稱，只是後來笠井潔——」

「後期昆恩？那是什麼？」

夢讀不耐煩地打斷月夜。

「在推理小說中，『偵探最終解決了事件，但在作品中無法證明偵探說法對錯』的問題。」

九流間代替月夜解釋了起來。

「也就是說，即使在推理小說這個封閉世界裡的偵探基於其找到的線索展開邏輯推理並指出真相，也無法保證那些線索是真是假。這是一個很大的問題。」

不知是否沒有完全理解，夢讀眉頭皺得很緊。九流間正想用更簡單易懂的方式說明，月夜就搶在他之前先開口了：

「沒錯，就是這樣。在這部《殺人玻璃塔》中，後期昆恩問題是個非常重要的因素。只是，在這起事件中無須考慮後期昆恩的問題。」

「也是啦。畢竟這不是推理小說，而是發生在現實中的事。」

九流間嘟囔，月夜輕輕點頭。

「巴小姐曾說過，為了避免神津島先生或賓客看到自己在打掃，老田先生每次打掃餐廳時，都會從內側掛上門閂。」

聽到圓香的名字，酒泉身體微微顫抖。

「也就是說，如果兇手已預先將門閂破壞，開始打掃時，老田先生一定會察覺。」

「會不會是等老田先生掛上門閂開始打掃之後，兇手才強行破門而入，門閂就是在那時候破壞的？」

左京提出質疑，月夜指著他說「好問題」。

「只是，老田先生的遺體幾乎沒有抗拒的痕跡，又是從正面遇刺。若是被破門闖進的人刺殺，至少會有衣物紊亂或防禦抵抗的痕跡才對。這表示，兇手是在老田先生掛上門閂開始打掃前，就以非常自然的態度接近老田先生，趁機偷襲殺害。」

「那假設、假設喔，兇手像這樣殺死老田先生後，先掛上門閂再用力開門破壞，然後用某種方式關上門製造密室……」

說到這裡，左京自己停下來，無力地搖頭。

「做這種事一點意義也沒有。不好意思，我說了莫名其妙的話。」

「不會，一點也不莫名其妙喔。兇手知道這裡有我這個名偵探在，為了擾亂我的推理，做出這些偽裝也是有可能的事。這正是剛才說的後期昆恩問題。」

輕輕聳肩，月夜又接著說：「只不過——」

「你的假設有個大漏洞。你說兇手掛上門閂後再用力破壞，這麼一來，應該會發出很大的聲響才對。」

左京忍不住「啊……」了一聲。

「沒錯，做這個偽裝是有風險的，發出的聲音會驚動正在準備早餐的巴小姐或酒泉先生。沒必要為了製造偽裝冒這個風險。換句話說，兇手果然還是用了某種方法，先離開餐廳後再從外面掛上門閂。」

月夜揮揮手，表示「證明完畢」。

「那麼，兇手到底是怎麼掛上門閂的呢？一條老弟，能說說你的意見嗎？」

聽月夜的說明聽得入神，忽然被叫到名字，遊馬錯愕地說：「欸？」

「你看看你，這種時候，助手不是應該發表一些自己想出的推理內容才對？」

做出錯誤的推理讓名偵探推翻，好襯托名偵探的高明，這就是助手的責任吧？即使心中這麼犯嘀咕，遊馬還是拚命動起腦筋。

「先用細線勾在門閂上，再把門關起來，然後從外面拉動細線操縱門閂……」

「這個說法前天不就被我推翻了嗎？這種必須旋轉兩百七十度的門閂，要從外面拉細線操縱太難了。再說，這扇門幾乎沒有門縫，從外面很難拉線，門上和門閂上又都沒有留下細線摩擦過的痕跡。」

「不然，用磁鐵……」

「我不是說過門閂是黃銅製？黃銅對磁鐵可不會起反應。」

「或者操縱無人機……」

「那這架無人機怎麼脫離密室呢？」

連續提出幾個想法都被馬上否決，遊馬自暴自棄地甩頭。

「我投降。就算使用物理詭計的機率再高，幾乎沒有門縫的話，要從外面操縱門閂根本就是不可能的事。」

「是啊，出去之後再操縱很困難。真要說的話，要是門外站著偷偷摸摸、形跡可疑的人，還有可能被發現。正因如此，兇手一定是在離開餐廳前，就已經動好詭計的手腳。一個自己逃離現場之後，門閂再自動掛上的詭計。」

「門閂自動掛上？」

遊馬反問，「與其聽我說得再多，不如自己親眼看看嘍」，這麼說著，月夜回到餐桌邊。

「這個詭計的機關非常單純。任誰看到都會說『答案竟然這麼簡單』，氣自己為何沒發現。兇手使用了這餐廳裡的某樣東西，製作了令門閂自動掛上的定時裝置。」

「兇手究竟用了餐廳裡的什麼東西？」

左京問。月夜打開放在餐桌上的玻璃糖罐蓋子，從裡面捏出一顆東西：「就是這個。」

「方糖……」

左京喃喃低語。月夜白皙指尖捏著的東西，正是用來加入咖啡或紅茶的大顆方糖。

不知為何，月夜另一隻手拿起澆花壺，走回門邊蹲下。這時，壞掉的門閂高度正好和她視線齊高。

澆花壺放在地上，月夜把下垂的門閂往右旋轉一百八十度再多一點，讓門閂朝門這邊微微傾斜，再將方糖塞入門閂與牆壁之間的縫隙。大顆砂糖雖然擠得變了形，但並未散開，塞在這細窄的空間裡正好固定了門閂。即使月夜放開手，門閂也沒有掉落。

「看，很簡單吧。兇手就是這麼做的。」

「怎麼做的？我不懂妳的意思？現在門閂又沒有掛上！」

夢讀質問，月夜大大點頭。

「是啊，門閂還沒有掛上。兇手佈置好這個機關後，打開門走出餐廳。接著，再發動讓門閂自動掛上的定時裝置。」

旋轉式門閂的機關

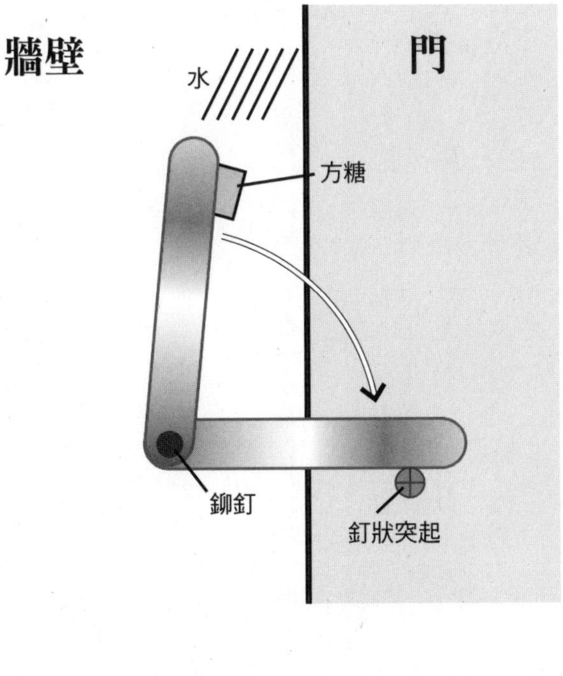

「定時裝置？」

夢讀疑惑地嘀咕。月夜說「沒錯」，一手拿起澆花壺，一邊哼歌，一邊對著用方糖固定的門閂灑水。

只見灑下的水溶解了方糖，方糖體積愈來愈小。最後，終於從門閂與牆面之間的縫隙滑落。同時，失去方糖阻擋的門閂向下一滑，朝門的方向旋轉，碰到門上的突起物才停止。

「看，完成了。」

停止澆水的月夜回過頭，望向呆若木雞的遊馬等人。

「方法竟然……這麼簡單……」

左京驚訝得合不攏嘴。月夜開心地揮舞手中的澆水壺。

「詭計這種東西，有時愈單純愈有效呢。再說，使用複雜物體詭計的推理小說，光靠文字很難讓讀者理解，我不太喜歡。果然Simple is best。」

真相實在太出人意表，震驚的眾人連反駁她「這是現實不是推理小說」的餘力都沒有。在這樣的氣氛中，月夜踩著輕快的腳步，把澆花壺放回桌上。

「碧小姐，佔用妳一點時間。」

不知是否正在整理自己的思考，九流間一邊按壓太陽穴，一邊這麼說：

「這就表示，兇手打從一開始，就把灑水器會啟動的事計算進去了嗎？」

「當然。沒有灑水器的水，方糖就不會融化，密室也無法完成了。這正是兇手放火的原因所在。老田先生身上被潑了汽油，是為了誘導錯誤推理，讓人以為目的是要把屍體燒掉滅證。」

「問題是，兇手如何放的火？要在自己出去之後再起火，一定得動某些手腳吧。可是，餐廳裡並未留下昨天備餐廚房中那種蠟燭燃燒過的殘骸等痕跡。」

「是的。幾乎不留痕跡的定時起火裝置，這就是第二起事件……不、是這整個《殺人玻璃塔》中最大的謎團。那真的是非常優秀的詭計。」

月夜看起來打從心底感到愉悅。

「妳已經識破兇手動的手腳了嗎？」

「當然。識破這點的時候，連我都不禁發出讚嘆。剛才我說，這是不留痕跡的定時起火裝置對吧？事實上，這說法並不完全正確。別說痕跡了，整個定時起火裝置就擺在我們面前。只是它實在太大，而這手法又太大膽，我們才會沒有發現。」

月夜說得熱切又激動。

「兇手為什麼能在自己脫離現場超過三十分鐘之後才令密室起火？這個謎團，在我解開兇手為何在桌巾上留血書的謎團後，自然導出了答案。」

「我說，妳就別再賣關子了吧！從剛才開始，我的心臟就緊張得好痛。」

夢讀捧著粉紅小禮服下的胸口。月夜看了看手錶。

「說的也是，時間差不多了，讓我來揭曉謎底吧。」

「時間差不多了？」

九流間不解地歪了歪頭，月夜嘴裡說「是的」，目光望向遊馬。

「一條老弟，抱歉，能麻煩你跟我一起拉開遮光窗簾嗎？」

「拉開窗簾？為什麼？」

「馬上就會知道了，別問這麼多，快動手。」

在月夜催促下，遊馬按照她的指示拉開窗簾。朝陽升上山頭，刺眼的日光毫不留情照入屋內。遊馬瞇起眼睛，勉強把所有窗簾拉開。

夢讀提出抗議：「很刺眼！」

「非常抱歉，請忍耐一下。哎呀，話說回來，不愧是正對東方，這太陽光真夠驚人。總算明白巴小姐為何說是『設計失誤』了。要是不拉起遮光窗簾，真的無法在這吃早餐呢。」

背對強烈的日光，月夜這麼說。背後的光芒為她營造出一股甚至稱得上神聖的氛圍。

「不過，各位還記得嗎？當時巴小姐形容在這裡吃早餐不拉起窗簾是一件『危險』的事。不是『吃不了東西』也不是『傷眼』，而是『危險』。如果光是刺眼的話，她會這麼說嗎？」

「也就是說，這餐廳裡有比刺眼更『危險』的東西？」

九流間用手遮著光線說。

「不愧是九流間老師，正如您所說。各位，請看這張桌子。」

月夜語氣激昂。遊馬以好不容易適應光線的眼睛望向餐桌，不由得倒抽了一大口氣。朝陽照射下，桌巾上浮現一條長達數十公分的光帶。

「這是……」

遊馬脫口而出，月夜伸手去摸背後的窗戶。

「巴小姐曾說，為了在用餐之際更能享受屋外美景，這間房間的窗玻璃多做了一點加工。用手摸摸看就知道，窗玻璃的中央部分微微隆起。換句話說，這片窗戶就像一面巨大的凸透鏡。」

「凸透鏡，那不就表示……」遊馬張大嘴巴。

「是的，表示這片窗戶就像個巨大的放大鏡。」

月夜用手掌拍打窗玻璃。

「不只如此，這片窗玻璃還配合房間的形狀，形成一道微微的弧線。弧線加上窗戶的隆起弧度，使光線產生微妙的曲折，在特定的時段，能夠聚集一部分的太陽光。」

就在月夜說明時，桌上的光帶愈來愈短，光線也愈來愈強。

眾人沉默著，視線鎖定出現在桌上的日光結晶。很快地，光帶變成一個直徑數公分的橢圓，亮度也明亮得肉眼幾乎無法直視。而這炙熱橢圓浮起的位置，正好就是桌巾燒焦的部位。現在，月夜在那裡放了一條折起的純白毛巾，毛巾中央逐漸變成了咖啡色。

「集中在這部分的日光雖然只是一部分，卻是透過那麼巨大的放大鏡照射進來，所以溫度攀升得相當高。」

遊馬想起第一天晚上，移動桌上糖罐的時候，曾看見糖罐底下的桌巾有個地方變了顏色。九流間指著在毛巾上晃動的橢圓說：

「那麼，第二起事件是利用聚集日光發熱的方式引火的嗎？」

「是的，沒錯。」月夜點點頭。「像這樣，因為日光被凸透鏡聚集在一點而起火的現象，稱為聚光燃燒。放在窗邊的金魚缸或寶特瓶經常因此引發火災。」

這時，加加見大聲說「等等喔」。

「那種東西真的能點火嗎？實際上，那條毛巾只有稍微變色，沒有燒起來啊。」

「很好的意見，加加見先生。」

月夜用力指向加加見，把他嚇得身體微微後仰，嘴上強硬地問：「怎、怎樣？」

「光是拉開窗簾就會起火的話，無論多堅持自己的設計，神津島先生也非得換掉這扇窗戶，或是做某些因應措施不可。這棟明顯違反火災防治條例的建築，有著極度不耐火的設計。正因如此，館邸內才會到處都是火災警報器。」

「如果餐廳不是因為聚光燃燒而起火的話，推理不就又回到原點了嗎？」

左京這麼一說，月夜豎起食指左右搖擺。

「不，這個橢圓凝聚的日光肯定是引發密室火災的原因無誤。只是，兇手為了造成起火，還動了某個小手腳。」

「動了某個小手腳？」左京皺起眉頭。

「對，本起事件最後一個謎團──兇手為何要在桌巾上留下血書。這正是揭穿這大膽犯罪手法的最後一個關鍵。」

月夜朝餐桌伸手，攤開折起的毛巾。只見純白毛巾中央，畫著一個壘球大小的黑色圓點。大概是用桌上那支奇異筆畫的吧。

「白色是會反射光線的顏色，不太能將日光的能量轉化為高溫。相對的，黑色之類的深色能吸收光線，容易產生高溫。」

「此外——」說著，月夜從西裝口袋裡拿出白色細雪狀的物體，撒在正受日光炙烤的黑色圓點上。

「第二起事件中，我們曾以為楊樹的棉絮是用來比喻雪，其實，它也是相當良好的助燃劑。」

「這麼說來，難道……在餐桌上留下血書是為了……」

九流間擠出微弱的聲音。

「沒錯，為了將桌巾染成紅褐色，有效地將日光轉換為熱能，達到聚光燃燒的目的。」

月夜雙手一攤的瞬間，落在黑色圓點上的楊樹棉絮便起火燃燒了。這一幕簡直就像魔術師表演魔術秀。

棉絮上的火直接延燒上毛巾，白色布料轉眼燃燒起來。

「實際上，兇手將棉絮與桌巾都浸泡了汽油，當下冒出的火花應該直達天花板了吧。瞬間，火災警報器就起了反應，灑水器開始灑水。哎呀不行，再這樣下去也會產生反應，等等這裡又要泡水了。」

說著，月夜拿起放在桌上的澆花壺，澆水撲滅已竄高至三十公分左右的火苗。

「以上，就是第二起事件的真相。好，實在太刺眼了，一條老弟，麻煩你把窗簾拉上。」

真相太令人意外，月夜的推理又太精采，遊馬還愣在原地思考停滯。聽到自己的名字，趕緊應著「喔、好……」把窗簾拉起來。遮住灼人的日光後，原本已經適應強光的眼睛反倒覺得屋裡太暗了。

餐廳內一片沉默。所有人不自禁地與其他人拉開距離。

到這裡，第一、第二起事件的真相都揭曉了。然而，月夜還沒說出最重要的事。

「那麼、碧小姐……」酒泉以低沉的聲音打破沉默。「這樣，就知道兇手是誰了嗎？」

人人都想知道，卻沒說出口的這句話，令一觸即發的空氣更加緊張。

「不、到這邊還無法鎖定兇手。」

酒泉咬著嘴唇。月夜說：「只是……」

「已經可以縮小範圍，鎖定幾名嫌犯了。」

「怎麼縮小範圍？可疑的人是誰？」酒泉追問。

「要能想到這個詭計，必須實際見過早晨的陽光在這間餐廳內能產生多大的高溫。我想，兇手事前應該用深色布料實驗過，確定能夠起火，否則不會執行這起犯罪。然而，第一天我們抵達這裡時已經傍晚。換句話說，賓客們第一天並沒有機會見到這裡的聚光現象。然而，兇手卻在第二天早上就執行了這個以聚光燃燒現象放火的詭計。」

「也就是說，兇手不只這次，是以前也曾住過這棟玻璃塔的人。」

九流間這麼低喃，月夜點頭道「沒錯」。

「九流間老師、夢讀小姐和我，我們三人都是三天前首次踏入這座館邸。還有，第一起事件中，酒泉先生有確切的不在場證明。可以先將我們四人從嫌犯名單中剔除。」

既然如此，殺害老田和圓香的兇手，就是加加見或左京了。遊馬心想。誰？該把殺害神津島的罪名嫁禍給誰？

呼吸急促的遊馬，忽然打了一個寒顫。仔細一看，酒泉正用充血的眼睛狠狠瞪視這邊。承受著那刀刃般銳利的視線，遊馬發現自己誤會了一件事——不只加加見和左京，自己也在嫌犯名單上。

可是，發生第二、第三起事件時我都和名偵探在一起啊。就算沒有公開說過，她很清楚我有不在場證明，應該知道我不是兇手。

……不、很難說喔。一股不祥的預感，令遊馬心跳加速。

月夜揭曉第一起事件真相時沒有明白指出兇手，自己因此掉以輕心了。說不定，那個名偵探早就識破一切。接下來，她也可能宣告我就是殺害神津島的兇手。

「那麼，剩下的嫌犯就是左京先生、加加見先生，還有……一條醫生這三人嘍？」

依序瞪視舉出名字的人物，酒泉以低沉的聲音這麼問。

「要怎麼樣才能從三人中找出真兇？」

「靠最後一起事件呀。巴小姐慘遭殺害的最後一起事件。只要能揭開這起事件的真相，真兇自然水落石出。」

「……那就請妳告訴我們吧，是誰對圓香做了那種事。」

月夜回答「好的」，走向放在餐廳內的玻璃塔模型。

「第三起密室殺人事件，發生在巴小姐住的陸之室。只是，嚴格來說並非『密室』。因為案發當時，窗戶是敞開的。」

月夜手指勾住模型上的窗戶。模型製作得很精緻，小小的窗戶和實際上一樣，能從上方打開四十五度。

「玻璃塔外側全部覆蓋了一層裝飾玻璃，想從窗戶逃脫極為困難。事實上，經過確認，外牆也找不到使用專業工具攀爬過的痕跡。」

「會不會是用降落傘之類的東西，從窗戶跳下去了？」夢讀問。

「降落傘從打開到充分降速，需要一定的時間。這棟建築的高度不夠高，無法使用降落傘。從戶外雪地上沒有足跡來看，使用滑翔翼之類的工具脫離房間，再從外面回到館邸內的可能性也不用考慮。再者，和神津島先生的事件不同，第三起事件的陸之鑰放在巴小姐的頭飾中。進入房間後，想在不被注意的情形下偷偷將鑰匙放回她的頭飾中，也是不可能的事。」

「那麼，兇手是如何鎖上門鎖的呢？」

「這就是本起事件最大的謎團。因此，窗戶雖然敞開，廣義來說，這間房間仍可稱為『密室』。」

「碧小姐，我可以發言嗎？」九流間縮著脖子問。

「當然，九流間老師，請說。」

「雖然我個人不喜歡這種使用最新技術的詭計，但剛才一條醫生提過的無人機呢？應該無法否定用無人機鎖門的可能性吧？和餐廳不同，陸之室的窗戶可以打開，使用無人機的話，就能從窗戶進出，也不會在雪地上留下腳印，只要操縱無人機，飛回兇手自己房間就好。」

「我想應該很難。」月夜靜靜地回答。「如果門鎖跟餐廳的門閂一樣大，而且是輕輕一撥就能轉動的簡單構造的話，或許還能操縱無人機來鎖門。可是，陸之室的房門是圓筒鎖，必須握住小小的鎖片轉動，才能將門上鎖。不只如此，這鎖片還挺硬的，上鎖時需要用點力氣。即使現在無人機的技術發達，仍無法達到如此精密且需要一定力量的操作。根據同樣的理由，無人機也不可能把鑰匙放入巴小姐頭飾中。」

「這樣啊，我對無人機的知識太貧乏了……說出這麼莫名其妙的推理，真是抱歉。」

「沒這回事。各位如果有其他假設，也請一定要提出。」

月夜像個要求學生上台寫下算式的老師，環顧在場眾人。

「碧小姐，夠了。算我求妳，快點把連續殺人事件的真相說出來吧。」

似乎難以忍受自己被視為嫌犯的狀態，左京以懇求的語氣這麼說。月夜一副意猶未盡的樣子聳聳肩膀說：「沒辦法，好吧。」

「在第三起事件中，除了如何製造出密室外，還有三個謎團。」

「三個謎團？」左京詫異地反問。

「第一、巴小姐明明害怕得把自己關在房間裡，兇手要如何襲擊她？第二、為什麼讓巴小姐穿上結婚禮服？第三、為何要特地在備餐廚房內設置蠟燭做的定時起火裝置？」

月夜彎起手指，數著三個謎團。

「設置定時起火裝置，不是為了讓我們盡早發現遺體嗎？」

夢讀歪著頭問。

「就為了這樣？即使火災警報器沒有啟動，我們遲早會發現天亮之後巴小姐沒有出現。明知如此，兇手卻甘冒風險特地設置了定時起火裝置，一定有什麼更大的理由才對。」

「理由？什麼理由？」

「為了打開窗戶。」月夜指尖觸摸模型上的窗戶。「這座玻璃塔構造極為不耐火，所以館內設置了許多灑水器等將火災被害程度減到最低的設備。其中之一，就是火災警報器感應時，為了排煙，客房窗戶會全部自動打開。」

「所以，為了打開陸之室的窗戶，兇手故意在備餐廚房設置了定時起火裝置？可是，兇手不是從窗戶逃離的吧？」

「對、不是。不過，為了製造密室，兇手有必要把窗戶打開喔。」

夢讀的理解能力似乎無法跟上，只能以一臉忍痛的表情閉著嘴巴。

「好的，現在暫且將為何必須開窗的問題放在一邊，讓我們先看其他的謎團吧。為什麼兇手要讓巴小姐穿上結婚禮服呢？」

「因為摩周真珠在即將結婚時遭殺害不是嗎？兇手想表達為她復仇的意思？」

左京沒什麼自信地說。

「乍看之下似乎是如此。可是，和第二起事件中，我們以為用來模擬雪山遇難的楊樹棉絮，實際上的作用是助燃劑一樣。將棉絮堆放在老田先生身上，只是為了隱藏起真正意圖的障眼法。既然如此，巴小姐身上的結婚禮服也很可能為了隱藏某種真正的意圖。否則，要費一番工夫從瞭望室中偷出禮服，還要穿在屍體身上，比起撒棉絮需要耗費更多工夫，風險也更大。」

被她這麼一說，似乎真是如此。可是，為屍體穿上禮服的目的究竟是什麼呢？遊馬拚命思考。這時，九流間開口了。

「抱歉，碧小姐。我現在才察覺一件事，可以稍微回到原本的話題嗎？」

「當然可以，什麼事呢？」月夜親切地回答。

「剛才妳說，在備餐廚房設置定時起火裝置，是為了讓火災警報器啟動，好將陸之室的窗戶打開。可是，兇手根本沒必要這麼做吧？只要按下陸之室內的緊急按鈕，就能將房間的窗戶打開了。」

「Bravo！」

月夜突然拍手，遊馬等人都愣住了。

「就是這個。這正是解開第三起事件謎團的最大線索。明明只要按下陸之室的緊急按鈕，窗戶就能打開，兇手為何要特地在備餐廚房內設置定時起火裝置呢？一條老弟，你知道為什麼嗎？」

月夜這麼問，唇邊泛起一抹嘲諷的笑容。面對突然拋向自己的問題，這次遊馬不再心急，腦細胞冷靜運作，得出了一個答案。

「……因為兇手無法按下陸之室內的按鈕。」

「這又是為什麼？」月夜以挑釁的語氣繼續追問。

「因為兇手不在陸之室裡……犯案現場不是陸之室。」

遊馬直視月夜，她露出心滿意足的笑容。

「答對了，不愧是我的華生。」

「陸之室不是犯案現場？這是怎麼回事？」夢讀嗓子都啞了。

「就是字面上的意思啊。巴小姐不是在陸之室內受到嚴刑拷打後殺害，兇手也不用逃出密室，只要將巴小姐的遺體移動到密室裡就好。」

月夜依序望向其他人的臉，繼續說明：

「想在不被任何人看見的情況下移動屍體，製造巴小姐在自己房間被殺害的假象，就必須把陸之室的窗戶打開。原本大概是想在殺害巴小姐後，拿著她的房間鑰匙進入陸之室，再按下緊急按鈕讓窗戶打開的吧。可是，兇手怎麼找也找不到放在頭飾裡的鑰匙。不該在拿到鑰匙前先把人殺死，可是這時這麼後悔也來不及了。無計可施的兇手，只好在備餐廚房裡設置定時起火裝置，觸動火災警報器，打開陸之室的窗戶。」

「為什麼開了窗，就能把屍體搬進陸之室呢？」

左京的語氣漸漸興奮起來。

「這個答案的線索，就在『兇手為何要為巴小姐換上結婚禮服』這個問題中。那套結婚禮服是以十九世紀倫敦為舞台，由夏洛克・福爾摩斯和約翰・華生大顯身手的《新世紀福爾摩斯　地獄新娘篇》裡使用過的道具。」

月夜像想起什麼似的抬起視線。

「福爾摩斯和華生原本就是十九世紀的人，各位或許會認為這是理所當然的事。然而，BBC製作的這部《新世紀福爾摩斯》，劇本卻設定福爾摩斯等人活躍於現代的倫敦。福爾摩斯拿智慧型手機，搜查時還上網利用社交軟體，華生的冒險記則寫成了部落格而不是書。當初聽到這個設定時，身為狂熱的夏洛克迷，老實說我很不以為然。可是，實際觀劇之後，才知道這部戲劇品質之高，不禁為自己的愚昧感到羞恥。尤其是飾演主角的班尼迪克・康伯拜區演技實在太出色，如果福爾摩斯真活在現代，肯定就像他那樣……」

遊馬用力咳了幾聲，月夜才又恍然驚醒。

「呃——總之我想說的是，那套結婚禮服製作得非常講究，布料相當厚實。如果穿在遺體身上，各位認為會產生什麼樣的效果？」

「什麼樣的效果……讓遺體看起來比較乾淨？兇手想藉此對遺體表達一點敬意嗎？」

左京發出沒有自信的嘟囔。

「兇手對巴小姐嚴刑拷打後殺害了她，從遺體上就感受得到強烈的恨意。我怎麼也不認為兇手會想對遺體表達敬意。只是，左京先生說的有一點或許正確。那就是——兇手想保持遺體的乾淨。」

「可是，兇手不是怨恨巴小姐嗎？」

「沒錯，明明怨恨，卻又要把遺體弄乾淨。有某種原因，令兇手做出這矛盾的行為。」

「因為血嗎？」九流間大喊。「為了掩飾血跡？」

「不愧是九流間老師，推理作家果然不同於一般人。沒錯，兇手不希望屍體的血漏出來。雖說心跳停止後血就不會再噴發，但這畢竟是一具大腿上有無數割傷，胸部被刺穿的遺體，血液難免外溢。可是，只要穿上這套結婚禮服，厚實的布料就能暫時防止血液滲出。也就是說，這套禮服發揮的是包住屍體，使血液不外流的作用。」

「但是，那也只是暫時的吧？實際上發現巴小姐遺體時，禮服胸口就已經滲血了。兇手為何必須將血液包在衣服裡那麼短的時間呢？」

聽到左京詢問，月夜豎起食指說：

「當然是為了移動遺體時不留下血跡啊。」

「移動時留下血跡……」

「在我們發現巴小姐失蹤前，兇手將遺體移至她的房間，並製造出密室。這麼一來，陸之室就會被誤認為案發現場。令人誤以為巴小姐放了她認為值得信賴的人進房間，或是一條老弟跟九流間老師使用萬用鑰匙闖進去。問題是，若直接搬動嚴刑拷打後刺殺的遺體會留下血跡，兇手的詭計也會被識破。因此，兇手才要為巴小姐換上結婚禮服。」

「圓香到底是怎麼被搬進陸之室的？是誰下的手！」

酒泉咬牙切齒地問，月夜深吸一口氣。

《殺人玻璃塔》的真相即將大白。這個預感令遊馬體溫上升，悄悄把手伸進外套口袋，確認藥盒還在。

「破解第三起事件密室詭計的線索有幾個。首先，案發現場不在陸之室。其次，移動時為了不留下血跡，兇手給遺體換上了結婚禮服。最後，執行這個詭計必須把陸之室的窗戶打開。還有一點……別忘了這起事件發生的地點，就在這座玻璃塔中。」

月夜手指輕輕滑過身旁模型表面的裝飾玻璃。

「這起事件發生的地點不是普通建築物，而是圓錐狀的玻璃尖塔。這裡有個重點是，玻璃塔的外牆與地面非呈垂直，而是微微傾斜的角度。」

月夜從口袋裡拿出手帕，靈巧地折成了一個人形後，走到模型旁邊。

「因此，會發生這種現象。」

月夜把人形折紙放在模型的外牆上再放開手。受重力牽引，人形折紙沿模型外牆滑落，滑到陸之室敞開的窗戶時，就像被吸進去似的掉入了房間。

幾秒的沉默後，屋內響起一片驚嘆聲。這詭計實在太簡單了。但是，對於被困在「兇手如何脫離陸之室，又是如何製造密室」思考的遊馬來說，根本想也想不到這個方法。

「攀爬光滑的玻璃外牆需要工具，使用工具一定會留下痕跡。可是，如果只是滑落，就能幾乎不留下證據地讓遺體移動到陸之室了。拜身上結婚禮服之賜，移動時不會在外牆殘留血跡。利用這座館邸只能打開上半部的窗戶構造，下滑的遺體掉進房間的機率很大，且滑進房間後正好可躺在窗邊的床上。」

月夜自豪地攤開雙手，酒泉逼問她：

「那麼，兇手究竟是誰？妳不是說解開這起事件的謎團就知道兇手了嗎？」

「答案已經很明顯了呀。」

依序環視在場所有人，月夜以鎮定的聲音說：

「想讓巴小姐的遺體沿外牆滑落，又要剛好滑進陸之室，必須從陸之室正上方的房間推落遺體才行。從貳之室到捌之室，這幾間客房的空間設計成各佔九十度，也就是四分之一個圓錐體的構造。這表示，陸之室正上方的房間要往上四層……」

月夜停頓了一下，舔了舔單薄的嘴唇。

「巴小姐的遺體，是從貳之室推下的。換句話說，使用這間房間的人就是兇手。」

使用貳之室的人……所有人的視線，集中在某人身上。雙手插在西裝褲袋，無言瞪視月夜的——加加見剛。

「加加見先生，前天晚上，巴小姐害怕地說要回自己房間，衝出娛樂室時，你馬上追上去了吧？當時，你是不是跑上樓襲擊正要回自己房間的巴小姐，將她監禁在貳之室裡？然後，花一個晚上時間對她嚴刑拷打，問出地牢所在之後，加以殺害。」

加加見低著頭，什麼也不回應。

「你總是以警方的搜查為優先而封鎖現場，其實是為了不讓我們找到你就是兇手的線索。原本或許只打算殺害人體實驗主謀的神津島先生，沒想到發生雪崩意外，你便利用警方無法趕來的狀況，再陸續殺害老田先生及巴小姐，並靠自己找到地牢。我有說錯嗎？」

月夜這番話，令遊馬內心暗自歡呼。這個名偵探以為神津島也是加加見殺的！接下來只要想辦法把藥盒栽贓給加加見，就能嫁禍到他身上了。

「喂喂，妳在說什麼啊？」

一直沉默的加加見，用浮誇的姿勢聳聳肩。

「我就不開口，聽妳能怎麼說，沒想到愈說愈扯啊。我可是刑警耶。沒錯，我的確為了摩周真珠的事展開搜查，但就算查出了幾個犧牲者，我也不可能去殺神津島他們吧？只要把查出的事情報告上去，我就能拿縣警總部長獎了，殺人卻只會讓自己淪為犯罪，搞不好還得面臨死刑。這怎麼說都說不通吧？」

他說的有道理。遊馬屏氣凝神，想聽月夜如何反駁。

「加加見先生，你真的是以刑警身分來到這座玻璃塔的嗎？」

「……什麼意思？」

「從發生在館邸的一連串事件來看，兇手顯然對推理小說有很深的造詣。」

「那就更不會是我啦。我向來認為推理小說無聊透頂，也完全不感興趣。」

「是這樣嗎？」

「妳想說什麼？」加加見皺起眉頭。

「你和神津島先生熟到曾在這棟玻璃塔過夜好幾次，甚至受邀參加這次的集會。神津島先生素來討厭陌生人，個性又乖僻，你則是正在搜查他所犯下的監禁殺人事件，主動找上門來的刑警。我實在不認為那樣的他會跟你交好。」

「……他就莫名中意我啊。為了讓他配合搜查，我當然也有討好他啦。」

「沒錯，他很中意你，加加見先生。想讓神津島先生中意，最重要的條件就是能跟他暢談推理。一條老弟也是這樣吧？」

話題忽然扯到自己身上，遊馬急忙點頭。

「的確，面試專屬醫生時我們聊了各種推理話題，他似乎就是因為這樣才錄用我的……」

「看吧？」月夜對加加見微笑。

「……就算我熟推理，那又怎樣？光是這樣也無法構成殺死神津島他們的理由吧？」

「那來談談你追查的摩周真珠小姐吧。這個名字有點繞口呢。姓氏和名字裡各有『Shu』和『Ju』的發音，很容易咬到舌頭。一般來說，應該不會這樣取名字才對。」

突然轉變的話題，令遊馬感到困惑。然而，月夜依然不以為意地繼續說著。

「順帶一提，英語圈中的女性人名Margaret，其典故來自珍珠❽的希臘語Margarites。這麼說起來，加加見先生的姓氏也可以想成『鏡子』[9]，轉換為英文就是Mirror。」

「Margaret……Mirror……瑪格麗特・米勒[10]！」

遊馬喃喃低語，月夜彈響手指。

「沒錯，瑪格麗特・米勒。美國的女性推理作家，和她的丈夫羅斯・麥克唐納一起寫出了許多出色的作品，尤其擅長心理懸疑領域。她以作品《野獸在視野》拿下一九五六年愛德加最佳長篇小說獎，還曾擔任MWA會長。」

興奮地說完關於瑪格麗特・米勒的知識，月夜望向加加見。

「加加見先生，身為重度推理迷的你，在為孩子取名時，借用這位推理作家的名字了吧。你前幾天說自己離過婚，這位摩周真珠小姐其實是你的女兒，只是離婚後由你前妻撫養，後來改從母姓，對嗎？」

這番驚人的推理，令遊馬等人驚訝得倒抽一口氣。月夜繼續說明：

「追根究底，派縣警搜查一課的刑警來搜查摩周真珠的事件，這件事本身就很有問題。縣警搜查一課主要負責的是殺人等重大刑案，每當事件發生時，必須負責成立搜查總部展開搜索。搜查一課的刑警一方面不太可能被派來調查粉領族遭遇山難的事件，另一方面，平時必須隨時待

---

[8] 日文的「真珠」即「珍珠」之意。

[9] 日語中「加加見」的發音同「鏡」。

[10] 推理作家Margaret Millar，音同Margaret Mirror，也和日語「加加見真珠」發音相同。

命，也很難經常來這種深山裡留宿。」

加加見低頭沉默，月夜繼續淡定地說：

「加加見先生，你早就辭掉刑警工作了吧？為了找尋下落不明的女兒。」

令人懷疑起自己聽覺的沉默籠罩，遊馬連呼吸都差點忘記，屏息等待加加見的回答。

「小學生……」

加加見用不集中注意力就聽不見的微弱聲音說。

「最後一次見到真珠時，那孩子還是個小學生。身為刑警，我每天忙得像匹拉車的馬，老婆對罔顧家庭的我失去耐性，離婚後帶走了孩子。我也認為這樣孩子會比較幸福，又怕我去見她會造成她們的困擾，一直以來只有支付贍養費。心想，即使無法見面，只要那孩子過得幸福就好。沒想到……」

加加見的表情因悲痛而扭曲。

「去年，前妻睽違十年與我聯絡，說真珠去登山後失蹤了。我想盡辦法找尋真珠的下落，可是沒有登山經驗的我不懂如何攀爬冬天的山，只能在焦慮中等待。真珠失蹤兩星期後，搜索隊研判已無生還的可能性便中止了搜查。我請了假，向搜索隊徹底打聽關於真珠下落的情報。同時，也聽說了那段時間發生好幾名登山客下落不明的『蝶岳神隱』事件。」

「就這樣，你確定女兒最後曾來過這座館邸？」

加加見自虐搖頭道「不」。

「我不確定。但是，除了來到這裡並被收留之外，真珠沒有其他存活的可能性了。於是，我想方設法製造與神津島先生見面的機會。」

「那個討厭生人的神津島先生竟然會答應見你。」

「碰巧運氣好。正如剛才妳的推理，我是個相當狂熱的推理迷，在警察同事之中也有不少同好。其中有人認識神津島先生，就將我介紹給他。或許可以說是推理帶來的緣分吧。神津島先生對身為搜查一課刑警又是推理迷的我很感興趣，我也裝成興致勃勃的樣子聽他講那些自我炫耀的事。同時，我隱瞞自己是真珠父親，問他是否知道蝶岳陸續出現失蹤登山客。那傢伙嘴上雖然打馬虎眼，刑警的直覺告訴我，他就是『蝶岳神隱』事件的主謀。從管家和女僕的反應，我也立刻斷定兩人是共犯。」

加加見緊握雙拳，用力得幾乎顫抖。

「你沒想過報警檢舉，讓警方來調查這座玻璃塔嗎？」

「神津島是地方名紳，那傢伙繳的稅金佔這一帶住民稅的百分之好幾。光靠我的直覺，警方不可能派人搜索民宅，更何況是他家。」

「正因如此，你拚命討神津島先生歡心，和他建立起數度來這裡過夜的好交情，藉機尋找『蝶岳神隱』的證據。」

「沒錯。可是即使半夜悄悄走出房間，在館邸內到處搜索，也找不到任何線索。所以，我認為請來多位賓客的這次集會是個大好時機。」

「原來如此。」月夜答腔。

「然後，你用河豚毒毒殺神津島先生，殺害老田先生，再從巴小姐口中逼問出地牢的地點，最後將她殺害。」

月夜這麼一說，加加見不屑地哼了一聲。

「喂喂，名偵探小姐啊。看妳擺出一副看穿一切的表情，其實根本什麼都不懂嘛。」

「你指什麼？」月夜歪了歪頭。

「殺死神津島的不是我。我是在神津島被殺，又正好發生警察無法趕到的雪崩意外後才採取行動的。心想，能對剩下的管家和女僕復仇，又能查出真珠下落的機會，只有現在了。」

遊馬緊張得全身僵硬，月夜皺緊眉頭。

「你想模糊焦點嗎？是不是以為只殺兩人就不會被處死刑？難道一場集會上，居然有兩個對神津島先生恨之入骨的人？」

「有也不奇怪啊。神津島就是個人渣，恨他恨得想殺了他的人多到數不清。」

加加見依序指著在場眾人。

「殺死神津島的真兇，正頂著一副不關己事的表情混在你們這群人之中喔。是誰啊？誰跟我一樣是殺人兇手？」

加加見指向自己的瞬間，遊馬強忍臉部肌肉，不讓人發現自己內心的慌亂。

沒問題的。加加見已經承認自己殺害老田和圓香，殺人兇手說的話誰也不會相信。唯一的例外是……

遊馬斜眼瞥向月夜。只見她正用手指抵在嘴唇，露出嚴肅的表情思索。

太危險了，不能再給名偵探更多思考的時間。得快點讓整起事件落幕才行。正當遊馬悄悄將手伸進口袋，一陣宛如來自地獄的聲響，震撼了餐廳裡的空氣。

「就是你這混帳嗎……」

張大露出牙齦、扭曲變形的嘴，酒泉睜著充血的雙眼瞪視加加見。那模樣彷彿一頭飢餓的野獸。

「就是你殺死圓香的嗎！」

一邊這麼吶喊，酒泉已朝加加見飛撲。來不及反應的加加見，和酒泉糾纏著倒在地上。

「我要殺了你！我要殺了你！」

酒泉朝加加見的臉部揮拳，加加見只能高舉雙臂保護頭臉，喊著：「住手！住手！」

就趁現在！只能趁現在了！拔出口袋裡緊握藥盒的拳頭，遊馬也撲向加加見，嘴上喊著「你給我安分點！」裝作推擠的樣子，把藥盒塞進加加見的西裝口袋。

「你們夠了吧！」

倒在地上的加加見伸腿踹開遊馬與酒泉。遊馬拉住想再次撲上前的酒泉，對他說「等等」。

「幹嘛！」酒泉咬牙切齒地說。

「對方可是殺了三個人的兇手，身上說不定藏著什麼兇器。」

遊馬瞪著加加見，暗自期待酒泉上前搜加加見的口袋，這樣就能搜出藥盒了。戒備著起身的加加見臉上出現疑惑表情，手伸入西裝口袋。酒泉擺出防備的姿勢。

「這是什麼？」

睜大眼睛看著自己手中藥盒，加加見臉上浮現陰沉的笑容。

「……這樣啊。這就是殺死神津島的毒藥是嗎？無論如何都想把我塑造成殺死神津島的兇手嗎？」

順利把藥盒塞給加加見了。這下不管找什麼藉口，加加見都得頂下殺害神津島的罪名。當遊馬確信自己計畫成功的瞬間，加加見用拇指推開藥盒的蓋子。

「我無所謂啊。唯一後悔的是沒能親手殺死神津島。這樣正好，就讓我帶著殺死那人渣的榮耀動章下地獄吧。反正已經親手殺死那幾個傢伙復仇，也找到真珠的遺體，其他事我都無所謂了……真珠不在的世界沒有什麼好留戀……」

加加見毫不猶豫地拿出藥盒裡的膠囊，一口吞下。

事態出乎意料的發展，使遊馬啞口無言，呆站在原地。十幾秒後，「唔？」加加見發出呻吟，摀住胸口跪下。

「這是……怎麼回事……」

看似非常痛苦地吐出一口氣，加加見開始嘔吐。瞬間，空氣裡瀰漫一股惡臭。

「啊、啊啊、啊啊啊……」

加加見在嘔吐物上掙扎打滾，遊馬等人只能站在一旁看。

不久，全身一陣激烈抽搐，加加見的手先是在半空中無力揮舞，之後頹然落地。

這幅光景實在太悽慘，所有人都說不出話，只能呆站在原地。唯有牆上時針走動的聲音，聽起來莫名大聲。

「一條老弟……」

幾分鐘的沉默後，月夜低聲開口。很快領悟她的意思，遊馬緊抿雙唇，走到動也不動的加加見身旁蹲下。牛仔褲膝蓋沾到嘔吐物，但現在不是在意這種事的時候。

默默伸手觸摸加加見的脖子。摸不到頸動脈的脈搏。呼吸也已停止。

「……死了。」

擠出聲音這麼一說，酒泉就發出野獸般的咆哮。

「開什麼玩笑！把圓香殺死，還敢用這種方式逃避！你給我好好向圓香道歉啊！你給我活得更痛苦，為自己犯下的過錯贖罪啊！」

酒泉上前想踢加加見的遺體，九流間和左京死命架住他。

聽著崩潰的酒泉發出嗚咽，遊馬凝視加加見的遺體。那雙睜得老大的雙眼，怨恨地盯著遊馬。

啊，我又殺人了……可是，這也是沒辦法的事。對，沒辦法……

罪惡感像背上的十字架，幾乎要把遊馬壓垮，他也只能拚命這麼告訴自己。

2

躺在床上，盯著天花板。時間即將來到正午。

加加見服毒喪命至今已過了幾小時。這座「殺人玻璃塔」，在兇手死亡的現在也已經不再危險，倖存的人各自待在自己房間裡，等待預計傍晚抵達的警察。

一回到房間，遊馬立刻兜頭沖了個熱水澡，換上乾淨衣服躺在床上。但是，或許因為昨天攝取了足夠的睡眠，現在精神依然激昂，一點也不睏。一閉上眼睛，這四天發生的事就像惡夢浮現，只好像這樣一直盯著天花板。

儘管與當初計畫不同，總算是在沒被察覺的情況下完成殺死神津島的任務。這麼一來，妹妹就能受惠於新藥了。

將遇難登山客關在地牢，一再做出人體實驗這種惡魔行徑的神津島是個該死的人，被殺也是理所當然的事。至於加加見，他本來就打算在揭穿神津島惡行，殺死共犯後，了結自己的性命。

所以，我一點也沒做錯。我採取的行動沒有錯。

這幾個小時，遊馬一直這樣催眠自己。然而，犯下殺人這個最大禁忌的罪惡感，依然無法稀釋半分。

要到哪一天才能卸下背上沉重的十字架呢？或者，我將持續受罪惡感折磨一輩子。

正在思考這樣的事時，傳來敲門的聲音。

是誰？從床上起身，遊馬走到門邊。「一條老弟，打擾你一下好嗎？」門外傳來名偵探的聲音。

「碧小姐，怎麼了？」遊馬解除門鎖，把門打開。

「哎呀，時間太多了，閒著沒事做。難得的機會，想跟我的華生好好聊一聊。畢竟離開這座館邸後，我們將不再是一對搭檔。」

「對喔，這麼一說的確是如此。」

解除和月夜的搭檔關係。遊馬驚訝於自己竟對這件事產生了一絲遺憾。起初只是為了找尋嫁禍他人的機會，才會試圖暫時扮演她的搭檔。現在回想起來，和她攜手挑戰玻璃塔之謎的這段時間，真的過得十分充實。

「碧小姐不嫌棄的話，今後我偶爾還是可以幫忙搜查啊。不過，只限於醫生工作不太忙的時候。」

「喔，不錯耶。非常吸引人的提議，我會考慮看看。」

月夜一邊敷衍，一邊進入房間，朝沙發走去。

「看來，我好像不是個太有用處的搭檔？」

月夜冷淡的態度，令遊馬不禁苦笑。月夜不解地「咦？」了一聲，兀自坐上沙發。

「不不不，絕對沒有那回事。你扮演的華生很完美喔。正因為有你的協助，這個『殺人玻璃塔』事件才得以解決。你是個非常出色的助手。」

「那還真是多謝妳的稱讚。」這突如其來的讚美令遊馬一陣害臊，抓了抓鼻頭。

「因為，我看妳好像對我說今後也可協助搜查的事不太起勁啊。」

「換個話題好嗎？一條老弟。」

「可以是可以，換什麼話題？」

「當然是關於『殺人玻璃塔』的事啊。」

月夜瞇起有著漂亮雙眼皮的眼睛。輕鬆的空氣瞬間緊張起來。

「……事到如今還有什麼好說呢？謎團都解開了不是嗎？所有密室詭計都揭曉，真兇也在自白後服毒自盡了。」

遊馬努力強裝平靜，不讓月夜察覺內心的慌張。

「嗯，的確是這樣沒錯。可是啊，加加見先生臨死前不是說了嗎？說只有神津島先生不是他殺的。」

「那只是他想減輕罪刑的說詞吧？」

「是嗎？加加見先生原本就打算結束復仇後自殺吧。否則，只要警察抵達，經過徹底搜查，一定會發現他是摩周真珠的父親，他也瞞不住自己就是真兇的事實了吧。」

遊馬難以反駁，月夜也不理會，繼續說道：

「既然一開始就打算自殺，何必只否認殺害神津島先生的事？這太不合理了。加加見先生最恨的就是惡魔人體實驗的主謀神津島先生，宣稱自己殺了他為女兒復仇，不才是理所當然的事嗎？」

「……那麼，碧小姐認為加加見先生為何否認殺害神津島先生呢？」

「刀……」月夜喃喃地說。「神津島先生遺體胸口插著一把刀的事。直到最後都沒搞清楚為什麼，不過現在，我好像找到答案了。」

對於話題突然轉變，遊馬雖然感到困惑，仍然反問：「什麼答案？」

「或許加加見先生真的沒有殺害神津島先生。神津島先生被不知道什麼人搶先一步毒殺，使加加見先生滿腔恨意無處可宣洩。所以他才用刀毀損遺體，好發洩內心如沸騰岩漿般的憤怒。第一天晚上加加見先生持有萬用鑰匙，如果他想這麼做，應該是可以辦得到的。」

「可是，也只是有這個可能而已吧？或許他後來認為下毒沒有親手殺害來得直接，內心感到不滿，才再次用刀刺入遺體洩忿？」

遊馬拚命表達。月夜搔搔太陽穴。

「嗯，這個說法也可以成立。只是呢，一條老弟，這幾個小時，我重新檢視了這起『殺人玻璃塔』事件。然後，我發現了……發現加加見先生沒有殺神津島先生的證據。」

感覺房間裡的溫度一口氣降至零下。上下兩排牙齒格格打顫，遊馬用力擠出聲音。

「什麼證據……？」

「我之前說過，第一起事件的兇手在毒殺神津島先生後躲進自己的房間，等我們上樓後才悄悄出來會合。」

「對，妳說過……」

「可是，加加見先生是無法辦到這一點的喔。因為，加加見先生住的是貳之室。」

像頭頂被人狠狠敲了一記悶棍，遊馬眼前一片空白。

「沒錯，當時大家聚集在壹之室房門口，但是因為樓梯間相當狹窄，眾人不得不在階梯上排隊，隊伍一路排到貳之室門外。如果當時加加見先生從房間出來，肯定會有人發現。」

「……會不會是算準大家湧入壹之室的那一刻出來的呢？」

「不、這也不對。那時，加加見先生第一個走向神津島先生的遺體，率先指揮起所有人。這表示，在湧入壹之室前他就已經跟大家會合了。換句話說……」

月夜舔舐乾燥的嘴唇，這模樣有種說不出的妖媚，看在遊馬眼中，就像吐著舌信的蛇。

「給神津島先生下毒的兇手不是加加見先生。他說的是真的。」

「不對啊，那這樣是誰殺了神津島先生……」

一陣暈眩，遊馬勉強發出嘶啞的聲音。

「對，是誰殺了神津島先生？這就是問題。只不過……」

月夜敲了敲自己的太陽穴。

「我灰色的腦細胞不必全速運轉，也能得出這個問題的答案。因為答案實在太清楚了。」

月夜雙眸直視遊馬，遊馬像一隻被肉食獸盯上的小動物，動彈不得。

「既然加加見先生沒有毒殺神津島先生，毒藥在他手上就顯得很奇怪了。回想起來，從西裝口袋拿出藥盒時，加加見先生曾露出驚訝的表情。由此導出的結論就是，殺害神津島先生的真兇為了嫁禍給加加見先生，把藥盒塞進了他的口袋。」

完全被識破了。得想想辦法脫身，唯獨自己是兇手的事絕對不能被發現。

「這麼說來……就算這樣……我們也不能確定……藥……藥盒何時放進加加見先生口袋……」

遊馬結結巴巴，連話也說不好，心裡卻又急得不得了，只有下巴不自禁地往前伸。

「不、其實這是可以確定的喔，一條老弟。」

月夜輕聲低喃。

「在聽我推理的時候，加加見先生的雙手始終插在口袋裡。」

眼前景物猛烈搖晃。失去平衡感的遊馬急忙抓住沙發椅背，這才沒有跌倒。

「你沒事吧？一條老弟。」

月夜站起來，雙手要抓他的肩膀。遊馬不假思索後退。

「嗯，看這動作應該是沒問題了。那我繼續說喔。如果是事前將藥盒放進加加見先生口袋，他在將手插進去時就會發現。然而，現實並非如此。換言之，藥盒是在我推理結束後，才被塞進加加見先生口袋裡。」

「可是……哪有塞進藥盒的機會……」

強忍欲嘔的感覺與絕望的心情，遊馬頑強抵抗。

「有啊，一條老弟。你應該知道的吧，就是你和酒泉先生一起壓制加加見先生的時候。就在那時，裝了毒死神津島先生毒藥的藥盒，從兇手手中轉移到加加見先生的口袋。」

已經找不到任何反駁的餘地，遊馬只是茫然站在原地。

「就狀況來看，能把藥盒偷偷塞進加加見先生口袋的，只有撲向他的那兩人。可是，酒泉先生擁有第一起事件，也就是神津島先生遭人毒殺之際的不在場證明。剩下的那個人……」

月夜指著遊馬鼻尖，臉上露出難以言喻的悲傷微笑。

「就是你喔，一條老弟。殺害神津島先生的真兇，就是你。」

雙腿一軟，被一種身體拋向半空的錯覺襲擊。遊馬拚命鞭策已經當機的大腦。要怎麼做才能從這窘境逃脫？要怎麼做才能阻止自己接受殺人犯的制裁？遊馬下意識握緊拳頭。

知道我殺害神津島的，只有眼前這個名偵探，只要封住她的嘴……

遊馬直視月夜，月夜也從正面回迎他的眼神。

兩人視線交融，遊馬無力鬆開拳頭。

怎麼可能辦到那種事。若是在這裡殺死月夜，幾小時候警察一來調查，自己馬上就會被逮捕。再說……我怎麼殺得了她。就算只是暫時扮演的角色，也不可能對攜手挑戰「殺人玻璃塔」之謎的搭檔下手。

遊馬用力呼出一口氣，像吐出沉澱在肺部深處的渣滓。

「沒錯，神津島先生是我殺的。」

說出這句話的瞬間，身體變得好輕鬆。自從讓神津島吃下膠囊後，一直壓在背上的十字架好像消失了。

月夜只回了一句「是喔」，似乎對此一點興趣也沒有。

「妳不問我為何那麼做嗎？」

「是啊，比起釐清動機的『Why done it』，我更喜歡推理『Who done it』和『How done it』。不過，讓我推測的話……你說過自己為了照顧生病的家人才辭掉醫院工作的吧？我也聽說，只要自己的專利權受到侵害，神津島先生就會去告各種新藥製造商，訴請中止新藥上市。我猜，你照顧的那位家人應該需要其中某種新藥？所以，為了中斷官司，你才會殺害神津島先生。不過這稱不上推理，只是我瞎猜的而已。」

就連瞎猜也能完美指出真相，不愧是名偵探。遊馬苦笑著說：

「正確答案。我妹妹是ALS病患。」

「一定很難受吧。我也不是無法理解你為何這麼做。只是，你做的事我不能假裝沒看見。因為揭穿所有真相是名偵探的使命。」

「嗯，我明白。」

「很明事理嘛。還以為你會殺了我滅口呢。」

「怎麼這麼不信任妳的搭檔呢，妳以為我做得出那種事嗎？」

「當然做得出。」月夜眼裡籠罩一層陰霾。「只要是為了達到目的，無論多殘忍的手段，人類都會毫不猶豫去做。我比誰都更清楚這一點。」

這位名偵探，至今不知窺探過多少人內心深處的黑暗。遊馬打了一個冷顫，月夜慢慢朝房門口走去。

「再說，我們已經不是搭檔了。當一方暗藏謊言時，彼此的關係就出現了破綻。所以，為了預防你可能襲擊，我也給自己準備了保險。」

「保險？」

遊馬這麼反問，月夜將門打開。出現在門外的，是九流間、左京、酒泉與夢讀四人。他們臉上掛著恐懼、憐憫及困惑等種種情緒。

「我請他們在門外等，如果聽到爭執的聲音就進來救我。當然，四位也都把耳朵貼在門上聽我們說話了吧？九流間老師。」

九流間緩緩走進房內。

「一條老弟，你確實有許多值得同情的地方。如果我跟你站在一樣的立場，或許會做出相同的事。不過，這無法改變你殺了人的事實。傍晚警方抵達前，為了確保我們自己的安全，必須將你拘禁起來。」

「……說的也是，這是合理的判斷。」遊馬用力點頭。

「我們討論的結果，是想請你進入瞭望室。因為那裡的門無法從裡面解鎖。」

「我知道了，那就過去吧。」

踩著沉重的腳步，遊馬走向房門口。夢讀發出「噫！」的驚呼，向後退了一步。

擦身而過時，遊馬對月夜說：

「抱歉啊，碧小姐。原來我不是華生，好像是莫里亞蒂呢。」

「莫里亞蒂……？」

月夜橫眼送來冰冷的視線。

「你想說自己是犯罪界的拿破崙嗎？只不過殺了神津島先生和加加見先生的你？」

遊馬囁嚅著說：「不、這個嘛……」月夜不再看他一眼，轉身離去。走出房間，慢慢下樓的

她頭也不回，用足以使人結凍的聲音說：

「和福爾摩斯一起跳下萊辛巴赫瀑布的人，不是你喔，一條老弟。」

3

事情為什麼會變成這樣呢？

背靠著樓梯間的牆，坐在長毛地毯上，遊馬仰天長嘆。晴朗的天空不知何時覆上厚厚的一層雲，紛紛飄落的細雪一觸碰到建構出這個空間的透明玻璃，便隨即滑落。

看一眼手錶，時間已過下午五點。從被關進這間瞭望室算起，也過了將近五小時。帶遊馬到瞭望室來的九流間等人說，要是遊馬服毒自殺就傷腦筋了。所以離開瞭望室時，只帶走了寫有「河豚肝」的玻璃罐。

地毯的冰冷透過褲子傳向臀部，滲入骨子裡。遊馬披在身上禦寒的是影集《神探可倫坡》裡彼得·福克穿的那件皺皺的風衣。他將衣襟拉緊，身體蜷縮。

「我到底是從哪裡開始搞錯的……」

下意識脫口而出了這樣的喃喃自語。

是暗藏殺意接近神津島太郎那時嗎？還是決定把握絕佳良機來參加這座玻璃塔中舉行的可疑宴會時？或者……

「是遇到那個名偵探的時候吧。」

伴隨這句低喃，口中吐出的白色氣息消融於冷徹骨的空氣中。

想再多也沒用，遊馬把頭埋進膝蓋之間。因為，一切已經結束了。這個故事已經落幕。以名偵探揭露真相，身為兇手的自己遭拘禁的形式落幕。

發生在這座玻璃尖塔裡的悽慘連續密室殺人事件已經解決，兇手唯一能做的，只有靜靜從舞台上消失。

遊馬慢慢閉上眼睛。

腦海浮現的，是名偵探五官端正的臉上露出嘲諷笑容的模樣。

「這麼說起來……」

下意識發出喃喃自語，遊馬睜開眼睛。

「那些暗號是怎麼回事？」

想起用刀固定在神津島遺體上那張紙，還有紙上的奇怪暗號。直到最後，月夜都沒提起那些暗號的事。

是因為一旦提起暗號，昨晚拿萬用鑰匙潛入房間搜查死者們遺體的事就會曝光？還是因為暗號和解決事件無關，所以她也不特別感興趣？

遊馬把手放在額頭上，持續思考。

拿刀插入神津島遺體的人應該是加加見。這樣的話，他又為何要留下那樣的暗號呢？那些暗號想傳達的是什麼？

「另外，從樓梯上推落我的人又是誰？還有那個在門外偷聽的……？」

拜休息了幾小時之賜，腦細胞重拾正常機能，一口氣開始運作。

正常來想，推落自己的應該也是加加見吧。他當時一定很想知道名偵探月夜已經多接近真相了。加加見住在貳之室，只需趁我結束瞭望室搜查，下樓經過他房門口後再出來，就有可能從背後偷襲。可是……

「可是，把我推下樓，對加加見有什麼好處？」

思考亂成一團，感覺自己漏掉了某件重要的事。出現這樣的預感，內心愈來愈不平靜。

不經意抬起視線，遊馬皺起眉頭。眼前那座擺滿原文推理小說的書櫃裡，好像有什麼在發光。站起身來，像隻撲火的昆蟲，被書櫃吸引過去。

那是一個玻璃圓錐。仿造神津島發明的生化產品「三叉戟」外型作成的擺飾，現在正倒在厚厚的書本上。

「這不是應該放在壹之室書桌上的嗎……怎麼會出現在這？」

遊馬拿起擺飾，內部灌滿的油液中，浮起按照DNA形狀打造的雙重螺旋。下一瞬間，三天前和神津島交談的記憶，於遊馬腦中復甦。

——我確實要求蓋這座玻璃塔的人完美重現三叉戟的細節。

「完美重現……DNA……」

擺飾從仰天低喃的遊馬手中掉落。玻璃碎裂四散，遊馬看也不看一眼，當場跪地，雙手撐在地上。

神津島是個完美主義者，還有著異常強烈的自尊心。那個男人在設計這棟仿造三叉戟打造的玻璃塔時，對各種細節毫不妥協。既然如此……

遊馬握拳敲打地毯。途中，玻璃碎片刺入手中，竄過尖銳的疼痛。然而他仍不為所動，一邊繼續揮拳捶地，一邊往樓梯間的方向移動。「賁！賁！」悶重的聲音在圓錐狀的空間中迴盪。

「以館邸的構造來說，一定在這附近……」

用力敲打樓梯間旁的地毯，聲音和剛才明顯不同，聽起來像敲打空鐵罐。

就是這裡！遊馬用滲血的手抓住地毯掀開。鄰接樓梯間的位置，一塊一公尺見方的地毯就這樣掀起，露出底下的金屬門。

「不可能只有一座螺旋階梯……因為DNA的構造是『雙重螺旋』。」

遊馬上氣不接下氣地喃喃自語。

「如果不打造兩道階梯，就稱不上是『完美重現細節』了。」

感覺自己似乎接觸到一個連名偵探都沒發現的大謎團。這樣的預感，令遊馬體溫上升。抓住門把，想把那扇金屬門打開。然而，嵌在水泥地上的金屬門紋絲不動。放開門把，遊馬定睛觀察這扇嵌在地上的門，發現上面有一條三個小方塊並列的液晶螢幕和一個數字鍵盤。

「居然要輸入密碼！」

好不容易發現暗門，這樣下去就打不開了啊。粗魯地抓亂頭髮，遊馬赫然驚覺某事。

「暗號！」

沒錯，就是暗號。固定在神津島遺體那張紙上的莫名其妙暗號。那說不定就在指示這扇暗門的密碼。

從外套口袋拿出手機，點出昨天拍下的暗號照片。染血的指尖弄濕了畫面，但現在已無暇在意那麼多。

睜大眼睛，連眨眼都忘了眨，遊馬凝視畫面中的暗號。

「果然和《小舞人探案》裡用的暗號很像。只是，《小舞人探案》的暗號種類更多，這裡畫的火柴棒人好像沒那麼多種……只有四種啊。這樣的話，就不能用《小舞人探案》裡的方法解讀了。」

嘴上喃喃自語，藉此整理思緒，遊馬放大照片裡的暗號。

「每三個火柴棒人就有一個空格，會不會是代表三人一組，一組一個字母？對照直接寫出的『O』『U』『B』三個字母，很有可能就是這樣。這麼說來，就是用三個火柴棒人來表示一個字母嘍……可是，為什麼只有『O』『U』『B』不畫火柴棒人呢？」

遊馬把手放在嘴邊。

「不是不畫，是不能畫？能用三個火柴棒人顯示的英文字母有限？」

感覺像有蟲子爬過大腦表面。現在，自己正下意識地察覺了什麼？但是，還掌握得不夠清楚。遊馬焦躁地噙住嘴唇。

「用三個火柴棒人表示一個字母……火柴棒人只有四種……有無法靠火柴棒人表示的字母……」

不經意地，瞥見視野角落只有一本厚厚的書橫倒在書架上。剛才三叉戟的擺飾就放在這本書上面。書的封面上寫著「基因工程學基礎總論」。

這間瞭望室內放的應該只有神津島寶貴的推理收藏品，這本基因工學的專業書籍，原本放在壹之室內，現在則和三叉戟擺飾一起被拿過來這裡。

「是誰這麼做的，目的又是什麼……？」

尋思了十幾秒，遊馬甩甩頭。現在最重要的是，如果想解開隱藏在這座館邸中的謎團，這本書一定也是線索。

「基因……基因……」

喃喃自語的遊馬腦中靈光一閃。

「DNA！」

一邊這麼尖叫，視線重新落在手機螢幕上。

「DNA由腺嘌呤（A）、鳥嘌呤（G）、胞嘧啶（C）及胸腺嘧啶（T）四種鹼基組成。三個相鄰的鹼基對形成一個密碼子，二十種胺基酸各有其對應的密碼子！不同的胺基酸能組合成各式各樣不同的蛋白質！」

遊馬跑向書櫃，拿下那本《基因工程學基礎總論》，匆匆翻開頁面。

「二十種胺基酸各有其對應的密碼子，只要進行對照……」

每三個鹼基排列組合各對應一個胺基酸，翻開表示各個胺基酸的英文字母表格那頁時，遊馬已走到樓梯間旁，把書和手機放在地毯上。

「首先，是最上面一行的三個火柴棒人。這一行和最下面一行，都只畫了三個火柴棒人，由此可見，與其說用這兩個密碼子表示英文字母，更可能分別代表『開始』和『結束』，這樣的話……」

遊馬用手指沾取掌心被玻璃割破而滲出的鮮血，在與樓梯間相隔的水泥牆上寫下代表「開始解碼」的DNA密碼子「ATG」。這個「ATG」被稱為起始密碼子，排在這個鹼基序列後的DNA密碼子受到讀取後，就合成了蛋白質。

「如果沒錯的話，舉起右手的火柴棒人是『A』，舉起雙手的火柴棒人是『T』，倒立的火柴棒人是『G』，剩下這個舉右腳的火柴棒人就是『C』了。這麼一來……」

交互對照手上的手機和放在地毯上的書，用鮮血在牆上寫下字母。

「第二行第一個密碼子是『ACA』，與其對應的胺基酸是蘇胺酸，蘇胺酸的簡寫是『T』。再來是『CAC』所以是組胺酸，簡寫為『H』。」

一個字母一個字母，謹慎地解碼。不久，牆上出現了「THINK」的血書。

THINK，思考。這個方法應該沒錯。

出現有意義的詞彙，令遊馬感到方向正確，繼續往下解碼。

「嗯？接下來的『TGA』沒有對應的胺基酸呀。什麼都沒有的話，是空一格的意思嗎？反正已經是這行的末尾了，這樣應該可以吧。那麼繼續第三行……」

不斷用鮮血在水泥牆上寫下DNA密碼子和與其對應的胺基酸簡寫。幾分鐘後，一口氣連代表「解碼結束」的密碼子「TGG」都寫上，遊馬凝視解讀出的暗號。

「THINK OF A NUMBER」。

「THINK OF A NUMBER……」

臉上肌肉抽搐。拚命解開複雜的暗號，得出的卻不是預期中的訊息。

「居然叫我想一個數字，不就是為了知道那個數字才在這裡解碼的嗎！」

憤怒地敲上樓梯間的牆壁。一陣痠麻痛楚從拳頭竄上腦門，遊馬咬牙強忍，拳頭抵在牆上。

為什麼要用那麼複雜的暗號傳遞「想一個數字」這種無意義的訊息呢？或許是痛楚稀釋了憤怒，大腦重拾幾分冷靜。

說不定這句話裡還隱藏著其他機關？遊馬深呼吸了幾下，凝視自己寫在牆上的血書。

「與其說是去思考一個數字，應該說是想起某個數字吧？不對，這裡是單數……」

這麼說的瞬間，全身像被雷劈一般劇烈顫抖。

「想一個數字！」

小舞人暗號　解答

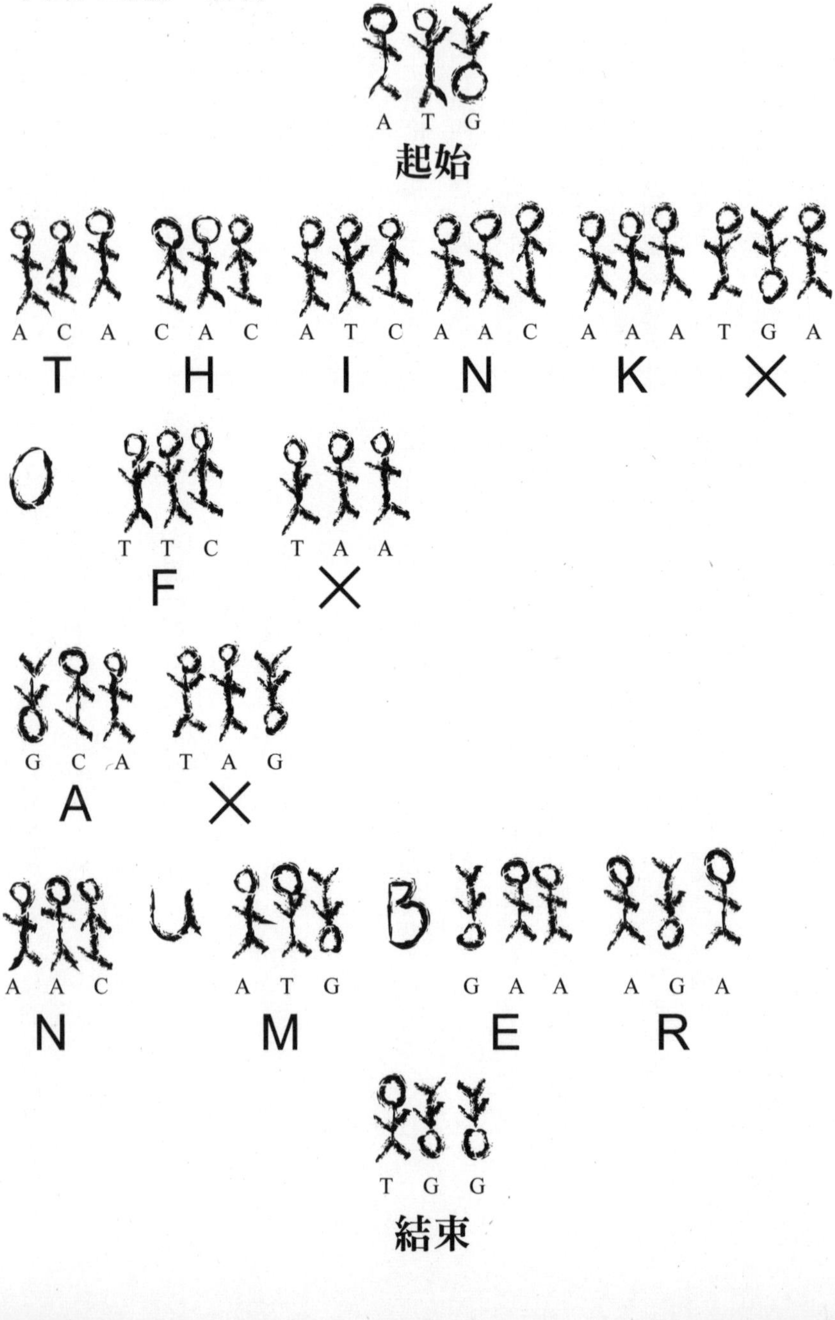
A T G
起始
A C A C A C A T C A A C A A A T G A
T H I N K X
O
T T C T A A
F X
G C A T A G
A X
A A C U A T G B G A A A G A
N M E R
T G G
結束

遊馬吶喊著，衝向放有三叉戟擺飾的書櫃。用手指一一撫摸書背，確認書名。來到最下一層的瞬間，原本快速滑動的手指突然停下。指尖下的書背上，寫著書名《*THINK OF A NUMBER*》。

「就是這個……」顫抖的指尖取出那本書。

《*THINK OF A NUMBER*》，書名在日本翻譯為「想一個數字」。這是美國作家約翰・沃登的推理小說。內容描述某天，某人接到一個小小的信封與寫著「請從一到一千之中想一個數字」的信。接到信的人先在腦中想一個數字，再將信封打開，裡面裝著的小紙片上，寫的正是自己剛才想的數字。

從這個「讀取對方思考的信」展開充滿魅力的謎團，逐漸發展成一樁連續殺人事件。書中出現各種令人聯想到古典本格推理的謎團，在推理愛好者之間是一部評價很高的作品。

「二〇一〇年發行的啊……」

遊馬翻開書，確認發行年份。即使是名著，發行年代這麼淺的這本書，應該沒有加入神津島收藏的價值。換句話說，這是刻意和三叉戟擺飾一起帶到瞭望室來的，肯定沒錯。

顧不得書上沾了血，遊馬翻開頁面。

「收到信的人想到的數字是……」

手指停止動作，要找的數字映入眼簾。故事裡，那個收到信的人腦中浮現的數字。

「六五八！」

高聲喊出數字，遊馬走向嵌在地上的金屬門，按下上面的數字鍵盤。確認液晶上顯示「658」三個數字，一邊祈禱自己推理無誤，一邊按下「enter」。

空氣中響起金屬互相摩擦的聲音，遊馬輕輕伸手抓住門把。剛才還紋絲不動的門一掀而起，下面露出一道玻璃階梯。

擺出小小的勝利姿勢，遊馬暫且用手帕包起受傷的手應急，沿著隱藏階梯往下走。

這道隱藏階梯和外面正常的階梯形狀幾乎相同。寬度頂多只能容兩人並肩行走，牆壁和天花板都是黑色的玻璃。嵌在牆裡的淡淡LED燈光下，隱約浮現整座階梯的輪廓。

這道階梯應該與外側的階梯平行，形成了和DNA一樣的雙重螺旋。牆壁的後方就是外側的階梯了吧。想到這裡，遊馬心頭一驚，停下腳步。

夢讀老是說這座館邸內潛伏著邪惡的東西，原因或許就出在這雙重階梯。儘管絕對不認為她具備超能力，既然打著通靈人士的名號，感官很可能比一般人更敏銳。這敏銳的感官，使她感受得到隔著一面牆壁後方，另一道階梯上走動的人傳出的腳步聲，才會錯覺館邸內有某種靈異存在出沒。

這麼說來，自己第一天晚上要回房間時，也曾隱約聽見背後似乎有腳步聲，害怕得以為有人尾隨。如果用隱藏階梯的腳步聲來解釋，也就完全說得通了。

到底是誰，又是什麼時候使用了這道隱藏階梯呢？是逃出地牢的人嗎？不、早已做出幾乎不可能有這個人的結論。那麼，究竟是誰……

強忍頭痛，遊馬再次邁開腳步。沿著螺旋階梯往下一又四分之一圈後，眼前出現小小的樓梯間，那裡有條通道。

「下了一又四分之一圈的話，高度相當於壹之室……」

遊馬窺探那條沒有燈光的陰暗通道。得稍微彎腰才不會撞到頭，直接以水泥打造，沒有多加裝潢的狹窄通道。深度只有三公尺左右，盡頭牆上看得見一個橢圓形的窗。遊馬保持警戒，踏進通道。

走到盡頭，朝牆上的橢圓窗內窺看，不禁發出錯愕的驚呼。

窗內看見的是壹之室。倒在地上的玻璃塔模型、桃花心木製的書桌，還有胸口插著一把刀的神津島遺體。全都看得一清二楚。

怎麼回事？怎麼會這樣？混亂中，遊馬拚命回想壹之室的構造。從這個位置能看見神津島遺體的話，就表示……

「鏡子……是魔術鏡……」

喉嚨裡發出嘶啞的聲音。想起來了，這個位置掛著一面鏡子。原來那不是普通鏡子，是可以從隱藏階梯偷窺室內狀況的魔術鏡。

然而，為何要做這種設計……接二連三接收著新的資訊，讓腦袋都快要燒了起來。遊馬低下頭，忽然瞥見魔術鏡底下有東西。

「門？」

遊馬皺起眉頭，跪下來定睛細看。門上有把手，還有三個小方塊並排的液晶螢幕和數字鍵盤。跟瞭望室裡的暗門一樣。

遊馬硬吞一口口水，依序按下「6」、「5」、「8」和「enter」。聽見喀嚓一聲，伸手抓住門把一推，高約一公尺的門就打開了。遊馬爬進門內，進入壹之室。

「……這到底怎麼回事啊？」

從混亂的漩渦中起身，轉頭確認那扇門。鏡子下方放著高度及腰的矮書櫃，看到書櫃朝通道打開的瞬間，臉上肌肉不禁抽搐。

和臉差不多高的鏡子，設置在鏡子下方的矮書櫃。跟自己住的肆之室內一樣的配置。第一天晚上的記憶甦醒，全身寒毛倒豎。

那天晚上回到肆之室，盯著鏡子看時，總覺得自己也被人盯著看。原本以為是殺害神津島的錯覺使然，說不定根本不是。

「……當時，誰在觀察我？」

感覺像被人兜頭淋了一桶冰水，遊馬環抱自己的雙肩。

肆之室被打造成隨時都能從隱藏階梯這邊觀察與侵入的狀態。不、不只肆之室，伍之室和陸之室都有同樣的鏡子和書櫃。這座玻璃塔裡的所有客房，恐怕都做了一樣的設計。

「這麼一來，所有密室詭計都不成立了嘛……」

遊馬發出嘶啞的聲音。在挑戰密室之謎的推理小說中，隱藏通道是一個禁忌。密室殺人的故事裡要是出現隱藏通道，這詭計未免太老套。

實際上，月夜也不曾提過隱藏通道的事。

「那麼，碧小姐的推理錯了嗎……？」

思考幾秒後，遊馬甩甩頭。不對，就這座館邸的構造來看，能設置暗門和魔術鏡的，只有鄰接貫穿建築中央巨大柱子的壹到拾號房間。餐廳裡發生的第二起事件應該無法使用暗門。

更何況，第一起事件是自己犯的案，剩下兩起事件加加見也都認罪了。在「殺人玻璃塔」這個故事中，月夜對三個密室詭計的說明都該正確無誤才是。

既然如此，這道隱藏階梯難道和事件沒有直接關聯？

不、不對，不可能。遊馬握緊拳頭。

肯定有人利用隱藏階梯從暗中觀察我們。那傢伙不可能不清楚館邸內發生了什麼慘劇。直覺這樣告訴遊馬。

還差一點。還差那麼一點就要看到什麼了。

現在自己正描繪著潛伏在這座館邸中某個存在的模糊輪廓，還差一點就能看清全貌。焦躁使遊馬抱頭苦惱，用力抓搔皮膚直至見血。尖銳的疼痛，倒令沸騰的腦細胞冷卻了幾分。

「先調查階梯看看吧。」

大大吐出一口氣，遊馬回到通道內，再次沿玻璃螺旋階梯往下。一如想像，每下降到相當於客房的高度，就會出現一條通道，盡頭有窗戶和暗門。經過拾之室的通道後，再往下就找不到通道了。接著往下走兩圈半，隱藏階梯也到了盡頭。出現一扇門，算算已經通過一樓了，這扇門應該通往地下室吧。

在牆壁上找到數字鍵盤，遊馬按下「658」的暗號。這扇門似乎是自動門，自己像拉門一樣打橫滑開。門縫間傳出低沉的機械聲。

小心翼翼跨出門，眼前是好幾台巨大的發電機。

「發電室……原來是從這裡出來的啊。」

背後的自動門幾乎無聲地關閉，怎麼看都只是一片被煤灰弄髒的牆壁。隔著發電機，看得到空蕩蕩的架子和通往倉庫的門。

視線往下看，遊馬在發電機背後的地板上找到數字鍵盤。按下「658」，剛關上的暗門就又無聲打開。

「誰也不會跑來發電機後面這邊吧，確實是最適合設置暗門的場所。」

接下來該怎麼辦呢？遊馬盤起雙臂思考。已經逃出瞭望室了，想必也能夠直接逃出這座館邸。但是，那又能怎樣？

汽車爆胎，徒步下雪山等於找死。更何況，其他人已經知道自己就是殺害神津島的兇手。就算奇蹟似的下了山，還是很快會被通緝，最後遭到逮捕。

早已下定決心為自己犯下的錯誤贖罪。事到如今再狡猾掙扎也太難看了，更不是辦法。

不然，要回瞭望室乖乖等警察來嗎？

「不是的吧……」遊馬低聲嘀咕。

發生在這座玻璃塔裡的事件，一定有著比名偵探碧月夜所揭露的事實更深沉黑暗的一面。自己現在就快要揪出這黑暗的真相了。

在這四天的慘劇中，我已扮演過華生、扮演過兇手，最後這所剩不多的時間裡，嚐嚐扮演名偵探的滋味也不會遭天譴吧。遊馬心想。

再次按下地板上的密碼鎖，推開門進入裡面。坐在隱藏階梯上，關上門。這麼一來，就能不受任何人打擾，好好動腦筋推理了。

好，該從哪裡開始思考呢？雙手交握，遊馬忽然注意到樓梯上有什麼髒東西。沒想太多就湊上去看。

「……血？」

皺緊眉頭，仔細一看，那很明顯是血跡。

我手上的血嗎？輕輕觸摸樓梯上的血，指尖沒有沾濕。

「乾了……不是我的血。」

從凝固的程度看來，這血跡是至少超過一天的東西。隱藏階梯裡曾經發生過什麼事？不祥的預感，奪走口中的水分。

「鎮定，冷靜。」

一邊這麼告訴自己，一邊閉上眼睛，遊馬整理腦中的思緒。

在「殺人玻璃塔」事件發生的這四天中，絕對有人使用過隱藏階梯。第一天晚上自己聽到的腳步聲，就是那個人在隱藏階梯裡走動的聲音。這麼說起來，夢讀也是從第二天早上就開始說館邸內有不祥的邪氣。

「那個人是第一天晚上，我殺了神津島後開始行動的嗎？」

閉上眼睛，遊馬自言自語。

問題是，那個人是誰？不太可能是尚未現身的人物。剛才自己一路走下隱藏階梯，都沒有看見任何身影。換句話說，那個人已經離開隱藏階梯了。既然如此，這四天來這麼多人在館邸內走動，要連一次都沒被看見太難了。

再者，設計這座隱藏階梯的人，毫無疑問一定是神津島。怎麼想也不認為那個排他的男人會把隱藏階梯的密碼告訴外人。知道隱藏階梯存在的，除了神津島之外，頂多只有住在館邸內的管家老田和女僕圓香。尤其是長年擔任神津島管家的老田，知情的可能性很高。

既然如此，為何在主人被殺害的異常狀況下，老田直到最後都絕口不提隱藏階梯的事呢？他知道這裡不會有別人。所以，暗中使用階梯的人是老田嗎？不、老田被殺之後，夢讀仍不斷堅稱館邸內有邪惡的東西。

那麼，到底使用這隱藏階梯的人會是誰？

第一天晚上，從魔術鏡那頭和我面對面的人是誰？

神津島太郎、九流間行進、加加見剛、老田真三、巴圓香、左京公介、夢讀水晶、酒泉大樹，以及碧月夜……

參加這次集會的所有人的臉，接連浮現腦中。

這群人中，第一天晚上就能使用隱藏階梯的人是誰……

思考到這裡時，腦中像是迸出火花。遊馬睜大眼睛，雙手舉到面前。

「不會吧……不、不可能……」

呼吸急促的遊馬喃喃低語。這四天的記憶如同走馬燈閃過腦海，心跳加速。

用手按住因心悸而疼痛的胸口。遊馬半張開嘴，盯著空氣。

大腦突觸起火燃燒差點短路，電訊號不斷交錯，在腦中建立起一個假設。一個可怕得超乎想像的假設。

「這種事……真的有可能嗎……」

斷續沙啞的低喃後，遊馬猛地起身，衝上玻璃階梯。途中差點喘不過氣，大腿肌肉緊繃腫脹，身體發出抗議，但他完全不管，只是不斷移動雙腿。

強忍肺部的疼痛，當雙腿幾乎要拒絕大腦發出的指令時，終於抵達目的地壹之室前的通道。

貪婪地大口吸氣，踏上通道，按下密碼打開暗門，遊馬拖著發燙的雙腿走向神津島的遺體。

花上數十秒時間調整呼吸，躺在那裡的神津島混濁的眼珠瞪著半空。遊馬抓住他的手腕，碰觸到冰涼橡膠般的皮膚時，不禁皺了皺眉。繼續抓起神津島的手臂，僵硬的手肘和肩膀關節格格作響，拉扯力道令神津島整個軀體跟著騰空。

遊馬用力咬緊牙根，放開手。在重力牽引下，神津島的手臂用力撞上地板，同時，遊馬膝蓋一軟，頹然跪地。

「真的假的……不會吧……」

嘶啞的聲音，從咬緊的牙縫間洩漏。

假設獲得了證實。那個不管怎麼看都令人毛骨悚然的假設。

本能拒絕接受那超出常軌的內容。伴隨著一股強烈欲嘔的感覺，一團熱流湧上食道。遊馬轉過頭大吐特吐，直到吐出黃色黏膩的胃液。近乎疼痛的苦味侵蝕口腔。

然而，這就是真相。四天來所見所聞的一切，在在顯示著這個真相。

遊馬站起來，走向盥洗室漱口。用外套袖口胡亂擦擦嘴，正面凝視鏡子。

「冷靜。反過來想……這樣，一切都解決了。」

鏡中的男人說。

「我已經找到真相，這座玻璃塔內發生的慘劇真相。剩下的，就看怎麼採取行動了。」

遊馬注視著鏡子，腦中模擬接下來該採取的行動與情境。

必須將剛才找到的真相告訴現在館內的眾人。但是，這很困難。

雖說找到隱藏階梯，可以輕易離開瞭望室去接觸其他人。但是，一個因為殺人而被拘禁的男人說的話，九流間他們不太可能聽得進去。

只能採用稍微強硬的方法了。問題是對方人數眾多。有什麼能讓他們順從的方法嗎……

「啊……」

驚呼一聲，遊馬轉身離開盥洗室，踩上隱藏階梯回到瞭望室。走到存放《羅娜秘記》中用過的那把霰彈槍的櫃子前。緩緩按下「6」、「5」、「8」和「enter」，聽見解鎖的聲音。

遊馬抿著嘴，打開強化玻璃做的櫃子門。拿出收在裡面的槍與子彈。

雖然不想威脅九流間等人，手上有了這個，他們就會乖乖聽話了吧。只看之後如何讓他們相信獵奇的真相。

解謎很困難，讓別人接受真相的難度，卻也絲毫不遜於解謎。原來如此，還真是要當過名偵探才知道箇中難處呢。

「這麼說來，如果我是個名偵探，現在應該是要說『那個』的時候了吧。機會難得，就容我要個帥吧。」

露出苦笑，遊馬像品味什麼似的，緩緩說出那段台詞。

「我要向讀者挑戰。所有情報皆已公開，現在已可輕易導出這座玻璃塔內發生的慘劇真相。究竟這座玻璃塔中發生了什麼事？希望各位務必解開這個謎團。這是給讀者的挑戰信。祝各位好運，做出精采的推理吧。」

4

手放在胸前反覆細細長長的深呼吸，遊馬環顧娛樂室。玻璃窗外下起了大雪，即將天黑的這個時段，室內光線昏暗。

遊馬撫摸懷中霰彈槍的槍身。冷硬的觸感給人可靠的感覺，稍微緩解了緊張的情緒。

在瞭望室內做好準備，遊馬踏上隱藏階梯，從地下室的發電室出來，再走普通的螺旋階梯到一樓。其他人大概都在自己房間吧，一樓沒看見人影。遊馬潛入娛樂室，站在門口下定決心，迎向即將來臨的最終決戰。

劇情終於來到高潮了。準備為發生在這座玻璃尖塔內的慘劇拉下終幕。

心意已決，遊馬按下嵌在牆上的火災警報器按鈕。剎那間，驚人的警報聲響遍四周。灑水器沒有啟動，可能要感應到真正起火才會灑水。

離開娛樂室，遊馬進入隔壁的餐廳，從門縫間觀察狀況。

『娛樂室發生火警，娛樂室發生火警，請立刻避難！』

警報反覆播送。幾分鐘後，所有在自己房間的人都下到一樓大廳了。

左京、九流間、酒泉、夢讀，最後現身的是月夜。眾人集合在娛樂室前。

「好像沒有起火。」

一邊開門檢查娛樂室，九流間這麼說著，露出鬆了一口氣的表情。

「那為什麼火災警報器會啟動呢？話說回來，為什麼警察還沒來？都已經傍晚了！」

「夢讀小姐，請妳冷靜一點。警察很快就到了啦。」

「很快是什麼時候？我想趕快離開這棟房子！」

左京安撫歇斯底里吼叫的夢讀，一旁的月夜視線緊盯娛樂室。

「大致看了一下，沒有哪裡有失火的跡象。可是火災警報器卻響了。是機械失靈，還是……有人按了緊急按鈕？」

「喂，妳說『有人』是指誰？難道真是那個被關在地牢裡的傢伙？」

酒泉膽怯地問。

「不、應該不是吧。會做這種事的，恐怕只有……」

月夜才說到這裡，遊馬就走出餐廳。

「沒錯，是我。」

九流間等人一臉驚訝，看到遊馬手中的霰彈槍，表情又變化為畏懼。只有月夜不為所動，盈盈微笑。

「你好，一條老弟。你是怎麼離開瞭望室的啊？」

「關於這一點，我現在會開始慢慢說明。各位，非常抱歉，請直接進入娛樂室好嗎？我有話想告訴大家。」

「開什麼玩笑！」酒泉發出怒吼。「誰要聽殺人兇手說的話啊。你別想拿那種玩具槍唬人……」

遊馬將槍口對準大廳中央的柱子，毫不躊躇地扣下扳機。震痛耳膜的爆裂槍聲中，手腕承受了超乎想像的衝擊力道。包覆柱子的裝飾玻璃碎了一部分，四下瀰漫一股煙硝味。

「這可不是玩具喔，酒泉老弟。這是真槍，而我則是殺人兇手。要是有必要，我會毫不猶豫朝你們開槍。明白了嗎？明白的話，就乖乖進娛樂室吧。」

遊馬緊張地等待酒泉和其他人的反應。當然，根本就不可能對他們開槍。要是所有人一起飛撲過來就完蛋了。大廳裡氣氛變得劍拔弩張，酒泉和左京的身體開始微微前傾。

「沒關係啦。」

緊張正要達到臨界點時，月夜以輕佻的語氣這麼說。

「反正警察一直不來，大家閒著也是閒著，不如聽聽他要說什麼，打發時間也不錯。只要我們乖乖聽話，你會保證我們的安全吧？一條老弟。」

「是啊，我保證。」

遊馬一點頭，月夜就說「那麼大家，我們進去吧」，率先進入娛樂室。這舉動化解了一觸即發的氣氛，左京和酒泉雖然還有點遲疑，也就跟著進去了。

「都做到了這個地步，可見你要說的話應該相當有意思吧？」

月夜回過頭，拋了一個媚眼。

「當然。」

「我很期待喔，前任華生。」

月夜嘲諷地揚起嘴角。確定五人都進入娛樂室後，遊馬也舉槍跟進去。

「各位，請移動到沙發後面，靠窗那邊。」

見五人按照自己指示移動，遊馬這才鬆了一口氣。中間有沙發隔著，就不怕他們撲過來了。

這麼一來，總算完成讓他們聽自己說話的基本條件。

「一條醫生。」九流間用勸告的語氣開口。「做這種事是沒有意義的。警察即將趕來，你無處可逃。不要再犯下更多罪行了。」

「我沒打算逃喔。只是想把發生在這座館邸內的真相告訴各位而已。」

「真相？事到如今你還胡說什麼？你自己都承認對神津島先生下毒，還想把罪嫁禍給加加見先生了啊？難道不是這樣嗎？」

「不，沒有錯。我確實讓神津島先生服下膠囊，也把裝有剩餘膠囊的藥盒偷塞進加加見先生口袋。」

「那——」九流間正想說什麼，遊馬伸手制止。

「只是，發生在這座館邸內的事件還有內幕，而我察覺了那個。」

「內幕？」

九流間訝異低語，月夜表情不悅地往前踏出一步。

「一條老弟，這意思難道是說我推理錯誤了嗎？身為名偵探的我，發表了錯誤的推理內容？」

「不，沒這回事喔。」遊馬搖搖頭。「妳的推理非常完美。作為一位名偵探，妳精采地解決了『殺人玻璃塔』事件。」

「你從剛才就在亂說什麼啊？既然事件已經解決，一切不就結束了嗎？三起事件的真兇都知道是誰了，你還想生什麼事！」

夢讀聲音激動。

「為了說明這個，首先必須先從我如何脫離瞭望室開始解釋。」

遊馬淡定地這麼一說，左京就指著他：

「沒錯，你怎麼打得開那扇門？瞭望室的門明明無法從內側打開啊，那裡可以說是所謂……」

「密室。」

遊馬低聲嘟噥。「唔！」左京一時為之語塞。

「沒錯，那間瞭望室正是個密室。各位認為我是怎麼離開那裡的呢？用了什麼樣的詭計？」

沒有人回答遊馬的問題。遊馬走向放在地上的投影機，打開電源，拿出口袋裡的智慧型手機，關掉屋內電燈。今天早上月夜在餐廳用過的這台投影機，遊馬事先搬了過來。

變得昏暗的娛樂室牆上，投影出嵌在瞭望室地板上的暗門敞開，露出底下玻璃階梯的影像。

這是來此之前，遊馬預先拍下的。

「答案非常簡單喔。其實瞭望室內有一道暗門，門內的隱藏螺旋階梯直通地下室。」

看見九流間深深皺眉，遊馬聳肩說道：

「我懂您的心情，九流間老師。這種東西根本是邪門中的歪道對吧？原本以為是密室，結果卻毫無預警出現什麼隱藏階梯。不過呢，之前倒也不是完全沒有給過提示。神津島先生逢人就說，這棟玻璃塔的形狀完美複製了他開發的三叉戟——將DNA帶入細胞核內的物質。既然複製的是擁有雙重螺旋構造的DNA，貫穿這座玻璃尖塔中央的螺旋階梯也應該有兩道並列才對。」

「那又怎樣？你說的那個隱藏階梯，就是事件的內幕嗎？」

酒泉不耐煩地說。

「算是內幕的一小部分。對了，夢讀小姐。」

突然被點名，夢讀尖聲說：「什、什麼事！」

「夢讀小姐一直都說，這棟館邸內潛伏著某種邪惡的東西，並且監視著我們，對嗎？」

「……那又怎樣？」

遊馬一邊操作手機一邊說「請看這個」。白色的牆上依序映出可窺看壹之室的橢圓窗戶及隱藏在矮書櫃後方的暗門。

九流間瞪大眼睛，發出近乎呻吟的聲音。

「一如各位所見，壹之室的鏡子是一面魔術鏡，從隱藏階梯這邊可以觀察室內的狀況。還有，只要輸入密碼解鎖，就能移動矮書櫃，從暗門進入室內。」

「這是……只有壹之室這樣嗎……」夢讀以顫抖的手指指著照片問。

「不、不是。所有客房都有相同設備。」

夢讀雙手摀嘴，小聲尖叫。

「沒錯，其實一直有誰在監視著妳。妳在螺旋階梯上感受到的不祥氣息，也是因為相隔一層玻璃牆的隱藏階梯裡，有人正在走動的關係。」

夢讀張著嘴巴說不出話。九流間等人也啞然佇立。天大概已經完全黑了，被黑夜侵蝕的娛樂室內一片沉默。遊馬按下牆上的按鈕，打開吊燈。對習慣昏暗空間的眼睛而言，這溫暖的燈光甚至有些刺眼。

「所以你想說什麼！」左京喘著氣吼叫。「我是不知道隱藏階梯又怎麼了，就算有這個，還是不改你和加加見先生是連續密室殺人兇手的事實啊！難道你現在想否認嗎？」

「不，我不否認。在這座館邸內發生的『殺人玻璃塔』事件中，兇手確實是我和加加見先生。剛才我不也說過了嗎？碧小姐的推理堪稱完美。」

月夜得意地抬頭挺胸，看著這樣的她，遊馬繼續說：「只是——」

「比起誰是『殺人玻璃塔』事件的兇手，還有更重要的事。」

「比起誰是兇手更重要的事？」九流間眉頭皺得更深了。

「沒錯。九流間老師，來到這座館邸後，您說了好幾次『簡直就像誤闖本格推理小說的世界』對吧？」

「那又怎麼了嗎？」

「正如您所說。蓋在深山裡的這座玻璃尖塔、因雪崩而形成的陸上孤島狀態、連續發生的密室殺人、死前留言、血書、暗號、各有特色的賓客、秘密地牢以及躺在裡面的白骨，最後是隱藏階梯。完全就是舊時美好的本格推理小說世界。」

遊馬故作誇張地攤開雙手。

「奇妙建築裡的連續殺人事件。只要是推理迷，誰會不喜歡呢？以綾辻行人的『館系列』為首，其他像是島田莊司《斜屋犯罪》、東野圭吾《十字屋的小丑》、我孫子武丸《8之殺人》、二階堂黎人《恐怖的人狼城》、歌野晶午《長屋殺人》、米澤穗信《算計》……多到不勝枚舉。要是這詭異的房屋碰巧處於『暴風雪山莊』狀態的話，那又更沒話說了。」

「一條老弟，你岔題了喔，簡直就像我一樣。」

月夜忍不住笑出來。遊馬縮縮脖子：「喔喔、失禮了。」

在不知不覺中高談闊論到忘我的地步。原來扮演一個名偵探，是比想像中更教人情緒高昂的事。或者，在擔任月夜搭檔時被她傳染了這毛病？

「一條醫生，結果你到底想說什麼？差不多該言歸正傳了吧。」

「好的。」

對九流間點點頭，遊馬舔舔乾燥的嘴唇才開口。

為了說出那關鍵的一句話。

「我們所有人都成了小說中的角色喔。《殺人玻璃塔》這部本格推理小說。」

「你說我們……成了小說中的角色？」

九流間低喃的語氣裡充滿困惑。遊馬用力點頭。

「沒錯。雖然自己沒有發現，但我們這四天來，確實是以本格推理小說中登場人物的身分，各自扮演著自己的角色。」

「你、你在說什麼啊？完全聽不懂……」

九流間無力地搖頭，臉上露出夾雜混亂與恐懼的神色。

「你是不是腦袋壞掉了？我們怎麼可能是小說裡的角色，說的這什麼蠢話！」

夢讀尖聲咆哮，遊馬也不為所動。

「不，這座館邸內確實就是發生了這麼蠢的事。」

「別說了！我聽不懂！」

夢讀抓亂一頭粉紅色的頭髮。這時，月夜開了口。

「一條老弟，換句話說，你的意思是這樣的嗎？這個世界是後設推理的舞台，我們則是在那裡走來走去的虛構登場人物？」

「後設推理？那是什麼？」

酒泉這麼問，月夜豎起食指。

「推理類型的一種喔。所謂『後設』指的是用高一個層次的觀點或立場看待某件事。將這個概念放在推理作品裡，就叫做後設推理。」

大概還是沒聽懂吧，酒泉臉色很難看。

「簡單來說，就是小說這個虛構世界和比它高一個層次的現實之間界線模糊的推理小說。有時是作者出現在作品裡，有時是登場人物也知道自己是虛構角色，有時兇手就是讀者。」

「讀者是兇手？」

酒泉訝異反問。月夜激動前傾：「沒錯！」

「其中最有名的，大概就是辻真先《假題．中學殺人事件》和深水黎一郎《最後的詭計》吧。此外，辻真先在《九封挑戰信》這部作品中展現了『讀者以外全是兇手』的精采特技，真可說是歷代罕見的詭計製造者。」

「我知道後設推理的意思，可是，我們成為登場人物又是什麼意思？我們明明就是活在現實之中的人啊。」

左京連珠砲似的發問，遊馬對他說：

「關於這點我現在會開始說明。首先，就從我們為何來到這棟館邸開始談起吧。」

「什麼為何？不就是神津島先生邀請我們來的嗎？」

「是啊。那麼，為什麼神津島先生邀請了大家呢？」

「因為他要宣布某件大事……你們不是說，他要宣布的是拿到《莫爾格街兇殺案》前寫成的未公開推理小說原稿？」

「對，原本是這麼以為。說到能夠連根顛覆推理小說歷史，又從來沒有發表過的原稿，也只能想到是那樣的東西了。然而，我們到現在都還沒發現那份原稿。既不在地下保險箱，也不在隱藏階梯裡。剛才我潛入壹之室內確認過了，神津島先生的書桌裡也沒有。」

「不然你說，那份原稿會在哪呢？這麼寶貴的原稿。」

「等一下會再說明，請耐心等待。接下來，我們來談第一起事件發生時的事。」

「第一起事件的兇手就是你吧。事到如今還有什麼好說的？難不成你要說自己沒做？」

夢讀投以輕蔑的眼光。

「不，我不會那麼說。我確實給神津島先生吃下膠囊，也看到他痛苦掙扎的樣子。那之後的事，就跟碧小姐推理的一樣。在《殺人玻璃塔》中，我是殺害神津島先生的兇手，這點毋庸置疑。」

「那——」夢讀還想說點什麼，遊馬伸手制止她。

「問題在於，第一起事件發生後。那之後，包括後來過世的老田先生和巴小姐在內，所有人聚集在餐廳裡，討論今後該怎麼辦。解散後，又各自回到自己房間。當時，我獨自爬著樓梯，卻陷入一種有人近在背後的錯覺。夢讀小姐，妳也說過類似的話吧？」

話題轉移到自己身上，夢讀略顯猶豫地點點頭。

「對，我確實有那種感覺。爬樓梯的時候，總覺得有什麼邪惡的東西在背後追蹤我。」

「正如我先前說明的，妳會有這種感覺，是因為隔著一層牆壁的隱藏階梯上有人在走動。那麼，當時在隱藏階梯裡的人到底是誰？」

「我怎麼知道是誰……」夢讀求助地環顧四周。

「當時，所有賓客和我一樣，幾乎同時朝自己房間走去。應該沒有足夠的時間進入隱藏階梯才對。」

「那就是老田先生或巴小姐嘍？他們平時住在這棟屋子裡工作，或許知道隱藏階梯的存在。」

對於左京指出的可能性，遊馬還是搖頭。

「解散後，老田先生和巴小姐應該還留在餐廳收拾整理。沒錯吧？酒泉老弟。」

聽見遊馬徵求自己同意，酒泉輕輕點頭。

「對，是這樣沒錯，我們三人花了十五分鐘收拾整理。」

「說到底，還是有我們不知道的傢伙潛伏在屋內吧！」

夢讀這麼大喊，遊馬斬釘截鐵地用「那不太可能」否決。

「隱藏階梯空間非常狹窄，不是能夠供人生活的環境。想活下去，就要離開隱藏階梯，另外尋找藏身之處。可是這四天當中，要不被任何人撞見又是極為困難的事。」

「不是賓客，不是傭人或廚師，也不是神秘人物。沒有其他人了啊。」

九流間皺著眉，表情像是很痛苦。

「沒這回事。還有一個人不是嗎？在那個時間，可以自由使用隱藏階梯的人。」

「一個人？到底是誰？」

遊馬微笑說出那個人的名字。

「就是這座玻璃塔的主人，神津島太郎。」

九流間等人沉默下來。並非震驚得說不出話，更像是困惑得不知該說什麼才好。十幾秒的時間，所有人無言地面面相覷。之後，九流間小心翼翼開口：

「一條醫生，你剛才說什麼？可以再說一次嗎？」

「我說，那個人就是神津島太郎啊。他就是那道隱藏階梯的主要使用者。」

「你知道自己在說什麼嗎？神津島第一天晚上就被你毒殺了呀。」

「是啊，沒錯。在《殺人玻璃塔》中，神津島先生確實遭我毒殺。可是毫無疑問的，在第一起事件後，能使用隱藏階梯的也只有神津島先生。剛才我已經證明過，其他人都不可能。」

「你從剛才開始，說的話都前言不對後語。我實在不認為現在的你是個正常人。」

不知是否出於恐懼，九流間向後退了幾步。

「啊，非常抱歉。手上拿槍的人又做出莫名其妙的言行舉止，各位一定覺得很詭異吧。我會清楚說明給各位聽的。」

遊馬輕輕咳了幾聲。

「九流間老師，您都不覺得哪裡怪怪的嗎？才剛發生第一起事件，聯外道路就因雪崩中斷，使這座館邸成為陸上孤島。」

「唉，我是覺得很不走運。但更大的原因是，一想到神津島可能被人毒死，我就心慌意亂，沒有多餘心情深入思考。」

「我也和您一樣。不過我的狀況是，本想以病死處理，神津島先生死於毒藥的事實卻曝了光，所以整個人都慌了。」

遊馬自虐地撇了撇嘴。

「像這類『感覺不對勁』的地方多到說不完。試想，就算是雇主的命令，老田先生和巴小姐真的情願成為那種不人道實驗和大量綁架殺人的幫兇嗎？屍體要放到變成白骨，中間會一直飄出可怕的腐臭味，他們怎麼受得了？餐廳的窗玻璃碰巧成為足以引發聚光火災的狀態也很扯。這棟館邸本來就不耐火了，怎麼還會放著這種設計失誤不管？還有，有必要特地幫客房訂製內藏晶片且無法複製備鑰的鑰匙嗎？追根究底，即使神津島先生是個怪人，誰會想在這種遠離人煙的深山裡，蓋一棟這麼奇怪的房子，還住進裡面生活？」

九流間等人愣愣聽著遊馬指出的問題。

「九流間老師說過，我們就像闖入本格推理小說的世界。這句話已經非常接近現實了。因為這座館邸原本就是打造來進行『暴風雪山莊模式連續密室殺人事件』的舞台。」

「為了進行連續密室殺人事件？」左京扶額反問。

「對，沒錯。在與世隔絕的詭異館邸中，利用建築特性引發的連續殺人事件。這完全就是古典本格推理小說的場景與情境。只是，古典這詞彙聽來好聽，其實和陳腐老套只有一紙之隔。這些用過太多次的過時情境，已經稱不上是原創情節，再加上……」

遊馬打量桌子另一端的人們。

「推理作家、刑警、通靈人士、編輯、醫生、廚師、管家與女僕，還有……名偵探。各具特色的人們聚集在館邸中，這也是暴風雪山莊模式的必備組合。沒錯，不只這棟房子，連我們這群人都是為了這部本格推理小說精心安排的。」

「什麼啊！」

近乎哀號的叫聲在餐廳裡迴盪。

「有完沒完！說什麼我們是小說裡的角色，還說是為殺人事件精心安排，我完全不懂你什麼意思！我快瘋了！」

夢讀抱頭頹坐在地，月夜溫柔輕撫她的背。

「夢讀小姐說得沒錯喔，一條老弟。充滿暗示的說明方式雖是名偵探的特權，太過頭還是會讓人討厭的。差不多該進入正題比較好吧？」

接受名偵探前輩的建議，遊馬點頭道「是啊，妳說得對」。

「那麼，我就直說吧。我們都在不知不覺中成為演員了。演出的作品，正是這部名為《殺人玻璃塔》，由神津島先生想出的本格推理小說。」

「本格推理小說的演員？」左京眉頭深鎖。

「是的。還有，這部《殺人玻璃塔》，正是神津島先生打算在這次集會上宣布的『從來沒發表的原稿』。」

「請、請等一下。神津島先生要發表的不是寫於《莫爾格街兇殺案》前的推理小說嗎？」

「那是根據『沒有發表過』、『連根顛覆推理小說歷史』等條件預測的可能性。但事實上，是我們搞錯了。很抱歉讓大家那麼期待，神津島先生打算發表的，只不過是他自己寫的本格推理小說。」

「神津島先生自己寫的小說……」左京顯然非常失望。

「身為重度推理迷的神津島先生一直熱切希望自己不是以學者，而是以推理作家的身分，在歷史上留下名聲。但是，他又沒有創造故事的才華。於是，不願放棄的他，用某樣東西彌補了才華的不足。」

「某樣東西？」

「財力，也就是金錢。」

「錢？是自費出版的意思嗎？」

左京這麼問，遊馬搖頭說「不是」。

「他把自己筆下本格推理小說的世界，搬到現實世界中了。」

「把推理小說的世界……搬到現實世界……？」

像是無法明白話中的意思，左京輕輕甩頭。

「是的。作為本格推理小說的舞台，這棟玻璃塔原本就是設計來發生那三起神秘密室殺人事件的建築。當然，餐廳裡那片有聚光燃燒危險的窗戶，也是經過縝密計算製造出來的。」

遊馬指向眾人背後那一大片落地玻璃窗。

「你說他特地蓋一棟房子來作為推理小說的舞台，這樣要花多少錢啊！」

似乎還沒從恐慌中恢復，夢讀睜大用粉紅眼影描邊的眼睛。

「是啊，恐怕得耗資數十億圓吧。可是，這筆錢對神津島先生這個大富豪來說簡直不痛不癢。五年前差點因為心肌梗塞喪命之後，他活著只有一個目的，那就是創造出一部足以留名推理史的傑作。」

遊馬說：「九流間老師……」原本半張著嘴的九流間趕緊挺直背脊。

「老師說過吧，神津島先生寫的推理小說毫無原創力，邏輯鋪陳也充滿漏洞和矛盾。」

「嗯，是啊，我是說過。」

「仔細想想，發生在這座玻璃塔內的事件，就像您說的一樣，缺乏原創力，邏輯也經常說不通呢。」

「什麼意思？」

「神津島先生強烈嚮往新本格運動的推手，《殺人十角館》等系列作品作者綾辻行人，那種心情說是崇拜也不為過。因此，綾辻行人的作品深深影響了神津島先生的創作活動。於是，神津島先生創作出這個『詭異館邸陷入暴風雪山莊狀態，其中發生連續殺人事件』的故事，故事主軸幾乎和館系列一模一樣。」

「這算抄襲嗎？」

很多話題都跟不上的酒泉，沒有自信地問。

「我想這還稱不上抄襲吧。可是要說是致敬，基本構造又太相似了。真要說的話，就是寫得很差的同人誌？」

九流間小聲嘀咕：「寫得很差……」

「是啊。之前狀況實在太異常，使人陷入混亂。其實冷靜下來思考，就能看出《殺人玻璃塔》有太多奇怪的地方。明明中了造成全身肌肉鬆弛的河豚毒素，神津島先生怎麼還有力氣扭斷模型做出死前留言？第二起事件中，兇手為何要用那麼大費周章的詭計把這裡製造成密室？第三起事件中，若想讓人找到地牢，只要直接寫出來就好，何必拐彎抹角留下『去殺中村青司』的暗號？還有，視聽室的螢幕都燒起來了，火災警報器居然沒有啟動？」

聽到遊馬指出的問題，九流間等人倒抽了一口氣。

「只因想到具有獨創性的詭計，也不去思考行動的理由，姑且先把現場打造成密室。為了呈現驚悚的氛圍，安排兇手做出不合邏輯的行為……這些都是不夠嚴謹的推理小說常見的失敗。」

「請、請等一下。」九流間喘著氣說。「所以你想說的是，在這棟玻璃塔內發生的連續密室殺人事件……」

九流間激動得講不下去。遊馬點點頭，接下去說：

「沒錯，就是由神津島太郎創作並擔綱導演的虛構內容。」

「虛構內容……？」

九流間戰戰兢兢地問。

「神津島先生也很清楚，自己再怎麼寫都寫不出留名青史的傑作。正因如此，他想出了一部其他人絕對辦不到的作品。那就是，實際上搭建一棟足以成為本格推理小說舞台的建築，假裝裡面真的發生了連續殺人事件，讓受邀來訪的賓客解開事件真相。不是真實逃脫遊戲，只能說是真實本格推理小說了吧。只要把這段時間發生的影像記錄下來，和小說一起發行，的確能掀起一陣話題。」

「這麼說來，第一天晚上發現的神津島……」

「對，沒死。」

遊馬點點頭，九流間失魂落魄似的開口：

「可、可是，神津島先生的死亡不是經過確認的嗎？」

左京坐立不安地提出疑問。

「請回想一下，確認的人只有加加見先生。之後他就不讓任何人碰神津島先生的屍體，還把我們趕出房間，不准任何人進出。第二、第三起事件也一樣，確認被害人死亡的都只有加加見先生而已。之後，一樣是不讓人接觸屍體。」

「這樣的話，加加見先生是……」

「沒錯，加加見先生是神津島先生的幫手。從精湛的演技看來，實際上應該不是刑警，很可能是哪裡的劇場演員。此外，老田先生和巴小姐也都是神津島先生的幫手，打從一開始就知道那是一場戲。兇手和被害人的角色，全都是事先安排好的演員。」

遊馬揚起嘴角。

「實際上，第二和第三起事件也都是被害人自己完成的。老田先生從餐廳裡掛上門閂，拿預先準備的動物血液之類的東西，在桌巾上寫下『蝶岳神隱』的血書，再用打火機點火。巴小姐也是在陸之室自行換上那套結婚禮服，用特殊化妝在大腿上做出刀痕，之後只要躺在床上就好。」

「這、這樣的話，一條醫生，難道你也是嗎？因為，毒殺神津島先生的人是你啊。不，實際上沒有毒殺……咦？可是……」

思考似乎跟不上事態的發展，左京眼神游移不定。

「不，我是真的打算毒殺神津島先生。只是，現在回想起來，那一切也都是他安排好的。神津島先生在找專屬醫生的事，是朋友直接告訴我的資訊。想來，一定是神津島先生早就知道，他與藥廠之間的官司害我罹患罕見疾病的妹妹拿不到必須吃的藥。只要找徵信社調查一下，很容易找到我這個恨不得殺死他的醫生。再來只要託人跟我提一提專屬醫生的事就好。」

想到自己對妹妹的心意遭到利用，遊馬憤怒地握緊拳頭。

「不只如此，他還拿實際無毒的粉末，讓我相信是河豚肝毒。平時看診時隨侍在側的老田先生，這次為了招待賓客而離開的事，也是他的刻意安排。按照他的算計，我絕對不會放過這個千載難逢的下手機會。」

「可是，你又不一定會真的下毒。」

「要是我沒動手，應該仍會由加加見先生扮演第一起事件的兇手。只是，我完全落入神津島先生的圈套，真的試圖毒殺他了。那個人一定很開心吧。觀察我受罪惡感折磨，又因為發生第二、第三起事件而陷入混亂的樣子。」

「觀察？」酒泉驚訝得聲音都分岔了。「神津島先生還活著，暗中觀察我們嗎？」

「沒錯喔。第一起事件發生，誰都無法進出壹之室之後，那個人一直待在那裡觀察我們。從通往各個房間的隱藏階梯上的魔術鏡窺看，可能也用電腦觀看了藏在這間娛樂室、餐廳、地下倉庫等地方的鏡頭拍下的影像。想必心情愉悅吧，看到我們被他想出的故事情節耍得團團轉，大概覺得自己是上帝了。」

遊馬不以為然地說完，九流間大嘆一口氣。

「一條醫生，你這番話實在太異想天開，讓人一時之間難以置信。可是同時，我又覺得非常合理，現在思緒陷入了混亂。有沒有什麼能證明你所言為真的證據呢？如果有的話，請務必告訴我們。」

「是的，有好幾項。首先，是間接證據。」

九流間皺起眉頭：「間接證據？」

「第二天用晚餐的時候，巴小姐的態度。當時，巴小姐對兇手的動機早該心知肚明，也知道接下來輪到自己成為兇手的目標。」

「所以第二起事件發生後，巴小姐看起來才會很害怕吧？」

「沒錯，乍看之下她確實很害怕。可是，如果真的那麼害怕，她怎麼會第一個吃下晚餐呢？這不是很不合理嗎？」

「什麼意思？」

「當時，她毫無戒備地吃下自助餐形式的菜餚。若是真的擔心兇手要取自己的性命，她難道不會懷疑兇手在飯菜中下毒？尤其是在神津島先生死於毒殺，收藏品中的河豚肝劇毒又被人竊走的狀況下。」

「被你這麼一說，好像確實是……」九流間窺看周遭其他人的表情。

「不過，那當然也可以解釋為恐慌錯亂下的思考不周。但是，還有另外一個間接證據。那就是雪。」

「雪？你是說雪地上的腳印嗎？」

「不、不是的。大家還記得第一天晚上下過一點雪吧？因此，第二起事件發生後，眾人去停車場檢查，發現輪胎都爆胎後，回程我看見瞭望室的窗玻璃上積了一點雪。那間房間的暖氣壞了，會積雪也很正常。可是，同樣的道理，壹之室的窗玻璃上沒有積雪就太奇怪了。為了防止神津島先生遺體腐壞，壹之室的暖氣應該關掉了啊。」

「可是，壹之室的窗玻璃上沒有積雪，就表示……」

「對，事件發生後，壹之室的暖氣再度打開了。為什麼呢？答案很簡單，因為神津島先生還活著。」

「原來如此，確實很有說服力。只是，還稱不上是決定性的證據。從你剛才的語氣聽來，應該還有更直接的證據吧？能不能請你告訴我們呢？」

在九流間的凝視下，遊馬點頭說「好的」。

「直接證據就是屍僵。神津島先生的屍僵。這正是《殺人玻璃塔》全都是虛構的最大證據。」

「沒記錯的話，昨天確認的時候，神津島的遺體確實看得出屍僵，為何這會是最大的證據呢？」

「昨天晚上，神津島先生的手臂和肩膀呈現嚴重的屍僵。一開始我以為那是因為屍僵即將開始緩解的關係。因為屍僵在人死之後十二到二十四小時內會遍佈全身，之後隨著時間經過開始慢慢緩解。可是，我錯了。」

「錯了？怎麼個錯法？」

「就在剛才，我抓住神津島先生遺體的手腕，卻連軀幹都跟著騰空。這表示，手臂與肩膀的肌肉關節正呈現嚴重的屍僵。」

「咦？怎麼回事？時間過了這麼久，屍僵應該緩解了才對吧？」夢讀喃喃低語。

「只有在屍僵遍佈全身後，才會開始緩解。換句話說，昨天神津島先生的遺體其實才剛開始僵硬。這代表……」

「神津島不是三天前死亡，而是昨天被人殺害……」

九流間嘶啞地接下這句話，遊馬回答「就是這麼回事」。

這個解釋他們能接受嗎？正當遊馬窺探其他人反應時，月夜輕輕舉手。

「我可以發言嗎？一條老弟，你剛才的說明，仍有一個地方無法得到合理的解釋。那就是關於加加見先生的死。他自認罪行後，吃下你塞在他口袋內藥盒裡的膠囊，因而喪生。可是，如果你給神津島先生吃的膠囊無毒，應該殺不死加加見先生才對啊。難道那也是演技，當時在餐廳裡倒下的加加見先生其實還活著嗎？」

「不，他死了。不只加加見先生，神津島先生、老田先生和巴小姐，昨天傍晚確認的時候確實都已經死了。」

暗自期盼圓香存活的酒泉聽見希望被打碎，忍不住發出嗚咽。

「對，昨天晚上，你和九流間老師一起調查時，神津島先生他們三個人確實是死了。」

「既然如此，剛才你發表的這個假設，不就完全被否定了嗎？」

「不、不是這樣的。」

遊馬靜靜搖頭。

「發生在這座館邸內的《殺人玻璃塔》連續密室殺人事件，確實是神津島先生精心策劃的虛構作品，這點不會有錯。只是，神津島先生的計畫有個嚴重錯估的地方。」

「嚴重錯估的地方？到底是什麼……」九流間緊張地詢問。

「這間館邸中，跑進了一個怪物。」

「怪物？」夢讀發出嘶啞的尖叫。「這麼說來，果然有我們不知道的妖魔潛伏在這間屋子裡嗎？」

「不、不是的。那個怪物就在我們之中。神津島先生不小心把可怕的災厄請進館邸內了。到最後，那怪物脫離神津島先生的控制，竊佔了館邸內發生的《殺人玻璃塔》。」

「竊佔？什麼意思？」左京像是凍僵一般，蜷曲著身體。

「那個怪物真的殺了神津島先生等三人，把本該是虛構的作品，化為現實中的連續殺人事件。」

看著九流間等人臉上僵硬的表情，遊馬繼續說明。

「插在神津島先生胸口的刀，不是為了損毀遺體洩忿。那是為了殺死還活著的神津島先生。」

「可是，最後加加見老弟又是怎麼死的……照你剛才的假設，他服下的膠囊應該沒有毒啊……」

九流間喘著氣問。

「因為那個怪物預測到我會把藥盒塞給加加見先生，也預測到加加見先生會服下藥盒裡的膠囊。畢竟，這種呈現方式最具戲劇效果啊。因此，怪物事先調包了膠囊的內容物。」

「哪可能這麼剛好，手邊就有真正的毒藥。」

像是抗拒相信這個駭人的假設，酒泉高聲反駁。

「不，就是有喔。酒泉老弟，地下倉庫裡的老鼠藥。」

酒泉瞪大眼睛。

「巴小姐說過，為了驅鼠，地下倉庫放了一些老鼠藥。怪物就是拿那個老鼠藥替換了藥盒膠囊裡原本的內容物。」

遊馬抓抓太陽穴。

「仔細想想，加加見先生死前痛苦按壓胸部、嘔吐和昏迷等症狀，都不是河豚毒素的症狀。我想，應該是老鼠藥中的磷化鋅成分毒死他的吧。磷化鋅會和胃酸起化學反應，產生磷化氫毒氣，侵襲中樞神經導致呼吸中止。」

因持續說話而疲倦，遊馬停下來喘了一口氣。這時，月夜瞇著眼睛往前踏出一步。

「真有趣的一番說明，一條老弟。那麼，名偵探的重頭戲也差不多該上場了吧？你口中的『怪物』，到底是誰呢？」

與月夜四目相接，兩人視線交融。遊馬露出微笑，平靜地開口。

說出潛伏在這玻璃塔中的怪物真面目。

「就是妳呀，碧小姐。妳正是殺害神津島先生他們，竊佔《殺人玻璃塔》的怪物。」

幾秒鐘的沉默後，站在月夜身邊的人們一起帶著驚恐的表情退後。然而，月夜那張五官端正的臉上始終掛著溫柔的微笑。

「你說我是殺害神津島先生等三人的兇手嗎？不、若把加加見先生也算進去的話就是四個人了。一條老弟，這話真的很有意思呢。」

「回頭想想，妳一直不斷在給提示。一下說我們或許真的迷路闖進了本格推理小說的世界，一下在不知不覺間用《殺人玻璃塔》稱呼這座館邸裡發生的事。大概是第三天，妳竊佔神津島先生的故事後，察覺他為這部作品取的名稱叫《殺人玻璃塔》了吧。喔，妳還說過《殺人玻璃塔》不用考慮後期昆恩的問題，現在想想也是一大提示吧。」

「喔？為什麼說不用考慮後期昆恩的問題會是提示呢？」

月夜像是打從心底樂在其中。

「解決後期昆恩的方法之一，就是透過超然的存在——也就是後設層的介入，來保證書中提示的證據皆為真。在《殺人玻璃塔》這部作品中，神津島先生本該是那個超然的存在，而妳將他殺害後竊佔了這個立場，獲得位於後設層的名偵探角色。和麻耶雄嵩在《神的遊戲》中讓神這個超然的存在來擔任偵探，藉此解決後期昆恩問題，是一樣的構造。」

「原來如此，這個想法倒有趣。不愧是一條老弟，果真是貨真價實的推理迷。不過……」

月夜瞇起雙眸。

「光是這樣就要斷定我是殺人兇手，會不會太牽強了？你有什麼足以控訴我就是兇手的證據嗎？」

「當然有啊。」

遊馬點點頭。月夜用雀躍的語氣說：「請務必說來聽聽。」

「首先有個問題是，妳什麼時候竊佔了原本由神津島先生支配的《殺人玻璃塔》？換個說法問，妳什麼時候殺了神津島先生？」

月夜掌心朝上，像是在說「請繼續」。

「至少，昨天早上在陸之室內發現巴小姐身穿結婚禮服倒在床上時，一切還按照神津島先生的計畫進行著。那時，加加見先生不讓任何人靠近倒在床上的巴小姐，只告訴我們她已經死了，並讓我們知道大腿上有拷打留下的傷痕。之所以不讓人靠近，是怕被發現巴小姐還活著，或看穿大腿上的傷痕其實是特殊化妝。接著，他讀出束腰上的文字，引導我們前往地牢，發現假的白骨屍骸。這些應該都是按照神津島先生原著劇本的演出。」

「欸？那些白骨是假的喔？」

夢讀眨著眼睛問。話說到一半被打斷，遊馬露出不悅的表情。

「總之不會是綁架來的登山客屍體腐爛後留下的啦。為了不讓我們察覺，故意將白骨放在陰暗地牢內無法就近觀察的地方。不過，那很可能是真正的人骨就是了。或許是從國外購買的骨骼標本吧？以神津島先生的財力，花錢追求這種逼真感也不奇怪。」

遊馬望向從容自在的月夜。

「換言之，到昨天早上為止，《殺人玻璃塔》還照著預定劇本走。可是，傍晚神津島先生等三人已經死了。本該是虛構的連續殺人事件，就在這段時間當中變成了現實。令我察覺這點的，是有人從樓梯上推了我的事。那時，妳說門外有人偷聽，於是我們兩人一起去搜尋這號人物。我往樓上找，一路上到瞭望室再下樓，就在我快回到肆之室時，有人從背後推了我。」

「可是，你從瞭望室下來，一路上都沒在階梯上看到人吧？」月夜在面前豎起食指。「既然如此，說不定推你的是加加見先生？住在貳之室的加加見先生應該能在你經過門外後，偷偷走出房間，從背後推你一把。」

「直到剛剛，我也都還是這麼想的喔。可是，在《殺人玻璃塔》這個虛構作品中，加加見先生這麼做就很奇怪了。今天我只是運氣好沒受什麼傷，但這座館邸階梯陡峭，一個不小心有可能摔出致命傷。加加見先生只不過是『扮演殺人兇手的演員』，不可能實際做出這種犯罪行為。」

「那我問你，一條老弟。你認為推你的人是從哪裡出來的？」

「參之室啊。躲在參之室裡的人，從背後推了我。」

「欸！」酒泉發出怪聲。「你、你在說什麼啊。我才沒做那種事。為什麼我非得害一條醫生你受傷不可啊！」

遊馬對激動的酒泉說「冷靜點」。

「我怎麼可能以為是酒泉老弟你下的手呢？那時候你不是和九流間老師及左京先生一起待在娛樂室嗎？」

酒泉放心地鬆了一口氣。月夜聳聳肩。

「那麼，推你的人是怎麼進入參之室的呢？酒泉先生，你離開房間時都不鎖門的嗎？」

「不、我都有好好鎖上啊。尤其這四天怕得要命，絕對都有上鎖。」

「既然這樣，除了酒泉先生，其他人不可能進出參之室吧。還是說，一條老弟認為有人從隱藏階梯進入參之室？」

「不是喔。那時神津島先生還活著，正在執行《殺人玻璃塔》的劇本。如果推我的人使用隱藏階梯，應該會被他或他的幫手看見才對。」

「那就沒人能進入參之室了吧？」

「沒這回事。只有一個人能開門進去。碧小姐，那就是妳。」

「我？」月夜指著自己。「難不成，你認為我的開鎖技術高明到打得開參之室的門鎖？沒這麼厲害啦。這座館邸的客房鑰匙都是內藏晶片的特殊製品耶，能打開參之室房門的，只有參之鑰和萬用鑰匙。」

「沒錯，所以妳用的是參之鑰。」

瞧不起人的微笑從月夜臉上消失。

「妳不是說過嗎？名偵探都要學會扒東西的技術。第三天發生第三起事件後，去地下保險箱拿萬用鑰匙時，酒泉老弟因為失去巴小姐的打擊而站不穩，妳曾扶了他一把。就在那時，從他口袋裡扒走鑰匙了吧。」

酒泉驚訝地望向月夜。

「拿到參之室的鑰匙後，妳謊稱有人偷聽，催促我上樓檢查，自己則悄悄躲進參之室。接著，算準我下樓經過門前時出來，從背後將我推落。」

「可、可是一條醫生，鑰匙在我身上啊？」酒泉拿出褲袋裡的鑰匙。

「那是昨天晚上，到娛樂室說服九流間老師跟我們一起去拿萬用鑰匙時，她一邊搖晃醉倒的你，一邊悄悄把鑰匙放回去了。沒錯吧，碧小姐？」

見球拋回自己手上，月夜薄薄的嘴唇揚起嘴角。

「真可悲，重要的搭檔居然懷疑我要殺他。」

「不是殺我，只要讓我一段時間無法行動就夠了。受傷的我被搬回肆之室，喝下妳倒的水之後，睡得跟一灘爛泥一樣沉。現在回想起來，就算前幾天因為緊張睡眠不足，昏睡整整半天也太不正常了。妳一定在那杯水裡下藥了吧。妳也說過，為了因應各種狀況，身上隨時帶著許多藥。加在水裡不會被察覺，又能讓人昏睡的，大概是理思必妥之類的藥水吧。那種藥無味無臭，用起來很方便。」

「我為什麼非讓你昏睡不可呢？」

「這很簡單啊。」

遊馬低下頭，抬眼看月夜。

「當然是因為，妳要利用我睡著這段時間，去殺死神津島先生，竊佔《殺人玻璃塔》。」

月夜唇邊始終帶著笑容。看著這樣的她，遊馬開始說明：

「下藥讓我睡著後，妳大概埋伏在地下倉庫等待吧。因為神津島先生得要用餐，為了準備他的食物，巴小姐很可能下去拿食材。妳在那裡脅迫了巴小姐，將她帶回陸之室……嚴刑拷打一番。」

酒泉瞪大眼睛看月夜，月夜表情依然沒有變化。

「在那裡，妳問出《殺人玻璃塔》的相關情報、進隱藏階梯的密碼，還有神津島先生接下來的計畫。其中應該包括計畫開始執行後，神津島先生他們就不和加加見先生接觸了的事。否則，加加見先生應該會察覺神津島先生他們真的死了才對。」

遊馬露出苦笑。

「操控事件發展的超然存在，不能和故事中的登場人物有所接觸。神津島先生對各種原則都有異常的執著，會這麼做也很自然。」

「……後來呢？後來發生了什麼事？」

酒泉大喊，聲音聽起來充滿危險。陰沉的眼神緊盯著月夜。

「問出所有情報後，就殺了巴小姐，讓她和《殺人玻璃塔》的角色一樣穿上結婚禮服，再把屍體放在床上。」

酒泉把牙根咬得吱吱作響。遊馬視線回到月夜身上。

「之後，妳再去殺害老田先生和神津島先生。關於神津島先生，要強迫他服毒太難了，妳不得不用刺殺的方法。結束所有罪行後，妳換了衣服，回到我房間淋浴，洗去殺人時噴濺身上的血液。」

說完事件概要，遊馬緊抿雙唇，等待月夜的反應。她突然拍起手來。

「很精采喔，一條老弟。非常條理分明的推理，只是，基礎太弱了吧？」

遊馬反問：「基礎？」

「對，你的推理，成立於我從酒泉先生身上摸走鑰匙的假設。然而，沒有任何證據能證明我那麼做了。你說我竊佔了《殺人玻璃塔》，有明確的依據嗎？」

「有啊。」

遊馬回答。月夜眼波一轉「喔？」。

「那還請你一定要告訴我呢。」

「藥盒裡的膠囊啊。原本裡面裝的應該是無毒的假藥，卻在不知何時被人調包為裝了老鼠藥的膠囊。第一天晚上，我就把藥盒丟進馬桶水箱藏起來，直到昨天晚上才放進外套口袋隨身攜帶。我想說的就是，妳殺害神津島先生他們回來後，曾經在肆之室的盥洗室淋浴，膠囊就是那時被妳調包的。」

「也可能在那之前就被調包了啊。」

月夜用調侃的語氣說。

「不可能。我離開房間時都有上鎖。」

「或許是從隱藏階梯入侵的？」

「第三天白天神津島先生他們被殺害前，真兇都不可能使用隱藏階梯。」

「那麼，或許是從神津島先生他們被殺之後，到你睡醒之前，除了我以外的別人利用隱藏階梯潛入肆之室調包的？」

「那也是不可能的事喔。妳應該很清楚才對，碧小姐。」

遊馬嘴角上揚。

「我睡著的那段時間，妳說自己一直在旁看顧。如果有其他人在那段時間利用隱藏階梯潛入肆之室，妳肯定會撞見對方。但妳從沒提過有這樣的事。換句話說，妳就是殺害神津島先生等人，並將藥盒中的膠囊調包為老鼠藥的真兇。」

月夜似乎很開心，微笑著拍手。

「太精采、太精采了一條老弟。完美的推理，只除了一件事。」

「一件事？我哪裡說錯了嗎？」

「沒有哪裡說錯，你的推理全都符合邏輯。但是，你的假設必須在神津島先生真的有耗費巨資、大費周章虛構出這名為《殺人玻璃塔》的作品時，才能真的成立。但你無法證明這一點。」

「可是，不是有隱藏階梯嗎？還有我感覺到身邊有人的那個氣息。」

夢讀從旁插嘴，月夜狠狠瞪了她一眼。夢讀低聲驚叫，整個人往後退。

「光憑有隱藏階梯這件事，並無法證明什麼。頂多只能說神津島先生有偷窺癖。再者，妳感受到的氣息也可能只是錯覺啊。」

聽了月夜的說明，夢讀縮了縮脖子。

「第二天巴小姐毫不躊躇吃下飯菜的事和壹之室窗玻璃沒有積雪的事，也都無法直接證明三起密室殺人事件只是虛構。還有你說的屍僵，只有你自己確認過，很難當作客觀證據。要用來指控我這個名偵探是殺人兇手，不能用這些模稜兩可的說詞，必須拿出更確切的依據才行。一條老弟，你拿得出那種東西嗎？」

「……不、現在我還拿不出。」

「既然如此，你剛才所說的，就只不過是想為自己脫罪的謊言罷了。」

月夜低下頭搖一搖，嘆口氣說「很遺憾」。

「妳太急躁了吧，我說的是『還拿不出』。」

「什麼意思？」

月夜抬起頭。聲音聽起來竟像是充滿期待。

「九流間老師，您從瞭望室帶走的毒藥罐，還在手邊嗎？」

突然被點名，九流間急忙應著「啊、嗯……」從懷中拿出寫有「河豚肝」的小玻璃罐。

「請把那個丟給我好嗎？」

「這個罐子？為什麼？」

「因為有這個必要。拜託您了。」

在遊馬語帶討好的請求下，九流間只猶豫了一下子，就把玻璃罐朝遊馬拋去。遊馬單手接住在半空中劃出一條拋物線的罐子，用拇指頂開罐蓋。察覺他想做什麼，九流間倒抽了一口氣。

「住手，一條醫生！別做傻事！」

「這不是傻事。神津島先生、老田先生和巴小姐都說過這玻璃罐裡裝有劇毒。如果他們三人說謊，這個玻璃罐就只是為了設計我下毒殺人的小道具，換句話說，只要證明玻璃罐裡裝的東西沒有毒，也就等於證明了《殺人玻璃塔》是神津島先生編出來的虛構故事。」

可是，萬一自己說錯了，吃下這東西就會喪命。遊馬緊握玻璃罐，緊張得手都在發抖。

自己的推理是名符其實的賭命。遊馬心想，我真能做得出這種事嗎？

口腔內迅速失去水分。雙腿發軟。遠近感從視野裡消失，陷入一種手中玻璃罐將朝自己襲來的錯覺。全身像被鋼索捆綁，身體動彈不得。

呼吸困難，氧氣好像變得稀薄。抬起頭，遊馬對上月夜的視線。只見她臉上浮現笑容，少女一般毫無心機的笑容。

看到那笑容的瞬間，遊馬從鬼壓床狀態解脫。把玻璃罐拿到嘴邊，將裡面的東西一口氣吞入喉嚨。九流間等人發出近乎哀號的聲音。遊馬睜大雙眼，全身顫抖，喉頭嘎嘎作響。

「吐掉！快把毒藥吐掉！」

聽見九流間吶喊聲的同時，情感一口氣爆發。

「哈哈……哈哈哈、啊哈哈哈哈！」

發自丹田的笑聲。途中不知嗆到幾次，仍像發作一樣無法停止大笑。

花了幾十秒的時間，好不容易重拾冷靜，遊馬重新轉向錯愕的九流間等人。

「你、你沒事吧？」

似乎懷疑遊馬精神錯亂，九流間小心翼翼地問。遊馬高舉玻璃罐。

「是砂糖！」

「什麼？」

「我說，這罐子裡裝的是砂糖。」

手指插入罐內再抽出來，舔了舔沾在指尖的白色粉末。

「有點太甜，我都想來杯咖啡了。」

吐出舌頭，遊馬望向月夜。

「這樣如何？我覺得自己稍微演得像個偵探了。」

「怎麼這麼說呢？你明明就很有名偵探的架式，一條老弟。」

像是打從心底開心，月夜驕傲地挺起西裝下的胸脯，高聲宣布：

「那麼，請容我再次自我介紹。我正是混進這座玻璃塔的怪物。在《殺人玻璃塔》中扮演名偵探，實際上是造成這座尖塔中慘劇的真兇，碧月夜。」

「妳就是……真兇……」

九流間發出低喊，恐懼使他臉頰抽搐。

「對，沒錯，九流間老師。我就是殺害神津島先生、老田先生和巴小姐，竊佔了《殺人玻璃塔》的真兇。喔對了，加上用老鼠藥調包膠囊的事，也算間接殺害了加加見先生呢。」

月夜一派輕鬆地回答，聽她的語氣，還以為在聊天氣。瞬間，一個宛如野獸咆哮的聲音響遍周遭。

「妳竟敢！妳竟敢殺了圓香！」

憤怒得漲紅了臉的酒泉朝月夜揮拳。然而，月夜只是踩著跳舞般的優雅腳步躲開拳頭，從西裝內袋取出一塊黑色物體。只見她把那物體抵在酒泉脖子上，酒泉就像被雷打到的人似的，身體一陣痙攣，臉朝下趴倒在地。

低頭看砰的一聲倒地的酒泉，月夜高舉手中的黑色物體。

「是電擊棒喔。幹名偵探這行，難免遇到各種危險，我總是隨身攜帶這個。用來防身很方便。再說……」

月夜停頓一下，露出妖媚的笑容。

「也可以讓對方無法抵抗，製造出自己想要的情境再殺死對方。」

儘管身體無法動彈，神智似乎還是清醒的，酒泉發出不成聲的低吼。月夜說「請你安靜一下」，把膝蓋放在他的脖子上，用身體去壓。酒泉發出青蛙被壓扁時的聲音。

「放開酒泉老弟！」

遊馬將手中的霰彈槍口對準月夜。

「喂喂，一條老弟，這麼做一點也威脅不了我喔。別忘了你拿的可是『霰彈』槍。發射時槍口會射出大範圍的霰彈，不只我，連酒泉先生也會中彈。一個不小心，搞不好還會打到九流間老師呢。」

月夜忍不住笑出來。遊馬咬緊嘴唇，放下槍口。

「你能理解真是太好了。要不然，槍口對著我沒辦法冷靜說話。」

「妳、妳不是偵探嗎？」夢讀朝月夜伸出顫抖的手指。

「不是偵探，是名偵探。我『原本』是個名偵探。」

在月夜兇狠的目光下，夢讀發出小小的哀號聲，身體站都站不穩。為了保護夢讀，九流間往前站一步。

「碧小姐，妳一個堂堂名偵探，為什麼要做那種事？」

月夜把手放在下巴上，輕聲沉吟。

「又是問動機啊，Why done it。雖然相較之下，我個人比較偏好Who done it或How done it的推理，但若問我為何殺害神津島先生他們，或許請各位來推理一下也滿有趣的呢。你不覺得嗎？九流間老師。」

「……妳跟神津島之間有什麼私怨嗎？所以才會試圖竊佔他的計畫，進行一場完美犯罪。」

「不是這樣的喔，九流間老師。不是出於怨恨而殺人那麼簡單，我之所以殺人，為的是更高尚的目的。」

月夜視線回到遊馬身上，一臉挑釁地瞇起眼睛。

「如果是你，應該知道為什麼吧？一條老弟。知道我究竟懷著什麼樣的心情殺害神津島先生他們。」

「是啊……我知道。」遊馬低聲說。「妳對《殺人玻璃塔》很不滿意。」

月夜如花苞綻放般漾開笑容。

「不滿意……什麼意思……？」

察覺到某種邪惡的氛圍，九流間有氣無力地問。遊馬用力吐出一口氣。

「就是字面上的意思呀。正如我剛才說過的，神津島先生寫的《殺人玻璃塔》劇本，有著各種邏輯上的破綻，以作品而言完成度很低。熱愛推理到了偏執地步的碧小姐，自然無法原諒。對吧？」

遊馬將問題拋去，月夜卻只是抬了抬下巴，示意遊馬繼續說。

「第二天早上，看到壹之室的窗玻璃上沒有積雪時，妳已經感到不對勁。到了當天晚餐時間，看到巴小姐絲毫不擔心自己被下毒，第一個吃飯也不緊張的模樣，妳就察覺這座館邸裡發生的事件是虛構的一場戲了。說起來，誘導巴小姐先吃的人也是妳，那麼做就是為了確認吧？」

「你說的不算對喔。其實我在更早的階段……當我聽到這座館邸完美複製三叉戟模型的事時就感到不對勁了。」

「……這樣啊，第一起事件後，前往瞭望室時，妳像個孩子似的蹦蹦跳跳。原來那不是因為看到神津島收藏而興奮，而是想從腳步聲的變化找出隱藏階梯的位置嗎？」

早在那個階段，她已經想到這座館邸的螺旋階梯應該是雙重構造了嗎……這麼說起來，第二天自己造訪伍之室時，看到她把行李箱放在擋住鏡子的位置，還把矮書櫃裡的書全部搬出來放在地上，原來是為了擋住魔術鏡和預防有人從密道入侵啊。月夜高度的洞察力與智慧，令遊馬不寒而慄。

「你記得真清楚呢，一條老弟。沒錯，正如你所說。只是，看到神津島收藏也真的讓我很興奮啦。」

月夜說得很開心，左京指著她說：

「那麼、那麼，妳是因為察覺被神津島先生他們欺騙，感到強烈憤怒才殺人的嗎？」

「不是喔。」遊馬搖頭。「打從心底熱愛推理的碧小姐，就算知道這一切都是虛構，她也會高高興興進入推理小說的世界，怎麼會憤怒呢？別說憤怒了，她根本就是滿心期待地等著看會有什麼事情發生吧。事實上，到第二天時，她都還興致勃勃，情緒激昂。只是，問題出在第三天的密室殺人事件。」

「第三天的事件有什麼問題？」

「詭計的水準啊。利用建築構造的斜面讓遺體滑落，還剛好落在窗邊的床上，這實在太碰運氣了。窗戶有可能被屍體撞壞，屍體更很有可能因滑落速度太快而飛出去。很難想像兇手會採用這麼粗糙的詭計。其次，這個詭計也缺乏原創性。利用建築斜面的詭計，光在本國就曾有非常知名的作品用過了。」

一邊想著那本知名作品，遊馬一邊朝月夜望去，她依然沒有開口，但滿意地點了點頭。遊馬繼續往下說。

「關於第二天的事件，雖然還有『為何非製造密室不可』的問題，至少詭計本身真是非常出色。利用這棟玻璃塔的特殊建築特性，再加上把桌巾塗上容易起火的深色，並用血書當障眼法。這一定是神津島先生這輩子能想出最厲害的詭計了。碧小姐，妳也很滿意不是嗎？所以第二天才會那麼雀躍。」

月夜沒有開口。但是，從她愉悅的表情，就能知道遊馬的猜測正確。

「一定是先想出了這個詭計，神津島先生才開始耗費巨資建設這棟玻璃塔，同時花了很長的時間計畫這場真實本格推理秀。可惜，他的才華有限，其他事件中的詭計和細節設定難以保持相同水準。看到第三起事件的內容時，妳發現這部《殺人玻璃塔》將以爛尾告終。之後又看到地牢裡的老套演出，妳終於陷入強烈的失望與沮喪之中。」

想起第三天月夜那張悲痛的側臉。原本還以為，她是在自責身為名偵探的自己無法阻止新的犧牲者出現，因而對自己感到失望。沒想到，那時在她心裡打轉的是完全不同的想法。一個可怕的計畫就此萌芽。

「正因如此，妳決定竊佔神津島先生的計畫。一方面扮演《殺人玻璃塔》裡的偵探角色，同時殺害神津島先生他們，擔任讓三起事件從虛構變成現實的兇手。妳取代神津島先生成為超然的存在，順利完成艱難任務，改寫原本拙劣的《殺人玻璃塔》，使它化身具有雙重構造的慘案，架構出深具藝術性的美麗本格推理。」

遊馬口中自然而然吐出近乎讚許的話語。月夜犯下的慘無人道罪行絕對不容原諒。然而另一方面，她那灰色的腦細胞孕育出無論從哪個角度都經過嚴格計算的謎團，身為一介推理迷，很難不為之感動。

「謝謝你，一條老弟。我打從心底感謝你。」

月夜恭謹低頭。

「沒想到你能理解我的心情到這地步，超乎我的期待。沒錯，我太失望了。巨大的玻璃尖塔、貫穿中央的雙重螺旋階梯、絕對沒有備鑰的門鎖，以及受邀來此、各有特色的賓客。放眼世界，能打造出如此完美本格推理舞台的，也只有神津島先生了吧。這座玻璃塔，是他以龐大資產和對推理無盡的愛所孕育出的奇蹟。可惜的是，他缺乏構築美麗謎團的才華。《殺人玻璃塔》除了第二起事件，其他推理內容都平庸至極。就像拿出再高級的食材，廚藝不佳的廚師做出來的東西只能說是廚餘。所以，我代替神津島先生烹調，為各位端出至高無上的料理。」

月夜重新轉向九流間，微微歪了歪頭，殷勤地問：「味道怎麼樣？」九流間臉頰抽搐。

「妳……只因對神津島想出的本格推理感到失望，就殺了四個人？」

「不是的。如果單純只是劇本品質拙劣，我大概還是會將《殺人玻璃塔》裡的名偵探角色扮演到最後一刻。驅使我殺人的是失望和……憤怒。」

「憤怒？是什麼觸怒了妳？」

「神津島先生似乎很講究推理的公平性，除了破解三起密室殺人事件的提示外，關於發生在這座館邸內的事件全是虛構的事，其實他也給了不少提示。比方說，他一直強調玻璃塔完美複製了三叉戟，藉此暗示雙重螺旋階梯的存在。對一條老弟說的那句『推理小說的歷史將被連根顛覆』也是提示之一。對了，瞭望室空調故障的事也是假的吧。為的是透過這樣的設定，製造出瞭望室玻璃上有積雪，壹之室卻沒有的間接證據，暗示自己其實還活著。此外，神津島先生更把最大的提示放在每個人的房間了。」

「最大的提示？」

沒有回答九流間的提問，月夜望向遊馬。

「一條老弟，你剛才說，我在第三天殺害神津島先生他們時，察覺自己被捲入的本格推理作品名稱叫《殺人玻璃塔》。其實這是不對的。我在更早以前就知道這個名稱了。第三天傍晚才第一次把這個名稱說出口，是因為我判斷自己已經是取代神津島先生的超然存在，即使說出來也不算不公平。」

「更早以前就知道了？妳是怎麼知道的？」

遊馬皺起眉頭，月夜輕聲嗤之以鼻。

「嗯……一條老弟，你的注意力這麼渙散，怎麼扮演名偵探呢？線索一直在你身邊啊。從壹之室到拾之室，所有房間裡書櫃的最上層──」

「最上層……」

遊馬回想肆之室裡的書櫃。沒記錯的話，深愛本格推理的神津島，在上面幾層放了島田莊司、綾辻行人、法月綸太郎、有栖川有栖等人的作品。尤其是最上層，從《殺人十角館》到《殺人奇面館》，放了整套共十一本的平裝版「館系列」……

想到這裡，遊馬情不自禁發出錯愕的驚呼。

「你好像發現了呢。綾辻行人的『館系列』平裝版只有十本。然而，各個房間裡的書櫃上，不知為何卻放了十一本『館系列』。這是為何呢？答案很簡單，因為這本混進去了。」

月夜從西裝口袋裡取出一本書。仿造講談出版社平裝版小說外觀製作的書背上，寫有「殺人玻璃塔」的書名，作者則是「神津島太郎」。

「你看看嘛。」

月夜把書隨手丟向遊馬。小心翼翼撿起掉在腳邊的那本書，遊馬翻開頁面。內文雖然是一片空白，最前面幾頁卻印了這座玻璃塔的立體圖，以及登場人物簡介。

看見自己的名字也在裡面，遊馬咬緊嘴唇。

「一條遊馬……醫師」。

「我無法原諒這個。『館系列』可說是點燃新本格運動之火的象徵，他不但搞出一本看起來很像的作品，還編出拙劣到稱不上致敬，頂多只能說是粗製濫造冒牌貨的情節，最後竟然恬不知恥地將這本糟糕的作品混入『館系列』中。這種行為，只能說是對本格推理的污辱。你不這麼認為嗎？一條老弟。」

——我想成為綾辻行人。

遊馬想起第一天神津島說的話。那時，只以為他這麼說是為了表達對綾辻行人的尊敬。事實上，神津島對綾辻行人懷抱的或許是嫉妒的情感。

如果自己沒有成為學者，立志成為推理作家的話，說不定能取代綾辻行人，成為本格推理運動的推手。

曾幾何時，那強烈的欣羨轉變為虛妄的執著，最後更具體化身為這座玻璃塔。在這座館邸中實踐自己想出的本格推理，為作品取了《殺人玻璃塔》的名稱，混入「館系列」之中。神津島試圖藉此消除自己的自卑感。

然而，這樣的行為觸怒了碧月夜。

「……就算這樣，我也不會為了這種事殺人。」

「不、你會的。當自己最重視的東西遭人踐踏時，人類就會殺人。對你而言，最重視的東西是令妹，對我而言，那就是推理小說。我和你之間的差異，只不過如此而已。」

月夜的語氣堅定，毫無一絲猶豫。這時，九流間開了口。

「不、碧小姐，妳的行動不合理啊。」

「不合理？哪裡不合理？」

月夜的聲音急速失去溫度。

「妳對名偵探有很強烈的執著，不是嗎？妳曾說過名偵探是妳從小到大，不斷追求的東西。

這樣的妳，竟然殺了四個人。這麼一來，妳將再也無法以名偵探的身分活動了啊！」

聽著九流間的指摘，月夜摀住嘴，低下頭。不久，纖細的肩膀開始抖動。最後像是再也忍不住了，笑聲從指縫間洩漏。

「有什麼好笑的！」

九流間生氣地怒吼，月夜瞅了遊馬一眼，眼神彷彿在說「你應該懂的吧」。

「九流間老師，您搞錯了。」遊馬以低沉的聲音說。「對她而言，追求名偵探和殺人是互不矛盾的兩回事。」

「你說……什麼……？我不明白……」

九流間混亂地雙手抱住自己童山濯濯的腦袋。

「她對名偵探確實執著，一直以來也持續追求著名偵探。但是，她一點也不堅持『自己做個名偵探』。成為名偵探，只不過是她妥協的結果。」

「妥協？不然碧小姐真正想要的是什麼？」

左京怯怯地問。

「她真正想要的，是『見到名偵探』。痛苦的童年時期，逃進推理的世界尋求慰藉的她，始終熱切期盼見到名偵探。然而，和小說虛構的情節不同，現實中遲遲無法見到名偵探。無可奈何的她，只好『自己成為名偵探』。雖然如此，內心深處還是像等待白馬王子的少女一般，不斷追求與名偵探的相遇。」

「一條老弟，身為女人，我對你用『白馬王子』來比喻感到有點火大喔。」

「抱歉。」遊馬道歉，月夜揚起一邊嘴角。

「不過，你剛才說的幾乎是正確答案了。我一直夢想見到名偵探，滿心期待那一天的到來。」

「這和妳為什麼殺人有什麼關係？」

九流間用看到不明生物的眼神看月夜。

「所謂名偵探，是無法單獨存在的喔。」

遊馬這麼一說，九流間就皺起了眉頭。

「別說那種像禪問答的話，難以理解的事太多，我的頭都快爆炸了。」

「喔喔，不好意思。她昨天對我這麼說：名偵探只能等待棘手事件發生，是被動又無力的存在。換句話說，為了讓名偵探存在，必須先有值得名偵探著手解決的『棘手事件』。」

不知是否理解遊馬的意思了，九流間和左京臉色一沉。只有夢讀眨著眼睛問：「什麼意思？」

「對比誰都更執著追求名偵探的碧小姐而言，製造『棘手事件』和尋找能解決這個事件的人，是毫不矛盾的兩件事。換句話說，她想靠自己創造『名偵探』。」

看似依然無法理解，夢讀半張著嘴巴。一旁的九流間忽然微微顫抖起來。

「這種事……怎麼可能辦得到……就算理論上能成立，怎麼可能為了這個毫不躊躇下手殺人……」

「不，她就是辦得到。因為……她是老手了。」

「老手……？」九流間抖得愈來愈厲害。

「九流間老師，您還記得嗎？第一天晚餐過後，大家在娛樂室放鬆時，加加見先生跑來找碴。他列舉了幾件碧小姐拒絕協助調查的案子，嘲笑她實力不足。對此，她是這樣回答的──『我無法一人分飾兩角』。」

遊馬一邊斜瞥月夜，一邊繼續說。

「當時，雖然覺得這個比喻不是很恰當，我仍把『無法一人分飾兩角』解釋為忙於其他案件的搜查，分身乏術的意思。然而，這句話真正的意思應該是……」

停頓了一下，遊馬以嚴厲的語氣說：

「一個人無法同時扮演名偵探又扮演兇手。」

「這意思是、這意思是……」九流間臉上已失去血色。

「沒錯。巨無霸客機乘客消失事件、游泳選手泳池內燒死事件、博物館恐龍化石襲擊事件。震驚社會的這三起事件，兇手正是名偵探碧月夜本人。沒錯吧，碧小姐？」

聽遊馬這麼一說，月夜歪了歪頭。

「一條老弟，你這番話挺有意思的嘛。」

「哪裡說錯了嗎？」

「不、我不是想指出你的錯誤。只是，光憑我一句『無法一人分飾兩角』就想證明一切，這我不太能接受呢。扮演偵探的人在陳述推理的時候，得更有說服力才行。」

「這樣的話，不如談談妳身為名偵探的原點吧？」

「身為名偵探的原點？」月夜的聲音低沉了幾分。

「對，促使妳成為名偵探的契機——雙親在密室慘遭殺害的事件。」

月夜嘴角上揚，對遊馬說「請繼續」。

「始終沒有名偵探出現解決妳雙親的事件，為此感到失望的妳，決定自己成為名偵探。然而，儘管後來妳真的成為了名偵探，卻到現在還在等待為妳解決雙親事件的名偵探出現。這不是很奇怪嗎？」

「哪裡奇怪了？」月夜微微仰頭，語氣挑釁。

「妳已經是名偵探了啊，大可自己著手解決雙親的事件不是嗎。可是不知為何，妳卻始終期待著『別的名偵探』出現。」

「所以你認為這是為什麼？」

「因為『一人無法分飾兩角』。」

月夜臉上滿是幸福的笑容，像是有生以來第一次找到理解自己的人。

「換句話說碧小姐她……」

九流間像吸不到空氣的金魚，嘴巴不斷開合。

「是的。碧小姐自己殺害了雙親，將現場佈置成密室。因為她認為，這樣就能見到自己從小嚮往的名偵探。」

「只因為這樣就殺死自己的父母？」

「不、我想不光只是因為這樣。她說在父母遭殺害的事件發生前，自己受到周遭的迫害，過著閉門不出的生活。原本我以為她指的是在學校被霸凌，後來仔細回想，從她口中聽過的學生時代回憶，一點也不像個受到霸凌的學生。也就是說，迫使她閉門不出的恐懼對象，大概不是同學……而是父母。」

「……虐待。」

九流間低喃的瞬間，月夜臉上瞬間掠過一道陰影。

「雖然我不知道是何種程度的虐待，無論如何，為了逃離殘酷的環境，她選擇殺害父母，同時藉此見到嚮往已久的名偵探。然而名偵探沒有出現，不得已的她，為了填補內心的缺縫，決定自己成為名偵探。儘管如此，她仍沒有拋棄與名偵探相遇的夢想，於是同時用兩種身分持續生活。」

「哪兩種身分……？」

九流間喃喃低語，那模樣只能說是失魂落魄。

「一個是不斷解決棘手事件的名偵探碧月夜，這是她表面上的身分。不過，以偵探身分活躍的同時，她也不斷自己創造棘手事件，找尋能夠解決這些事件的名偵探。換句話說，她不為人知的另一個身分就是——」

看著打從內心感到幸福，臉上浮現微笑的月夜，遊馬輕聲說出她真正的名字。

「名兇手，碧月夜。」

「名兇手……」

九流間與左京同時低聲複誦這個陌生的詞彙。

「製造出只有具備非凡智慧的人才能解決的棘手事件，藉此挖掘名偵探。只要有這麼一個『名兇手』，就有可能催生出好幾個『名偵探』。身為比誰都堅持追求名偵探的人，這麼做也是極為合理的選擇。而且碧小姐，妳正好具備了執行這件事的智慧、行動力以及……變態性格。」

遊馬雙手合十。

「對了，聽到我自白時自稱莫里亞蒂，妳表現得莫名排斥。那應該是因為，妳認為自己才是真正的莫里亞蒂，在妳心中有著身為名偵探宿敵的自豪吧？」

遊馬凝視月夜，語氣沉著冷靜。月夜笑了起來，那是打從心底感到幸福的笑容。

「謝謝，一條老弟。真的謝謝你。這是第一次，第一次遇到這麼理解我本質的人。你真的是最棒的華生。」

用手背擦拭微微濕潤的眼角，月夜像是為了平息激動的情緒，吐出一大口氣。

「那麼，接下來你打算怎麼做？」

「接下來？」

「是啊，一條老弟。眼下扮演名偵探的人可是你耶。名偵探的使命不只是揭穿真相，要能解決事件才稱得上是名偵探喔。」

月夜把更多體重放在壓住酒泉脖子的腿上，酒泉發出痛苦的呻吟。

「我手上有人質，你不能開槍。接下來，你打算怎麼制伏我？該不會以為揭穿所有真相後，我就會乖乖去向警方自首吧？」

「警、警察很快就要來了！我們不會放棄的！」

躲在九流間和左京後方的夢讀大喊，月夜露出傻眼的表情。

「夢讀小姐，那是神津島先生想出的《殺人玻璃塔》裡的設定，也就是虛構的內容。實際上沒有人報警，雪崩什麼的也是胡說八道。妳怎麼還不明白？」

「即使如此，狀況也不會改變。」九流間壓低聲音說。「親朋好友遲早會因聯絡不上我們而趕來這裡。這麼一來，一定會有人報警。到時候，妳在這座館邸中犯下的所有罪行都會被查明，逃不掉的！」

「九流間老師，我可是『名兇手』唷。簡單來說，就是這行的專家。你以為這點事我會沒計算過？就算一條老弟沒揭穿真相，只要鑑識人員好好調查，最後還是會發現《殺人玻璃塔》是虛構事件，實際利用那個行兇的人是我。對此，我當然也想了應對的方法。」

月夜視線從九流間身上轉向遊馬。

「一條老弟或許已經察覺了吧？畢竟我早就告訴過你，我擁有哪些特殊技術。」

——只要我想，現在就能用這座館邸裡現有的東西做出一個遠距引爆裝置。

第二天月夜說的話，不經意地在耳邊復甦。同時，遊馬也想起幾小時前在發電室內看到的空架子。

「難道是……炸彈？」

遊馬聲音嘶啞，月夜從西裝內袋取出掌心大的物體。那是一個呈黑色長方形的機械，掀開上面的蓋子，露出底下紅色的按鈕。

「只要按下這個，設置在地下廚房裡的大量汽油就會爆炸，整座玻璃塔瞬間被火焰吞噬。我本來沒打算殺九流間老師他們的，因為要留著他們提供詳細證詞，證明《殺人玻璃塔》的兇手是一條老弟和加加見先生。可是，現在已經沒法這麼做了呢。真可惜。」

夢讀發出不成聲的尖叫，當場頹坐在地，試圖爬向門口。

「不許動！」

月夜大聲叱喝，夢讀全身用力顫抖，趴在地上轉頭。從雙眼滿溢的淚水化開了濃妝，使她看上去像個小丑。

「要是誰敢隨便亂動，我就按下這個按鈕。不希望我這麼做的話，就請安分一點。好了，抱歉讓你久等，一條老弟。請讓我聽聽名偵探的選擇吧。你會如何克服眼前這個難關？」

像即將出發遠足的小孩，月夜難掩興奮的語氣，臉頰一片潮紅。

「什麼都不做的話，妳將挾持人質走出玄關，引爆炸彈燒死關在這座玻璃塔內的我們。最後再殺死人質，自己銷聲匿跡。」

「那是我該做的最佳選擇。那樣的話，就沒人知道我是名兇手的事，我也能繼續維持名偵探與名兇手的雙重身分。」

「可是那樣太卑鄙了。」

「……什麼？」月夜臉頰抽動。

「我說妳卑鄙。妳改寫《殺人玻璃塔》這個虛假的本格推理，編織出現實的本格推理犯罪。而我，扮演偵探角色解開了這個謎團。所謂的本格推理，也可說是純粹的鬥智遊戲。換句話說，我挑戰了身為名兇手的妳，在遊戲中獲得勝利。遊戲的勝利者獲得獎賞，失敗者接受處罰，這不是常識嗎？」

「沒料到會有炸彈的你稱不上完全勝利吧？」

「所以我不會要求妳釋放所有人後去自首。讓我們找個雙方都能接受的折衷點吧。」

「折衷點？聽起來好像很有趣。」

原本臉上表情愈來愈陰狠的月夜，這下也笑了出來。

「那就進入談判時間嘍。一條老弟，你打算提出什麼條件？」

「讓除了我以外的其他人逃出玻璃塔。」

「要我保證其他人的安全是嗎？可是那麼一來，我名兇手的身分就會被警方知道了。」

「這是妳應得的處罰啊。沒什麼大不了吧，反正昨天妳就已經決定，往後要以名兇手而不是名偵探的身分活下去了。」

「你在說什麼啊？」月夜裝傻。

「『去做妳該做的事，重新找回妳真正的姿態吧。』這是昨天，第三起事件後，我對沮喪的妳說的話。聽到這句話後，妳恢復了原本的活力。當然，我的本意是要妳去做名偵探該做的事，在妳心中卻有了不同的解讀。『名兇手才是自己真正的姿態』，妳是這麼想的吧。所以，妳下定決心竊佔《殺人玻璃塔》，成為作品中的超然存在，創造具備真正藝術性的本格推理。」

遊馬大大嘆口氣。

「某種意義來說，是我在猶豫的妳背後推了一把，使妳決定以名兇手身分活下去。」

「所以你打算負起這個責任，才自己留在這座館邸中？」

「是啊，沒錯。如何？我認為這是個不錯的提案。」

「和在《殺人玻璃塔》中扮演華生角色，在我創造的故事中扮演名偵探角色的你一起迎向故事高潮嗎？聽起來確實是個不錯的提案……不然，這樣吧。」

毫無預警的，月夜把手中的引爆按鈕拋向遊馬。遊馬瞪大眼睛，雙手謹慎接住那個在半空中劃出大大拋物線，往自己逼近的按鈕。沒讓按鈕掉落地面，而是順利抓住的瞬間，才剛鬆了一口氣，心窩就傳來一陣劇烈衝擊。月夜拋出按鈕的同時向前飛奔，順勢用全身撞了上來。察覺這點時，遊馬的身體已經倒下。

撿起掉在地上的霰彈槍和引爆按鈕，月夜將槍口對準不斷嗆咳的遊馬。

「以這個狀態的話，我可以接受你的條件。不好意思，九流間老師，請您和左京先生、夢讀小姐一起，帶酒泉先生走出玄關好嗎？因為很危險，請盡量走遠一點。對了，最好退到停車場那邊才安全。」

「可是，一條醫生……」九流間臉上浮現猶疑的神情。

「不用管我，請快離開吧！這是我和她之間的問題！」

摀著疼痛的心窩，遊馬大喊。

在夢讀「快走吧！」的催促下，九流間表情沉痛，和左京一起攙扶酒泉，朝出口走去。離開時，九流間仍顯得躊躇不定，遊馬對他堅定地點頭。

四人身影消失後，門重重關上。

「終於獨處啦，這下可以冷靜談談了。」

「槍口對著我，哪有辦法冷靜說話。」

遊馬苦笑，但不可思議的是一點也不感到恐懼。和月夜獨處，甚至讓他覺得很自在。

「那麼，一條老弟，要給故事一個怎樣的結局呢？即使中間出現再多精采的詭計，最後一幕不怎麼樣的話，仍稱不上是名著呢。」

「決定結局是妳的任務吧。這是妳的故事啊。只不過，在故事落幕前，我想對妳說句話。」

遊馬瞇起眼睛。

「謝謝妳。」

「謝我？謝什麼？」

月夜見鬼似的眨著眼。

「謝謝妳給我機會啊。事實上，妳根本可以不讓我有解謎的空間，只要把我跟整棟玻璃塔一起燒掉就好。可是，妳刻意給了我提示。瞭望室裡的三叉戟模型、基因工學參考書，還有《*THINK OF A NUMBER*》，把這些東西放在那裡的人是妳吧。考慮到我這個名偵探實力不足，妳留下各種明顯的提示。正因如此，我才能勉強找出真相。」

「費盡千辛萬苦創造的故事，要是沒半個人挑戰就結束，豈不是太悲哀了嗎？竊佔《殺人玻璃塔》聽起來簡單，其實挺費事的呢。一下要把結婚禮服穿上巴小姐的屍體，一下要把老鼠藥切碎塞進膠囊裡。你睡得打呼的時候，我盡在做這些麻煩事。」

想像努力把老鼠藥裝進小小膠囊裡的月夜，遊馬忍不住笑出來。

「你看，即使被槍口對著，憑我們的交情，氣氛還是很放鬆的。」

月夜開玩笑地說。兩人四目相對，同時噗哧一聲，接著哈哈大笑。不知為何，感覺心情很痛快。

「對了碧小姐，找到名偵探之後，妳打算做什麼？」

盡情笑了一陣之後，遊馬問。

「做什麼？」月夜疑惑地反問。

「兕到名偵探的時候，就等於罪行被揭發的時候。這時，身為兕手的妳……」

「是『名兕手』。」

「是是是，身為名兇手的妳，打算做什麼？」

「做什麼喔……我好像沒想這麼多。對耶，見到名偵探之後，我打算做什麼？」

手扶著下巴，月夜認真思考起來。

「要不要聽聽我的推理？」

月夜眨了幾下眼睛，嘴角上揚。

「當然好啊，一條老弟。現在你扮演的可是名偵探。」

「那就恭敬不如從命了。」遊馬咧嘴一笑，對月夜說：

「妳應該是想跟名偵探一起跳下萊辛巴赫瀑布吧？」

「……意思是，我想跟名偵探殉情？」

「是啊，沒錯。因為殺害神津島先生而被眾人拘禁前，我曾形容自己是『莫里亞蒂』，妳卻對這個說法表現出強烈的排斥。那是因為，妳潛意識裡認為自己才是『莫里亞蒂』，對此有著強烈的自負。妳一直夢想和名偵探一起死。正因如此，妳才會自比為莫里亞蒂，既非漢尼拔．萊克特，也不是真賀田四季。」

「我……跟名偵探……」

以沒有抑揚頓挫的聲音低喃，月夜的視線在半空中徘徊。現在撲上去，說不定能搶下霰彈槍和引爆按鈕。可是，遊馬動也不動。

月夜的眼睛漸漸濕潤，陶醉的神情遍佈那張臉。

「是啊，沒錯。就像你說的，我一直想和名偵探一起死。和最棒的宿敵交手，然後一起喪命。」

月夜清澈的眼瞳直視遊馬。

「謝謝你，一條老弟。要不是在這種狀況下，真想和你擁抱親吻。」

「不是說和搭檔不會發展男女關係嗎？」

「如果是現在，我願意打破這個禁忌。話說回來，從今天早上我們就不是搭檔了啊。」

月夜舔舐豔紅的嘴唇，那嬌媚的姿態撩人，遊馬感覺背上竄過一陣電流。

「這……老實說，我聽了有點高興，只是現在不是做那種事的時候。」

「是啊，真可惜，沒有時間擁抱你了。更何況這裡從外面看得一清二楚，我可沒有那種特殊嗜好。」

不知為何，就連像這樣鬥嘴的時間，都讓遊馬感到眷戀不已。想永遠和她在一起，這欲望在胸中不斷膨脹。

可是，無論多麼有魅力，她始終是個連續殺人魔。和身為一個醫生的自己是絕對無法相容的存在。

「那麼。」遊馬露出微笑。

「雖然有點依依不捨，是時候結束了。要用那把槍擊斃我，還是按下引爆按鈕，交給妳決定。」

「我決定就行了嗎？」

「當然啊。竊佔《殺人玻璃塔》的妳才是這個故事的支配者。為這個殘酷又美麗，像個易碎玻璃藝術品的本格推理故事畫下句點，是妳的義務。」

「不管怎麼做，你都會沒命喔。」

遊馬說「我想也是」，抬頭仰望天花板下的吊燈。

「可是，無須弄髒自己的手，神津島就死了。這麼一來，妹妹也能接受新藥治療，不用擔心她被指為犯罪者家屬。對我來說，沒有比這更好的結果，再說……」

遊馬呼出沉在肺底的一口氣。

「就算實際上殺死他的人不是我，我也確實對神津島先生懷有殺意，讓他吃下膠囊。做了這種事的我必須接受處罰。」

「你還真老實，一條老弟。那麼，你願意以名偵探的身分，和我一起跳下萊辛巴赫瀑布嗎？」

「我是個還得仰賴兇手放水才找得出真相的沒用冒牌名偵探。雖然知道自己配不上貨真價實的名兇手，只要妳不嫌棄，我很樂意陪妳一起踏上通往地獄的路。」

和月夜牽手走完人生，這樣也不錯。遊馬打從心底這麼想。

「謝謝你，一條老弟。能遇到你真的太好了。」

月夜將槍口朝下，朝天花板高舉拿引爆按鈕的手。

「啊、等一下。」

遊馬叫住她，月夜拇指放在按鈕上，歪了歪頭：「怎麼啦？」

「最後告訴我，妳創造的這個故事叫什麼名字吧。」

「名字？」

「對啊。妳雖然竊佔了《殺人玻璃塔》，但也將它昇華為屬於自己的本格推理，和原本的《殺人玻璃塔》已經是完全不同的東西。所以，在人生的最後，我想知道故事的名稱。自己究竟在怎樣的故事裡扮演了名偵探，赴死之前，我想把那故事的名字刻在心上。」

「對喔，本格推理小說的名稱確實很重要。書名取得好不好，足以大大左右銷售量。可是，傷腦筋啊……我從來沒想到那邊過。」

月夜皺眉望向地板。

「剛才一條老弟說這個本格推理故事，像美麗易碎的玻璃藝術品，不然叫《殺人玻璃藝術品》……？不、難得故事發生在暴風雪山莊模式的奇妙館邸中，最好是能讓人聯想到這個的名稱……既然是本格推理，加入『殺人』或『慘案』之類的詞彙比較好……」

嘴裡喃喃自語，表情嚴肅地想了幾十秒，月夜緩緩抬起頭。

「書名決定好了嗎？」

「是啊，決定好了。」

露出幸福的微笑，月夜告訴了遊馬。

這個故事的名稱。

「《殺人玻璃塔》。」

月夜的拇指，用力按下紅色按鈕。

5

彷彿要震破鼓膜的爆炸聲響徹四周。整棟建築像地震一樣晃動，天花板下的吊燈像個甩來甩去的鐘擺。

「汽油爆炸起火，加上貫穿建築中央的螺旋階梯則形成煙囪效應，會讓這座館邸瞬間被包圍在火焰中。不馬上逃離的話，不是被濃煙嗆死就是被火燒死。」

「這樣啊，希望不要太痛苦就好。」

遊馬冷靜地說。不知為何，對即將來臨的死亡一點也不覺得可怕。

「這你應該不用擔心。對當醫生的你說這個或許班門弄斧，不過火災現場的死因，主要以濃煙造成的一氧化碳中毒為主。吸入黑煙後立刻就會昏迷。再說……」

月夜丟掉手中的引爆按鈕，再次舉起霰彈槍。

「你不會死於火災。」

「妳要用那個射擊我？」

「對啊。後來想想，兇手和偵探相親相愛手牽手一起去死好像不太好。既然是宿敵，就應該全力奮戰後壯烈殞命才是理想。你不認為嗎？」

「或許吧。」

遊馬凝視槍口這麼回答的同時，黑煙從縫隙間竄進來了。黑煙迅速變濃，眼看已在天花板聚集。

「好像沒時間了。一條老弟，差不多該謝幕了吧。」

「是啊，動手吧。比起被濃煙嗆死，我寧可死在妳手中。」

「這是我的榮幸。那麼，我們走吧。」

遊馬閉上眼睛。下一剎那，耳邊傳來連續轟隆槍聲，感覺內臟都在翻攪。然而，預期的衝擊力道和痛楚都沒有來襲。

忐忑不安地睜開眼，低頭看自己身體。沒看到出血。只有冰冷的寒風狠狠打在臉上。

反射性朝風吹來的方向一看，遊馬倒抽了一口氣。娛樂室的窗玻璃全都碎了。應該是霰彈槍打的吧。

不明白發生了什麼事，重新轉向月夜，瞬間脖子上感到一陣衝擊。全身肌肉先是猛然僵硬，接著又一口氣鬆弛。像個拉繩操控的傀儡，遊馬腿一軟便坐在地上了。

看到月夜手上握著的機械，遊馬才發現自己被電擊棒攻擊。

「妳、做什麼……？」舌頭僵硬，話都說不好。

「等一下再解釋，得先避難。」

說完，月夜丟掉電擊棒，雙手插入遊馬腋下，開始拖動他的身體。從剛才開槍打碎玻璃的窗口，把遊馬拉出屋外。

「玻璃碎片刺到會有點痛，忍耐一下。因為從打破的窗戶流進新鮮空氣，可能會發生回燃現象，得盡快離開。」

月夜持續將遊馬拖過雪地。從那纖細的身材，真想不到月夜臂力這麼強。

來到距離館邸約莫二十公尺處，月夜才放開遊馬的身體，「這裡應該就能安心了」。幾乎與此同時，在一陣類似陶器碎裂的聲音中，覆蓋玻璃塔瞭望室的圓錐形玻璃破裂。火焰像一條龍，朝飄雪的天空攀升。

「這麼一來，煙囪效應將發揮到最大了吧。雖然是沒辦法的事，連神津島收藏都燒掉了，還是覺得有點可惜。哎呀，真的太糟蹋了。」

月夜雙手放在胸口，看似打從內心惋惜。火焰從玻璃塔各間房間窗戶噴出來。

「為什麼……沒有殺了我……」

舌頭慢慢恢復機能，身體還動彈不得。

「雖說和你手牽手消失在火焰中也是挺吸引人的提案，我想了想，還是不該忘記初衷。」

「初衷……？」

「見真正的名偵探啊。世界這麼大，一定能在某個角落找到我追求的那個人。從今以後，我要以名兇手的身分持續追尋名偵探。」

「也就是說……我不夠格啊……」

遊馬發出自虐的自嘲，月夜砰地在他身邊坐下，揚起一蓬細細雪花。

「對啊。老實說，你跟我理想中的名偵探還差得遠呢。」

胸口莫名閃過一陣刺痛。遊馬一聲不吭，月夜用溫柔的眼神看他。

「只不過啊，扮演偵探雖然不怎麼樣，你卻是最理想的華生喔。對名偵探身分的我來說，你是最棒的搭檔。儘管時間不長，和你一起查案非常開心。」

遊馬睜大眼睛，月夜在他額頭上輕輕一吻。

「所以，我做了名偵探最後該做的工作。救出搭檔是比什麼都重要的任務。」

湊上臉來，月夜的嘴唇輕輕碰在遊馬臉頰上。

「這是離別之吻。這種程度的話，還可算在友情範圍內吧？」

月夜促狹眨眼起身，一副眷戀不已的樣子。

「今後大概不會再見面了，好好保重。」

轉身離去。

「等等、等一下，月夜！」

遊馬死命撐起身體，朝逐漸變小的背影吶喊。月夜停下腳步轉頭。

「最後終於喊了我的名字呢。好開心，那就再見嘍，我的寶貝華生。」

月夜露出少女般含羞表情的剎那，狂風吹起的暴雪將遊馬的視野染成一片雪白。反射性地閉上眼，再次睜開時，那位曾經是個名偵探，現在已經成為名兇手的女孩已不見身影。

「月夜……」

風雪抵銷了嘴裡發出的聲音。

火焰吞沒玻璃塔，紅色火光照亮遊馬的側臉。

尾聲

「哥哥早安，我幫你拿信上來了喔。」

妹妹一條美香拄著拐杖，搖搖晃晃走進客廳。

「喂，妳沒事吧？別一個人到處亂跑，要我說幾次啊。」

才剛咬下一口早餐吐司，遊馬急忙起身扶妹妹。

「我沒事啦。復健醫生不是也保證我可以自己走了嗎？哥哥你就是過度保護，要是這樣害我無法重新適應社會怎麼辦？」

美香說得毫不留情，遊馬撇著嘴角回答「好啦」，視線重新回到桌上的智慧型手機螢幕。

「怎麼？你又在查玻璃塔的新聞？已經沒什麼新消息了吧？」

美香無奈地說。

距離那起發生在玻璃尖塔的慘案，已經過了半年多。那天，被月夜拖到館外的遊馬，很快就被九流間等人找到，救出了。

暴風雪中，一行人在停車場裡剩下的汽車裡，靠暖氣過了一晚，才總算不至於凍死。

隔天早上，放晴的天空教人不敢相信前一天曾發生那樣的暴風雪。這時，一輛小巴士沿山路開上來。原來是遲遲聯絡不上夢讀的經紀人，擔心地開車上來查看。眾人搭乘這輛車下山，也立刻報了警。

神津島既是地方上的名紳，又是世界知名學者。這樣的他遭人殺害，當地警方自然派出大量搜查人員追查兇手月夜的下落。然而，別說逮捕她了，連她的足跡都無法掌握。

最後，長野縣警做出碧月夜在暴風雪夜於山中遇難喪生的結論，以嫌犯死亡的名義送檢結案，硬是結束了這起案件。

奇妙館邸內發生連續殺人事件，媒體一時之間報導得沸沸湯湯。然而，當官方聲明暗示兇手可能已經死亡，遊馬等事件相關人士又堅拒受訪，發生在玻璃塔的慘案很快就被世人遺忘。

幸運的是，九流間他們並未將遊馬曾經試圖毒殺神津島的事告訴警方。拜此之賜，遊馬也被警方當作倒楣捲入事件的其中一人，沒有接受嚴格審訊。

因為神津島已死，訴請中止新藥上市的官司中止，ALS新藥順利申請到藥證，美香也得以繼續服藥。託新藥的福，她的肌力不再流失，加上復健得當，即使還得使用拐杖，最近已經恢復到能自己走上一段路的程度。不需貼身照顧妹妹之後，上個月起，遊馬開始在家附近的綜合醫院當約聘醫生。

《殺人玻璃塔》事件結束，自己也獲得了新的日常生活。然而，這半年來，遊馬內心一直有個揮之不去的疑問。

碧月夜真的死在蝶岳了嗎？

在那樣的暴風雪中徒步走進雪山，確實不可能獲救。可是，總覺得那個美麗的名兇手不會這麼輕易就死去。

神津島太郎是個謹慎的男人。即使在自己創作的劇情中安排館邸與外界失聯，汽車全都爆胎的狀態，或許他還是暗中為可能發生的緊急事態做了某些準備。

比方說，在森林裡偷藏一輛雪上摩拖車。這麼一來，萬一發生什麼事，至少他自己一個人可以逃到山下……

想再多也沒用。遊馬甩甩頭，再咬一口吐司。就算還活著，也不可能再與她見面了。因為彼此已分別踏上再也不會交會的兩條路。

好了，再不出門，門診會來不及的。遊馬把剩下的吐司塞進嘴裡，喝口牛奶沖下肚。

正要站起來時，「給你。」美香遞上一張明信片。

「這什麼？」

「我也不知道，但是寄給哥的。」

收下明信片，正面寫有「一條遊馬老弟收」的字樣。沒寫寄件人。

到底會是誰？一般人應該寫「一條遊馬先生」吧。

一邊想著這些，一邊翻到背面，遊馬不禁睜大眼睛。明信片背面畫著一幅美麗的畫。

滿天星斗的深藍色夜空上，掛著一輪皎潔的滿月。

畫面上，以流暢的書寫體，寫著「Godspeed you, my dear Watson」。

「這張明信片上的畫好美喔，深藍色的月夜。那是什麼意思？」

「……『旅途平安，親愛的華生』。」

遊馬瞇起眼睛，注視明信片上那句話。

「這種程度的英文我也看得懂好嗎？可是，華生不是福爾摩斯探案裡的角色嗎？我問的是，對方為什麼寫這樣的訊息給你？是你那群推理阿宅朋友之一嗎？」

美香把拐杖靠桌子放好，自己在椅子上坐下。

「不要說阿宅，要說迷，推理迷。」

「還不是一樣。所以呢，你跟寄明信片的人是什麼關係？」

「我們是搭檔。不、應該說原本是搭檔。」

「搭檔？該不會是你女朋友吧？欸？你什麼時候交了女朋友？也介紹給我認識啊！」

美香一臉好奇，雙眼發光。遊馬苦笑起身。

「不是說『原本』嗎。已經不會再跟她見面了。」

「什麼嘛，分手了喔？真無聊。」

瞥一眼雙手放在腦後的美香，遊馬視線回到明信片上。

沒錯，月夜已不再需要自己。莫里亞蒂想要的不是華生，是最強的宿敵夏洛克・福爾摩斯。

或許照理應該把這張明信片交給警方，但遊馬並不打算這麼做。

即使知道她還活著，警察也抓不到她。

能將碧月夜逼到走投無路的，只有她長年追尋的「名偵探」。

名兇手，碧月夜。

今後她也將持續找尋願意和她一起跳下萊辛巴赫瀑布的名偵探吧。

遊馬不確定自己究竟希不希望她實現這個心願。

「總之，我也祝妳旅途平安……月夜。」

遊馬低聲嘟噥，將明信片收進外套內袋，朝玄關走去。

「那我出門嘍。」

打開大門，走到公寓走廊上，背後傳來美香「路上小心，哥」的聲音。

吹過一陣初夏微風。

遊馬深吸一口氣，讓胸腔充滿新綠的香氣。

春日 ハルヒブンコ 文庫

137

玻璃塔殺人事件

硝子の塔の殺人

玻璃塔殺人事件/知念實希人作 ; 邱香凝譯. -- 初版. -- 臺北市 : 春天出版國際文化有限公司, 2023.12
面 ; 公分. -- (春日文庫 ; 137)
譯自 : 硝子の塔の殺人
ISBN 978-957-741-737-4(平裝)

861.57 112013357

版權所有・翻印必究
本書如有缺頁破損，敬請寄回更換，謝謝。
ISBN 978-957-741-737-4
Printed in Taiwan

「硝子の塔の殺人」（知念 実希人）
GARASU NO TOU NO SATSUJIN © 2021 MIKITO CHINEN
Original Japanese edition published by Jitsugyo no Nihon Sha, Ltd., Tokyo, Japan.
Traditional Chinese edition published by arrangement with Jitsugyo no Nihon Sha, Ltd. through Japan Creative Agency Inc., Tokyo.

作　者	知念實希人
譯　者	邱香凝
總編輯	莊宜勳
主　編	鍾靈
出版者	春天出版國際文化有限公司
地　址	台北市大安區忠孝東路4段303號4樓之1
電　話	02-7733-4070
傳　眞	02-7733-4069
E－mail	bookspring@bookspring.com.tw
網　址	http://www.bookspring.com.tw
部落格	http://blog.pixnet.net/bookspring
郵政帳號	19705538
戶　名	春天出版國際文化有限公司
法律顧問	蕭顯忠律師事務所
出版日期	二〇二三年十二月初版
定　價	580元
總經銷	楨德圖書事業有限公司
地　址	新北市新店區中興路二段196號8樓
電　話	02-8919-3186
傳　眞	02-8914-5524
香港總代理	一代匯集
地　址	九龍旺角塘尾道64號 龍駒企業大廈10 B&D室
電　話	852-2783-8102
傳　眞	852-2396-0050